❖ 전국시대 일본의 지도

도호쿠東北

간토關東

주부中部

긴키近畿

주고쿠中国

시코쿠四国

규슈九州

주고쿠

오키 제도

긴키

와카

이즈모   호키   이나바   다지마   단고   오바

이와미   미마사카   단바

나가토   아키   빙고   빗추   비젠   하리마   단바

스오   오카야마   히메지

이와쿠니   히로시마   오사카

쓰시마섬   사카이   가와

쓰시마해협   이즈미   요시

지쿠젠   고쿠라   아와지   야마

마쓰라   후쿠오카   부젠   와카야마

히젠   아와지   기이

나가사키   지쿠고   분고   다카마쓰

가쓰사   히고   사누키

구마모토   다게다   도쿠시마

            아와

이요

사쓰마   휴가   도사

오스미   시코쿠

규슈

도호쿠

주부

사도섬

노토

에치고

니가타

요네자와

시라카와

가가

엣추

고즈케

시모스케

히타치

후쿠이

다카야마

시나노

무사시

간토

비와
호수

에치젠

히다

가이

에도

시모우사

이가

미노

세키가하라

에도

시모우사

이세

나고야

오와리

스루가

이즈

사가미

가즈사

오카자키

도토우미

오다와라

가마쿠라

미카와

요코스카

戰國志

전국지 1
전국편력 戰國遍歷

초판 1쇄 발행	2015년 9월 20일
초판 2쇄 발행	2015년 11월 20일
지은이	요시카와 에이지
옮긴이	강성욱
펴낸이	한승수
펴낸곳	문예춘추사
편 집	김성화, 조예원
마케팅	안치환
디자인	김선영
등록번호	제300-1994-16
등록일자	1994년 1월 24일
주 소	서울특별시 마포구 연남동 565-15 지남빌딩 309호
전 화	02 338 0084
팩 스	02 338 0087
E-mail	moonchusa@naver.com
ISBN	978-89-7604-271-2 04830
	978-89-7604-269-9(전 10권)

*책값은 뒤표지에 있습니다.
*잘못된 책은 구입처에서 교환해 드립니다.

전국편력 戰國遍歷

①

戰國志

강성욱 옮김

요시카와 에이지 지음

문예춘추사

저자의 말

과거의 영웅들 중에는 하늘의 별자리와 같이 민중 위에 군림하는 영웅과 민중 속으로 들어가 어깨를 나란히 하는 영웅처럼 저마다 특징과 궤도가 있었는데, 도요토미 히데요시豊臣秀吉는 후자에 속하는 인물이다.

도요토미 히데요시의 주변은 태어났을 때부터, 그리고 장년기를 거쳐 태합太閤[1]이 된 이후에도, 또 현란한 주라쿠聚樂[2]나 모모야마桃山[3]의 해자와 성루에 둘러싸여 있을 때도 항상 서민의 정취가 충만했다. 그는 중우범속衆愚凡俗을 사랑한 사람이었다.

히데요시는 자신이 범속하다는 사실을 잘 알고 있었다. 그만큼 인간에게 관대한 사람은 없었다. 가장 인간성이 풍만한 영웅은 누구인가 물으면

---

1) 섭정이나 태정대신太政大臣에 대한 경칭으로 후에 관백關白(헤이안平安 시대 이후의 천황을 보좌하던 최고 대신)의 자리를 자식에게 물려준 사람을 칭한다. 일반적으로는 도요토미 히데요시에 대한 호칭으로 사용되고 있다.
2) 주라쿠테이聚樂第의 약자로, 덴쇼天正 13년인 1585년에 관백의 자리에 오른 히데요시가 교토 우치노內野에 있는 궁성인 다이다이리大內裏 터에 세운 저택을 가리킨다.
3) 후시미모모야마伏見桃山 성이 있는 후시미伏見 지역을 가리키는 말로, 도요토미 히데요시가 그 성을 세웠다.

4

누구나 가장 먼저 히데요시를 꼽는 것도 그의 이런 관대한 면이 민중들에게 더없이 친근하게 느껴졌기 때문인 듯하다.

아마 앞으로도 사람들이 히데요시를 친근하게 생각하는 마음은 변하지 않을 것이다. 그 이유는 간단하다. 바로 그가 전형적인 일본인이기 때문이다. 특히 그의 대범하면서도 어리석은 모습은 친근감을 느끼게 하고 빠져들게 하는 힘이 있다.

히데요시는 일본인의 장점과 단점을 한 몸에 지니고 있는 사람이라고 할 수 있다. 그의 장점을 들면 틀에 박힌 예찬이 될 테니 거론하지 않겠다. 단적으로 그의 장점만을 열거하면 오히려 히데요시라는 인간의 크기는 작아지고 말 것이다. 그의 인간 됨됨이를 몇 마디 말로 단정 지을 수 없다.

미리 밝혀두지만, 이 책은 히데요시의 말년은 다루고 있지 않다. 히데요시가 영웅이라고는 하지만 말년에는 참으로 비극적인 삶을 살아야 했다. 오사카 성의 몰락은 '지는 해의 장엄함' 그 자체였다. 그래서 나는 그가 고난을 겪었던 시대를 더 좋아해 히데요시의 장년기에 많은 필력을 기울였다. 또한 이 책이 히데요시의 행적만을 다룬 '태합기'가 되는 것을 바라지 않는다. 적어도 오다 노부나가織田信長 출현 이후, 덴쇼天正와 게이초慶長 시대에 걸친 무수한 군성群星의 출몰도 다루고 싶었다. 특히 도쿠가와 이에야스德川家康를 다루지 않은 태합기는 미완未完이라고 생각한다.

이전에 출간된 《가와스미태합기川角太閤記》[4], 《진서태합기眞書太閤記》[5], 《이본태합기異本太閤記》 등을 비롯해, 그 이후에 질적 변화를 보이는 책들까지

---

4) 에도 시대 초기에 가와스미 사부로에몬川角三郎右衛門이 도요토미 히데요시의 일화를 정리한 다섯 권짜리 책이다.
5) 에도 시대 후기에 구리하라 류안栗原柳庵이 도요토미 히데요시의 일대기를 12편 360권으로 엮은 책이다.

'히데요시를 어떻게 바라볼 것인가?'라는 주제에 있어서는 약속이나 한 것처럼 그가 지닌 특유의 유머러스함과 기지와 공리주의功利主義를 통해 그의 성정을 그리고 있다. 이것으로 옛 작가들이 인간 히데요시를 정면에서 바라보지 못했다는 사실을 알 수 있다.

　하지만 나는 기존 작가들의 방식을 답습하며 똑같은 오류를 저지르는 일은 하지 않으려고 노력했다. 부족한 부분도 있지만 내게는 히데요시 역시 우리와 같은 피를 지닌 평범한 사람이었다는 기본적인 사실이 가장 큰 힘이 되었다.

요시카와 에이지

옮긴이의 말

『전국지戰國志』는 일본의 15세기 중반부터 16세기 후반에 이르는 전국(戰國, 센고쿠) 시대를 배경으로 오다 노부나가와 도요토미 히데요시와 도쿠가와 이에야스, 세 영걸의 파란만장한 천하통일기를 다룬 대하 역사소설이다.

전국 시대는 이른바 '칼'과 '사무라이'로 대변되는 난세의 시대였는데, 전국 시대의 서막을 알린 것은 중앙 권력을 잡고 있던 장군가의 후계 문제를 둘러싸고 발발한 '오닌應仁의 난亂'이었다. 장군가의 권력 싸움이었던 오닌의 난은 지방의 다이묘大名들까지 가세하면서 일본 전역의 전쟁으로 확대되었다. 이로 인해 아시카가 장군가의 무로마치 막부 체제는 유명무실해졌고 각 지역에서 패권을 잡은 군웅들이 할거하는 격변의 시대로 돌입하게 되었다. 전국 시대는 백 년 남짓 이어지는데 이 시기에 다이묘 가문에서는 권력을 잡기 위한 하극상이 빈번하게 벌어지고 다이묘들의 영토 확장 전쟁으로 일본 전역은 황폐해지고 백성들은 도탄에 빠지고 말았다.

『전국지』는 권모술수와 합종연횡이 난립하는 난세의 시대를 평정하고 중앙집권의 에도 막부 체제를 세우는 오다 노부나가, 도요토미 히데요시, 도쿠가와 이에야스의 행적에 초점을 맞추어 따라가고 있지만 단순히 그들의 영웅적 무용담에만 의존하지 않는다. 대하의 강물처럼 도도히 흘러가는 역사와 시대의 물결 속에서 그들이 어떤 이상 아래, 어떤 시대를 열어가고자 했으며 그것을 이루기까지의 개인적인 고뇌와 인간적인 면모까지 깊이 있게 그려내고 있다.

『전국지』는 요시카와 에이지의 『신서태합기新書太閣記』를 원작으로 하고 있기 때문에 일견 태합 도요토미 히데요시가 주인공인 것처럼 여겨질 수도 있다. 하지만 요시카와 에이지가 저자의 말에서 "이 책이 히데요시의 행적만을 다룬 '태합기'가 되는 것을 바라지 않"으며 "적어도 오다 노부나가 출현 이후, 덴쇼와 게이초 시대에 걸친 무수한 군성群星의 출몰도 다루고 싶었다"라고 밝히고 있듯 전국 시대를 배경으로 벚꽃처럼 화려하게 피었다 사라져간 수많은 무장武將들이 『전국지』의 주인공이라 할 수 있다.

가령 문무를 겸비하고 시대를 앞서가다 좌절하는 아케치 미쓰히데나 그와 반대로 굳은 신념으로 구체제의 복권을 지향하다 장렬한 최후를 맞이한 아사이 나가마사는 전국 시대를 관통하여 흐르는 두 개의 거대한 이상理想을 극명하게 보여주는 인물이라 할 수 있다. 여기에 장군가인 아시카가 요시아키를 필두로 노부나가와 같은 새로운 시대의 세력에 맞서 각지에서 패권을 잡고 천하를 지향하던 스루가駿河의 이마가와 요시모토, 가이甲斐의 다케다 신겐, 에치고越後의 우에스기 겐신과 같은 구시대 군웅들의 흥망성쇠 이야기 또한 『전국지』를 읽는 또 하나의 매력이라 할 수 있다.

그러나 무엇보다 『전국지』의 백미를 꼽으라고 한다면 도요토미 히데요시와 도쿠가와 이에야스가 오다 노부나가와 함께 백난百難을 극복하며 전국의 군웅들을 차례로 제압하고 천하 통일의 대업을 실현해가는 과정이라 할 수 있다. 약소국인 오와리의 영주였던 노부나가가 천하의 패권을 잡기까지의 과정이나, 노부나가의 짚신지기로 들어간 히데요시가 태합의 자리에 오르기까지의 지략, 또 어린 시절부터 강대국의 볼모로 전전하던 이에야스가 인고의 세월을 보내고 마침내 천하 통일의 대업을 완성한 인생 역정은 가히 세 영걸의 면모를 유감없이 보여주는 데 부족함이 없다.

그것은 후세의 사가들이 이들 세 명을 두고 평한 두견새의 비유에서도 잘 드러난다. 먼저 '울지 않는 새는 죽여라'는 노부나가의 과감하고 저돌적인 추진력을, '울지 않는 새는 울게 만들라'는 히데요시의 주도면밀함을, 그리고 '울지 않는 새는 울 때까지 기다려라'는 이에야스의 신중함과 인내를 상징하고 있다. 이렇듯 자신만의 장점을 살려 난세를 평정하고 천하의 패권을 손에 넣은 이들의 파란만장한 삶은 오늘을 살고 있는 우리에게도 시사하는 바가 적지 않을 것이다.

강성욱

차　례

❀ 전국지 1권 등장인물

도요토미 히데요시豊臣秀吉(1537~1598)
어린 시절의 이름은 도키치로. 오와리의 나카무라고에서 하급 무사의 아들로 태어나, 처음에는 이마가와 가를 섬기다 도망친 뒤 오다 노부나가에게 출사하여 두각을 나타내기 시작한다. 본능사에서 노부나가를 죽음으로 몰아넣은 미쓰히데와 패권 싸움에서 승리한 뒤 노부나가의 뒤를 이어 관백과 태정대신에 올라 천하를 통일한다.

오다 노부나가織田信長(1534~1582)
오다 노부히데의 장남으로 오와리에서 태어나, 오케하자마 싸움에서 이마가와 요시모토의 대군과 미노의 사이토 가를 격파하면서 전국 시대의 맹주로 발돋움한다. 그 뒤로 장군가인 요시아키를 쫓아내고 무로마치 막부를 폐하고 아즈치 성을 축성하여 천하 통일의 기초를 마련하지만 교토의 본능사에서 아케치 미쓰히데의 공격을 받고 자결한다.

시바타 곤로쿠 가쓰이에柴田権六勝家(1522?~1583?)
젊을 때부터 노부히데를 섬긴 중신으로 히라데 마사히데, 하야시 사도와 함께 노부나가의 후견인 세 명 중 하나다. 하야시 사도와 함께 노부유키를 옹립하려다 실패하지만 노부유키가 죽자 사면을 받는다. 본능사의 변 이후 노부나가의 후계자 문제를 놓고 히데요시와 대립하다 패하여 자결한다.

아케치 미쓰히데明智光秀(1528~1582)
통칭 주베十兵衛라고 불리며, 노부나가의 총애를 받아 다이묘의 반열에 오른다. 단바丹波의 가메야마亀山 성주가 된 뒤, 노부나가가 모리毛利를 공격할 것을 명하자 군사를 돌려 노부나가를 공격해서 자결하게 만들고 패권을 잡지만 야마자키山崎에서 히데요시에게 패하고 자결한다.

오다 노부히데織田信秀(1510~1551?)
전국 시대 오와리 남서부 쇼바타 성의 성주인 오다 노부사다織田信定의 적자로 태어난다. 오다 노부나가의 부친으로 조정과 우호적인 관계를 유지해서 훗날 노부나가가 천하를 제패할 발판을 마련한다.

하치스카 마사카쓰蜂須賀正勝(1526~1586)
오와리의 하치스카고에서 태어나, 히데요시가 유랑 시절 한때 주인으로 섬겼으나 훗날 히데요시의 가신이 된다. 통칭 고로쿠小六라는 이름으로 널리 알려졌으나 히코에몬 마사카쓰로 개명한다.

사이토 도산 히데다쓰斎藤道三秀龍(1494~1556)
야마시로의 니시오카에서 태어났으며, 도기土岐 가의 당주인 마사요리政頼를 쫓아내는 등 하극상으로 미노의 다이묘에 올랐으나 후사를 둘러싸고 장자인 요시다쓰義龍와의 불화로 나가라 강에서 전사한다.

히키다 쇼하쿠疋田小伯(1537?~1605?)
이름은 카게도모景友이며, 호는 쇼하쿠다. 가미이즈미 노부쓰나上泉信網(가미이즈미 이세노가미上泉伊勢守)의 직계 제자이자 신카게류新陰流의 병법가로 오다 노부타다와 도요토미 히데쓰구, 구로다 나가마사 등에게 검술을 가르치기도 했다.

히라데 나카쓰카사 마사히데平手中務政秀(1492~1553)
오다 노부히데 대의 중신으로 외교 부문에서 활약했으며, 다도와 와카 등에도 조예가 깊은 인물이다. 노부나가의 후견인으로 2대에 걸쳐 오다 가를 섬겼으나 노부나가에게 간언한 뒤 자결한다. 노부나가는 그의 죽음을 안타까워하며 정수사를 세워 그를 기렸다.

오다 노부유키織田信行(1536?~1557)
노부나가 동생으로 노부카쓰信勝라고도 불린다. 형인 노부나가가 부친의 장례식에서 의복도 제대로 갖추지 않고 향을 집어던지는 등 괴팍하게 행동했던 것과는 대조적인 모습을 보여 가신들의 마음을 얻고 노부나가에게 반기를 들었지만 실패하고 결국에는 노부나가에게 암살당한다.

마에다 도시이에前田利家(1538?~1599)
오와리의 아라고 촌에서 태어났으며 젊은 시절 이름은 이누치요犬千代다. 노부나가의 가신으로 히데요시와 친구 사이로 지내지만 노부나가가 죽자 시바타 가쓰이에에게 가담하고 훗날 히데요시의 가신이 된다. 그 뒤로 히데요시의 후견인이 되어 이에야스를 견제하지만 히데요시 사후 8개월 뒤에 병사한다.

사이토 요시다쓰斎藤義龍(1527~1561)
미노의 사이토 가의 2대 당주이자 사이토 히데다쓰와 측실 사이에서 태어난 장자다. 히데다쓰가 은거하면서 후사를 잇지만 가신들의 신뢰를 잃자 정실의 아들인 마고시로로 하여금 후사를 잇게 하려는 히데다쓰를 나가라 강 싸움에서 물리치고 패권을 잡는다. 하지만 그 뒤 노부나가에 의해 멸망당한다.

| 일러두기 |

1. 이 책은 일본 고단샤講談社에서 발간한 요시카와 에이지 역사·시대 문고(吉川英治歷史時代文庫) 22~
   32권, 『신서 태합기(新書太閤記)』(전11권, 1990년 4월 23일~1990년 8월 3일)를 저본으로 삼았다.

2. 원서는 총 11권으로 구성되어 있으나 분량을 고려해서 총 10권으로 재편집했다.

3. 가능한 원본에 가깝게 번역했으나 고유명사의 명백한 오류는 바로잡았으며, 원서 내용을 해치지 않는
   범위 안에서 대화와 본문이 연결되는 부분을 일부 수정하여 우리 독자가 읽기 편하게 했다.

4. 원서 문장의 길이가 너무 길어 읽기에 불편한 부분은 내용을 해치지 않는 범위 안에서 문장을 끊어
   번역했다.

5. 한자 표기는 정오正誤에 상관없이 원서를 따랐으나 동일 인물이나 지명의 상반된 표기가 있는 경우에
   는 올바른 한자를 찾아 표기했다.

6. 이 책의 삽화 및 지도는 내용에 맞게 새로 제작한 것이다.

귀향歸鄉

일본의 덴분天文 5년(1536년)은 중국 명나라의 가정嘉靖 15년에 해당한다. 그해 정월에 오와리노쿠니尾張國에 있는 아쓰다熱田 신궁 영지에 속한, 불과 대여섯 호밖에 없는 가난한 마을의 어느 초가지붕 아래에서 기이한 아이가 태어났다. 이 아이가 바로 후일의 도요토미 히데요시다.

아이의 어미가 임신한 몸으로 변변찮은 음식밖에는 못 먹었던 터라 갓 태어난 아이는 나무통 속에서 오 년 동안 절인 매실장아찌처럼 몸이 새빨갛고 피부가 주름투성이였다. 초가지붕 처마 끝에 고드름이 매달린 추운 1월이었고, 산모의 주위를 가릴 만한 작은 병풍 하나 없는 집에서 태어난 아이는 탯줄을 끊어도 울지 않았다. 그러자 모두들 아이가 죽은 것이 아닌가 생각했다. 하지만 아이의 아비인 야에몬彌右衛門과 그의 지기들이 아이를 더운물로 씻겨 기저귀 위에 누이자 아이가 갑자기 울음을 터뜨렸다. 그리고 울만큼 울었는지 백 년 동안 자고 깨어난 듯이 한바탕 늘어지게 하품을 했다.

"살아 있구나!"

"아무쪼록 잘 키우세요!"

출산을 도운 여자들이 어깨끈을 풀며 야에몬을 위로했고 산모의 순산을 축복했다.

그해 중국 대동大同[6]에서는 병란이 일어나 요동 지역이 들썩였다. 국호가 '원元'에서 '명明'으로 바뀐 이후에도 수백 년간 이어온 주씨朱氏의 치세는 여전히 흔들림이 없었다. 오히려 원나라 이전의 당송 시대 때보다 국운이 더 융성하고 근대적인 자각까지 갖추면서 바야흐로 명나라의 태평성대가 열린 듯 보였다.

그리고 황하강과 양자강은 오늘날과 변함없이 광대한 천지에서 보면 한달음에 건널 수 있는 개천에 불과한 중국과 일본 사이의 바다를 향해 유구한 황토색 탁류를 부단히 토해내고 있었다.

가없는 하늘의 저 달은 고향 가스가春日 미카사三笠 산에 걸린 달이런가.

일본에서 멀리 떠나온 고로 다유五郎大夫는 어느덧 고국을 그리는 마음이 희미해졌지만 아베노 나카마로阿倍仲麻呂[7]가 지은 노래만큼은 잊지 않았다. 그는 나카마로가 노래한 것처럼 달을 보거나 풀과 철새를 볼 때마다 지난 십이 년간 머물렀던 강서성江西省 요주부饒州府의 부량浮梁을 떠나 고국으로 돌아갈 날을 기다리며 망향을 달래곤 했다.

"드디어 내일이다. 오늘 밤만 지나면……"

고로는 잠을 잘 수가 없었다.

---

6) 오늘날 중국 산시성山西省 북부에 있는 지역을 가리키는데, 예로부터 유목민의 침입을 막기 위한 방위 거점 역할을 했다.

7) 나라奈良 시대 때 사람으로, 유학생으로 당나라에 파견되어 과거에 급제하고 고관의 자리에까지 올랐다. 하지만 끝내 고국으로 다시 돌아오지 못하고 당나라에서 생을 마감했다.

"일본에 두고 온 가족들은 내가 살아 있는 줄 꿈에도 생각하지 못할 것이다. 어머니는 여전하실까? 동생들은 어떻게 됐을까?"

내일의 여정을 위해 조금이라도 눈을 붙여야 한다고 생각했지만 밤이 깊을수록 정신은 오히려 맑기만 했다. 그런데 일본에서 데려온 뒤로 줄곧 고로를 섬기던 하인 스테지로捨次郎도 같은 심정이었는지 밖에서 방문을 가만히 두드렸다.

"나리, 일어나셨는지요? 일어나셨으면 잠시……."

고로는 침상에서 내려와 의자에 앉으며 말했다.

"들어오너라. 너도 잠이 오지 않느냐?"

"아닙니다. 저는……."

스테지로는 방 안으로 들어와서 주인 앞에 섰다.

"초저녁에 푹 잤습니다만, 한 가지 마음에 걸리는 것이 있어서……."

"그게 무엇이냐?"

"도련님 일입니다."

"흐음……."

고로는 가슴 아픈 표정을 지었다. 이곳 부량에 있는 동안 고로는 아내와의 사이에 아들을 하나 낳았다. 아내는 노산盧山 건너편의 성자星子라는 곳에서 이곳 부량의 요업장窯業場으로 일을 다녔다. 성은 양楊, 이름은 이금梨琴으로 마음은 착했지만 병이 든 것처럼 허리가 가느다란 미인이라 고된 일을 하기에는 어울리지 않았다.

다소 이야기가 옆길로 새는 듯하지만, 본래 강서성의 부량은 멀리 일본까지 알려진 도자기의 산지였다. 당나라 시대부터 가마를 만들고 송나라와 원나라 때에는 궁정에서 쓸 어용품을 굽는 관요官窯가 생겼다. 또한 이와 관련된 관청과 상가, 장인촌 등까지 생기면서 부량은 당시 중국 제일의 도자기 고을로 불릴 만큼 번성했다.

고로는 이곳의 도자기 만드는 법을 연구하기 위해 실로 십이 년간 갖은 고생과 향수를 견디며 타국에서 생활해왔다. 일본에서 이곳으로 오는 데에는 해상 육백 리를 지나 다시 장강을 거슬러 오르고도 사백여 리가 더 걸렸다. 그리고 심양성鄩陽城의 항구에서 다시 수로와 육로를 거쳐 노산을 우러르며 파양호鄱陽湖를 건너고 낙평하樂平河를 돌아야 하는 반년에 걸친 천 리 여정이었다.

내일은 다시 그 수많은 산과 강을 넘어 일본으로 돌아가야 하는 날이었다. 그러다 보니 고로와 스데지로는 잠을 이룰 수 없을 만큼 기뻤다. 하지만 초저녁부터 휘장을 내리고 얼굴도 보이지 않은 채 울고 있는 사람이 있었다. 아이를 안은 아내 이금이었다.

이금은 가마터에서 고로와 친해진 뒤 몸종이나 계집종도 없이 고로의 집으로 들어왔다. 이금은 일찍이 각오하고 있었던 일이기도 하고, 남편 고로가 드디어 목적을 이루고 떳떳하게 고국으로 돌아갈 수 있게 되었고, 다년간 쌓은 남편의 노력이 본국에서 열매를 맺을 것을 생각하면 슬픔을 숨기고 기뻐해야 했다. 하지만 아직 세 살밖에 되지 않은 천진난만한 아이를 무릎에 앉히고 바라보자 어떻게 해야 할지 심란해 저절로 눈물이 흘렀다. 이금은 며칠 동안 울기만 하다 마침내 고민을 털고 결심을 했다. 스데지로가 주인의 침실을 찾은 것도 그런 이금의 마음을 전하러 온 것이었다.

"조금 전에 마님께서 말씀하시길, 도련님의 앞날을 생각하면 역시 마님이 키우시는 것보다 일본으로 데려가서 키우는 게 더 행복할 것이니, 처음 의논한 대로 도련님을 주인님께 맡기고 싶다고 하십니다."

"아, 마음을 돌렸구나."

아내의 마음을 헤아린 고로가 눈물을 머금었다.

"이금을 잠시 불러오너라."

"예."

스데지로는 방을 나갔다. 집은 크지 않았고, 집이나 세간, 주인과 종의 복장도 모두 이곳의 풍속을 따랐다.

"나리, 모시고 왔습니다."

이금은 스데지로의 부축을 받아 방 안으로 들어왔다. 그러고는 바닥에 주저앉아 오열하며 외쳤다.

"상서祥瑞 님!"

상서는 이곳에서 쓰는 고로의 이름이었다. 도기 굽는 비법을 터득하기 위해 고국의 생활 습관을 모두 버리고 중국식 생활 방식에 동화해서 살아왔던 것이다.

"그래, 방금 스데지로에게 들었네. 아이는 걱정하지 않아도 되네."

고로는 이 말 한마디로 이금을 온전히 위로할 수 없다고 생각했지만, 차마 그 말밖에는 할 수 없었다. 이금은 울음을 간신히 억누르며 말했다.

"당신과 헤어지고 아이까지 보내는 일이 죽기보다 괴롭지만 곰곰 생각해보니 저는 친척도 없고 몸도 약해 아이가 다 자랄 때까지 살 수 없을 듯합니다. 그렇게 되면 분명 우리 아이는 노비로 팔려가든지 도적들의 손에 길러져 좋은 사람이 될 수 없을 것입니다."

이미 이금은 현명한 어머니의 냉정함을 되찾은 상태였다.

"오랫동안 당신의 생활 태도나 하인들에게 대하는 것을 보면 일본에 대해 어렴풋이나마 알 수 있을 듯합니다. 이 나라에서는 당신의 나라 사람들을 '왜노倭奴'라거나 '동양귀東洋鬼'라고 하며 두려워하지만, 그것은 남쪽 해안이나 양자강을 거슬러 올라오는 왜구만 보고 판단하기 때문일 것입니다. 하지만 저는 그리 생각하지 않습니다."

이금은 눈물 속에 빠져 있던 사흘 동안의 심정을 단숨에 토해내려는 듯 말을 이었다.

"몇 년 동안 당신의 마음속에서 살아본 결과, 당신은 아무리 중국식 옷을 입고 중국 여자와 중국식 집에 살아도 피는 전혀 변하지 않는 일본 사람입니다. 그리고 일본은 인정과 의리가 강하고 무예도 뛰어나고 용맹하며, 게다가 우아하고 아름다운 나라라는 것을 잘 알 수 있었습니다. 그러니 제가 아이를 키우는 것보다 당신께 맡기는 편이 아이의 행복을 위하는 길일 것입니다."

고로는 이금의 말에 숙연해져 고개를 크게 끄덕였다. 스데지로도 옆에 서서 머리를 숙인 채 이금의 말을 듣고 있었다.

그때 집 밖에서 왁자지껄한 소리가 들려왔다. 창문이 희미한 새벽빛으로 물들고 있었다. 집 밖의 목소리들은 일본으로 떠나는 고로를 배웅하러 온 가마터 사람들인 듯했다. 물론 웅성거리는 말들은 모두 중국말이었다. 고로는 문을 열고 중국말로 유창하게 인사했다.

"여러분, 아침 일찍부터 고맙습니다. 금방 준비할 터이니 차라도 마시면서 계십시오."

배웅하러 온 사람들이 말했다.

"아닙니다. 차든 밥이든 도중에 경치 좋은 곳에서 하시죠. 준비되셨으면 어서 가시지요."

부량은 언덕에 둘러싸인 분지 마을로, 흙을 채취하고 벌목을 하는 산과 무수한 가마터들이 눈 아래에 펼쳐진 곳이었다. 몇몇 가마에서 노랗게 물든 새벽하늘을 향해 몇 줄기 연기가 피어오르고 있었다.

"상서 님, 이제 이별이군요."

배웅하는 사람들이 말했다.

"예, 그렇군요."

고로는 언덕 위에 서서 한동안 물끄러미 뒤를 돌아다보았다. 가슴속에서 지난 십이 년 동안의 일들이 차올랐다. 특히 남겨두고 온 이금의 신세가 딱하고 가엾기만 했다.

"저는 집 창문에서 배웅하겠습니다. 자칫 도중까지 갔다가는 일본까지 따라가고 싶어질 테니까요."

이금은 그렇게 말하고 집에 남았다. 이금이 눈물을 흘리며 뺨이 닳도록 볼을 비비다 손을 놓았던 아이는 지금 스데지로의 등에 업혀 있었다. 이름은 양경복楊景福이었다. 배웅하는 사람은 열대여섯이었고 짐은 당나귀 한 마리와 손수레 한 대에 실었다. 배웅하는 사람 중 한 명이 말했다.

"스데, 무겁지 않은가? 긴 여정이니 아이를 여기에 태우는 것이 어떤가?"

스데지로는 아이를 손수레에 태웠다. 바퀴가 크고 손으로 미는 수레였다. 들이나 산언덕에서 끄는 작은 짐수레라 일부러 바퀴 축에 기름을 칠하지 않았다. 그러다 보니 바퀴가 돌 때마다 암탉이 우는 것처럼 삐걱거리는 소리가 났고, 그래서 '계공차鷄公車'라고 불렀다. 아이는 짐 사이에서 즐거워했다. 때때로 쌀가루 빻은 것이나 물엿을 빨아 먹었다.

배에서 자고 여관에서 쉬며 몇 날 밤이 지나서야 마침내 양자강 기슭에 있는 심양尋陽에 도착했다. 도중에 배웅해준 사람들이 두세 사람씩 차례로 돌아갔고, 이제 이곳 성안까지 따라온 사람들도 모두 돌아갔다.

고로 일행은 배의 객줏집에서 며칠 동안 머물며 배편을 기다렸다. 그리고 드디어 금릉金陵까지 내려가는 배가 밤늦게 분포강盆浦江 하구에서 출발하는 날이 왔다. 날이 밝기 전, 객줏집 지배인이 얇은 종이로 포장된 물건을 가져왔다.

"나리께 드리라고 하면서 아름답고 가냘픈 여인이 이걸 여기에 두고 도망치듯 가버렸습니다."

생김새와 연령대를 자세히 물어보니 이금이 분명했다. 고로가 의아해하며 종이를 풀어보자 그것은 오랫동안 구하려고 해도 도저히 구할 수 없었던 도자기를 만드는 비본秘本이었다. 이 책을 가지고 있던 사람은 가마터의 장인이었다. 고집이 센 그가 일본인에게는 팔지 않겠다며 터무니없이 비싼 값을 불러 결국 포기할 수밖에 없었던 책이었다.

'이금이 어떻게 이것을 손에 넣었을까?'

고로는 방금 전 떠난 이금을 찾으려고 아이를 객줏집에 맡기고 스데 지로와 함께 성안의 거리를 샅샅이 뒤졌다. 하지만 끝내 이금을 찾을 수가 없었다. 어느새 날이 저물고 밤이 깊었다. 객줏집 사람이 고로를 찾아다니다 간신히 발견하고는 그에게 말했다.

"곧 배가 떠납니다."

그 말에 당황한 고로는 객줏집 사람에게 분포강 기슭으로 아이와 짐을 옮겨달라고 말하고는 갈대 사이에 매어두었던 나룻배에 올라탔다. 금릉으로 가는 배는 강 한가운데에 닻을 내리고 있었는데, 그곳까지 나룻배를 타고 가야 했다. 나룻배가 흔들리자 시커먼 강물이 무서웠는지 아이가 훌쩍이며 울기 시작했다.

"울지 말거라. 뭐가 무섭다고 우느냐. 그만, 착하지……."

그때 어디선가 비파 소리가 들려왔다. 주변 누각에서도 불빛은 보이지 않았다. 다만 강 한쪽에서 갈대와 검은 강물이 흔들렸다.

'아, 이금이 아닐까?'

이금이 비파를 잘 탔기 때문에 고로는 혹시나 하는 마음에 주위를 둘러보았다. 그러자 노를 젓는 사공이 말했다.

"나리, 모르시는지요? 이곳 심양성의 부두는 옛날에 시인 백거이가 〈비파행琵琶行〉이라는 유명한 시를 남긴 곳이라고 합니다. 그래서 지은 비파정琵琶亭도 있고, 또 배에서 비파를 연주하며 여행하는 사람들을 상대하는 여자도 있다고 합니다. 원하신다면 뱃전을 손으로 두드리며 '어이' 하고 불러보십시오. 이내 배를 저어올 테니 말입니다."

고로는 사공의 말을 흘려들으며 어둠 속을 바라보고 있었다. 이윽고 비파 소리가 그치더니 나룻배가 지나갔던 갈대밭 사이로 배 한 척이 보였다. 대나무로 엮은 거적 속에서 희미한 불빛이 새어나오고 그 불빛 속에 귀고리를 한 여자의 하얀 얼굴이 보였다. 이금은 아니었지만 별빛 아래 물결치는 강물 위에서 이금과 고로의 마음은 분명 통하고 있었다.

'일본에 돌아가더라도……'

그는 생각했다. 비록 몸은 멀어지지만 지금의 이별이 영원한 것은 아니라고 생각했다. 꽃가루가 꽃에서 꽃가루로 날아가 앉을 때 지상에서 영원히 사라지지 않는 싹이 흙에서 태어날 것이며, 그 싹은 자연의 도움으로 꽃을 피우고 열매를 맺을 것이다. 또한 비와 바닷물처럼 이토록 마음이 닮은 두 나라의 문화 교류는 몇천 년 전부터 자연스럽게 이어져왔다.

가을밤, 고로는 동쪽을 향해 내려가는 배 위에서 그런 생각에 빠져 있었다. 그가 이 강을 거슬러 올라온 것도 그러한 자연의 힘이 작용했기 때문이다. 몇 세대 전의 선조인 이토 고로 다유伊藤五郎大夫는 도겐 선사道元禪師[8]를 모시고 중국으로 건너간 사람이었다. 임제종臨濟宗의 에이사이 선사榮西禪師[9], 구카이 선사空海禪師[10], 그리고 그보다 훨씬 이전에 젊은 나이에 당나라로 파견된 수많은 견당사遣唐使[11]들도 마찬가지였다. 중국에서도 진나라와 한나라 때, 수많은 사람이 일본으로 이주해왔고, 이제 그들은 일본의 민초가 되어 오늘날까지 하나의 혈통으로 살아오고 있었다.

---

8) 일본 가마쿠라鎌倉 시대의 선승. 황실 귀족 출신으로 중국에서 선禪을 공부하고 일본으로 돌아와 '조동종曹洞宗'의 개조가 되었다.

9) 일본 가마쿠라 시대의 선승으로 도겐 선사와 함께 선종을 열었고, 수복사壽福寺를 창건하는 등 활발한 선교 활동을 벌였다.

10) 일본 헤이안 시대의 선승으로 불교 진언종眞言宗의 개조다. 홍법대사弘法大師가 법명인 그는 마음과 육체의 합일을 중시하고 현세의 이익을 강조했다.

11) 일본 나라 시대와 헤이안 시대 초기에 당나라로 파견했던 사신을 일컫는 말로 그들의 주요 임무는 당 황제에게 외교 문서나 공물 등을 바치는 것이었다.

들의 아이

"내 벌이야!"

"내 거야."

"거짓말, 거짓말이야."

"내가 찾은 거야."

주변은 온통 새하얀 무꽃과 유채꽃이 숨 막힐 듯 빽빽이 피어 있었다. 그 속에서 일고여덟 명의 악동들이 엉덩이에 주머니가 달린 조선벌을 한 마리라도 발견하면 서로 앞다퉈 막대기를 휘두르며 먼저 잡으려 했다.

야에몬의 아들인 히요시日吉는 올해 일곱 살이었다. 어머니가 아이를 임신하고 충분히 음식을 먹지 못한 탓인지 아이는 오 년 절인 매실장아찌 같은 얼굴을 하고 태어났다. 그러다 보니 일곱 살이 되어도 또래 아이들처럼 자라지 못해 몸집이 작고 얼굴에 잔주름도 있었다. 하지만 못된 장난기와 난폭함은 이곳 나카무라고中村鄕의 아이들 중에서 단연 최고였다.

"제길!"

벌을 두고 다투면서 히요시가 고함을 쳤다. 몸집이 큰 아이가 밀치자 히요시는 넘어지고 말았는데, 또 다른 아이가 히요시를 밟고 지나갔던 것이다. 히요시는 그 아이의 발에 딴죽을 걸었다.

"벌을 잡은 사람이 임자야."

히요시는 그렇게 외치고 재빨리 앞쪽을 향해 내달리다 풀쩍 뛰어올라 손으로 벌을 잡았다.

"이야, 내 거다!"

히요시는 벌을 쥐고 열 걸음 정도 앞으로 달려간 뒤 벌의 머리와 날개를 떼어내더니 이내 입안에 넣어버렸다. 벌의 배는 달콤한 꿀주머니였다. 설탕 맛을 모르는 소년은 세상에 이렇게 맛있는 것이 있을까 싶어하며 맛을 음미했다.

"아아, 달다."

히요시는 눈을 가늘게 뜨고 꿀이 목구멍을 타고 넘어간 뒤에도 몇 번이나 입맛을 다셨다. 다른 아이들은 침을 삼키며 부러운 듯 히요시의 표정을 바라보았다. 벌은 얼마든지 날아다니고 있었지만 그중 조선벌은 많지 않았다. 안타까움이 복받쳐 올랐는지 몸집이 큰 아이가 외쳤다.

"원숭이!"

'니오우仁王'라는 별명을 가진 소년이었다.

"원숭아."

"원숭이, 원숭이, 원숭이다."

키가 가장 작은 오후쿠於福까지 외쳤다. 오후쿠는 아홉 살이지만 일곱 살인 히요시와 키가 비슷했다. 하지만 피부가 하얗고 이목구비가 뚜렷했다. 게다가 오후쿠의 집은 마을에서 부잣집에 속하는 편이라 아이들 중 오후쿠만 고소데小袖12)를 입고 있었다. 그의 진짜 이름은 후쿠타로福太郎, 또는 후쿠마쓰福松였는데, 남자 이름 앞에 오於 자를 붙여 부르는 것은 양갓집의

_____

12) 오소데大袖라는 소맷부리가 넓은 옛날 예복 밑에 입는 통소매의 속옷을 가리킨다.

풍습이었다.

"뭐라고!"

히요시는 다른 사람이 자신을 원숭이라고 불러도 화를 내지 않았지만 오후쿠가 놀리자 노려보았다.

"늘 내가 감싸주는 거 잊어버렸어? 얼굴도 희멀건 가지 같은 놈이!"

히요시가 화를 내자 오후쿠는 주눅 든 얼굴로 손톱을 깨물었다. 자기 얼굴에 대한 험담보다 은혜도 모른다는 말을 들은 것이 더 부끄럽게 여겨지는 듯했다. 다른 아이들은 딴 곳을 바라보고 있었다. 그들은 조선벌 대신에 밭 저편에서 일어나는 한 줄기 누런 먼지에 눈길을 멈추고 있었다.

"아, 군대다."

"무사들이 지나간다."

"전쟁에서 돌아왔다."

아이들은 양손을 흔들며 와하고 환호했다. 영주인 오다 노부히데織田信秀[13]와 인접국의 이마가와 요시모토今川義元[14]는 공존할 수 없는 세력이었다. 국경 방면에서는 끊임없이 작은 싸움이 일어났는데, 어떤 해에는 이마가와 가문의 정예병이 몰래 들어와 민가에 불을 지르거나 논의 벼를 자르거나 밭을 쑥대밭으로 만들고 사라졌다. 그러면 나고야那古屋 성이나 기요스清洲 성에서 몰려온 영주의 병사들이 눈앞에서 적을 베어 무찔렀고, 곳곳의 요새나 검문소의 병사들도 힘을 합쳐 그들을 섬멸했다. 그런 해의 겨울에는 음식과 집이 없어 사람들이 고생을 해야 했지만 어느 누구도 영주를 원망하지 않았다. 굶으면 굶는 대로 추우면 추운 대로 '언젠가 꼭 복수를

---

13) 오다 노부나가織田信長의 아버지로 오와리노쿠니尾張國의 슈고다이守護代의 가신이었다. 맹장으로 이름을 떨쳤으나 말년에 적대 가문과의 대립과 국내 적들로 인해 고립을 면치 못했다.

14) 일본 전국戰國 시대 스루가노쿠니駿河國 이마가와今川 가문의 제9대 당주로, 가문을 센고쿠 다이묘戰國大名 반열에 올려놓은 인물이다. 1560년 오와리 침공을 감행하지만 오히려 오다 노부나가의 기습을 받아 죽음을 맞이한다.

하겠다'며 오히려 이마가와 가문을 향한 적개심이 불타올랐다.

이 주변의 아이들은 태어날 때부터 그것을 보고 들으며 자랐다. 그래서 영주의 군사를 마치 자신의 분신처럼 생각했다. 아이들은 태어날 때부터 병사와 군마를 보면 다른 무엇을 본 것보다 흥분하도록 핏속까지 길들여져 있었다.

"가보자."

누군가 말하자 모두 와하고 한꺼번에 내달렸다. 하지만 오후쿠와 히요시만은 뒤에 남아 서로를 노려보았다. 기가 약한 오후쿠는 다른 아이들과 함께 달려가고 싶었지만 히요시의 눈에 사로잡혀 어쩔 줄 몰라 했다.

"미안……."

오후쿠는 조심조심 히요시 옆으로 다가와서 그의 어깨에 손을 얹었다.

"미안, ……미안해."

히요시는 울음을 터뜨릴 것 같은 오후쿠의 눈을 보고 이내 어깨를 으쓱하며 말했다.

"쟤네들과 똑같이 나를 놀리니까 그런 거야."

그러고는 여전히 화가 풀리지 않은 것처럼 말했다.

"모두 너를 당인唐人의 자식이라고 놀리지만 내가 그렇게 놀린 적이 있어?"

"아니……."

"당인의 자식이라도 친구가 되면 우리나라 사람이다, 그렇게 말했지?"

"응."

"정말이야, 오후쿠."

"응……."

오후쿠는 눈을 비볐다. 진흙이 눈물에 녹아 눈가에 얼룩이 생겼다.

"바보. 그렇게 우니까 당나라 사람 자식이라는 말을 듣는 거야. 무사를 보러 가자. 빨리 가지 않으면 가버릴 거야."

히요시가 오후쿠를 잡아끌며 달리기 시작했다. 저편의 누런 먼지 속 군마와 깃발이 어느새 가까이 보였다. 스무 명 정도의 무사와 이백 명쯤 되는 보병이었다. 창과 활을 든 병사와 짐을 실은 부대가 앞뒤로 뒤죽박죽 되어 아쓰다熱田 가도에서 이나바지稻葉地 들판을 가로질러 쇼나이庄內 강의 제방 위를 향해 한 명씩 오르는 중이었다.

"와!"

밭에서 뛰어온 아이들은 군마를 앞질러 제방 위로 뛰어 올라갔다. 히요시와 오후쿠, 니오우와 다른 코흘리개들은 들장미와 제비꽃과 같은 들 꽃 등을 뽑아 양손에 쥔 채 눈을 반짝였다. 그러고는 눈앞으로 늠름한 무 장과 병사가 지나갈 때마다 "하치만八幡15), 하치만", "승전", "화무자華武者를 축하하자"라고 환호하며 손에 든 꽃을 던졌다.

영내의 아이들은 마을이나 거리에서도 군사를 보면 이처럼 연호하며 축복했다. 하지만 말 위의 장수와 다리를 끌고 걷는 군사들은 모두 가면 처럼 굳은 얼굴을 하고 다가오지 말라는 듯 그들의 환호에 웃음을 보이지 않았다. 특히 지금 지나가는 부대는 미카와三河 방면에서 철수한 군대의 일 부인 듯했는데, 계속되는 싸움에 지쳤는지 말과 사람 모두 피곤에 찌들어 있었다. 창칼에 찔려 배 밖으로 튀어나온 창자가 흔들리는 말도 있었고, 병사 중에는 온몸이 피투성이가 되어 동료의 어깨에 매달려 간신히 걸어 가는 사람도 있었다. 창대와 갑주에 말라붙은 피가 옻처럼 검게 빛나고 있 었고, 병사들의 얼굴은 땀과 먼지투성이로 그저 눈만 번뜩였다.

"말에게 물을 먹여라."

---

15) 하치만진八幡神의 준말로 무신武神으로 추앙받는 신이다. '야하타노가미八暢神'라고도 한다.

선두에서 말을 타고 가는 무장이 강가에 내려서며 말하자 주위를 둘러싸고 있던 기마 무사가 즉시 큰 소리로 그 말을 부대에 전하고 명령을 내렸다.

"휴식."

기마 무사들이 저마다 말에서 내렸고 보병들은 발길을 멈추고 풀숲 위에 주저앉았다. 강 건너 저편으로 기요스 성이 작게 보였다. 군대 속에는 이곳 오와리 네 군郡의 영주인 오다 노부히데의 동생인 오다 요사부로織田与三郎가 있었다. 의자에 앉은 요사부로는 대여섯 명의 직속 부대장들에게 둘러싸여 묵묵히 하늘을 바라보았다.

"……."

직속 부하들도 모두 입을 굳게 다물고 있었다. 다리와 팔목의 상처를 다시 동여매는 자도 있었다. 그들의 안색을 봤을 때 싸움에서 아군이 대패한 것이 틀림없었다. 하지만 그것을 헤아릴 수 없는 아이들은 병사들의 피를 보면 마치 자신이 피를 흘린 것처럼 흥분했고 창이나 칼을 보면 적을 섬멸하고 온 것으로 믿었다.

"하치만, 하치만."

"화무자, 화무자."

아이들은 물을 먹는 말에게도 꽃을 던지며 소리를 질렀다. 그러자 말 옆에 있던 한 무사가 히요시를 발견하고 손짓하며 물었다.

"야에몬의 아들이구나. 어머님은 여전하시냐?"

"네? 저요?"

히요시는 그에게로 걸어갔다. 검은 콧구멍을 위로 들고 그 사람을 똑바로 쳐다보았다.

"그래……."

그는 히요시의 땀에 전 머리에 손을 얹고 고개를 크게 끄덕였다. 스무 살 정도로 보이는 젊은 무사였다. '이 사람도 싸우고 온 군사 중 한 사람이 구나' 하고 생각하자 히요시는 자신의 머리 위에 있는 철갑 토시를 찬 무거운 손길마저도 영광스럽게 여겨졌다.

'봐라, 우리 집은 이런 무사와 아는 사이다!'

히요시는 나란히 서서 이쪽을 바라보고 있는 다른 친구들을 향해 자긍심에 찬 표정을 지어 보였다.

"야에몬의 아들, 너는 히요시라고 했지?"

"예."

"좋은 이름이군, 아주 좋은 이름이야."

젊은 무사는 히요시의 머리를 쓰다듬은 손을 가죽 호구의 허리띠에 갖다댔다. 그러고는 몸을 조금 젖혀 히요시의 얼굴을 바라보더니 이내 웃어 보였다.

히요시는 천성적으로 어른이나 여자에게 붙임성이 있었다. 그러다 보니 알지도 못하는 아저씨가, 그것도 멀리서 보기만 한 무사가 자신의 머리에 손을 얹자 어느새 의기양양해져 평소처럼 떠들어댔다.

"그런데 아저씨, 아무도 나를 히요시라고 부르지 않아요. 그렇게 부르는 건 부모님뿐이에요."

"그야, 닮았으니까 말이다."

"원숭이 말이죠?"

"너도 알고 있는 것이 좋다."

"뭐, 모두 그렇게 말하는걸요."

"하하하."

전쟁터에서 온 무사는 목소리뿐만 아니라 웃음소리까지 컸다. 옆에 있던 무사들도 같이 웃었다. 그동안 히요시는 무료한 얼굴로 품속에서 수수줄기 같은 것을 꺼내 아작아작 베어먹었다. 풋내가 나는 줄기의 즙에서 달콤한 맛이 났다.

"퉤퉤."

히요시는 실컷 씹은 수수 찌꺼기를 근처에 뱉었다.

"몇 살이냐?"

"제 나이요?"

"응."

"일곱 살이요."

"벌써 그렇게 됐구나."

"아저씬, 누구세요?"

"네 어머니와 친한 사람이다."

"예?"

"네 이모가 자주 내 집에 놀러온단다. 돌아가면 어머님께 안부를 전해 다오. 야부야마藪山의 가토 단조加藤彈正가 그렇게 말했다고 말이다."

휴식을 취한 병마는 이미 대열을 정돈하고 쇼나이 강의 얕은 곳을 막 건너기 시작했다. 단조는 뒤를 돌아보더니 서둘러 말 위에 올라탔다. 그의 몸에 찬 칼과 갑주가 부르르 떨듯 덜컥거리며 울렸다.

"야에몬 님께도 싸움이 끝나면 놀러가겠다고 전해다오."

대열에서 뒤처진 단조는 그렇게 말하고는 말을 재촉해서 강으로 들어 갔다. 말이 하얀 포말을 일으키며 달려가자 히요시는 달콤한 수수 줄기를 입에 넣은 채 황홀한 듯 넋을 잃고 바라보았다.

가족

히요시의 어머니는 헛간에 들어갈 때마다 마음이 어두웠다. 절임이나 곡류, 땔감과 같이 저장해놓은 것을 꺼내러오는 것이었지만 자주 양식들이 바닥을 드러내 가슴이 먹먹해지곤 했다.

'앞으로 어떻게 살아가야 할지……'

자식은 일곱 살인 히요시와 열 살인 딸, 둘뿐이었지만 아직 일을 할 나이가 아니었고 남편인 기노시타 야에몬木下彌右衛門은 한여름에도 화롯가에 앉은 채 주전자 밑만 바라보는 일밖에 할 수 없는 불구였다.

'저런 물건은 그냥 땔감으로 태워버리면 속이 후련할 텐데.'

헛간 벽에는 시커먼 떡갈나무 창과 전립, 낡은 갑주가 걸려 있었다. 이전에 남편이 전쟁에 나갈 때마다 몸에 걸친 것이었지만 지금은 시커멓게 변해 불구인 남편처럼 헛간 구석에 파묻혀 있었다. 그녀는 그것을 볼 때마다 불길한 마음에 사로잡혔다. 그리고 전쟁에 대한 두려움이 밀려왔다.

'남편이 뭐라고 해도 히요시는 무사로 만들지 않을 테다.'

오나카는 야에몬에게 시집갈 무렵에는 무사를 남편으로 선택하고 싶어했다. 오나카가 태어난 고키소御器所의 집도 작지만 무가였고 야에몬도 오다 노부히데 가문의 하급 무사였다. 그리고 지금은 헛간에 처박혀 있는 갑주는 두 사람이 부부가 되면서 '장차 천 석의 녹'을 받겠다는 희망으로 무리해서 장만한 것이며, 두 사람에게 애잔한 추억이 담긴 물건이었다.

하지만 그런 젊은 날의 꿈은 지금의 현실 앞에서 아무런 가치도 없이 오히려 가슴을 짓누를 뿐이었다. 남편은 변변한 공도 세우지 못한 채 전쟁터에서 일어설 수도 없는 불구가 되어버렸다. 그는 신분이 낮은 하급 병졸이었기 때문에 봉공에서 물러난 뒤 반년쯤 지나 생활이 어려워지자 농사를 지었지만 지금은 그 농사조차도 지을 수 없었다. 그러다 보니 여자 혼자서, 게다가 아이 둘을 업고 뽕잎을 따고 밭을 일구고 보리를 밟으며 수년간 빈곤과 싸워야 했다. 그녀는 '장차 어떻게 살아야 할까?'라는 생각만 하면 가는 팔과 인내로 얼마나 버틸 수 있을지 막막하기만 했다. 그리고 이내 그녀의 마음은 헛간의 어둠처럼 무거워졌다.

그녀는 저녁 양식으로는 턱없이 부족한 조와 무말랭이를 자루에 담아 헛간에서 나왔다. 아직 서른이 안 되었지만 히요시를 낳은 뒤 산후 조리를 제대로 하지 못한 탓인지 그녀의 안색은 늘 푸르스름한 복숭아 같았다.

"엄마."

히요시의 목소리였다.

"엄마아……."

집 뒤편에서 히요시가 엄마를 찾고 있었다. 순간 오나카는 씽긋 웃어 보였다.

'그래! 내게도 한 줄기 빛은 있다. 히요시를 키우는 일이다. 어서 빨리 자라서 불쌍한 불구의 아버지에게 하루 한 잔의 술이라도 올릴 수 있는 착하고 훌륭한 아들로 키우는 것이다.'

그녀는 마음이 밝아져 큰 소리로 대답했다.

"히요시, 여기다. 엄마, 여기 있다."

그녀의 목소리를 듣고 히요시가 뛰어와 자루를 안은 그녀의 어깨에 매달렸다.

"엄마, 오늘 엄마를 알고 있는 사람을 만났어. 강가에서."

"누구 말이니?"

"무사야. 야부야마의 가토라고 하면 엄마도 안다고 했어. 아, 그리고 잘 지내는지 내 머리를 쓰다듬으며 물어봤어."

"아, 단조 님이구나."

"전쟁에서 돌아온 무사들 속에 있었는데 좋은 말을 타고 있었어. 그 아저씨 누구야?"

"광명사光明寺의 야부야마에 살고 있는 단조 님이야."

"단조 님?"

"고키소에 있는 이모의 약혼자야."

"약혼자가 뭐야?"

"참 끈질기구나."

"뭔지 모르니까."

"머잖아 부부가 될 사람을 말하는 거야."

"뭐야, 그럼 이모의 신랑이라는 거야?"

히요시는 무슨 생각을 했는지 쿡쿡 웃어댔다. 그녀는 히요시의 하얀 이를 보고는 자신의 아들이지만 조숙하다 싶어 살며시 눈을 흘겼다.

"엄마, 헛간 안에 요 정도 되는 칼 있지?"

"있는데 뭘 하려고?"

"빌려줘. 어차피 그런 낡은 칼은 이제 아버지도 쓰지 않잖아."

"전쟁놀이 하려고?"

"……그냥."

"안 돼."

"왜?"

"평민의 자식이 칼을 가지고 놀면 큰일 나."

"난 무사가 될 거야."

히요시가 떼를 쓰며 발을 동동 구르다 입을 꾹 다물었다. 한동안 아들을 노려보던 그녀의 눈가에 눈물이 가득 고였다.

"바보 녀석!"

그녀는 갑자기 그렇게 말하더니 급히 눈물을 닦고 한 손으로 히요시의 손을 잡으며 말했다.

"어서 물도 좀 긷고 누나도 도와줘."

그러고는 토방 입구 쪽으로 걸어갔다.

"싫어, 싫어."

히요시는 손을 잡아 빼면서 소리쳤다. 히요시가 발뒤꿈치로 버텼지만 그녀는 자신이 의도하는 곳으로 히요시를 끌고 갔다.

"싫어, 싫다고. 엄마 미워!"

그러자 대나무 창 안에서 노인의 기침 소리가 연기와 함께 흘러나왔다. 아버지의 인기척을 듣자 히요시는 목을 움츠리며 입을 다물었다. 아버지 야에몬은 아직 사십 대였지만 오랫동안 병자처럼 지냈기 때문에 오십이 넘은 사람처럼 기침 소리까지 쉬어 있었다.

"엄마를 곤란하게 하면 일러줄 테다."

그녀는 손에서 살짝 힘을 빼면서 말했다. 히요시는 풀려난 손으로 눈을 부비며 훌쩍훌쩍 울기 시작했다.

'이 아이를 어떻게 해야 하나.'

그녀는 히요시를 안타깝게 바라보다 어느새 울고 있었다.

"오나카^{於加}, 대체 뭐 때문에 또 히요시와 아옹다옹하는 거야. 한심하군, 자식과 싸우다 우는 부모가 어디 있어."

지붕 안쪽으로 보이는 어두운 창 안에서 병자 특유의 새된 목소리가 들려왔다.

"여보, 이 고집쟁이 좀 혼내줘요."

남편에게 한 소리 듣자 그녀는 창 너머로 히요시의 잘못을 이르기라도 하듯 단숨에 쏟아냈다. 그러자 집 안에 있던 야에몬이 껄껄 웃으며 말했다.

"난 또 뭐라고. 헛간에 넣어둔 내 칼을 히요시가 꺼내려 한다고?"

"그래요."

"전쟁놀이라도 하려나 보군."

"그게 잘못됐다고요."

"사내아이야. 야에몬의 아들이라고. 그게 왜 잘못이야. 꺼내줘."

"……."

그녀는 어이없다는 얼굴로 창문을 바라보다 원망스러운 듯 입술을 깨물며 눈물을 그렁거렸다.

'거봐!'

히요시는 자신이 이겼다는 듯 의기양양했다. 하지만 그것은 극히 짧은 순간에 지나지 않았다. 어머니의 푸르스름한 볼을 타고 흐르는 눈물을 보자 그의 득의양양함은 곧 사라지고 말았다.

"엄마, 울지 마. 난 이제 칼 필요 없어. 누나 대신 물 길어올게."

몸이 날랜 히요시가 냉큼 토방 입구 쪽으로 달려갔다. 토방은 넓었다. 한쪽은 화로가 있는 방의 앞 귀틀이었고 다른 한쪽은 부엌이었다. 열 살쯤 되는 여자아이가 고양이 등을 하고 부뚜막 앞에서 바람을 불어넣고 있었다.

"누나, 물 길어줄까?"

히요시가 달려오자 오쓰미는 깜짝 놀라 눈을 들더니 이내 무슨 짓을 할지 두렵다는 듯 고개를 저었다.

"괜찮아, 됐어."

히요시는 물독 뚜껑을 열어보더니 말했다.

"이런, 물이 가득 찼네. 된장 갈아다 줄까?"

"아니, 방해만 되니까 갈지 않아도 돼."

"방해가 된다고? 난 일하고 싶어. 일하게 해줘. 절임 꺼내 올까?"

"방금 엄마가 꺼내러 갔어."

"그럼 뭘 할까?"

"넌 그냥 얌전히 있는 게 도와주는 거야."

"이렇게 얌전히 있잖아. 뭐야, 아직 아궁이에 불을 지피지도 않았네. 내가 지필 테니 비켜."

"됐다니까!"

"비키라니까."

"어머, 그렇게 하니까 꺼졌잖아."

"거짓말, 자기가 꺼뜨렸으면서."

"거짓말, 네가……."

"시끄러."

히요시는 땔감에 불이 붙지 않자 심술이 났는지 밖으로 나갈 때 오쓰미의 볼을 한 대 찰싹 때렸다. 오쓰미가 큰 소리로 울면서 안쪽에 대고 일렀다. 야에몬이 있는 화로 방과 가까운 터라 이내 그의 목소리가 히요시의 귓전을 파고들었다.

"이놈, 누나를 때리다니! 사내가 여자를 때리면 못써. 히요시, 이리 오너라! 어서 이리 와."

히요시는 벽 구석에 앉아 침을 꼴깍 삼켰다. 그리고 고자질한 오쓰미를 노려보았다. 나중에 들어온 오나카는 또다시 어이없다는 얼굴로 토방 입구에 서 있었다. 아버지는 무서웠다. 세상에서 가장 무서운 사람이 아버지였다. 히요시는 공손하게 야에몬의 얼굴을 바라보았다.

"무슨 일이세요?"

야에몬은 화로 앞에 앉아 마 상자에 팔꿈치를 괴고 있었다. 뒤편 벽에는 짚고 일어서는 지팡이가 세워져 있었다. 화장실을 갈 때도 그 지팡이를 짚지 않으면 걸을 수 없었다. 그리고 그는 마 상자를 늘 곁에 두었다. 불구의 몸이지만 얼마간 살림을 돕기 위해 마음이 동할 때마다 모시를 뽑아넣었다.

"히요시."

"예."

"엄마 속을 썩이면 안 된다."

"예에."

"누나를 괴롭히는 것도 좋지 않아. 사내가 여자에게 무슨 짓이냐?"

"전, 아무 짓도……."

"시끄럽다."

"……."

"내게도 귀가 있다. 네가 어디서 무엇을 하는지 정도는 앉아서도 알고 있다."

히요시는 아버지의 말이 두려웠지만 야에몬은 그런 히요시마저도 무척 사랑스러웠다. 전쟁터에서 절름발이가 된 다리와 손을 전처럼 되돌릴 수는 없지만 자신의 피는 히요시를 통해 백 년 뒤에도 살 수 있다고 믿기 때문이었다.

하지만 야에몬은 히요시를 보고 있으면 한편으로는 비참한 마음이 들었다. 아이의 장단점을 부모가 가장 잘 안다고는 하지만 아무리 좋은 눈으로 보아도 이 괴상한 얼굴을 한 코흘리개 개구쟁이가 부모보다 훌륭한 사람이 되어 부모의 한을 풀어줄 것 같지는 않았기 때문이다. 그렇지만 야에몬은 '히요시는 하나의 씨앗이다'라고 생각하며 히요시에게 커다란 기대를 걸고 있었다.

"히요시, 헛간에 있는 칼이 갖고 싶으냐?"

"으응……."

히요시는 고개를 저었다.

"갖고 싶지 않으냐?"

"갖고 싶기는 하지만……."

"왜 정직하게 말하지 못하느냐?"

"그건, 엄마가 안 된다고 해서."

"여자는 칼을 싫어하지. 그래 좋다, 칼을 가져라."

야에몬은 앉은 채로 빙글 뒤로 돌더니 벽에 세워두었던 지팡이를 짚고 일어나 다리를 절면서 안으로 들어갔다.

야에몬의 집은 오나카의 친척이 살던 집이라 가난한 평민에게 어울리지 않게 방이 많았다. 야에몬 쪽으로는 친척이 거의 없었지만 오나카 쪽으로는 그럭저럭 사는 집이 몇 집 있었다.

'뭘 하러 가신 걸까?'

히요시는 아버지가 혼을 내지 않는 것이 오히려 께름칙했다.

이윽고 야에몬이 칼 한 자루를 들고 돌아왔다. 그것은 헛간 구석에서 녹이 쓴 칼과는 달리 칼집까지 있었다.

"히요시, 이건 네 것이다. 원한다면 언제든 가져라."

"예? 제 것이라고요?"

"하나, 너는 아직 이 칼을 찰 수 없단다. 차더라도 사람들이 웃을 것이야. 이 칼을 차고 다녀도 사람들이 웃지 않도록 빨리 자라거라. 알았느냐? 빨리 그렇게 되어야 해."

"……."

"이 칼은 할아버지의 것이야."

야에몬은 눈을 감고 천천히 이어 말했다.

"할아버지는 비록 평민이셨지만 군사를 일으키려 하실 때, 이 칼을 대장장이에게 만들도록 하셨지. 그리고 그 무렵까지 있었던 기노시타 가문의 족보가 하루아침에 불타 없어졌어. 네 할아버지가 거사를 일으키시기 전에 영주에게 발각되어 죽임을 당하셨던 것이지."

"……."

"내가 어렸을 때에는 그와 같은 사람이 많았단다. 난세에는 흔한 일이었지."

어느새 옆방에 등잔불이 켜져 있었다. 방은 화로 불빛으로 밝았다. 히요시는 붉은 불꽃을 바라보면서 아버지의 말에 귀를 기울였다. 야에몬은 히요시가 이해를 하든 못 하든 상관없었다. 어차피 아내나 딸인 오쓰미에게는 그러한 사실을 털어놓을 수 없었던 것이다.

"기노시타 가문의 족보가 있으면 네가 이해할 수 있도록 이야기해줄 수 있겠지만 이미 족보는 불타 없어지고 말았다. 하지만 살아 있는 족보가 네게도 이어지고 있어. 바로 이것이지."

야에몬은 손목의 푸른 혈관을 어루만지며 말했다. 그 뜻은 '피'를 가리키는 것이었다.

히요시가 머리를 끄덕이고는 자신의 손목을 쥐었다. 그러면서 자신의 몸에도 푸른 혈관이 있다는 것을 똑똑히 깨달았다. 그것만큼 분명하게 살아 있는 족보는 없었다.

"할아버지 위로 어떤 분들이 선조인지 알 수는 없지만 옛 선조들 중에는 틀림없이 위대한 분들이 있었을 거야. 아마 무사도 있고 학자도 있었을 거야. 그런 분들의 피가 흐르고 흘러 나를 통해 네게 전해진 것이란다."

"예……."

히요시는 다시 고개를 끄덕였다.

"하나, 나는 위대하지 못하구나. 더군다나 이처럼 불구의 몸이 돼버렸지. 그러니 히요시, 너는 위대해져야 한다."

"아버지."

히요시는 동그란 눈을 들었다.

"위대해지라고 하셨는데, 어떤 사람이 되어야 위대한 건가요?"

"그야, 예를 들면 끝이 없지만…… 하다못해 네가 무사가 되어 할아버지의 유품을 차고 다닐 수 있다면, 나는 죽어도 여한이 없을 것이다."

"……."

히요시는 당황한 듯 입을 닫고 말았다. 자신이 없는 얼굴이었다. 아버지의 눈을 피하며 주위를 두리번거렸다. 야에몬은 '일곱 살 아이니 무리지'라고 생각하면서도 히요시의 자신 없는 행동을 보자 속으로 한숨을 내쉬었다.

밥상을 차린 히요시의 어머니는 구석에서 아무 말 없이 남편의 이야기가 끝나기만을 기다렸다. 그녀의 생각은 야에몬의 생각과는 반대였다. 그녀는 '무사가 되어라, 위대해져라' 하고 아들을 격려하는 남편이 원망스러웠다.

'히요시에게 무리한 일만…… 히요시, 아버지는 한이 많아서 그렇게 말하지만 너까지 아버지의 전철을 밟아서는 안 돼. 바보라도 그에 어울릴 만큼 성실하게 일해 논 한 마지기라도 갖는 농부가 되어야 해.'

그녀는 마음속으로 아이의 앞날을 간절히 빌었다.

"자, 저녁을 먹도록 하자. 히요시와 오쓰미, 이리 오너라."

그녀는 야에몬을 중심으로 화로 주위에 둘러앉은 아이들에게 젓가락과 밥공기를 나누어주었다.

"밥 먹을 때가 됐군."

야에몬은 초라한 피죽 냄비를 볼 때마다 얼굴이 어두워졌다. 아내나 아이들을 충분히 먹이지 못한다는 죄책감 때문에 남모르게 괴로워하는 듯했다. 하지만 피죽 한 그릇을 앞에 두고 볼과 코까지 빨개져 맛있게 먹는 히요시나 오쓰미는 가난하다고 생각하지 않았다. 그 이상의 부귀영화를 알지 못했기 때문이다.

"신카와新川의 다완茶碗[16)집 주인에게 된장도 받았고 말린 푸성귀와 밤을 삶아 말린 것도 헛간에 넣어두었으니 오쓰미와 히요시도 많이 먹어라."

오나카는 그렇게 말하면서 불구의 남편이 살림을 걱정하지 않도록 신경을 썼다. 그녀는 두 아이가 배불리 먹고 남편도 다 먹은 뒤가 아니면 젓가락을 들지 않았다. 그리고 다른 집들이 모두 그러하듯, 저녁을 먹으면 얼마 뒤에 잠자리에 들었다.

나카무라 촌은 밤에 칠흑 같은 어둠이 내렸다. 어두운 밤이 되면 들과 길에서 사람의 발소리가 끊임없이 들려왔다. 가까운 나라에서 전투가 벌어질 때면 더욱 그러했다. 노부시野武士[17) 무리부터 군마, 도망자, 밀사까지 밤을 틈타 움직였다.

"으으응, 으으응."

히요시는 꿈속에서 어두운 밤의 발소리가 들리는지, 천하의 동란이 위협하는지 자주 가위에 눌렸다. 어떤 날은 옆에서 자던 오쓰미를 발로 걷어차는 바람에 깜짝 놀란 오쓰미가 울음을 터뜨리고, '하치만, 하치만' 하고 고함을 치더니 느닷없이 자리에서 벌떡 일어나기도 했다. 그런 날에는 아무리 달래도 여전히 꿈에 취해 좀처럼 흥분을 가라앉히지 못했다.

---

16) 차를 마실 때 사용하는 사발을 일컫는 말로, 조선 시대 때 일본으로 유출된 '이도다완井戸茶碗'을 국보로 지정할 만큼 일본 내에서 다완을 중히 여겼다.

17) 산과 들에 숨어 살면서 패잔병 등의 무기를 빼앗거나 도적질을 하는 무사와 토착민의 무리를 일컫는다.

"경기 때문이니 목덜미에 뜸을 떠주게."

야에몬이 말하자 아내 오나카가 말했다.

"뜸을 얼마나 떴는지 몰라요. 저런 아이에게 당신이 칼을 보여주면서 조상님 이야기를 들려주니까 그런 거예요."

그렇게 지내는 동안 히요시의 집에도 커다란 변화가 찾아왔다. 이듬해인 덴분 12년 1월 2일, 야에몬이 병으로 죽고 말았다. 히요시는 인간의 죽음을 아버지를 통해 처음 보았다. 하지만 눈물은 나오지 않았다. 오히려 장례식 중에도 뛰어다니면서 놀았다.

다음 해 야에몬의 1주기가 지난 9월 무렵이었다. 히요시가 아홉 살이 되던 해 가을, 많은 사람이 집에 다시 모여들었다. 떡을 치고 경사가 났다며 노래를 부르고 밤을 새웠다. 친척 중 한 명이 히요시에게 말했다.

"히요시, 저분이 새아버지가 될 사람이야. 야에몬 님과 이전부터 친구인데 똑같이 오다織田 가문에서 잡무를 맡고 있는 지쿠아미筑阿弥 님이시지. 알았지? 앞으로 새아버지에게도 효도해야 한다."

히요시는 떡을 먹으면서 안쪽을 엿보러 갔다. 여느 때와 달리 어머니가 예쁘게 화장을 하고 잘 모르는 아저씨와 나란히 서서 고개를 숙이고 있었다. 그 모습을 본 히요시가 기뻐하며 소리쳤다.

"하치만, 하치만, 꽃을 던져라."

이날 밤, 히요시는 그 누구보다 신바람이 났다.

대향로 大香爐

다시 여름이 돌아왔다. 옥수수의 키가 훌쩍 자랐다. 히요시와 악동들은 매일 쇼나이 강에서 헤엄을 치거나 논에서 송장개구리를 잡아먹으며 알몸으로 보냈다.

송장개구리는 조선벌의 엉덩이에 달린 꿀주머니와는 비교가 되지 않을 만큼 맛있었다. 감병疳病[18]의 약이라는 어머니의 말을 들은 뒤부터 맛을 들인 음식이었다. 그런데 히요시가 한창 놀이에 열을 올리고 있으면 이내 '원숭이'라고 부르며 찾으러 오는 사람이 있었다. 그는 바로 의붓아버지인 지쿠아미였다.

야에몬이 죽은 뒤에 집에 들어온 지쿠아미는 그저 일만 하는 사람이었다. 일 년이 지나기도 전에 살림이 꽤 불어 배를 곯는 날도 없어졌다. 그 대신 히요시도 집에 있으면 아침부터 밤까지 일을 도와야 했다. 조금이라도 게으름을 피우거나 장난이라도 치려고 하면 그의 커다란 손이 바로 히

---

18) 어린아이가 걸리는 병 중 하나로 수유나 음식 조절을 잘못하여 생긴다. 감병에 걸리면 얼굴이 누렇게 뜨고 몸이 여위며 배가 불러 끓고, 영양장애나 소화불량 따위의 증상이 나타난다.

요시의 얼굴로 날아왔다. 히요시는 의붓아버지가 너무나 싫었다. 일보다 의붓아버지의 눈에서 잠시라도 도망치고 싶었다.

지쿠아미는 매일 낮잠을 잤는데 히요시는 이때다 하고 그 틈을 노려 빠져나왔지만 어느새 지쿠아미가 밭이나 제방으로 히요시를 찾으러왔다.

"원숭이! 우리 집 원숭이 놈은 어디에 있느냐."

히요시는 다 집어던지고 옥수수밭 속으로 뛰어들었다. 찾다 못한 지쿠아미가 느릿느릿 돌아가면 히요시는 뛰어나와 쾌재를 불렀다. 저녁때 집에 돌아가면 밥도 먹지 못하고 벌을 받는다는 생각 따위는 잠시 잊었다. 그러면 다시 놀이에 열중할 수 있었는데, 그날은 여느 때와 달랐다.

"이놈!"

지쿠아미는 무서운 눈으로 옥수수밭을 뒤지며 히요시를 찾아다녔다. 히요시는 큰일 났다 싶어 얼른 제방을 넘어 강가 쪽으로 숨었다. 그런데 오후쿠가 혼자 제방에 서서 보고 있었던 것이다. 여름인데도 그는 옷을 갖춰 입은 채 서서 수영도 하지 않고 송장개구리도 먹지 않고 있었다. 오후쿠를 발견한 지쿠아미가 물었다.

"아, 다완집 자제분이군요. 우리 집 원숭이가 어디에 숨었을까요?"

"몰라."

오후쿠는 몇 번이고 머리를 가로저었다.

"거짓말을 하면 제가 댁에 갔을 때 나리께 이를 겁니다."

지쿠아미가 겁을 주자 소심한 오후쿠는 금세 얼굴빛이 바뀌어 손가락을 가리키며 말했다.

"저 배 안에 숨어서 거적을 뒤집어쓰고 있어요."

강가에는 작은 나룻배가 묶여 있었다. 지쿠아미가 그곳을 향해 달려가자 히요시가 배 안에서 뛰어나왔다.

"네 이놈!"

지쿠아미가 달려들어 들이받자 히요시가 나동그라졌다. 히요시는 강가의 돌에 입술을 부딪혔는지 피를 흘렸다.

"아얏!"

"쌤통이다."

"죄송, 죄송해요."

"이 원숭이 놈, 오늘은 각오해라."

머리를 몇 대 쥐어박은 지쿠아미는 히요시보다 몇 배나 센 힘으로 히요시의 몸을 번쩍 들더니 집을 향해 달려갔다. 지쿠아미는 "원숭이, 원숭이!" 하고 불렀지만 실은 히요시를 그리 미워하지 않았다. 가난에서 벗어나려는 마음에 잔소리가 심했고, 히요시의 성격을 억지로라도 고치려고 하는 마음도 있었다.

"이놈, 벌써 열 살이나 됐는데."

그는 히요시를 매달고 집에 돌아오자마자 다시 몇 대를 더 쥐어박았다. 오나카가 만류하자 그가 고함을 쳤다.

"당신이 오냐오냐하니까 더 그러는 거야."

오쓰미가 오나카와 함께 울자 지쿠아미가 다시 히요시를 쥐어박으며 말했다.

"울긴 왜 울어. 난 이놈 버릇을 고쳐주려고 때리는 거야. 요놈의 자식."

처음에는 맞을 때마다 머리를 감싸고 용서를 빌었던 히요시가 이제는 울면서 막말을 해댔다.

"뭐야, 남의 집에 들어와서 아버지 행세를 하며 잘난 체하긴. 내, 내 진짜 아버지는……."

오나카는 얼굴이 새파래져서 히요시의 입을 막았다.

"히요시, 그런 말을 하면 못써."

지쿠아미는 노발대발하며 이번에는 쉽사리 용서하지 않을 기색이었다. 그는 히요시를 뒤편 헛간에 집어넣고는 저녁을 주지 말라고 소리쳤다. 어두워질 때까지 헛간 안에서 욕을 하며 고함을 치는 히요시의 목소리가 들렸다.

"꺼내줘, 꺼내달라니까! 나쁜 놈, 내보내주지 않으면 불을 지를 테야."

히요시는 개가 짖는 것처럼 엉엉 울다가 한밤중이 되자 지쳐 잠이 들고 말았다. 얼마 뒤 귓가에 "히요시, 히요시" 하고 부르는 목소리가 들렸다. 죽은 아버지의 꿈을 꾸고 있었던 히요시는 비몽사몽 중에 "아버지!" 하고 외쳤지만 눈앞에 서 있는 사람은 어머니인 오나카였다. 그녀가 지쿠아미 몰래 가져온 음식을 주면서 말했다.

"자, 이걸 먹고 아침까지 얌전히 있어라. 아침이 되면 아버지께 용서를 구할 테니."

히요시는 고개를 저으며 어머니의 품에 달려들었다.

"거짓말, 난 아버지가 없어. 아버진 죽어버렸잖아."

"이놈, 또 그런 말을. 내가 그렇게 일렀거늘 왜 그리 말을 알아듣지 못하느냐."

그녀는 온몸이 산산조각 나는 것처럼 괴로워했다. 하지만 히요시는 어머니가 왜 그토록 몸을 떨면서 울었는지 알지 못했다. 밤이 새자 지쿠아미는 히요시 일로 아침부터 오나카에게 고함을 쳤다.

"나 몰래 한밤중에 밥을 줬지? 그러니까 언제까지나 저 녀석의 버릇을 고칠 수가 없는 거야. 오쓰미도 오늘은 헛간 근처에 얼씬거리면 안 된다."

두 사람은 반나절이나 다투는 듯했다. 그러다 오나카가 혼자 울면서 어딘가로 나가버렸다.

해가 서쪽으로 기울 무렵, 오나카는 광명사의 승려 한 명과 함께 돌아왔다. 지쿠아미는 어딜 갔다 왔는지 묻지도 않고 난처한 표정으로 오쓰미와 함께 일할 때 썼던 멍석 위에 앉아 있었다. 광명사의 승려가 물었다.

"지쿠아미 님, 오늘 부인이 와서 이 집 아들을 절에 맡기고 싶다고 부탁했는데 괜찮은지요?"

지쿠아미는 잠자코 오나카를 바라보았다. 그녀는 뒷문 밖에서 두 손으로 얼굴을 가린 채 울고 있었다.

"흐음, 그것도 괜찮은 듯하지만 절에 들어가려면 보증을 설 사람도 필요할 텐데."

"다행히 야부야마 기슭에 살고 계시는 가토 님의 부인과 자매이시니."

"가토에게까지 갔었군."

지쿠아미는 더욱 떨떠름한 표정을 지었지만 반대하진 않았다.

"좋을 대로."

그는 남의 일처럼 말하고는 오쓰미에게 일을 시키더니 농기구를 치우며 일을 마무리하기 위해 바삐 움직였다. 그러는 동안 헛간에서 풀려난 히요시는 어머니에게 무슨 말인가를 듣고 있었다. 하룻밤 동안 헛간에서 모기에 물려서인지 그의 얼굴은 퉁퉁 부어 있었다. 절에 일을 하러 가게 되었다는 말을 들었을 때, 히요시는 눈물을 보였지만 금세 활기를 되찾았다.

"차라리 절이 좋아."

광명사의 승려는 날이 저물기 전에 돌아가기 위해 히요시에게 서둘러 준비를 시켰다. 그리고 얼마 뒤 함께 집을 나섰다. 지쿠아미가 다소 섭섭한 얼굴로 말했다.

"원숭이, 절에 가면 마음 고쳐먹고 수행 잘해야 한다. 글공부도 해서 어엿한 중이 되도록 해라."

히요시는 고개를 끄덕이기만 했다. 울타리 밖으로 나온 히요시는 자신을 하염없이 바라보는 어머니의 모습을 몇 번이고 뒤돌아보았다.

절은 마을 끝 쪽 야부야마라고 부르는 언덕 높은 곳에 있었다. 일연종日蓮宗의 작은 사찰로 주지는 나이가 많아 자리에 누웠고, 젊은 승려 두 사람이 꾸려나갔다. 전란이 계속되어 마을이 피폐해지자 시주하는 집이 줄어들어 이곳도 가난하긴 마찬가지였다.

하지만 소년 히요시는 생활이 바뀐 것만으로도 자극이 됐는지 새로 태어난 것처럼 열심히 일했다. 또 기지가 있고 활달하고 기억력도 좋다 보니 승려들은 매일 히요시에게 《소학小學》과 《효경孝經》을 가르쳐주면서 귀여워했다.

"히요시, 어제 길에서 네 어머니를 만났단다. 너는 잘 지내고 있다고 말씀드렸다."

승려의 말에 히요시가 기쁜 듯이 씽긋 웃었다. 어머니의 슬픔은 잘 알 수는 없지만 어머니의 기쁨은 히요시에게도 온전히 기쁨으로 다가왔다.

하지만 그런 평온한 날은 일 년도 가지 않았다. 열한 살 가을 무렵, 히요시는 절이 좁게만 느껴졌다. 승려들이 가까운 마을로 탁발을 나가자 히요시는 숨겨두었던 목검과 직접 만든 사이하이采配[19]를 허리에 차고 나섰다. 그러고는 전쟁놀이를 하려고 산기슭에서 기다리고 있던 친구들을 향해 소리쳤다.

"야, 적군들아. 얼마든지 쳐들어와봐라."

얼마 뒤 종이 울릴 때도 아니었는데 갑자기 종루의 종이 댕댕 울렸다. 절이 있는 언덕에서 돌이 날아오고 기와가 쏟아졌다.

"뭐야, 무슨 일이야?"

산기슭에 있던 사람들이 놀라 절이 있는 언덕을 올려다보았다. 밭에서 일하던 농부의 딸이 날아온 기와에 맞아 크게 다치기도 했다.

"광명사의 꼬마 놈이 또 아이들을 모아놓고 전쟁놀이를 하고 있군."

산기슭에 사는 사람들 서너 명이 절로 올라갔는데, 본당 앞에 선 사람

---

19) 옛날 전쟁터에서 대장이 부대를 지휘할 때 쓰던 봉을 가리킨다.

들은 그만 입을 다물지 못했다. 본당이 불에 휩싸여 있었던 것이다. 대향로는 땅바닥에 떨어진 채 깨져 있었고 깃발로 사용했는지 비단 휘장과 북의 가죽은 찢겨져 있었다. 실로 처참한 광경이었다.

"쇼보庄坊야!"

"요사쿠與昨!"

부모들이 아이들을 찾았지만 히요시는 물론이고 다른 아이들까지 모두 어디에 있는지 모습이 보이지 않았다.

"이 절의 원숭이와 놀면 집에서 쫓아낼 테다."

부모들이 언덕 아래로 내려가자 또다시 본당이 진동하고 수풀이 흔들리고 돌이 날아오고 종이 울렸다.

날이 저문 뒤에야 손이 부러지고 혹이 나고 피투성이가 된 아이들이 엉엉 울며 내려왔다. 하루 종일 탁발을 하고 돌아온 승려들은 본당 앞에 서서 서로 얼굴을 바라보며 경악을 금치 못했다. 그동안 비슷한 광경을 보며 자포자기했지만 오늘만큼은 그럴 수 없었다.

본당 앞에 있는 대향로가 두 동강이로 깨져 있었던 것이다. 그 향로는 현재 절의 유일한 시주 집 사람이자 신카와에서 다완을 만드는 스데지로가 불과 삼사 년 전에 봉납한 것이었다.

"이것은 예전에 살던 곳의 산수를 그려넣은 향로인데, 이세마쓰사카伊勢松坂의 어떤 분이 특별히 만들어주신 것입니다. 제게 깊은 인연이 있는 귀중한 유품이기도 하고요. 이것을 절에 봉납하면 후대까지 오랫동안 절의 보물로 전해질 것이라 생각해서……."

평소에는 상자에 넣어 아주 소중하게 보관했지만 이레쯤 전에 그 다완집 부인이 불공을 드리러 온다고 하여 내놓고는 치우지 않았다. 그런데 그 향로가 깨진 것이었다. 두 승려는 안색이 창백해졌다. 이 일이 노스님의 귀에 들어가면 병환이 더 깊어질 것이 분명했다.

"원숭이다."

"맞아, 이런 장난을 할 놈은 그 녀석밖에 없다."

"어떻게 하지?"

두 승려는 당장 히요시를 끌고 와서 대향로를 들이댔다.

"죄송합니다. 그런데 혼자만 본당을 뛰어다닌 건 아니에요. 그리고 그
것은 제가 깬 것도 아니고요."

히요시가 태연하게 말하자 승려가 화를 벌컥 냈다.

"이 악독한 놈."

두 승려는 힘을 합해 히요시의 몸을 본당 둥근 기둥에 매달고 손도 묶
어버렸다.

"며칠이고 이대로 매달아두겠다."

승려가 소리쳤다. 하지만 히요시에게는 흔한 일이었다. 다만 괴로운
것은 다음 날에 친구가 와도 놀 수 없다는 것뿐이었다.

"밧줄을 풀어줘. 풀어주지 않으면 가만 안 둘 테야."

히요시는 악다구니를 쳤지만 벌을 받고 있는 모습을 본 친구들은 모두
도망치고 말았다. 어쩌다 참배를 하러 온 노인이나 마을 여자들은 손가락
질을 하며 놀리다 가버렸다. 히요시는 두고 보라고 중얼거리며 스스로를
위로했다. 절의 커다란 기둥을 등에 지고 있는 그의 작은 몸에서 뜨거운
피가 끓어올랐다.

"제길."

히요시는 억울하다는 듯 기둥에 매달려 발버둥 치다 잠이 들고 말았
다. 그러고는 침을 흘리고 자다 깜짝 놀라 눈을 떴다. 하루가 무서우리만
치 길고 따분했다. 히요시는 문득 눈앞에 놓여 있는 두 동강이 난 도기 대
향로를 바라보았다. 그것의 바닥에는 작은 글씨로 '고로 다유 상서가 만
듦'이라는 글자가 적혀 있었다.

오와리 부근은 세토瀨戶 촌에 가까운 도자기 산지였다. 그러다 보니 애초에 그런 물건은 히요시의 흥미를 전혀 끌지 못했다. 하지만 히요시는 따분했던 차에 대항로의 허리 부근에 그려진 남색의 산수를 보자 그곳이 어디인지 상상하기 시작했다. 백자에 남색으로만 그려진 산과 돌다리와 누각과 사람, 그리고 일본에서는 본 적 없는 배의 모습과 사람들의 옷이 그의 머릿속에 뒤죽박죽 섞였다.

'어느 나라일까?'

히요시는 알 수가 없었다. 소년의 왕성한 호기심은 그 알 수 없는 것에 대해 상상의 나래를 펼쳤다.

'저런 나라가 다 있나?'

곰곰 생각하는 동안 그의 머릿속에서 뭔가 번뜩였다. 그것은 언젠가 누군가에게 들었는지, 혹은 누구에게 배웠는지 몰라도 별안간 떠오른 기억이었다.

'그래, 당나라다! 당나라 그림이다.'

히요시는 기분이 좋았다. 자기에 그려진 남빛 그림을 보고 있으니 마음은 당나라에서 뛰놀고 있는 듯했다.

날이 저물어 두 승려가 탁발에서 돌아오자 히요시가 싱긋 웃어 보였다. 울다 지쳐 있을 줄 알았던 히요시가 생생하자 승려들이 한숨을 내쉬며 말했다.

"벌도 소용이 없으니. 안 되겠군, 이 녀석의 장래가 걱정이니 부모에게로 돌려보내는 게 좋겠네."

밤이 되자 승려는 히요시에게 밥을 준 뒤 히요시를 출가할 때 보증인이 되어주었던 야부야마 산기슭에 있는 가토 단조의 집으로 데리고 갔다.

대붕大鵬

가토 단조는 등잔불을 켜놓고 잠을 잤다. 날마다 전쟁터에서 살다시피 한 무인인지라 어쩌다 집에 돌아와 쉬는 날 집 안이 너무 조용하면 평화에 익숙해져 안일하게 될까 봐 두려웠던 것이다.

"여보."

"예."

멀리 부엌 쪽에서 오에쓰가 대답했다. 그녀는 결혼한 지 한두 해 된 새댁이었다.

"누가 문을 두드리는 것 같은데?"

"또 다람쥐일 거예요."

"아니야, 누가 찾아온 것 같아."

"어머, 정말."

오에쓰는 손을 닦으며 문 쪽으로 가더니 이내 돌아왔다.

"광명사 스님이 히요시를 데리고 오셨어요."

오에쓰가 근심 어린 표정으로 말하자 단조는 예상하고 있었다는 듯 웃으며 말했다.

"하하, 원숭이가 쫓겨난 게로군."

가토 집안과 나카무라의 기노시타 집안은 친척 사이였다.

"승려가 천성에 맞지 않는다면 어쩔 수 없는 일이지요. 저희가 나카무라의 부모님께 돌려보내겠습니다. 그동안 폐만 끼쳤습니다."

히요시가 절에 들어갈 때 보증인이 되었던 단조는 아내와 함께 승려들에게 사과의 말을 전했다. 그리고 그날 밤 히요시를 맡았다.

"히요시 부모님께는 부디 잘 말씀드려주십시오."

광명사 승려는 무거운 짐을 내려놓은 듯 그렇게 말하고 돌아갔다. 멀뚱히 서 있던 히요시는 신기한 듯 집 안을 둘러보며 생각했다.

'누구의 집이지?'

히요시는 절에 들어갈 때 이곳에 들르지 않아 잘 알지 못했다. 또 가까운 곳에 친척이 산다는 것을 알면 히요시가 절에서 참고 살지 않을 수 있다는 생각에 어른들은 오에쓰가 이 집으로 시집왔다는 사실을 말하지 않았던 것이다.

"얘야, 저녁은 먹었느냐?"

단조가 히요시에게 다가와 싱글싱글 웃으며 말했다. 히요시가 고개를 끄덕이며 먹었다고 하자 단조는 히요시에게 단것을 한 움큼 건넸다. 히요시는 그것을 우물우물 먹으면서 긴 창을 올려다보거나 갑주를 넣어두는 궤의 문양을 바라보았다. 그러고는 앞에 앉아 있는 단조의 얼굴을 뚫어져라 쳐다보았다.

'이 아이가 좀 모자란 게 아닐까?'

단조는 의심의 눈초리로 히요시를 살폈다. 히요시가 너무 빤히 바라보자 단조도 시험 삼아 히요시를 똑같이 노려보았다. 하지만 히요시는 눈을 피하거나 내리깔지 않았다. 그렇다고 해서 백치처럼 반응이 없는 것도 아니었다. 그저 싱글싱글 눈웃음을 치며 애교를 부리고 있었다.

"하하하."

단조가 먼저 눈길을 거두며 말했다.

"어느새 이렇게 컸구나. 히요시, 내 얼굴을 기억하겠느냐?"

히요시는 그 말을 듣고서야 일곱 살 무렵 강가에서 머리를 쓰다듬어주던 아저씨라는 것을 알았다.

오에쓰의 남편인 단조는 무인으로 많은 시간을 기요스 성안이나 전쟁터에서 생활했다. 결혼한 지 얼마 되지 않았지만 아내와 둘이서 결혼 생활을 즐기는 날도 흔치 않았다. 그런 남편이 웬일인지 어제 집으로 돌아와 쉬고 있던 참이었다. 그리고 내일 다시 기요스 성에 들어가야 했고 그러면 몇 달간 집에서 함께 지낼 수도 없었다.

"흐음, 하필 이런 때에……."

오에쓰는 눈썹을 찌푸렸다. 방은 떨어져 있었지만 이곳에는 남편의 노모도 있고 가족도 있었다. 시댁 사람들이 '사돈의 자식 중에 저런 아이가 있었나' 하고 생각하는 것도 며느리 입장에서는 꺼림칙한 일이었다. 그런 와중에 히요시는 눈치도 없이 남편의 방에서 계속 이상한 말을 지껄였다.

"아! 아저씨는 예전에 강가에서 많은 무사와 함께 말을 타고 있었죠?"

"그래, 생각이 났느냐?"

"생각나고말고요."

히요시가 친근한 척 응석 어린 목소리로 말했다.

"그럼 우리 집이랑 친척이구나. 아저씨는 우리 이모랑 결혼한 사람이죠?"

하녀와 함께 거실로 밥상을 내놓던 오에쓰는 히요시의 말투와 큰 목소리를 듣고는 가슴이 조마조마했다.

"식사 준비 다 됐어요."

오에쓰는 장지문을 열고 남편을 불렀다. 단조는 히요시와 팔씨름을 하

대붕大鵬 53

고 있었는데, 히요시는 벌처럼 엉덩이를 세운 채 얼굴이 새빨개진 상태였고, 단조도 아이처럼 히요시와 똑같은 자세로 힘을 주고 있었다.

"여보……."

"밥이 다 되었소?"

"국 식어요."

"잠깐, 아니, 당신 먼저 들구려. 이 녀석, 정말로 덤비는구나. 하하하, 어처구니없는 녀석이군."

단조는 팔씨름에 정신이 팔려 있었다. 그리고 천진난만한 히요시에 푹 빠진 듯했다. 사교성이 좋은 히요시는 벌써 이모부와 친해져 함께 놀고 있었던 것이다. 히요시는 흉내를 내거나 아이들끼리 하는 놀이들을 해보였고, 단조는 배를 잡고 웃었다.

다음 날, 기요스 성으로 떠날 때 단조가 침울해하는 아내에게 말했다.

"처형 내외가 승낙하면 저 아이를 이곳에서 키우는 게 어떻소? 일손에 도움이 되지는 않겠지만 진짜 원숭이를 키우는 것보다는 나을 것이오."

오에쓰는 기뻐하지 않았다. 남편을 문까지 배웅하면서 말했다.

"아니에요. 나카무라의 언니에게 돌려보낼 거예요. 혹시라도 어머님께 실수라도 하면 안 되니 말이에요."

"뭐, 당신 뜻대로 하시오."

오에쓰는 남편이 이대로 집을 나서면 살아서 돌아올 수 없을지도 모른다고 생각했다. 하지만 남편은 주군과 싸움에 대한 생각뿐 아내 오에쓰에게는 지나치게 냉정했다.

'남자에겐 공명功名이 저리도 중요한 것일까!'

오에쓰는 남편의 뒷모습을 바라보면서 몇 개월 동안 다시 쓸쓸하게 지낼 날들을 떠올렸다. 그리고 일을 마치자마자 서둘러 히요시를 데리고 나카무라로 향했다. 길을 가는 도중에 맞은편에서 누군가가 그녀에게 공손히 인사를 했다.

"아니, 이게 누구십니까?"

그는 상인이지만 대가大家의 주인임이 분명했다. 마흔 살쯤 되어 보였고 상냥했다. 그리고 화려한 겉옷을 입고 허리에 칼을 차고 벚꽃 문양 버선을 신고 있었다.

"가토 님의 부인 아니십니까? 어디를 가시는지요?"

오에쓰가 히요시를 가까이 끌어당기며 말했다.

"이 아이를 데리고 나카무라에 있는 언니의 집에 갑니다."

"호, 그 도련님이군요. 광명사에서 쫓겨났다는?"

"벌써 알고 계셨군요."

"실은 그 일로 잠시 절에 들렀다 오는 길입니다."

히요시는 어쩐지 겸연쩍어 눈알만 이리저리 굴렀다. 태어나서 처음으로 도련님이라는 말을 듣자 부끄러워 얼굴이 뜨겁게 달아올랐다.

"저런, 이 아이 일로 절에 가셨던 거예요?"

"그렇습니다. 광명사에서 저희 집으로 사과를 하러 왔어요. 이야기를 들어보니 제가 봉납한 대향로가 깨져버렸다고 하더군요."

"이 골칫덩이가 정말 큰일을 저질렀습니다."

"아닙니다. 부인께서 그리 말하실 것까지는 없습니다. 도자기가 깨지는 건 당연한 일이니까요."

"하지만 귀한 것이라고 하셔서……."

"그저 안타까운 것은 제가 오랫동안 모시면서 명나라에도 함께 다녀왔던 마쓰사카의 이세 고로 다유 님께서 만드신 것이어서……."

"상서라는 분이 바로 그분이십니까?"

"예. 하지만 이미 병으로 돌아가셨습니다. 근래에 만든 도자기에 '상서 고로 다유 제製'라고 쓰여 있지만 그것은 그 뒤에 사람들이 그리 쓴 것이지요. 정말로 명나라에 가서 그 도자기 만드는 법을 배워오신 분은 이 세상에 안 계십니다."

"사람들 이야기에 따르면 댁에서 키우신다는 오후쿠라는 도련님은 상서 님이 명나라에서 데려오신 자제분이라던데……."

"예. 그런데 어떻게 알게 됐는지 아이들과 놀면 '당나라 자식, 당나라 자식' 소리를 듣는다고 해서 근래에는 일절 밖에 나가시질 않습니다."

스데지로는 그렇게 말하고는 웃으면서 히요시의 얼굴을 바라보았다. 히요시는 친구인 오후쿠의 이름을 듣고는 앞에 있는 사람이 누구인지 궁금했다.

"그런데 여기 히요시만은 늘 오후쿠 도련님을 감싸주었다는군요. 그런 히요시가 절에서 쫓겨났다는 말을 듣자 오후쿠 도련님까지 제게 용서를 구하셨고, 그래서 방금 광명사에 가서 부디 히요시를 용서해달라고 부탁했습니다. 하지만 그곳 스님께서는 향로를 깨뜨린 죄뿐만이 아니라고 하시더군요. 그래서 다른 사정들도 있다고 여겨져 그만 돌아오는 길이었습니다. 하하하."

스데지로는 가슴을 펴고 웃더니 이윽고 덧붙여 말했다.

"혹여 부모님께서 다시 어디로 보낼 마음이시라면, 그리고 저희 집이라도 괜찮으시면 언제든지 돌봐드리도록 하겠습니다. 이 아이가 범상치 않아 보이니까요."

스데지로는 처음처럼 공손히 인사를 하고 가던 길을 갔다. 히요시는 오에쓰의 소매를 붙잡은 채 몇 번이고 뒤를 돌아보았다.

"이모, 저 사람은 누구예요?"

"다완집 스데지로라고 하는데 여러 나라의 도자기를 팔고 있는 가게 주인이란다."

"아, 그래서 다완집이라고 하는구나."

히요시는 입을 다물고 오에쓰와 함께 터벅터벅 걸어가다 불쑥 물었다.

"명나라는 어디에 있어요?"

"당나라일걸."

오에쓰가 간단하게 답하자 히요시가 계속 물었다.

"어느 쪽에 있어요? 얼마나 넓어요? 명나라에도 성이랑 무사가 있어요? 싸움도 해요?"

오에쓰가 소매를 뿌리치며 말했다.

"시끄러우니 입 좀 다물고 가거라."

하지만 이모의 꾸중은 히요시의 귀에 전혀 들어오지 않았다. 히요시는 목을 길게 빼고 파란 하늘을 물끄러미 바라보았다. 궁금한 게 무척이나 많았던 것이다.

'하늘은 왜 저리 파랗고 깊을까? 왜 인간은 땅에만 있을까? 만약 인간이 새처럼 날 수 있다면 향로의 그림에서 본 명나라에도 한달음에 날아갈 수 있을 텐데.'

향로의 그림을 봐도 새는 오와리의 새와 조금도 다른 점이 없었다. 사람들의 옷과 배 모양은 다르지만 새는 똑같았다. 새에게는 나라가 없다. 아니, 천지는 모두 하나의 나라였다.

'보고 싶다. 다른 나라들을.'

히요시의 머릿속에는 지금 돌아가야 하는 자신의 좁은 집과 가난 따위는 전혀 들어 있지 않았다.

오에쓰와 함께 집에 도착한 히요시는 한낮에도 움막처럼 어두컴컴한 집을 둘러보았다. 다행히 지쿠아미는 집에 없었다. 오에쓰의 이야기를 들은 오나카가 깊이 한숨을 내쉬며 히요시의 태평한 얼굴을 바라보았다.

"이 아이를 어떻게 해야 할지."

하지만 오나카의 눈은 히요시를 책망하는 게 아니었다. 오히려 보지 못한 이 년 동안 훌쩍 큰 자식의 모습에 정신을 빼앗긴 듯했다.

히요시는 어머니의 젖꼭지를 빨고 있는 갓난아이를 의아한 눈으로 쳐다보았다. 어느새 집에 또 한 명의 아이가 태어났던 것이다. 히요시가 갑자기 아이의 얼굴을 젖꼭지에서 떼어내더니 유심히 들여다보았다.

"엄마, 이 애는 언제 태어났어?"

"넌 형이 됐으니 앞으로 의젓해져야 한다."

"이름은 뭐야?"

"고치쿠小竹."

"이상한 이름이군."

히요시는 퉁명하게 말했지만 뭔가를 깨달은 듯했다. 이제 형이 되었으니 앞으로는 동생에게 형 노릇을 해야 했다.

"고치쿠야, 내일부터 내가 업어줄게."

히요시가 자꾸 만지작거리자 고치쿠가 울기 시작했다. 오에쓰가 돌아간 뒤 이내 의붓아버지인 지쿠아미가 돌아왔다. 오나카는 동생인 오에쓰에게 요즘 지쿠아미가 가난에서 벗어나는 데 지쳐 술만 마신다고 불평을 늘어놓았었다. 지금도 지쿠아미는 시뻘건 얼굴로 집에 들어왔다. 그리고 히요시를 보자마자 이내 고함을 쳤다.

"이놈, 또 쫓겨났구나!"

어느덧 시간이 흘러 히요시가 집에 돌아온 지 일 년이 지나 열두 살이 되었다.

"원숭이, 장작은 다 팼느냐? 그리고 이놈아, 왜 물통을 밭에다 내팽개쳤느냐?"

지쿠아미는 히요시의 모습이 조금이라도 보이지 않으면 찾아다니며 소리를 질렀다.

"지금 하려던 참이에요."

"이놈, 또 변명을 하는구나."

히요시가 말대꾸라도 할라치면 지쿠아미의 거칠고 굳은 손바닥이 히요시의 볼을 향해 날아왔다. 아이를 업고 목화를 따거나 보리를 밟거나 불을 때던 오나카는 그럴 때면 일부러 등을 돌린 채 잠자코 있었다. 하지만 자신이 맞는 것보다 더 슬프고 괴로운 얼굴이었다.

"열두 살이면 가업을 돕는 건 당연한 일이다. 부모 눈을 피해 놀 궁리만 했다가는 다리몽둥이를 분질러놓을 테다."

지쿠아미는 고함을 치며 히요시를 호되게 부려먹었다. 어머니의 애잔한 눈으로 보지 않더라도 히요시는 절에서 돌아온 뒤 다시 태어난 듯 열심히 일했다.

'다른 집 밥을 먹으면 저리도 갑자기 변하는 걸까?'

오나카는 애처로운 마음으로 히요시를 바라볼 뿐이었다. 히요시를 감싸고돌면 오히려 지쿠아미가 더 때리고 욕할 게 뻔했기에 보고도 못 본 척했다. 지쿠아미는 이전과 달리 밭에도 잘 나가지 않을뿐더러 집에 없는 날이 많았다. 그리고 마을에서 술에 취해 집으로 돌아와 아이들과 아내에게 고함을 지르고 소리를 쳤다.

"이놈의 집구석은 아무리 일을 해도 가난을 벗어날 수가 없어. 밥을 축내는 것도 많고, 해마다 바쳐야 하는 공물은 늘기만 하고. 이 아귀餓鬼 같은 것들만 아니면 나도 노부시 무리에 들어가서 술이나 실컷 마실 수 있을 텐데. 걸리적거리는 것이 이리 많아서야……."

한밤중에 들어온 지쿠아미는 실컷 지껄이다 아내에게 돈을 내놓으라고 한 뒤 오쓰미나 히요시에게 술을 사오라며 심부름을 보냈다.

의붓아버지가 집에 없을 때 히요시가 밖으로 일하러 가고 싶다고 하자 오나카가 히요시를 끌어안으며 말했다.

"있어다오. 네가 집에 없으면……."

오나카는 말을 잇지 못하고 고개를 돌려 눈물을 훔쳤다. 히요시는 어머니의 눈물을 보면서 더 이상 아무 말도 할 수 없었다. 집을 뛰쳐나가고 싶다는 생각도 불평도 괴로움도 마음속에서 지워야 했다. 하지만 애처로운 마음 한구석에는 '놀고 싶다, 먹고 싶다, 지식을 쌓고 싶다, 멀리 떠나고 싶다'와 같은 소년다운 욕망이 잡초가 자라듯 왕성했다. 거기에 지쿠아미가 어머니를 괴롭히고 자신에게 주먹질할 때마다 히요시의 작은 몸은 불타올랐다. 그리고 그러한 일이 거듭될 때마다 무서운 지쿠아미를 향한 미움은 커져만 갔다.

"아버지, 일하게 내보내주세요. 이런 집에 있기보단 일을 하러 나가고 싶어요."

"뭐야, 일하러 나가고 싶다고? 좋다, 어디 마음대로 해봐라. 그 대신 이번에도 쫓겨나면 다시는 집에 들이지 않을 테다."

지쿠아미가 화를 내며 말했다. 그는 히요시를 아이라고 생각하면서도 성격이 맞지 않는 탓인지 늘 열두 살 히요시와 똑같이 화를 냈다.

히요시는 마을의 홍화紅花 염색집에 일을 하러 갔다. 하지만 얼마 지나지 않아 함께 일하는 사람들이 '건방지게 입만 살아서 양지에서 배꼽 떼만 벗기고 있으니 도움이 되지 않는다'며 히요시를 집으로 돌려보내고 말았다. 지쿠아미가 히요시를 노려보며 말했다.

"원숭아, 어떠냐? 너 같은 밥벌레를 누가 돌봐줄 성싶으냐. 부모의 고마움을 이제는 알겠느냐?"

히요시는 아무 잘못이 없다는 듯 흥분한 얼굴로 지쿠아미를 노려보며 말했다.

"아버지야말로 일도 안 하고 마시장에서 놀음이나 하고 술이나 마시지 말아요. 사람들이 모두 어머니를 불쌍하게 생각하잖아요."

"부모에게 무슨 말버릇이냐!"

지쿠아미는 고함을 쳤지만 히요시가 나이를 먹더니 점점 기어오른다는 것을 느꼈고 히요시를 다시 보게 되었다.

일을 하러 나갔다 다시 집에 돌아올 때마다 히요시는 눈에 띄게 성장해 있었다. 그리고 이전과 달리 부모와 가정을 보는 눈이 훌쩍 자란 듯했다. 지쿠아미는 히요시가 어른스러운 눈으로 자신을 보는 것이 께름칙하고 무서웠다.

"빨리 일할 곳을 찾아서 나가거라."

다음 날, 히요시는 일을 하러 마을로 나갔다. 히요시가 간 곳은 통을 만드는 가게였다.

"이렇게 앞날이 두려운 아이는 우리 가게에 둘 수가 없다."

그곳 주인아줌마는 그렇게 말하며 히요시를 한 달 만에 돌려보냈다. 히요시의 어머니는 세상 사람들이 왜 히요시를 두고 앞날이 두려운 아이라고 말하는지 알 수가 없었다. 미장을 하는 집에도 갔고 마시장에서 도시락을 팔기도 했고 대장간에서 일을 하기도 했다. 하지만 모두 삼 개월이나 반년 만에 돌아오고 말았다. 그사이 히요시의 몸집은 점점 커져 갔다.

"지쿠아미의 원숭이 자식은 입만 살았지 아무 쓸모가 없어."

이미 마을에서 히요시에 대한 평판이 좋지 않다 보니 아무도 히요시에게 일을 주려고 하지 않았다. 그런 사람들의 평판에 오나카는 어찌할 줄을 몰라 했다. 그러다 보니 사람들이 히요시의 이야기를 할라치면 오나카가 먼저 히요시를 책망하며 사죄했다.

"그 아이를 대체 어떻게 하면 좋을지. 농사도 짓기 싫어하고 집에 붙어 있지도 않으니 말이에요."

봄이 오자 히요시는 열다섯 살이 되었다. 야윈 어머니가 히요시를 무를 가까이 앉힌 뒤 말했다.

"이번에는 무슨 일이 있어도 참아야 한다. 또 쫓겨나면 네 이모와 이모부를 볼 면목도 없고 세상 사람들의 웃음거리가 될 게다. 만약 이번에도 잘못해서 쫓겨나면 이 어미가 용서치 않을 테다."

다음 날, 야부야마의 이모가 히요시를 데리고 신카와의 대가大家를 찾았다. 다완을 만드는 스데지로의 집이었다. 그 집에는 친구인 오후쿠가 있었다. 오후쿠는 벌써 열일고여덟 살 청년이었는데 양아버지인 스데지로의 가업을 도와 다완집의 작은 주인으로 열심히 일하고 있었다.

상가商家에서도 주종의 관계는 엄격했다. 히요시는 작은 주인인 오후쿠의 앞에 처음 섰을 때 마루방에 꿇어앉아 있었다. 하지만 오후쿠는 응접실에서 양아버지인 스데지로와 아름다운 어머니와 함께 차와 과자를 먹으며 즐겁게 이야기를 나누고 있었다.

"아니, 넌 야에몬 댁 작은 원숭이구나. 아버지가 돌아가시고 마을의 지쿠아미가 의붓아버지가 됐다고 하던데. 이번엔 이곳에 일을 하러 왔구나? 열심히 해야 한다."

오후쿠의 말투와 행동거지는 몰라볼 만큼 어른스러워져 있었다.

"예."

히요시는 이내 하인들이 있는 방으로 물러갔다. 저편 응접실에서 주인 가족들의 웃음소리가 들려왔다. 히요시는 친구인 오후쿠가 조금도 친구처럼 대해주지 않은 것이 섭섭했다. 날이 지나자 오후쿠는 히요시를 '어이, 새끼 원숭이' 하고 부르며 마음대로 부려먹었다.

"내일은 빨리 일어나서 기요스까지 가야 한다. 관청에 용품을 가지고 가야 하니 손수레에 짐을 쌓아야 한다. 그리고 돌아올 때는 배로 화물을 운송하는 곳에 들러서 히젠肥前에서 도자기 짐이 도착했는지 알아보거라. 지난번처럼 또 도중에 한눈팔다가 밤늦게 오면 집에 들이지 않을 테다."

오후쿠의 말에 히요시는 '예'라거나 '알겠습니다'라는 말밖에는 할 수가 없었다. 오랫동안 이 집에서 일을 하는 사람일수록 머리를 마룻바닥까지 숙이며 '잘 알겠습니다' 하고 말해야 했다.

히요시는 나고야나 기요스 성 근처로 자주 심부름을 갔다. 그때마다 히요시는 성의 흰 벽과 높은 담벼락을 올려다보며 막연히 생각했다.

'어떤 사람이 저 안에 살고 있을까? 어떻게 하면 저런 곳에 살 수 있을까?'

어린 마음에도 벌레같이 작고 초라한 자신이 비참하기만 했다. 히요시가 도자기 짐을 실은 무거운 손수레를 밀며 마을을 걷고 있는데, 장옷을 입은 여자나 마을 소녀, 젊고 아름다운 부인 들이 '원숭이가 간다. 원숭이가 수레를 밀고 간다'고 손가락질하며 소곤대고 힐끔거렸다.

히요시도 이미 예쁜 여자와 못생긴 여자를 구분할 줄 알았다. 하지만 그런 아름다운 여자들이 이상한 눈으로 자신을 바라보는 게 괴로웠다. 그 무렵 기요스 성에는 아직 무로마치室町[20] 다이묘大名[21]인 시바 요시무네斯波義統가 성주로 살고 있었고, 오다 히코고로 노부토모織田彦五郎信友가 중신으로 있었다. 성의 해자와 고조五條 강을 중심으로 해서 나라 제일의 수도라는 이름에 걸맞게 전란 중에도 번영을 거듭해왔고 오래된 아시카가足利 문화의 정취가 깊게 남아 있었다.

'술은 주막에 좋은 차는 찻집에, 여자는 기요스의 스가구치須ヶ口에'라는 말처럼 스가구치에는 기루와 술집이 처마를 나란히 하고 있었고, 낮에는 기녀의 시중을 드는 소녀들이 공을 차면서 길가에서 노래를 부르고 있

---

20) 아시카가足利 가문이 막부를 열고 정권을 잡았던 교토의 한 지역이다. 그 때문에 1336년부터 1573년까지를 무로마치 시대라고 한다.

21) 일본 중세 시대 때 많은 영지를 소유한 영주나 귀족을 가리키는 말로, 이들은 각 지방의 영토를 다스리고 권력을 행사했다.

었다. 소년 히요시는 짐을 실은 수레를 밀며 멍하니 그곳을 지나갔다.

'어떻게 하면 위대해질 수 있을까?'

아직 그 방법을 모르는 히요시는 그저 막연한 희망에 차 이런저런 망상을 하면서 그곳을 지나갔다.

'두고 봐, 머잖아…….'

맛있어 보이는 음식, 풍요로워 보이는 집, 현란한 무구武具, 의상, 보옥 등을 팔고 있는 가게들. 히요시와는 인연이 없는 물건들이 이 마을 처마 아래에 쌓여 있었다. 히요시는 만둣집의 찜통에서 피어오르는 연기를 보며서 나카무라의 집에 있는 누나, 오쓰미의 파랗게 야윈 얼굴을 떠올렸다.

'누나에게 사다 주고 싶다.'

히요시는 약을 파는 오래된 가게 앞을 지나가다 그곳의 약초 주머니를 넋을 잃고 바라보았다.

'어머니께 저 약을 드리면 훨씬 건강해지실 텐데…….'

하지만 지쿠아미에게는 딱히 뭔가를 사주고 싶은 생각이 들지 않았다.

'내가 위대해지면…….'

히요시는 그 누구와 비교해도 매우 초라한 어머니와 누나를 행복하게 해주고 싶었다. 성 아래에 이르자 평소 때보다 생각이 더 복잡해졌다. 히요시는 속으로 중얼거렸다.

'언젠가는 꼭! 그런데 어떻게 해야 하지? 어떻게 해야…….'

그렇게 생각하며 히요시는 하염없이 걷고 있었다.

"바보 같은 자식!"

번잡한 네거리 모퉁이를 도는 순간, 사람들 속에서 누군가가 갑자기 히요시에게 호통을 쳤다. 히요시의 수레와 창을 든 열 명의 하인을 거느린 채 말을 타고 지나가는 무사가 부딪치고 만 것이었다. 볏짚꾸러미로 싼 사발과 접시가 쏟아져 산산조각 났고 히요시의 몸도 수레와 함께 비틀거렸다.

"눈이 없느냐!"

"이런 멍청한 놈이!"

하인들이 고함을 치며 깨진 그릇들을 밟고 지나갔다. 행인들 중 어느 누구도 가까이 오지 않았다. 히요시는 깨진 조각들을 주워 모아 다시 수레에 싣고 가면서 초라함과 분노에 치를 떨었다.

'어떻게 하면 저놈들을 내 앞에 무릎을 꿇게 만들 수 있을까?'

히요시는 진지하게 생각했다. 하지만 잠시 뒤에 주인댁으로 돌아가서 혼날 일과 오후쿠의 차가운 얼굴이 눈에 떠올랐다. 그러자 대붕大鵬[22]이 비상하는 듯한 커다란 공상도 흔적 없이 사라지고 모래알 같은 작은 걱정에 휩싸이고 말았다.

---

22) 북해北海에 살던 '곤鯤'이라고 하는 큰 물고기가 변해서 되었다는 상상 속의 큰 새로, 하루 구만 리里를 날 수 있다고 한다.

군도群盜

해가 완전히 저물었다. 히요시는 수레를 헛간에 넣고 우물가에서 발을 씻었다. 다완 가게는 이 근방에서 도자기 저택이라고 불릴 만큼 토호의 커다란 집만 했다. 건물도 몇 개나 있고 안채도 넓고 창고도 줄지어 있었다.

"원숭이, 새끼 원숭이!"

오후쿠가 다가왔다. 히요시가 돌우물 뒤에서 몸을 일으키며 대답했다.

"응."

오후쿠는 뭐가 신경에 거슬렸는지 들고 있던 가는 대나무로 히요시의 어깨를 후려쳤다. 발을 닦고 있던 히요시는 비틀거리다 발에 흙이 묻고 말았다.

"주인에게 '응'이라고 대답하는 놈이 어디 있느냐. 그리 말해도 말투가 바뀌지 않는구나. 우리 집은 너와 같은 평민과 다르다."

젊은 주인은 일꾼의 거처를 돌아볼 때나 창고에서 일하는 사람들에게 지시를 하러 올 때 늘 가는 대나무를 들고 다녔다. 그것으로 히요시가 맞은 건 이날뿐이 아니었다.

"왜 잠자코 있느냐?"

"……."

"어서 '예'라고 하거라."

"……."

"이놈, 반항하는 게냐?"

히요시는 또다시 맞는 것보다 낫다고 생각하며 입술에 침을 바르고 대답했다.

"예."

"기요스에서 언제 돌아왔느냐?"

"방금 돌아왔습니다."

"거짓말, 부엌에 있는 사람들에게 듣자니 벌써 밥을 먹었다고 하던데."

"어지럽고 쓰러질 것 같아서……."

"어째서?"

"간신히 걸어올 정도로 배가 고파서요."

"돌아오면 곧바로 주인에게 돌아왔다고 인사를 해야지, 그깟 배가 고프다고 인사를 안 해?"

"발을 씻고 나서 하려고 했습니다."

"변명은 필요 없다. 그리고 방금 부엌 사람들에게 들으니 기요스의 관청에 배달할 도자기를 도중에 모두 깨뜨렸다고 하던데?"

"예에."

"솔직하게 말하고 용서를 구할 생각도 하지 않고 뭐라고 거짓말하면 좋을지 부엌 사람들에게 깔깔거리며 물었지? 오늘은 용서치 않겠다. 에 잇!"

오후쿠가 히요시의 귓불을 잡고 걸어가면서 말했다.

"이리 오너라."

"죄송합니다."

"못된 버릇을 고쳐줄 테니 오너라. 아버님께 가자."

"죄송, 죄송합니다."

오후쿠는 손을 놓지 않았다. 우물가에 있던 일꾼들은 용서를 비는 히요시의 목소리가 원숭이 울음소리와 닮았다고 생각하며 두 사람의 모습을 바라보았다.

오후쿠의 행동은 정말로 아버지 스데지로에게 고자질할 것처럼 보였다. 오후쿠가 넓은 집 뒤쪽으로 돌아갔는데, 창고 앞에서 정원 입구로 가는 길은 맹종죽孟宗竹이 우거져 있어 뒤편에서나 안채에서도 보이지 않았다. 그곳에 이르자 히요시가 갑자기 우뚝 서더니 오후쿠의 손을 뿌리치며 소리쳤다.

"에잇, 할 말이 있으니 들어봐!"

히요시가 놀란 오후쿠의 얼굴을 커다란 눈으로 노려보았다.

"이놈, 뭐 하는 짓이냐!"

"뭐가 말이냐."

"주인한테, 넌……."

오후쿠가 새파래진 얼굴로 떨면서 외쳤다.

"나, 난 네 주인이다."

"그래서 늘 고분고분했지만 오늘은 할 말을 해야겠다."

"……."

"야, 오후쿠. 예전 일을 잊었어? 너와 난 친구였잖아."

"그건 옛날 일이다."

"옛날 일은 뭐든 잊어버려도 되는 거야? 예전부터 네가 당나라 자식이라고 아이들에게 놀림을 받을 때마다 누가 널 감싸주었는지 기억하고 있지?"

"기억하고말고."

"기억하고 있다면 그때의 은혜를 조금은 생각해봐."

히요시는 자신보다 훨씬 큰 오후쿠를 노려보았다.

"여기서 일하는 다른 사람들이 모두 큰 주인은 좋지만 젊은 주인인 오후쿠는 건방지고 인정도 없다고 말해."

"……."

"너같이 고생도 모르는 도련님은 가난해져서 다른 집 밥을 먹어봐야 한다고 말이야."

"……."

"앞으로도 일하는 사람들을 괴롭히거나 나한테 심하게 굴면 나도 어떻게 할지 몰라. 내가 아는 아저씨 중에 노부시가 있는데 부하를 천 명이나 거느리고 있어. 그 아저씨를 불러 하룻밤 사이에 이 집을 짓밟아버릴 테니 그리 알아."

히요시는 겁을 주려고 입에서 나오는 대로 지껄였지만 소심한 오후쿠는 히요시의 눈빛과 말투에 주눅이 들어 벌벌 떨었다.

"오후쿠 님."

"작은 주인님."

아까부터 안채 쪽에서 하인들이 오후쿠를 찾고 있었다. 하지만 오후쿠는 그들에게 대답할 용기도 잃어버리고 히요시의 눈빛에 꼼짝도 못하고 있었다.

"부르잖아."

히요시가 가르쳐주듯 말했다.

"그만 가도 좋아. 하지만 방금 말한 거 잊지 마."

히요시는 재차 말하고는 먼저 본래 있던 곳으로 되돌아갔다. 그 뒤 히요시는 당장이라도 안채 쪽에서 자신을 찾으러 올까 봐 가슴이 쿵쾅거렸지만 아무 일도 일어나지 않았다.

그런 일도 잊고 지낼 만큼 어느새 해가 바뀌어 히요시는 열여섯 살이 되었다. 농부는 농부처럼, 상인은 상인처럼 열여섯이 되면 원복元服[23]을 입고 청년이 돼야 했지만 히요시에게 그런 축하는커녕 부채 하나 주는 사람도 없었다. 단지 정월이라 넓은 부엌 마루 한구석에서 다른 일꾼들과 함께 코를 훌쩍이며 조로 만든 떡을 오랜만에 먹었을 뿐이다.

'어머니와 누나도 정월에 떡을 먹고 있을까?'

히요시는 불쑥 그런 생각이 들었다. 조를 키우는 농부이면서도 지난 정월에 떡도 없이 보냈던 게 떠올랐기 때문이다. 그가 그런 생각을 하는 동안 곁에 있던 사내들이 투덜댔다.

"오늘 밤, 주인님이 또 손님을 부르면 우리까지 구석에 무릎을 꿇고 앉아 장광설을 듣게 되겠군."

"정말 싫다. 모처럼 정월인데."

"배가 아프다고 하고 잠이나 잘까."

일 년에 두세 번 음력 정월이나 에비스코惠比須講[24]와 같은 명절 때면 스데지로는 자주 손님을 초대했다. 세토瀨戶의 장인들부터 나고야 기요스의 거래처 가족, 무가나 친척 등 꽤 많은 손님이 저녁부터 모여들었다.

"어서 오십시오. 잘 오셨습니다."

스데지로는 그런 날이면 특히 기분이 좋아져 직접 접대를 하며 평소 소원했던 일을 사죄했다. 그의 아름다운 아내와 딸은 다과 자리를 마련했는데, 진귀한 그릇이나 정성 들여 키운 꽃을 장식해 손님들을 극진히 대접

---

23) 관례를 치를 때에 입는 어른의 의관 또는 어른의 의관을 입는 의식을 말한다.
24) 일본에서 행운의 신으로 여기는 칠복신七福神 중 하나인 에비스惠比須를 기리는 민간의 연중행사로, 10월 20일이나 11월 20일에 열린다.

했다.

히가시야마도노東山殿[25]가 다도를 칭송한 뒤 언제부터인지 그 풍류가 민간에도 퍼졌다. 그 영향이 다시 민가의 방이나 장지, 응접실에 이르기까지 자연스럽게 변화를 가져왔고 그러는 사이에 차 문화가 생활 속으로 녹아들었다.

특히 세토 촌 일대에서 굽는 도자기는 담백하면서도 우아해 다도 용기로 많이 사용되었다. 또한 좁은 방에서 꽃 한 송이와 함께하는 차 한 잔은 전란에 빠진 세상과 괴로운 인생을 잠시 잊고 혼탁한 세상에서 정신을 수양하는 방법이기도 했다.

마흔 살쯤 된 건장한 무사가 속속 모여드는 손님들 속에 섞여 있다 다과 자리에 들어왔다.

"이거, 부인께서 직접……."

무사는 그렇게 다완집 부인에게 말을 건네고는 공손히 인사를 했다.

"저는 미쿠리야御廚의 와타나베 덴조渡辺天藏라고 합니다. 친척이신 고메노米野의 시치로베七郎兵衛 님의 지인입니다. 시치로베 님과 함께 오려고 했는데 공교롭게 시치로베 님이 감기에 걸려서 결례인 줄 알면서도 이렇게 혼자 오게 되었습니다."

덴조는 시골 무사 같은 무골이었지만 사람을 대하는 태도가 공손했다. 그가 차를 한 잔 청하자 부인이 노란 세토 찻잔에 차를 따라 내주었다. 덴조는 다도에 대해 잘 모른다면서도 느긋하게 차를 마시면서 주위를 둘러보았다.

"과연 평판대로 가재들이 훌륭합니다. 실례지만 물병으로 사용하는

<hr>

25) 무로마치 막부의 8대 장군인 아시카가 요시마사足利義政의 별칭이다. 때론 그의 산장을 가리키기도 하는데, 지금의 교토 은각사銀閣寺가 바로 그곳이다.

저것이 세간에서 말하는 아카에赤繪[26]라고 하는 것이 아닌지요?"

"예, 말씀하신 그대로입니다."

"흐음."

덴조는 감탄한 듯 시선을 고정한 채 다시 말했다.

"아카에는 사카이堺 상인의 눈에 들면 천금도 할 것인데. 덕분에 근래 보기 드물게 눈이 호강하게 되었습니다."

덴조는 좀처럼 자리에서 일어날 생각을 하지 않았다. 그러는 사이 안에서 준비가 다 됐다는 연락이 왔고 부인과 딸은 손님들을 큰 마루 쪽으로 안내했다.

몇십 명이 먹을 음식이 마루의 장지와 벽을 따라 원형으로 차려져 있었다. 스데지로가 그 한가운데 앉아 인사를 하자 부인과 딸, 그리고 하녀들이 손님들 잔에 술을 채웠다.

"그럼 저도 자리에 앉겠습니다."

스데지로는 인사를 한 뒤 장년 시절에 보고 들은 '명나라 이야기'를 장황하게 늘어놓기 시작했다. 그는 나라 안에서 몇 명밖에 알지 못하는 명나라에 대한 지식과 바다를 건넌 경험을 자랑하는 걸 좋아했다. 하지만 스데지로가 일 년에 몇 번씩이나 온 집안사람들을 총동원해 음식을 만들어 손님을 접대하는 까닭은 따로 있었다. 그것은 자식, 아니 자신이 낳은 자식보다 더 아끼며 애지중지 키운 오후쿠에 대한 사랑이 컸기 때문이다.

사람들은 오후쿠가 스데지로의 진짜 아들이 아니라는 사실을 알고 있었다. 그리고 언제부턴가 오후쿠가 순수한 일본 태생이 아닌 게 신기한 듯 수군거렸다. 오후쿠는 어릴 때부터 밖에 나가면 같이 노는 아이들에게 당나라 자식이라고 놀림을 받아 울면서 돌아왔고, 그럴수록 더욱 내성적으

---

[26] 도자기에 주로 붉은색을 사용해서 그린 그림이나 그런 도자기를 일컫는다.

로 변해갔다. 그럴 때마다 스데지로는 가슴이 아팠고 죽은 고로 다유에게 미안한 마음뿐이었다.

오후쿠의 생모 이금은 명나라 사람으로 신분이 낮은 중국 사람이었다. 이세마쓰사카 사람인 고로 다유가 도자기 공부를 위해 오랫동안 경덕진景德鎭[27]으로 건너가 있을 때 이금을 만나 낳은 아이가 바로 오후쿠였다.

오후쿠의 어릴 적 이름은 양경복이었다. 고로 다유가 귀국하게 됐을 때 하인인 스데지로가 양경복을 업고 장강과 천 리 바닷길을 건너 데려왔다. 하지만 고로 다유는 귀국한 지 얼마 지나지 않아 병에 걸려 죽고 말았다. 그렇게 그는 오랜 세월 명나라에서 연구해온 것을 토대로 국내 도자기 공예에 신기원을 이룩하지도 못하고, 이금과의 사이에서 낳은 아이가 자라는 모습도 보지 못한 채 세상을 떠났다.

"오후쿠는 자네가 맡아주게."

주인은 임종할 때 스데지로에게 아이를 부탁했다. 귀국한 뒤 양경복이라는 이름이 어색해 후쿠타로復太郎로 이름을 바꿨지만 얼마 지나지 않아 마쓰사카 근방의 사람들에게 후쿠타로가 당나라 아이라는 사실이 알려지고 말았다.

고로가 죽은 뒤 스데지로는 마쓰사카를 떠나 고향인 오와리로 왔고, 이곳 세토 촌에서 나는 도자기를 비롯해 여러 지방의 가마에서 만든 물건을 나고야, 기요스, 교토, 오사카로 팔았다. 그렇게 여러 지방을 왕래하는 중에, 그리고 오후쿠가 자라면서 그의 어머니가 중국 사람이라는 사실이 사람들 귀에 들어가게 되었다.

'세상 사람들이 명나라의 사정을 잘 모르기 때문이야. 게다가 괜히 숨기려고만 하니 더욱 이상한 눈으로 보는 거야.'

---

27) 중국 강서성 북동부에 위치한 도시로 중국 내에서 손꼽히는 요업 도시다.

스데지로는 그렇게 생각했다.

'세상에 명나라가 어떤 나라인지 가르쳐주자. 그럼 오후쿠도 자신의 핏줄을 부끄러워하지 않을 거고, 또 내성적인 성격도 고칠 수 있을 거야.'

그런 생각에 스데지로는 손님들을 초대해 명나라의 이야기를 자랑 삼아 들려주었다.

오늘 밤은 술자리가 무르익을수록 손님들 쪽에서 명나라 이야기를 재촉했다.

"스데지로 님, 어서 명나라 이야기를 들려주시지요."

천축天竺이나 당나라를 꿈속 나라처럼 생각하던 사람들도 근래에 들어온 대포와 소총, 자명종이라는 물건을 알게 되었고, 명주나 경사更紗28) 등의 직물을 보면서 막연하게나마 이 세상에는 일본 외에도 큰 나라들이 많이 있다는 것을 느끼기 시작했다.

스데지로가 손님들을 향해 먼저 말문을 열었다.

"포르투갈이나 스페인, 네덜란드와 같은 홍모인紅毛人의 나라들과 명나라가 똑같다고 생각하면 안 됩니다. 왜냐하면 명나라와 일본은 비록 나라는 다르지만 같은 동양으로 피부색부터 머리색, 문화와 종교와 도덕, 그 피까지 닮은 나라이니 말입니다."

스데지로는 진나라와 한나라, 당나라 때 많은 사람이 중국에서 일본으로 건너와 귀화한 사실과 그 귀화인들이 일본인 아내를 맞아 아이를 낳고 일본 문화에 많은 공적을 남겼다는 사실을 말했다. 그리고 그 옛날 견당사를 태운 배가 바다를 건너 일본에서 중국으로 빈번하게 왕래하며 지식이나 물건을 교역해왔기 때문에 두 나라는 이와 잇몸 같은 관계라고 설명했

---

28) 꽃, 잎사귀, 새 등의 무늬가 날염된 광택 나는 면직물로, 주로 커튼이나 가구 덮개 등을 제작할 때 쓰인다.

다. 예를 들어 평소에 흔히 먹는 두부 같은 음식만 하더라도 그곳에서 온 것이고, 그뿐 아니라 산천 풍물, 인정과 도덕, 또 그림이나 문학 등 모든 것이 신기할 정도로 닮은 나라라고 했다.

전혀 다른 점이라고 하면 일본은 하나의 혈통인 황실을 받들다 보니 황제가 바뀌지 않는 것에 반해 중국은 나라가 너무 큰 탓인지 수천 년 이래로 왕조의 싸움이 끊이질 않는다는 것이다. 다시 말해 중국은 세력이 강한 자가 스스로 제왕이라 칭하는 데다 민심을 하나로 묶지 못해 그 역사가 복잡하고 나라의 정세나 형편도 크게 다르니 한마디로 패도覇道[29]의 나라라는 것이다. 그리고 일본은 나라가 어지럽고 서로 싸워도 조정이라는 중심이 몇천 년 동안 확고하게 자리 잡고 있지만 명나라에는 그런 평온함이 없다고 했다.

"생각해보면 우리는 좋은 나라에 태어난 것입니다."

스데지로는 그렇게 일본과 명나라를 비교하며 이야기를 이어 나갔다. 그리고 오후쿠에게 넌지시 비굴한 마음을 갖지 말라고 훈계하고, 사람들에게 명나라와 일본의 밀접한 관계를 깨우쳐주었다. 그래서인지 근래에는 오후쿠의 내성적인 성격이 많이 바뀌었다. 그리고 일하는 사람들이나 마을 사람들도 절대로 오후쿠를 비웃지 않게 되었다.

"정말 잘 먹었습니다. 오늘 밤, 여러 가지 새로운 이야기도 듣고……."

"정말 대접 잘 받았습니다. 어느새 밤도 깊었으니 이제 이쯤에서."

"그럼, 그만 자리를 파하도록 하겠습니다."

잔치가 끝난 뒤 손님들이 차례로 돌아갔다. 그리고 하인들은 뒷정리를 하느라 한바탕 분주히 움직였다.

---

29) 인의仁義를 가볍게 여기고 무력이나 권모술수를 써서 이익을 꾀하거나 나라를 다스리는 것을 말한다.

"아이고, 드디어 끝났구나."

"손님들은 명나라 얘기를 듣고 신기할지 모르지만 우리는 귀에 못이 박히도록 들어서 말이야."

하인들은 하품을 하며 뒷정리를 해야 했다. 히요시도 분주히 움직이며 일했다.

이윽고 넓은 부엌의 불빛과 마루와 주인 방의 불빛이 꺼지고 다완집을 둘러싸고 있던 토벽의 문에도 튼튼한 빗장이 걸렸다. 무사의 저택은 말할 것도 없고 상인의 집과 조금이라도 재산이 있어 보이는 집은 반드시 토벽을 쌓거나 주위에 호를 팠다. 그리고 문 안쪽에도 이중 삼중으로 도적을 대비한 방비를 해놓았다.

이렇듯 도시나 지방에서는 오닌應仁의 난30) 뒤로 문단속을 철저히 했다. 그리고 해가 지면 잠을 자는 게 당연한 일이 되었다. 잠을 자는 것이 유일한 즐거움인 하인들은 각자 방에 들어가면 꼼짝도 하지 않았다. 히요시는 하인들 방 한쪽 구석에서 목침을 베고 짚을 넣어 만든 얇은 이불을 덮고 있었다.

"응?"

잠이 오지 않았던 히요시가 문득 고개를 갸웃했다. 오늘 밤 히요시는 하인들과 함께 주인인 스데지로가 들려주는 명나라 이야기를 열심히 들었다. 그렇지 않아도 공상이 많던 그는 큰 감동을 받으면 가벼운 열병을 앓듯 좀처럼 잠을 이룰 수가 없었다.

"뭐지?"

히요시는 몸을 일으켜 이불 위에 앉았다. 방금 뒤편에서 분명 나뭇가

---

30) 무로마치 시대 오닌 원년(1467년)의 8대 장군인 아시카가 요시마사의 후사 문제 등으로 촉발되어 전국으로 확대된 내란으로, 전국戰國 시대로 접어드는 계기가 되었다. 오닌의 난은 십 년 동안 이어졌는데, 주된 격전지였던 교토는 재로 변했고 일본 전역은 피폐해졌다.

지 부러지는 소리가 들렸다. 그전에도 사람의 발소리 같은 기척이 들린 듯해서 귀를 기울이고 있던 참이었다. 히요시는 부엌을 통해 문밖을 엿봤지만 큰 독에 담긴 물도 얼어붙고 처마에 칼 같은 고드름이 달려 있는 한밤중일 뿐이었다. 그러다 문득 뒤편의 커다란 나무를 바라보았는데, 그때 나무 위로 기어오르는 사내가 있었다. 방금 전 들린 큰 소리는 사내가 밟은 나뭇가지가 부러지는 소리인 듯했다. 히요시는 온몸에 신경을 집중하고 나무 위 사내의 기괴한 행동을 지켜보았다. 사내는 반딧불처럼 작은 불을 공중에다 대고 빙글빙글 돌렸다. 그것은 화승총 노끈이 틀림없었다. 붉은 소용돌이에서 희미한 불똥들이 바람에 날리며 무슨 신호를 보내는 것처럼 보였다.

'아, 내려온다.'

히요시는 밖으로 뛰어나가 족제비처럼 어둠 속에 몸을 숨겼다. 나무에서 내려온 사내는 재빨리 큰 걸음으로 앞쪽으로 돌아갔다. 곧바로 히요시가 사내의 뒤를 쫓아갔다.

'저녁에 봤던 손님 중 한 명이 틀림없어.'

히요시는 자신이 잘못 봤나 생각했지만 역시 본 적이 있는 사내였다. 사내는 미쿠리야에서 온 와타나베로 부인의 다과 자리에 있었고, 또 주인인 스데지로의 이야기를 처음부터 끝까지 열심히 듣다 돌아갔다.

손님들이 모두 돌아갔을 텐데, 사내는 지금까지 왜, 어디에 있었던 것일까? 게다가 사내는 차림새도 저녁과는 달랐다. 그는 짚신을 신고 바짓가랑이를 말아 올린 채 큰 칼을 차고 매같이 날카로운 시선으로 주위를 살피고 있었다. 언뜻 보기에도 살벌한 피 냄새를 풍기는 행색이었다.

"잠깐, 지금 빗장을 벗길 테니까 조용히 해라."

기괴한 사내는 그렇게 말하며 문 안쪽으로 다가가더니 문을 열려고 했다. 그러는 동안에도 사람들은 밖에서 웅성대며 덜컥덜컥 문을 흔들었다.

'도적들? 그래, 도적의 우두머리가 메뚜기 떼처럼 많은 부하를 불러 약탈을 하러 온 것이다. 도적들이다!'

그 순간 히요시는 어둠 속에서 피가 끓어오르면서 정신이 아득해졌다. 그리고 자신이 섬기고 있는 주인댁에 큰 위험이 닥쳤다는 생각이 들자 다른 생각을 할 수가 없었다. 그렇지 않고서는 히요시가 그토록 대담하고 백치 같은 행동을 할 수 없었을 것이다.

"아저씨!"

어둠 속에서 어슬렁어슬렁 걸어 나온 히요시가 무슨 생각에서인지 대문을 열고 부하들을 안으로 들이려는 사내의 등을 향해 소리쳤다.

"응?"

사내는 움찔하더니 뒤를 돌아보았다. 그는 바로 저녁에 손님으로 왔던 덴조였다. 덴조는 자신을 부르는 사람이 이 집에서 일하는 열여섯 살짜리 꼬마라고 생각하지 못한 듯했다.

"……."

원숭이처럼 생긴 이상한 소년이 친근한 눈빛으로 덴조에게 다가오는 것이었다. 덴조는 잠시 소년의 얼굴을 뚫어져라 바라보았다.

"넌 누구냐?"

덴조가 아무리 생각해도 알 수 없다는 표정으로 물었다. 하지만 히요시는 태연했다. 아니 태연하게 보일 정도로 위험하다는 것조차 잊은 듯했다. 히요시는 싱긋 웃지도 않고, 그렇다고 별다른 표정도 없이 되물었다.

"아저씬 누구세요?"

"뭐야?"

덴조는 아무리 머리를 굴려봐도 이 상황을 이해할 수가 없었다.

'혹시 바보인가?'

하지만 아이는 아이답지 않은 눈빛으로 덴조를 압박하고 있었다. 덴조가 히요시의 눈길을 뿌리치듯 날카로운 눈으로 노려보았다.

"이놈, 우리는 미쿠리야의 도적이다. 소리를 내면 베어버릴 테다. 너 같은 꼬마의 목숨을 가지러 온 것이 아니니 헛간에라도 처박혀 있거라."

칼을 뽑는 시늉이라도 하면 꽁무니를 빼고 도망칠 것이라고 생각했는지 덴조가 칼집의 손잡이를 한 번 쳤지만 히요시는 하얀 이를 드러내며 싱긋 웃고는 말했다.

"그럼, 아저씨는 도둑이구나. 도둑이면 원하는 물건을 가지고 가면 되잖아요."

"시끄럽다. 저리 가거라."

"가기야 가겠지만 그 문을 열면 아저씨들은 모두 살아서 돌아가지 못할걸요."

"뭐라고?"

"모르는구나. 아무도 모르지만 나는 알고 있는데."

"네놈은 머리가 좀 이상한 놈이구나."

"아저씨야말로 머리가 나쁘구나. 이런 집에 도둑질을 하러 들어오다니."

문밖에서는 안쪽의 상황을 모르다 보니 문이 열리기를 기다리다 참지 못한 누군가가 문을 흔들며 말했다.

"아직 멀었습니까? 아직?"

"잠깐, 잠깐 기다려."

덴조가 문밖의 사람들을 제지한 뒤에 다시 히요시에게 말했다.

"네가 방금 이 집에 들어오면 살아서 돌아가지 못한다고 했는데, 정말이냐?"

"정말이고말고요."

"그게 무슨 말이냐? 만약 거짓말이면 머리를 뽑아버릴 테다."

"공짜론 안 가르쳐줘요. 나한테 뭐든 안 주면 말하지 않을 거예요."

"흐음."

덴조가 신음 소리를 내더니 히요시에게 품었던 의심을 다완집을 향해 돌렸다. 밤하늘은 한없이 차갑고 맑았지만 토벽에 둘러싸인 이 집 일대는 한밤중의 새카만 어둠 속에 잠겨 있었다.

"갖고 싶은 게 뭐냐?"

시험 삼아 덴조가 물었다.

"날 부하로 삼아주면 물건 따윈 필요 없어요."

히요시의 말에 덴조는 눈을 크게 떴다.

"그럼 넌 우리 무리에 들어오고 싶다는 게냐?"

"예."

"도적이 되고 싶으냐?"

"예."

"몇 살이냐?"

"열여섯이요."

"왜 도적이 되고 싶은 게냐?"

"이 집 주인님은 날 마음대로 부려먹고 하인들은 날 원숭이라고 놀리며 괴롭히기만 하거든요. 그래서 아저씨 같은 노부시가 되어 복수해주려고요."

"좋다. 부하로 받아주겠다. 하지만 방금 전 네가 한 말을 증명한 뒤다."

"이 집에 들어오면 모두 죽는다고 한 거 말이죠?"

"그래."

"아저씨의 계획이 서툴기 때문이에요. 아저씬 초저녁에 손님으로 변장해서 사람들 속에 섞여 들어왔었죠?"

"그렇다."

"아저씨 얼굴을 알고 있는 사람이 있어요."

"그럴 리 없다."

"주인님이 잘 알고 있던데요, 뭐. 초저녁에 손님들이 있는 동안 주인님의 분부로 야부야마의 가토 기요타다加藤淸忠 님 저택으로 달려가서 '한밤중에 분명 도적들이 몰려올 것이니 부탁드립니다' 하고 알려드린걸요."

"야부야마의 가토? 아, 오다 가문의 가신인 가토 단조 말이군."

"단조 님과 주인님은 친척이거든요. 근처에 살고 있는 무사들을 열 명넘게 모아 모두 손님으로 위장시킨 다음 집 안에 숨겨두었어요. 거짓말 아니에요."

히요시의 말을 사실로 믿은 덴조는 무척이나 당황해했다.

"으음, 그렇군. 그러면 그자들은 무엇을 하고 있느냐?"

"방금 전까지 빙 둘러앉아 술을 마시며 기다리고 있었는데, 아마 오지 않을 것 같다며 모두 잠이 들었어요. 이렇게 추운데 나 혼자 망을 보게 하고 말이죠."

"그럼 너는 망을 보고 있었단 말이냐?"

히요시가 고개를 끄덕이는 순간 덴조가 달려들어 큰 손으로 히요시의 입을 막으며 말했다.

"소리치면 목숨은 없는 줄 알아라."

히요시가 발버둥 치며 말했다.

"아저씨, 약속하고 다르잖아요. 소리치지 않을 테니 손을 풀어줘요."

덴조는 고개를 저으며 말했다.

"안 된다. 나도 미쿠리야의 덴조다. 네 말을 들으니 이 집에서 방비를 하고 있는 것 같다만, 그렇다고 빈손으로 돌아가면 부하들에게 얼굴을 들 수가 없다."

"그러니까, 그러니까 말이에요."

"그러니까 뭐가 말이냐?"

"아저씨가 훔치고 싶은 물건을 내가 가지고 나올 테니…….'

"네가 가지고 나온다고?"

"예, 그럼 되잖아요. 서로 죽고 죽이는 위험한 짓을 하지 않아도 되고."

"정말 그럴 테냐?"

덴조는 히요시의 목을 조르며 되물었다.

문밖에 있는 덴조의 부하들은 아무리 기다려도 문이 열리지 않자 두려움 반 의심 반으로 계속해서 문을 흔들어댔다.

"두목, 두목."

"어떻게 된 겁니까?"

"대체 무슨 일입니까?"

덴조는 빗장을 반쯤 벗기고 그 틈으로 밖을 향해 말했다.

"상황이 좋지 않으니 조용히 해라. 그리고 모여 있지 말고 부근에 숨어 있도록 해라."

부하들은 상황이 심상치 않음을 눈치채고 급히 풀숲과 나무 뒤편같이 몸을 숨길 곳을 찾아 흩어졌다.

히요시는 덴조가 말한 물건을 집 안에서 들고 나오기 위해 하인들 방 입구를 통해 안채 쪽으로 들어갔다. 그날따라 한밤중에는 켜져 있지 않던 주인의 거처에 불이 켜져 있었다.

"주인님."

히요시는 마룻귀틀에 무릎을 꿇고 앉아 주인을 불렀다. 하지만 대답이 없었다. 그때 주인인 스데지로와 부인이 방 안에 앉아 있는 기척이 느껴졌다.

"저기, 마님."

히요시가 다시 한 번 부르자 부인이 대답했다.

"누구냐?"

분명 두려움에 찬 목소리였다. 아까부터 사람의 기척을 듣고는 도적들이 쳐들어온 게 아닌가 싶어 두려움에 떨고 있는 게 틀림없었다. 히요시가 장지를 열고 들어오자 스데지로와 부인은 깜짝 놀라 공포가 가시지 않은 불안한 얼굴로 히요시를 바라보았다.

"도적들이 쳐들어왔습니다."

히요시의 말에 주인 내외는 침만 꼴깍 삼킬 뿐 아무 말도 하지 못했다. 아니, 말도 못 할 정도로 얼굴이 하얗게 질려 있었다.

"안으로 들어오면 큰일입니다. 주인님 가족을 모두 매달아버릴 것입니다. 분명 사람들도 죽거나 다칠 것입니다. 그래서 제가 계책을 내서 도적의 두목을 밖에서 기다리게 했습니다."

히요시는 도적의 두목인 덴조에게 말한 것을 그대로 주인에게 전했다.

"그러니 주인님, 도적의 두목이 원하는 물건을 내주는 것이 좋을 듯합니다. 제가 가지고 가서 건네주면 그대로 물러갈 테니 말입니다."

"히요시, 대체 도적 두목이 원하는 게 무엇이냐?"

스데지로가 묻자 히요시가 대답했다.

"예, 덴조가 노리고 온 것은 이 집의 보물인 아카에 물병입니다."

"뭐, 아카에 물병?"

"네, 그것을 내주면 돌아가겠다고 했습니다. 별것 아니니 내주시지요. 그리고 제가 몰래 가지고 나가서 건네주는 척하면……."

히요시가 주인 내외에게 의기양양하게 말했지만 스데지로와 안주인의 얼굴은 근심과 공포로 어두워졌다.

"아카에 물병은 오늘 창고에서 꺼내 다과 자리에서 사용한 그 도자기인 듯합니다. 도적의 두목은 정말 바보인 듯합니다. 뭐를 노리나 했더니 그런 물건을 가지고 오라고 하니 말입니다."

히요시는 정말 웃긴다는 표정으로 말했지만 안주인은 돌부처가 된 듯 아무 말도 하지 않았고 스데지로는 한숨을 깊이 내쉬었다.

"참으로 난처하게 됐구나."

"주인님, 뭘 그리 고민을 하십니까? 도자기 하나면 피를 흘리지 않고 끝날 일입니다."

"그것은 내가 장사로 파는 흔한 도자기가 아니다. 명나라에서도 귀한 물건으로 온갖 고생을 무릅쓰고 여기까지 가지고 온 물건이다. 또 돌아가신 고로 님의 유품이기도 하고."

스데지로가 중얼거리자 부인도 말을 보탰다.

"사카이 일대의 다구 가게에서는 천금이나 하는 고가의 물건이란다."

부부는 아쉬운 마음에 말은 그렇게 했지만 살벌한 도적들이 더 무서운 게 사실이었다. 다른 지방에서는 맞서 싸우다 모두 죽임을 당하고 집까지 불에 탄 경우도 이따금 있었다. 이런 경우에 남자는 빨리 결심을 해야 했다. 스데지로는 잠시 도자기에 대한 애착을 끊지 못하고 고민했지만 이윽고 결심한 듯 입을 열었다.

"어쩔 수 없다!"

스데지로는 조금 기력을 회복했는지 칠을 한 작은 서랍에서 흙벽으로 지은 광의 열쇠를 꺼내더니 히요시 앞에 내주며 말했다.

"가지고 가서 주거라."

스데지로는 마음속으로 히요시가 나이에 어울리지 않는 기지로 잘 대처했다고 생각했지만 뻔히 눈 뜨고 건네줘야 하는 아카에 물병을 향한 애착 때문에 칭찬도 하지 못했다. 히요시가 광의 문을 열고 상자 하나를 안고 와서는 열쇠를 주인에게 건네며 말했다.

"이젠 불을 끄고 조용히 주무시는 편이 좋을 듯합니다. 걱정하지 마십시오."

히요시는 주인 부부에게 주의를 주고 다시 밖으로 나갔다.

그 무렵 덴조는 '어떻게 됐을까?' 궁금해하며 히요시를 기다리고 있었다. 덴조는 히요시의 손에서 아카에 물병이 들어 있는 상자를 받아 들자마자 상자 안을 확인했다.

"흐음, 이것이다."

덴조의 굳은 얼굴이 풀렸다.

"자, 아저씨. 어서 빨리 돌아가는 게 좋을 거예요. 방금 광에서 상자를 꺼내올 때 촛불을 켰더니 가토 님과 다른 무사들이 잠에서 깨서 집 안을 한 바퀴 둘러보자고 했거든요."

히요시가 재촉하자 덴조도 허둥지둥 문밖으로 뛰어나갔다.

"꼬마야, 언제라도 미쿠리야로 찾아오너라. 부하로 삼아줄 테니."

덴조는 그렇게 말하고 어둠 속으로 자취를 감췄다.

고양이 밥

두려움에 떨어야 했던 밤이 지나고 날이 밝았다.

다음 날 점심 무렵이었다. 아직 마쓰노우치松の内[31]여서 축하객들의 발길이 끊이지 않았지만 집 안은 무거운 침묵에 휩싸여 있었다. 주인인 스데지로는 침울한 얼굴을 하고 있었고 늘 태평하던 안주인은 자리에 눕고 말았다.

스데지로의 부인은 어젯밤 악몽에서 아직 벗어나지 못한 듯 창백한 얼굴로 병자처럼 자리에 누워 있었다. 그 곁을 오후쿠가 지키고 있었다.

"어머니, 방금 아버님께도 말씀드리고 왔으니 이제 안심하세요."

"그러냐? 아버님은 뭐라고 하시더냐?"

"처음에는 제가 하는 말을 반신반의하셨지만 평소 히요시의 행동부터 언젠가 집 뒤편에서 저를 붙잡고 미쿠리야의 도적을 잘 알고 있다고 위협했던 사실까지 말씀드리자 깜짝 놀라시는 모습이었어요."

---

31) 정월 초하루부터 7일 또는 15일까지 대문 앞에 가도마쓰門松(대문 앞 양쪽에 세워두는 소나무 장식)를 세워두는 것을 말한다.

"바로 내보내겠다고 하셨느냐?"

"그런 말씀은 하지 않으시고 범상치 않은 데가 있는 아이라고 말씀하셔서 도적의 첩자를 집 안에 둘 생각이시냐고 말씀드렸습니다."

"난 처음부터 그 아이의 눈매가 마음에 들지 않았다."

"그 말도 했더니 그제야 '그렇게 모두들 싫어한다면 내보내는 수밖에 없다'고 하셨어요. 하지만 야부야마의 가토 님이 부탁하신 사정도 있고, 또 직접 말하기도 뭣하니 저와 어머니가 의논해서 문제가 생기지 않게 내보내라고 하시고는 외출하셨어요."

"아, 그걸로 됐다. 나는 잠시라도 저런 원숭이 같은 아이를 집 안에 두는 것을 참을 수 없구나. 히요시는 지금 뭘 하고 있느냐?"

"광에서 짐 싸는 걸 돕고 있어요. 당장 이리 불러서 말을 할까요?"

"그만두거라, 얼굴을 보는 것도 싫다. 아버지가 그리 말씀하셨다면 네가 오늘 안에 그만 나가라고 말하면 되지 않겠느냐."

오후쿠는 내심 겁이 났지만 대답했다.

"알겠습니다. 품삯은 어떻게 할까요?"

"본시 삯을 준다는 약속을 하고 데려온 것도 아니고 일도 제대로 못하는데 먹여주고 옷을 준 것만으로도 그 아이에게는 과분하다. 하나…… 그렇지, 지금 입고 있는 옷을 주고 소금 두 되를 주거라."

오후쿠는 자기 혼자서 말하는 것이 두려웠는지 다른 일꾼을 데리고 도자기 광으로 갔다.

"원숭이, 있느냐?"

오후쿠가 광 안을 들여다보며 부르자 머리에 짚을 뒤집어쓴 채 일하고 있던 히요시가 평소보다 쾌활한 목소리로 대답하며 달려 나왔다.

"예, 무슨 일이십니까?"

다른 사람에게 말하면 좋지 않다고 생각해서 아무에게도 말하지 않았지만, 히요시는 어젯밤 일에 대해 속으로 자랑스럽게 생각하고 있었다. 분명 주인님이 곧 칭찬해줄 것이라고 은근히 기대하고 있을 정도였다.

오후쿠 옆에는 평소에 히요시가 가장 무서워하는 일꾼 중에서도 완력이 센 사내가 서 있었다.

"원숭이."

"예?"

"넌 그만 돌아가도 괜찮다."

오후쿠가 말하자 히요시가 의아한 눈으로 물었다.

"어딜 말입니까?"

"어디라니, 네 집으로 말이다. 집이 있지 않느냐."

"있기는 하지만……."

히요시가 그 이유를 묻기도 전에 오후쿠가 덧붙였다.

"오늘부로 그만 나가거라. 지금 입고 있는 옷은 줄 테니 바로 나가거라."

그때 옆에 있던 사내가 히요시의 잠옷 꾸러미에 소금 두 되를 넣으며 말했다.

"이것은 주인마님께서 온정으로 네게 내리시는 것이다. 인사는 하지 않아도 되니 이 집에서 당장 나가거라."

히요시의 얼굴에 뜨거운 기운이 치솟았다. 그의 눈빛은 오후쿠를 향해 당장이라도 달려들 듯한 분노를 띠고 있었다.

"알겠느냐?"

오후쿠는 사내의 손에 있던 보퉁이와 소금 주머니를 땅에 놓고는 서둘러 가버렸다. 그를 노려보고 있던 히요시의 눈가에 눈물이 가득 고였다. 히요시는 더 이상 아무것도 볼 수가 없었다. 그의 머릿속에는 들불처럼 활활 타오르는 분노와 함께 슬픔에 찬 어머니의 얼굴이 떠올랐다.

'이번에도 일하는 곳에서 쫓겨나면 야부야마의 가토 님의 얼굴에 먹칠을 하는 것이고 이 어미도 부끄러워 세상에 얼굴을 들 수가 없을 것이다.'

이곳에 오기 전에 그렇게 말하며 눈물짓던 어머니의 얼굴과 아이를 낳을 때마다 눈에 띄게 야위어가던 어머니의 모습이 떠올랐다. 히요시는 어떻게 해야 할지 아무 생각도 나지 않아서 한동안 콧물을 훌쩍이며 멍하니 서 있었다.

"원숭이."

"왜 그러고 있는 게냐?"

"또 쫓겨나는구나."

"이제 열여섯 살이니 어디를 가더라도 밥은 먹여줄 게다. 사내자식이 울기는."

다른 일꾼들과 하인들이 그를 한가운데 두고 여기저기서 일을 하며 말했다. 하지만 히요시는 누구에게도 우는 얼굴을 보이고 싶지 않았다. 히요시는 하얀 이를 드러내 보이며 그들을 바라보았다.

"울긴 누가 울어. 이제 이 집에서 일하는 건 지긋지긋해. 이번에는 무사 집에 가서 일을 할 거다!"

그러고는 보퉁이를 등에 짊어지고 바닥에 떨어져 있던 가는 대나무에 소금 주머니를 걸어 어깨에 훌쩍 둘러멨다.

"무사 집에 간다고 하네."

"하하하, 참으로 터무니없는 녀석이로군."

히요시를 미워하는 것은 아니었지만 누구 하나 히요시의 뒷모습을 동정 어린 눈으로 바라보지 않았다. 히요시 역시 그 집의 토벽 밖으로 한 발짝 나서자 푸르디푸른 하늘로 마음이 물들었는지 자유를 찾았다는 생각 말고는 아무 생각도 들지 않았다.

지난해 8월, 아즈키자카^{小豆坂} 전투[32]에서 공을 세우기 위해 적군인 이마가와^{今川} 진영으로 쳐들어갔던 단조가 중상을 입고 간신히 살아 돌아왔다. 그 뒤로 단조는 야부야마의 집에서 드러누운 채 아내인 오에쓰의 간병을 받아야 했다. 세밑 한파가 지나고 정월에 들어서자 복부에 창을 맞은 상처가 도졌는지 그는 날마다 신음 소리를 내며 지냈다. 집 안에 흐르는 냇물을 받아 피고름으로 더러워진 남편의 속옷을 빨던 오에쓰는 울컥 화가 치민 듯 목을 길게 빼고 소리가 나는 쪽을 둘러보았다.

　　"태평하게 누구지?"

　　광명사 산 중턱에 있는 저택이라 토벽 밖으로 얼굴을 내밀면 기슭에 있는 길과 나카무라의 경지가 보였고 쇼나이 강과 오와리 평야도 훤히 내다보였다. 차가운 정월의 하루해가 오늘도 평야의 끝자락에 걸려서 저물고 있었다.

　　제법 큰 목소리였다. 모진 세상사와 괴로움을 모르는 듯한 사람의 노랫소리였다. 무로마치 말기 사람들이 부르다 싫증이 난 노래였는데, 이곳 오와리 부근에 전해진 뒤 농가의 처녀들이 물레를 돌릴 때 부르곤 했다.

　　"어머, 히요시잖아."

　　오에쓰는 기슭에서 노래를 부르며 올라오는 사람을 보고는 깜짝 놀랐다. 재작년 무렵, 단조의 부탁으로 스데지로의 집에 일을 보낸 언니의 아들인 히요시가 분명했다. 히요시는 더러운 보퉁이를 등에 짊어지고 뭔가를 대나무 막대기에 걸어 어깨에 둘러메고는 태평하게 걸어오고 있었다.

　　"어머, 얼마 보지 못한 새에 많이 컸구나."

　　오에쓰는 몸집이 커진 히요시의 모습에 적이 놀라면서도 여전히 무사

---

32) 니시미카와^{西三河} 지방의 패권을 둘러싸고 오다 노부히데와 이마가와 요시모토^{今川義元} 사이에 벌어진 전투다. 1542년과 1548년 두 번에 걸쳐 일어났다.

태평한 모습을 보며 어이없어 했다.

"어, 이모님. 거기 계셨군요."

히요시가 뛰어와서 꾸벅 인사를 했다. 노래를 부르며 걸어온 탓인지 흥에 겨운 듯 익살스러운 모습이었다. 하지만 젊은 이모는 웃음을 잃어버린 사람처럼 어두운 얼굴로 말했다.

"대체 무슨 일이니? 위에 있는 광명사에 심부름이라도 온 게야?"

"아니요."

히요시가 머리를 긁적이며 다소 거북한 듯 말했다.

"그 집에서 나가라고 해서요. 이모님께 알리지 않으면 안 될 것 같아 들렸어요."

"어머, 또?"

오에쓰는 눈썹을 찌푸리며 말했다.

"너, 또 쫓겨났단 말이냐?"

히요시는 사정을 말하려고 했지만 왠지 귀찮아져서 어리광을 부리듯 말했다.

"이모, 이모부는 계세요? 부탁이 있으니 계시면 만나게 해주세요."

오에쓰는 정말 어처구니가 없었다. 남편은 아즈키자카 전투에서 중상을 입고 오늘내일하고 있어 히요시를 만날 상태가 아니었다.

"너처럼 인내심 없는 아이를 낳은 언니가 참 불쌍하구나."

오에쓰가 딱하다는 듯 말하자 히요시가 풀이 죽어 중얼거렸다.

"이모부한테 부탁해보려고 했는데 안 되겠구나."

"무슨 부탁?"

"이모부는 무사니까 이번에 어느 무사의 집에서 일할 수 있도록 부탁하려고요."

"대체 넌 올해 몇 살이니?"

"열여섯이요."

"열여섯이나 됐으면 조금은 세상물정을 알 때도 됐잖아."

"그래서 이젠 시시한 집에선 일하고 싶지 않아요. 이모, 무슨 방법이 없을까요?"

"철 좀 들어라."

오에쓰가 꾸짖듯 노려보며 말했다.

"무사의 집은 무사의 가풍에 어울리는 사람이 아니면 들이지 않는다. 너처럼 들에서 천방지축 자란 아이는……."

그때 하녀가 와서 그녀에게 말을 전했다.

"마님, 빨리 오세요. 도 주인님의 몸이 안 좋으신 듯합니다."

오에쓰는 그 말을 듣자마자 히요시는 안중에도 없는 듯 아무 말도 하지 않고 안으로 뛰어 들어갔다. 뒤에 남겨진 히요시는 한동안 멍하니 비노 尾濃 평야에 지는 구름을 보고 있다가 토벽의 문 안으로 들어가더니 부엌 밖에서 서성거렸다. 당장 나카무라에 있는 집으로 돌아가서 어머니를 보고 싶었지만 의붓아버지인 지쿠아미를 생각하면 집으로 가는 길이 가시밭길처럼 느껴졌다.

'다음 일할 곳을 찾고 나서……'

그렇게 생각한 히요시는 먼저 이모에게 말을 하는 것이 순서라고 생각해서 왔는데 이모부인 단조가 중태인 듯했다.

'어떻게 할까?'

히요시는 주린 배를 움켜쥐고 오늘 밤부터 어디에서 잠을 잘지 궁리하기 시작했다. 그때 그의 차가운 발에 무언가 부드러운 것이 느껴졌다. 내려다보니 새끼 고양이였다. 히요시는 고양이를 안아 올리더니 부엌 끝에 앉았다.

"너도 배가 고픈가보구나?"

저물녘 아련한 빛이 히요시와 새끼 고양이 주위를 차갑게 비추고 있었다. 새끼 고양이는 히요시의 품에서 덜덜 떨다가 조금 따뜻해지자 히요시의 얼굴을 핥아댔다.

"그만, 그만둬."

히요시가 얼굴을 피하며 말했다. 사실 그는 고양이를 그다지 좋아하지 않았다. 하지만 지금 자신에게 이렇듯 친근함을 표시하는 것은 고양이밖에 없었다.

"응?"

문득 히요시는 귀를 쫑긋 세웠다. 새끼 고양이도 깜짝 놀란 듯했다. 맞은편에 바로 보이는 방에서 병자의 신경질적인 고함 소리가 들렸기 때문이다. 잠시 뒤 오에쓰가 울어서 퉁퉁 부운 눈으로 부엌으로 들어왔다. 무언가 남편의 기분을 상하게 한 듯했다. 오에쓰는 탕약이 든 병을 화로에 걸면서 소매로 눈물을 닦았다.

"이모……."

히요시가 고양이의 등을 쓰다듬으며 조심스럽게 불렀다.

"고양이가 배고픈지 떨고 있어요. 밥을 주지 않으면 죽을지도……."

실은 히요시도 배가 고팠다. 하지만 오에쓰는 지금 그런 것에 신경 쓸 때가 아니라는 듯 냉정하게 말했다.

"너, 아직도 있었니? 해가 져도 재워줄 수 없다."

오에쓰는 눈물 어린 눈가를 소매로 가린 채 약을 달였다. 먹먹한 가슴을 부여잡고 혼자 울고 있는 젊은 이모의 모습에서 이삼 년 전 행복했던 새색시의 아름다움은 비를 맞은 꽃처럼 퇴색되었다.

'저렇게 우는 걸 보니 이모도 뭔가 걱정거리가 있나보구나.'

히요시는 고양이를 안은 채 물끄러미 그녀의 모습을 바라보다 문득 젊은 이모의 몸이 이상하다는 것을 깨닫고 넌지시 물었다.

"이모, 임신했어요? 배가 나왔네요."

울고 있던 오에쓰는 뺨이라도 얻어맞은 것처럼 눈을 치켜떴다.

"어린 녀석이 별걸 다 물어보는구나. 해가 지기 전에 빨리 나카무라든 어디든 돌아가거라. 지금 너한테 신경 쓸 정신이 아니니 말이다."

오에쓰는 울음 섞인 목소리를 억누르며 방 안으로 들어가버렸다.

"돌아가자."

히요시가 혼잣말로 중얼거리며 일어섰지만 새끼 고양이는 여전히 그의 따뜻한 품에서 떨어지려 하지 않았다. 그때 아까 히요시의 말을 들었던 하녀가 국에 식은 밥을 말아놓은 작은 접시를 보이며 밖에서 새끼 고양이를 불렀다. 밥을 본 새끼 고양이가 히요시의 품을 떠나 그쪽으로 달려갔다. 히요시는 입안에 한가득 침이 고인 채 새끼 고양이와 그 밥을 바라보았다. 이윽고 히요시는 자신에게 밥을 줄 것 같지 않자 나카무라의 집으로 가기로 결심했다. 그리고 굶주린 몸을 일으켜 걸어가는데, 닫혀 있던 병자의 방에서 누군가가 히요시의 발소리를 들었는지 소리를 쳤다.

"누구냐?"

히요시는 깜짝 놀라 자리에 멈춰 섰다. 그는 그 소리가 단조의 목소리임을 알고 얼른 '히요시입니다'라고 대답했다. 그러고는 마침 잘됐다고 생각하며 다완집에서 쫓겨난 사실을 알렸다.

"오에쓰, 문을 열게."

안쪽에서 단조의 목소리가 들렸다. 하지만 오에쓰는 차가운 저녁 바람을 맞으면 상처가 덧난다고 남편을 만류하며 문을 열지 않았다.

"며칠 더 살아봤자 무슨 소용이 있나. 어서 열게."

단조가 다시 신경질을 내며 고함치자 오에쓰가 마지못해 문을 열었다.

"히요시, 이모부가 몸이 안 좋으시니 인사하고 바로 돌아가야 한다."

"예."

히요시는 선 채로 병실을 향해 인사를 했다. 단조 기요타다는 이불 몇 개를 포개놓고 아픈 몸을 기대고 있었다.

"히요시, 다완집에서 쫓겨났느냐?"

"예."

"음, 그러냐."

"……."

"불충, 불의만 아니라면 쫓겨난 것은 조금도 부끄러운 일이 아니다."

"예에."

"네 집안도 예전에는 무사였다. 히요시, 무사란 말이다……."

"예."

"밥을 위해서, 밥에 휘둘려서 전전긍긍하지 않는 것이 무사다. 무사의 본분에 충실하면 밥은 저절로 따라올 것이다. 그러니 너는 밥을 좇아 일생을 낭비하는 사람이 되면 안 된다."

소금

어느새 밤이 깊었다. 신경질적인 체질 때문인지 몸이 허약한 고치쿠는 계속 울어대다 이불에 누이자 간신히 어머니의 젖에서 떨어졌다.

"어머니, 일어나면 추우니 그대로 주무세요."

오쓰미가 만류했지만 오나카가 일어나면서 말했다.

"아직 아버지도 돌아오시지 않았는데……."

오나카는 딸과 함께 초저녁부터 하던 일을 다시 시작했다.

"아버진 어떻게 된 걸까요? 오늘 밤에도 들어오지 않으시려나."

"정월이잖니."

"우리는 떡도 못 하고 벌벌 떨면서 이렇게 밤일을 하며 지내는데."

"남자는 바깥일로 사람들을 만날 일이 많으니……."

"아무리 아버지라고 해도 일도 하지 않고 술만 마시고, 집에 들어오면 어머니만 괴롭히니 정말 화가 나요."

오쓰미는 시집을 갈 나이가 됐지만 어머니를 남겨두고 시집갈 수 없었다. 게다가 봄옷은커녕 가루분조차 살 수 없는 형편이라 결혼은 꿈도 꿀 수 없었다.

"그런 말 하면 못써."

어머니는 자주 눈물을 흘렸다.

"아버지는 그렇다 쳐도 히요시는 언젠가 어엿한 청년이 될 터이니 그때는 너를 시집보내주마. 하지만 이 엄마를 보면 알겠지만 남편은 잘 골라야 해."

"어머니, 난 시집갈 생각이 없어요. 언제까지나 어머니와 함께 있을래요."

"여자란 말이다……. 지금 아버지한테는 비밀이지만, 네 친아버지가 전쟁에서 부상당했을 때 주군에게 받은 돈꿰미 한 관을 네 시집갈 비용으로 남겨두셨단다. 또 고치실도 일곱 개나 만들어두었으니 그걸로 옷 한 벌은 지어줄 수 있어."

그러자 오쓰미가 오나카의 말을 가로막으며 말했다.

"어머니, 누가 토방에 들어온 것 같아요."

"아버지 아니니?"

오쓰미가 방에서 토방 쪽을 살펴보았다.

"아니에요."

"그럼 누구지?"

"누구지? 아무 말도 없이……."

오쓰미가 불안한 듯 바깥을 살폈다.

"어머니."

히요시의 목소리였다. 히요시는 어두운 토방에 선 채 좀처럼 방으로 들어오려고 하지 않았다.

"아니, 히요시 아니냐!"

"예, 저예요."

"이 시간에 어떻게?"

"다완집에서 나가라고 해서 돌아왔어요."

"뭐, 나가라고 했다고……."

"어머니, 죄송해요. 용서해주세요."

토방의 어둠 속에서 훌쩍이는 소리가 들렸다. 오나카와 오쓰미가 서둘러 토방으로 나갔다.

"쫓겨난 걸 이제 와서 어쩌겠니. 자, 거기 그렇게 서 있지 말고 어서 들어오너라."

오나카가 히요시의 손을 잡자 히요시가 고개를 저으며 말했다.

"아니에요. 금방 갈 거니까 올라가지 않을래요. 하룻밤 자면 어머니 곁을 떠나기 싫어질 테니까……."

오나카는 쫓겨난 아들이 가난한 집으로 갑자기 찾아온 것도 가슴이 아프고 당혹스러웠지만 방에 들어오지도 않고 한밤중에 바로 떠나겠다는 말을 하니 가슴이 더욱 아렸다.

"아니 대체 어디로 간단 말이냐?"

"그건 모르겠지만 이번엔 무사 집에서 봉공奉公해 반드시 어머니와 누나를 안심시킬게요."

"무사 집에 봉공을?"

"어머니는 무사가 되지 말라고 했지만 전 무사가 되고 싶어요. 야부야마의 이모부도 그러라고 말씀하셨어요. 전 무사가 될 거예요."

"알았으니까 자, 들어와서 내일 아침에 아버지와도 의논해보자."

"만나고 싶지 않아요."

히요시는 고개를 저으며 말했다.

"어머니, 앞으로 십 년 동안 저를 없는 아이라고 생각하세요. 몸 잘 간수하시고요, 아셨죠? 누나, 누나에게도 미안하지만 시집가지 말고 참아줘. 그 대신 내가 위대한 사람이 되면 어머니한텐 비단옷을 사드리고 누나한텐 시집갈 때 수진繡珍으로 만든 허리띠를 사줄 테니."

히요시의 말에 두 모녀는 목이 멜 정도로 눈물을 흘렸다. 히요시가 그런 말을 할 만큼 컸다는 생각이 들자 가슴이 미어지는 듯했다.

"어머니, 여기 다완집에서 받은 소금 두 되가 있으니 두고 갈게요. 내가 이 년 동안 일해서 받은 소금이에요. 누나, 나중에 부엌에 가져다놓아."

"그래, 고마워."

오나카는 히요시가 놓아둔 소금 주머니를 가만히 바라보며 말했다.

"네가 세상에 나가 처음으로 일해서 받은 소금이구나."

어머니가 기뻐하는 모습을 보자 히요시도 몸이 날아갈 듯 기뻤다. 그리고 마음속으로 어머니를 지금보다 더 기쁘게 해야겠다고 다짐했다.

'그래, 소금이 되자! 우리 집의 소금이, 아니 우리 집뿐 아니라 마을의 소금, 더 나아가 천하의 소금이 되자!'

히요시는 마음속으로 그렇게 외쳤다. 하지만 세상 사람들은 늘 히요시가 생각한 것을 이야기하면 허풍을 떤다고 했다. 그러다 보니 언젠가부터 히요시는 자신의 생각을 입 밖으로 내지 않았다.

"어머니, 누나. 전 당분간 돌아오지 않을 거예요."

히요시는 토방 입구까지 뒷걸음질 치며 물러섰다. 그러는 동안에도 눈은 어머니와 누나에게서 떼지 못했다. 히요시가 한쪽 발을 토방 밖으로 내딛는 순간, 오쓰미가 갑자기 벌떡 일어서며 외쳤다.

"잠깐만, 히요시. 잠깐 기다려."

그러고는 어머니에게 부탁했다.

"어머니, 아까 말씀하신 돈꿰미 한 관, 저는 필요 없어요. 시집 따윈 안 갈 테니 그걸 히요시에게 주세요."

오나카는 터져나오려는 울음을 소매로 막고 안으로 들어가 돈꿰미를 가져와 히요시에게 건넸다.

"필요 없어요. 필요 없다고요."

히요시는 고개를 저었지만 오쓰미는 다정한 목소리로 세상에 나가는 데 돈이 없으면 어떻게 하느냐고 꾸짖었다. 사실 히요시는 돈보다 원하는 것이 하나 있었다.

"어머니, 이것보다 아버지가 가지고 계셨던 칼을 주세요. 할아버지 때부터 내려온 그 칼을……"

히요시는 일곱 살 무렵 친아버지 야에몬이 보여준 집안의 칼을 잊지 않고 있었다. 하지만 히요시의 말에 가슴이 철렁 내려앉은 오나카가 히요시를 달래며 말했다.

"칼보다 돈이 도움이 될 테니, 칼은 단념하거라."

히요시는 금방 눈치를 챈 듯 물었다.

"집에 없어요?"

"으응, 없단다."

오나카는 괴로운 듯 말했다. 벌써 칼을 지쿠아미의 술값으로 써버렸던 것이다.

"그럼 됐어요. 어머니, 헛간에 녹슨 칼은 있죠?"

"아, 그건 있다."

"제가 가져가도 괜찮죠?"

히요시가 어머니의 안색을 살피며 물었다. 역시 일곱 살 때였다. 그때 히요시는 그 녹슨 칼을 발견하고 너무나 갖고 싶어 떼를 쓰다 어머니를 울게 만들었다.

"……"

오나카도 문득 그때의 일이 떠올랐다. 무사가 되지 말라고, 싸우는 사람이 되지 말라고 히요시의 앞날을 걱정했지만, 자신이 낳은 아이라 해도 성장한 뒤에는 어떻게 할 수 없다는 사실을 이제야 깨달았다.

"가지고 가거라. 하지만 히요시, 그것을 절대로 사람을 향해 뽑지 않아야 한다."

"네."

"오쓰미, 칼을 가져다주어라."

"아니야, 내가 가지고 올게."

히요시는 뒤편 헛간으로 달려가 물건들을 발판 삼아 벽에 걸린 녹슨 칼을 꺼내 허리에 찼다. 그러자 일곱 살 무렵 칼을 달라고 울며 소리치던 자신의 모습이 떠올랐다. 그리고 갑자기 키가 훌쩍 큰 것만 같아 가슴이 뿌듯했다.

"히요시, 어머니가 오라셔."

오쓰미가 신발을 신고 나와 헛간을 향해 말했다. 돌아와보니 오나카는 벽의 감실에 등명燈明을 올리고 작은 나무 접시에 좁쌀 한 줌과 히요시가 가져온 소금을 얹은 뒤 합장을 하고 있었다.

"거기 앉아라."

오나카는 히요시를 귀틀에 앉게 하고 감실에서 면도칼을 내렸다.

"어머니, 뭘 하세요?"

히요시가 눈을 동그랗게 뜨며 물었다.

"관례를 올리는 게다. 비록 형식적인 것이지만 너의 출가를 축하하기 위해서다."

어머니는 히요시의 머리에 면도칼을 댔다. 그러고는 밑동을 자른 새 짚을 물에 담근 뒤 꺼내고 다시 묶어 히요시에게 건넸다. 평생 잊을 수 없는 감정이 히요시의 피에 스며들었다. 뺨과 귀에 닿는 어머니의 거친 손이 뼛속까지 사무쳤다.

'이제는 나도 어른이다.'

히요시는 마음속으로 다짐했다.

어디선가 들개 울음소리가 연신 들려왔다. 전국戰國 시대의 깊은 어둠 속에서 늘어나는 것은 들개들뿐이었다. 히요시는 밖으로 나왔다.

"어머니, 그럼."

히요시는 차마 목이 메어 어머니에게 건강하게 지내시라는 말을 하지 못했다. 오나카는 감실 앞에서 등을 구부린 채 있었다. 오쓰미가 울기 시작한 고치쿠를 안고 밖으로 쫓아 나왔다.

"안녕, 안녕히."

히요시의 작고 검은 그림자는 뒤도 돌아보지 않고 달려갔다. 안개 때문인지 밝은 밤이었다.

만권의 일족

기요스에서 몇 리 떨어진 나고야에서 서쪽으로 채 십 리가 되지 않는 하치스카蜂須賀 촌으로 들어가면 어디에서나 눈에 띄는 삿갓 모양의 언덕이 있었다. 여름 나무가 울창한 한낮에는 매미 소리가 가득했고 밤에는 달빛 아래로 커다란 박쥐들이 날아다녔다.

"어이."

어둠 속에서 누군가를 부르는 소리가 들렸다.

"어이."

누군가가 나무들 속에서 메아리처럼 똑같은 소리로 대답했다. 가니에蟹江 강의 강물을 끌어다놓은 해자는 흡사 자연스레 생긴 오래된 연못처럼 파란 수초로 가득했다. 그 수초들은 오래된 돌담과 토벽을 껴안은 채 이곳 주인의 지위와 세력과 자손 들을 몇백 년 동안이나 보호해왔을 것이다.

언덕 일대의 택지가 몇천 평, 아니 몇만 평인지 밖에서는 상상조차 할 수가 없었다. 저택의 주인은 이곳 가이도고海東鄕 하치스카 촌의 토호였는데, 이름을 대대로 하치스카라고 하며 고로쿠小六라고 칭하고 있었다.

이곳에 정착한 선조는 고로쿠 마사아키小六正昭였다. 지금의 당주는 고로쿠 마사카쓰小六正勝인데, 히코에몬彦右衛門이라고도 불렸다. 오에이應永 시대 때 아시카가의 성을 바꾼 가문이라고도 했고, 오닌의 난이 일어나자 이 지방으로 이주해서 정착했다고도 하지만 사실 여부를 떠나 아주 오래된 가문인 것만은 분명했다.

"어이, 문을 열어라."

네댓 명의 사람이 해자 밖에서 고함을 쳤다. 방금 어딘가에서 돌아온 당주인 고로쿠 마사카쓰와 가신들이었다. 고로쿠는 물론이고 그 선대들도 영주의 적통이 아니라 영토에 대한 권한도 없고 정사를 보지도 않았다. 그야말로 그들은 토호에 지나지 않았다. 그래서인지 주인과 가신이라곤 하지만 어딘지 거칠고 촌스러운 풍모였다. 가장과 자식처럼 깊은 친근감이 느껴지는 게 아니라 두목과 부하라 해도 이상하지 않을 만큼 야인 같은 느낌이 들었다.

"뭘 하고 있느냐?"

고로쿠가 외치자 가신이 문지기를 향해 소리쳤다.

"문지기, 아직 멀었느냐!"

"예에."

세 번이나 같은 대답을 듣고서야 마침내 대문이 열렸다. 그러자 좌우에서 전쟁터에서나 비 오는 밤에 들고 다니는, 얇은 철로 만들고 손잡이가 달린 제등을 비추며 물었다.

"누구시오?"

"고로쿠다."

제등의 불빛을 받자 고로쿠는 대문을 둘러싸고 있는 사람들에게 심드렁하게 대답했다. 설사 주인이다 하더라도 주변 정세 때문에 철저하게 확인을 해야만 했다.

"어서 오십시오."

그제야 일제히 인사를 했다. 고로쿠 옆에 있던 가신들도 차례로 이름을 댔다.

"이나다 오이노스케稲田大炊助다."

"아오야마 신시치青山新七."

"나가이 한노조長井半之丞."

"마쓰바라 다쿠미松原内匠."

그들은 제등의 불빛을 받으며 문 안으로 들어갔다. 고로쿠와 그의 일족 넷은 저벅저벅 발소리를 내며 어두운 복도를 지나 안쪽으로 갔다.

"다녀오셨습니까."

"어서 오십시오."

복도의 모퉁이마다 몇 명인지 알 수는 없지만 대가족들 중 일부와 종복들, 그리고 아내와 아이들이 나와 집으로 돌아온 가장을 맞이했다.

"응, 그래."

고로쿠는 모두를 일일이 훑어본 다음 거실까지 와서 원좌 위에 털썩 주저앉았다. 등잔불이 고로쿠의 얼굴을 옆에서 비추고 있었다.

'기분이 안 좋으신가?'

차례로 차와 검정콩으로 만든 과자 등을 가져온 여자들이 조심스레 고로쿠의 눈치를 살폈다. 고로쿠가 구석에 있는 네 사람을 돌아보며 입을 열었다.

"오이大炊."

"예."

"오늘 밤 초대 자리에서 창피를 당했군."

"그렇습니다!"

네 사람 모두 분노했고, 고로쿠도 화를 참을 수 없었다.

"다쿠미, 한노조. 그대들은 어떻게 생각하는가?"

"무엇을 말씀하시는지?"

"오늘 밤 당한 치욕 말이다! 하치스카의 일족으로서 화가 나지 않는가?"

네 사람은 다시 입을 다물었다. 무더운 밤이었고 바람도 불지 않았다. 모깃불 연기가 자꾸 눈앞에 아른거리며 떠다녔다.

오늘 오다 일가의 신분 높은 사람이 고로쿠를 다회※會에 초대했다. 고로쿠는 본래 그런 취미가 전혀 없었지만 동석한 손님들이 모두 오와리에서 지위가 높은 인물이라 얼굴을 익혀두기에 좋은 기회였고 거절하기도 어려워 참석하게 되었다.

'명색이 토호지만 실은 노부시의 두목이니 다회 초대를 어려워할 것이다.'

고로쿠는 그러한 비웃음을 사지 않기 위해 일족 넷을 데려갔다. 그런데 그 자리에서 주인이 아카에 물병을 자랑하자 손님들이 부러운 눈길로 쳐다보았다. 그렇게 손님들의 눈길을 끈 것까지는 좋았는데, 뜻밖에도 한 손님이 분위기를 깨는 말을 했다.

"이것은 다완을 만드는 스데지로의 집에서 본 적이 있는 듯합니다. 그 집에 도적이 들어 훔쳐갔다는 명품과 같은 게 아닙니까?"

주인이 깜짝 놀라 보증서를 내보이며 말했다.

"그럴 리가 없소. 이건 근래 사카이에 있는 다구 가게에서 천금에 가까운 돈을 주고 산 것이오."

"그럼 훔친 노부시가 사카이 상인에게 팔아넘긴 것이 돌고 돌아 이 댁에까지 왔군요. 다완집에 들이닥친 노부시가 미쿠리야의 와타나베 덴조라고 이름까지 알려졌으니 틀림없습니다."

손님이 단언하듯 말하자 다회 자리는 그만 찬물을 끼얹은 듯 흥이 깨지고 말았다. 물론 그 손님은 그곳에 있는 고로쿠가 어떤 사람인지 몰랐지만, 주인과 대부분의 손님들은 미쿠리야의 와타나베 덴조가 고로쿠의 조카뻘인 사람이자 토호 세력을 구성하는 일족 중 한 명이라는 사실을 알고 있었다.

"나중에 다시 찾아뵙겠습니다."

고로쿠는 마치 자신의 잘못인 듯 주인에게 인사를 한 뒤 수치와 분노를 안고 돌아왔다.

"자네들은 어떻게 생각하나?"

방금 고로쿠가 침통하게 물었지만 오이노스케나 신시치는 물론 한노조와 다쿠미도 좋은 생각이 떠오르지 않았다. 그들은 고로쿠에게 무슨 말이든 할 수 있었고, 뜻대로 처분을 내릴 수 있었다. 하지만 그 처분 대상인 덴조는 그들의 주인과 피가 섞인 조카였다. 덴조는 미쿠리야에 사는 하치스카 일족으로서 늘 이삼십 명의 부하를 거느리고 있었다.

"괘씸한……."

고로쿠는 덴조가 피가 섞인 일족이라 더욱 화가 났다.

"내가 어리석었어. 생각해보니 덴조 이놈이 근래 비단을 걸치고 여자 몇 명을 옆에 끼고 있었어. 가문의 이름 때문이라도 그놈을 그냥 둘 수 없다."

고로쿠는 잠시 뒤 신음하듯 혼잣말로 중얼거렸다.

"그렇게 하지 않고서는 토호라 불리는 것도 모자라 세상 사람들이 우리 하치스카 일족을 도적 잔당이나 파렴치한 부랑자들과 다르지 않다고 생각할 것이다. 그리고 이 고로쿠 마사카쓰를 두고 노부시의 두목이라고 손가락질할 것이 뻔하구나."

"무슨 말씀인지 잘 알겠습니다."

다쿠미의 말에 한노조와 오이노스케도 고개를 끄덕였다. 문득 고로쿠의 눈가에서 반짝 빛난 눈물을 보고 가슴이 아팠던 것이다.

"내 말 잘 들어라."

고로쿠가 얼굴을 돌리며 말했다.

"이 집 지붕 기와에 이끼가 끼고 퇴색한 '만卍'의 문양이 있을 것이다. 선조이신 미나모토 요리마사源賴政 공이 의병을 일으킬 때 다카구라노미야高倉宮 님께 받은 가문의 문장이다. 그 뒤 아시카가 장군을 섬긴 하치스카 다로蜂須賀太郎가 실각하는 바람에 지금의 나에 이르기까지 초야에 살며 토호로 불려왔지만 이제 때가 왔다."

"예."

"그 피까지 썩지 않았다."

"……."

"토호라거나 노부시 두목이라고 불릴 때마다 이 고로쿠 마사카쓰는 남몰래 마음속으로 맹세했다. 머지않아 이 피를, 우리의 가명을 세상 사람들에게 보여줄 날을 기다리고 있었다."

"저희에게도 늘 그리 말씀하셨습니다."

"그래. 그래서 자네들에게도 지금은 이렇듯 들에 살고 있지만 무武를 게을리하지 말고 자신을 경계하며 나태해지지 말라고 입이 닳도록 말했던 것이다. 그런데 어찌 피가 섞인 조카라는 자가 아직도 못된 버릇을 고치지 못하고 야밤에 상인의 집에 쳐들어가 도둑질을 한단 말이냐!"

고로쿠는 입술을 꽉 깨물었다. 그는 이미 마음속으로 결정을 내렸다.

"오이노스케, 신시치."

"예."

"지금 당장 둘이서 미쿠리야에 다녀오너라."

"옛!"

"내 명을 받들어 덴조 놈을 끌고 오너라. 단, 속여서 데려와야 한다. 부하들도 있고 무력으로는 쉽사리 끌고 올 수 없을 것이니."

"잘 알겠습니다."

주군 고로쿠의 명에 오이노스케와 신시치가 곧바로 일어서서 미쿠리야로 출발했다.

날이 밝자 숲 언덕에서 새들의 울음소리가 들려왔다. 하치스카 일족의 요새처럼 지어진 건물에 아침 해가 비쳤다.

"마쓰! 마쓰!"

잠에서 깬 고로쿠가 부르자 아내인 마쓰나미松波가 대답했다.

"일어나셨어요?"

고로쿠는 종이로 만든 모기장 안에 누워 있었다.

"어젯밤에 미쿠리야로 간 두 사람은 아직 돌아오지 않았는가?"

"네, 아직 돌아오지 않았어요."

"흐음?"

고로쿠는 걱정스런 얼굴로 한숨을 내뱉었다. 조카인 덴조는 도적질을 할 만큼 머리가 비상했다.

'늦는군. 혹시 눈치챈 건 아닐까?'

고로쿠는 속으로 생각했다. 그러는 동안 아내가 모기장 고리를 벗기기 시작했다. 그러자 아직 두 살도 안 된 가메이치龜一가 모기장 자락 위를 기어 다녔다.

"가메, 이리 오너라."

고로쿠는 아이를 높이 안아 올렸다. 그림 속 중국 아이처럼 토실토실 살이 오른 가메이치는 젊은 아버지가 안기에도 무거웠다.

"아니, 눈꺼풀이 빨갛게 부었구나."

고로쿠는 가메이치의 눈을 핥아주었다. 가메이치는 아빠의 얼굴을 만지작거리며 무릎 위에서 놀았다.

"모기한테 물렸나 봐요."

"모기면 괜찮지만……."

"잠을 자면서 몸을 뒤척이다 모기장 밖으로 자꾸 굴러떨어져요."

"몸이 차갑지 않도록 잘 돌보게."

"예."

"포창疱瘡[33]에 걸리지 않도록 신경도 쓰고."

"걱정하지 마세요."

"첫아이오. 바로 그대와 내가 처음 치른 싸움의 선물."

"호호호."

문이 열린 널찍한 침실로 아침 바람이 불어왔다. 그리고 어디선가 대장간의 망치질 소리가 기분 좋게 들려왔다. 그 소리를 들은 고로쿠가 아이를 무릎에서 내려놓았다. 그는 바야흐로 천하가 난세로 접어들고 있다는 것을 잘 알고 있었다. 커다란 야망을 품은 그의 젊은 피와 늠름한 몸은 화목한 한때를 떨쳐내고 침실에서 나갔다. 아내의 웃는 얼굴에도 눈길 한 번 주지 않았다.

고로쿠는 서원에 앉아 아침 차를 마시지 않았다. 대신 옷을 갈아입고 얼굴을 씻고 바깥마당으로 나가 큰 걸음으로 걸어갔다. 망치질 소리가 더 가깝게 들렸다. 골목으로 들어서자 두 채의 대장간이 보였다. 조상 대대로 한 번도 베지 않았던 숲 속 거목들을 벌목한 뒤 새로운 평지를 만들고 그 자리에 세운 것이었다. 대장간에는 고로쿠가 센슈泉州의 사카이에서 은밀히 데려온 구니요시國吉라는 대장장이이자 철포 장인이 제자와 함께 일을 하고 있었다.

"어찌 일은 잘되고 있는가?"

---

33) 천연두天然痘와 같은 말로 천연두 바이러스에 의해 일어나는 악성 전염병을 뜻한다. 우리나라에서는 두창痘瘡 또는 마마媽媽 등으로 부르기도 한다.

고로쿠를 보자 구니요시와 제자가 대장간 토방에 엎드렸다.

"아직 잘 안되는 모양이군. 이 견본 철포와 똑같이 만들 수 없는가?"

"침식도 거르고 노력하고 있습니다만⋯⋯."

고로쿠가 가만히 고개를 끄덕였다. 그때 안채에서 하인이 달려와 소식을 전했다.

"주인님, 방금 미쿠리야에 가셨던 두 분이 돌아오셨습니다."

"뭐, 돌아왔다고?"

"예."

"그러면 덴조 놈을 데려왔느냐?"

"예, 조카님도 함께 오셨습니다."

"됐다!"

고로쿠는 속으로 '잘 꾀어 데려왔구나' 하고 생각했다.

"잠깐 기다리라고 하거라."

"그럼 늘 모시던 서원에서 기다리라고 하겠습니다."

"그래, 곧 그쪽으로 가겠다."

"예."

하인은 곧바로 달려갔다.

고로쿠는 일족들에게 기책이 뛰어난 인물로 신뢰받고 있었다. 하지만 한편으로는 대단히 나약한 면도 있었다. 의義에는 강했지만 눈물에는 나약한 편이었다. 특히 골육의 정에는 한없이 약했다. 거칠고 흉폭하고 대범한 토호의 가장은 위엄 있고 성격이 강건했지만 마음속에 본능적인 눈물과 화가 나면 들불처럼 멈추지 않는 피를 함께 지니고 있었다. 그런 그가 오늘 조카를 베겠다고 결심한 것이다. 하지만 그의 얼굴은 도저히 내키지 않은 듯했다. 하인이 소식을 알리고 돌아간 뒤에도 그는 대장간 앞에 서서 하염없이 구니요시와 그 제자가 일하는 모습을 보고 있었다.

"그럴 만도 하지. 철포가 건너온 게 덴분 십이 년, 불과 칠팔 년 전 일이니까. 그 이래로 여러 나라의 무가 호족들이 앞다퉈 이 신무기 제작에 뛰어들거나 손에 넣기 위해 경쟁을 하고 있지. 하지만 여기 오와리는 지리적 이점이 있음에도 고슈甲州, 에치고越後, 오슈奧州의 무사들 중에 아직 철포가 어떤 물건인지 본 적 없는 자가 많아. 그러니 장인이라고 해도 익숙하지 않은 게 당연하지. 서두르지 않아도 괜찮으니 철저히 연구해서 성공만 하면 된다. 후일을 위해서……."

그때 조금 전에 왔다 갔던 하인이 샛길을 이용해 다시 재촉하러 왔다.

"모두 서원에 모여 기다리고 계십니다."

고로쿠가 돌아보며 말했다.

"지금 갈 것이다."

"예."

"금방 갈 것이니 기다리라고 하거라."

"예."

하인은 아무 말도 하지 못하고 다시 돌아갔다.

고로쿠는 읍참마속의 심정으로 조카의 처벌을 결심했으면서도 아직 정 때문에 흔들리고 있었다.

"구니요시."

고로쿠는 발길을 돌리다 말고 다시 말을 걸었다.

"그래도 올해 안에는 철포를 열 정이나 스무 정 정도 완성하겠지?"

대장장이 구니요시는 힐책을 받은 것처럼 그을음이 가득 묻은 검은 얼굴로 난처한 듯 대답했다.

"한 자루라도 제대로 완성되면 마흔 자루뿐 아니라 백 자루라도 만들수 있습니다."

"바로 그 한 자루가 어려운 것이네."

"보살핌만 받고 정말 죄송스럽습니다."

"그런 것에 마음 쓰지 말게."

"고맙습니다."

"내년, 내후년, 또 그다음 해도 전쟁은 끊이질 않을 것이네. 엄동설한, 대지의 풀들이 모두 말라 죽고 새로운 싹이 다시 틀 때까지는. 그래서 철포 제작을 서두르는 것이네."

"더 열심히 노력하겠습니다."

"하지만 은밀히 해야 하네."

"명심하고 있습니다."

"망치질 소리가 좀 큰 듯하더군. 해자 밖까지 들리지 않겠나?"

"그것도 주의하고 있습니다."

"으음."

고로쿠는 돌아가다가 문득 풀무 옆에 세워놓은 철포 한 자루에 눈길을 두었다.

"저것은?"

고로쿠가 손으로 가리키며 물었다.

"견본인가, 아님 새로 만든 것인가?"

"새로 만든 것입니다."

"어디 보여주게."

"아직 보여드릴 만한 것은 아닙니다."

"아니네, 잠깐 시험해볼 것이 있네. 쏠 수 있겠지?"

"총알은 날아가지만 방아쇠가 잘 맞지 않아 아무리 해도 견본처럼 만들어지지 않습니다. 조금 더 연구하면 될 듯싶습니다."

"시험해보는 것도 방법 중 하나이니, 그것을 이리 주게."

고로쿠가 구니요시의 손에서 철포를 받아 든 뒤 총신을 팔뚝에 얹고 겨냥했다. 그때 그를 부르러 또 사람이 왔다. 이번에는 하인이 아니라 미쿠리야에서 돌아온 오이노스케였다.

"아직 일이 끝나지 않으셨는지요?"

오이노스케의 목소리에 고로쿠는 철포의 개머리판을 늑골에 댄 채 돌아보았다.

"오, 이나다."

"빨리 오시는 것이 좋을 듯합니다. 덴조 님에게 적당히 둘러대 모시고 왔습니다만 이상한 느낌을 받았는지 가만히 계시질 못합니다. 자칫하면 놓칠지도 모릅니다."

"알았네, 가세."

고로쿠는 오이노스케에게 철포를 들게 하고 숲의 샛길을 이용해 서원 마당 쪽으로 성큼성큼 걸어갔다.

처벌

'무슨 일일까?'

덴조는 서원 끝에 앉아 불안해했다. 신시치, 한노조, 다쿠미, 그리고 방금 숙부를 데리러 간 오이노스케까지 하치스카 가문의 심복들이 덴조의 눈길과 손의 움직임까지 감시하듯 주의를 기울였기 때문이다.

덴조는 이곳에 온 뒤로 곧바로 이상한 낌새를 알아차렸다. 구실을 대고 돌아갈까 생각하는 순간 마당 쪽에서 고로쿠가 모습을 드러냈다.

"숙부님."

덴조가 먼저 억지웃음을 보이며 일어섰다. 고로쿠는 대장간에서 가져온 철포를 마당에 세워두고 덴조를 불렀다.

"덴조, 마당으로 오너라."

고로쿠의 모습이 평소와 다르지 않자 덴조는 여느 때처럼 허물없이 다가가 물었다.

"제게 뭔가 급한 볼일이 있다고 하셔서 왔습니다만."

"그래."

"무슨 일이신지요?"

"내려오너라."

"예."

덴조는 댓돌에 놓인 신발을 신고 마당으로 나왔다. 한노조와 다쿠미도 그를 따라 나왔다.

"거기 서거라."

고로쿠는 조카인 덴조에게 그렇게 명령한 뒤 손에 철포를 든 채 마당에 있는 바위에 앉았다. 그 순간 덴조는 숙부가 자신을 부른 이유를 직감하고 가슴이 철렁했지만 이미 때는 늦고 말았다. 숙부의 심복들이 바둑돌처럼 사방에서 덴조를 둘러쌌다. 덴조의 얼굴이 새파래졌다.

"……."

"……."

고로쿠의 몸에서 눈에 보이지 않는 분노의 불꽃이 일었다. 그의 눈썹은 평소 그를 잘 따르던 덴조의 입을 틀어막기에 충분했다.

"덴조."

"예……."

"넌 내가 평소에 하던 말을 잊었느냐?"

"기억하고 있습니다."

"지금과 같은 난국에 사람으로 태어나서 가장 부끄러워해야 할 일은 무위도식과 양민을 괴롭히는 것이다."

"……."

"그래서 '소위 토호라고 하는 자들 모두 그렇다. 노부시라는 놈들도 모두 그런 자들이다. 하지만 고로쿠 마사카쓰 일가는 그렇지 않다'고 그토록 엄하게 훈계했을 것이다."

"예."

"'우리 가족들만은 뜻을 높은 곳에 두자. 백성들을 괴롭히거나 도적

흉내를 내서는 안 된다. 그리고 일국일성—國—城을 갖게 되면 서로 자랑스러워하자'라고 맹세하지 않았느냐?"

"예, 그렇습니다."

"그런데 그 맹세를 깬 것이 누구냐?"

"……."

"덴조! 너는 그 맹세를 위해 내가 길러준 무력을 악용해서 도적질을 했다. 다완집에 쳐들어가서 아카에 명품을 훔치다니. 이놈!"

도망치려는 덴조를 향해 고로쿠가 대갈하며 벌떡 일어섰다.

"못난 놈! 앉거라."

고로쿠는 다시 한 번 고함을 쳐서 덴조의 기를 죽였다.

"도망칠 심산이냐!"

"도, 도망치지 않습니다."

잔디 위에 털썩 주저앉은 덴조가 떨리는 목소리로 말했다.

"묶어라!"

고로쿠가 사방에 서 있던 네 사람에게 명령하자 좌우에서 달려들어 덴조의 손을 뒤로 결박하고 목덜미에 칼을 들이댔다. 그러자 덴조가 창백한 얼굴로 분해하며 반항심을 드러냈다.

"아, 숙부님. 어찌 저를! 아무리 숙부님이라고 해도 너무하십니다."

"시끄럽다."

"저는 숙부님이 말씀하신 것처럼 그런 도적질을 하지 않았습니다."

"닥쳐라!"

"대체 누가 그런 말을 했습니까?"

"입 다물지 못하겠느냐."

"제 숙부님이시지 않습니까? 그런 소문이 있으면 있다고 제게 말씀해주신 연후에라도."

"궁색한 변명이다."

"많은 일족을 거느리는 가장이 다른 사람의 고자질에 휘둘려서 잘 알아보지도 않고……."

고로쿠는 더 이상 듣기 싫다는 듯 손으로 짚고 있던 철포를 들어 올리며 말했다.

"네놈은 구니요시가 만든 철포를 시험하는 데 딱 맞는 동물이다. 맞은편 울타리 옆으로 끌고 가서 나무에 묶어라."

신시치와 다쿠미가 덴조의 등을 밀거나 옷깃을 잡고 마당 끝까지 끌고 갔다. 활이 닿지 않을 정도의 거리였다.

"숙부님, 할 말이 있습니다. 한마디만 하게 해주십시오."

죽을힘을 다해 고함을 치는 덴조의 목소리가 똑똑히 들려왔다. 하지만 고로쿠는 전혀 개의치 않고 오이노스케가 가져온 노끈을 잡더니 총알을 넣은 뒤 미친 듯이 고함을 치고 있는 조카를 겨냥했다.

"숙부님, 잘못했습니다. 실토하겠습니다. 한 번만 제 말을 들어주십시오. 할 말이 있습니다."

네 명의 심복은 아무 말도 하지 않고 과녁에 서서 고함을 치는 덴조의 목소리를 들으며 고로쿠가 든 철포를 바라보고 있었다.

맞은편에서 목소리가 쉴 정도로 미친 듯이 소리를 질렀던 덴조가 마침내 죽음을 각오했는지 고개를 풀썩 숙였다. 그러자 고로쿠가 철포에서 눈을 떼고 뒤에 있는 심복 중 한 명을 불렀다.

"오이노스케, 방아쇠를 당겼는데 총알이 나가질 않는다. 철포가 이상하다. 대장간에 달려가서 구니요시를 불러오너라."

구니요시가 대장간에서 바로 달려오자 고로쿠가 철포를 보여주며 말했다.

"방금 시험해봤는데 어디가 문제인 건지 총알이 나가지를 않네. 당장 고치게."

구니요시가 대답했다.

"당장은 고치기 어렵습니다."

"그럼 언제까지?"

"저녁 무렵까지는."

"더 빨리 고치게. 과녁이 저기서 기다리고 있으니 말이네."

"예?"

구니요시는 나무에 묶여 있는 덴조가 과녁이라는 것을 깨달았다.

"아, 조카님을."

"잔말하지 말게."

고로쿠가 단호하게 말했다.

"자네는 철포를 만드는 장인일 뿐이네. 하루빨리 철포 제작에 성공하도록 정진하면 되네. 이 철포는 자네에게도 성공과 실패를 가르는 중요한 물건이네."

"예……."

"도적이라고 해도 덴조는 일가의 사람이니, 개죽음을 당하는 것보다 철포를 시험하는 데 도움이 되면 세상에 얼마간 속죄를 하는 셈이 되겠지. 빨리 고쳐 오도록 하게."

"예, 예……."

"뭘 꾸물거리나!"

"예, 서두르겠습니다."

고로쿠가 이글거리는 눈으로 노려보자 구니요시는 얼굴도 들지 못하고 철포를 안은 채 대장간으로 허둥지둥 달려갔다.

"다쿠미, 과녁에게 물이라도 줘라. 철포를 고칠 때까지 감시할 사람을 세 명 정도 붙여놓도록 하고."

고로쿠는 그렇게 말하고 안채로 들어가서 아침을 먹었다.

다쿠미, 오이노스케, 신시치도 그곳을 떠났다. 한노조는 그날 자신의 고향으로 돌아가기로 예정되어 있어서 떠났고, 다쿠미도 일이 있어 외출을 했고, 오이노스케와 신시치 두 사람만 언덕의 저택에 남아 있었다.

해가 중천에 뜨자 날이 뜨거워졌다. 무더위 아래 언덕은 매미 소리에 휩싸였고 정원의 돌은 뜨겁게 달아올랐다. 그곳에서 일을 하는 것은 오직 개미뿐이었다. 대장간 쪽에서 가끔 격렬한 망치질 소리가 울렸다. 구니요시가 필사적으로 철포의 방아쇠를 다시 만들고 있었다. 덴조의 귀에는 그 소리가 너무나 크게 들렸다.

"철포는 아직이더냐?"

고로쿠가 몇 번이나 재촉을 했다. 그때마다 신이치가 무더위 속을 뚫고 대장간을 다녀온 뒤 상황을 알렸다.

"곧……."

그동안 고로쿠는 자신의 방에서 대자로 누워 낮잠을 잤다. 신시치도 어젯밤의 피곤이 밀려온 탓에 꾸벅꾸벅 졸고 있었다. 그때 갑자기 정원에서 누군가가 고함을 쳤다.

"도망쳤다. 신시치 님, 도망쳤습니다. 어서 오십시오!"

신시치가 깜짝 놀라 맨발로 뛰쳐나가자 감시를 하던 하인이 칠흑빛이 되어 상황을 알렸다.

"조카님이 두 사람을 베고 도망쳤습니다!"

"뭐라, 도망을 쳐!"

신시치가 감시를 하던 하인과 함께 쫓아가려다 뒤돌아보며 소리쳤다.

"고로쿠 님, 덴조 님이 감시자를 베고 도망쳤다고 합니다. 덴조 님이 도망쳤습니다."

매미 울음소리에 휩싸인 안채에서 기분 좋게 낮잠을 자던 고로쿠가 벌떡 일어서며 외쳤다.

"뭐라!"

고로쿠는 잠잘 때도 품고 자던 칼을 그대로 허리에 차고 뛰쳐나와 신시치의 뒤를 따라 달렸다. 도착해서 보니 덴조를 묶어두었던 나무에 그의 모습은 온데간데없고 풀어 헤쳐진 밧줄만 나무 밑동에 떨어져 있었다. 그리고 약 열 걸음 정도 앞에 감시자 한 사람이 피를 흘리며 쓰러져 있었고, 앞쪽 토벽 근처에도 감시자 한 사람이 머리가 두 쪽으로 깨진 채 죽어 있었다. 그리고 근처 여기저기에 피가 흩뿌려져 있었다. 무더위 아래 풀과 흙에 묻은 피는 벌써 검게 변색되어 메말라 있었고, 피비린내를 맡은 날벌레가 시체로 달려들고 있었다.

"망보던 자들은 어디 있느냐?"

고로쿠가 고함을 치자 살아남은 뒤 사실을 알리러 왔던 하인이 바닥에 엎드리며 대답했다.

"예."

"양손을 끈으로 묶고 그 위에 밧줄로 묶어두었던 덴조가 어떻게 밧줄을 풀 수 있었느냐? 이 밧줄을 보니 칼로 자른 것 같지 않은데."

"예, 풀어주었습니다."

"누가?"

"저기, 쓰러져 있는 자가⋯⋯."

"어찌 풀어주었느냐? 누구의 명으로 풀어주었느냐?"

"처음에는 무시했습니다만 조카님이 소변을 보고 싶다며 너무 괴로워하셔서⋯⋯."

"멍청한 놈!"

고로쿠는 발을 구르며 호통을 쳤다.

"어찌, 그런 뻔한 속임수에. 한심한 놈!"

"용서해주십시오. 하지만 조카님이 저희에게 '정에 약한 숙부님이 자신의 조카를 어찌 정말로 죽일 수 있느냐? 이건 나를 혼내기 위해 벌주고 있는 것이다. 자초지종이 밝혀지면 용서하실 것이다. 만약 너희가 내 말을 들어주지 않으면……' 하고 말씀하시며 위협해서 마지못해 밧줄을 풀어주고 저쪽 나무 그늘로 데리고 갔습니다."

"그리고?"

"갑자기 비명 소리가 들렸을 때에는 이미 두 사람 모두 죽은 상태라 저는 사실을 알리려고 뒤도 돌아보지 않고 달렸습니다."

"말이 너무 길다. 덴조가 어떻게 도망쳤는지 그것을 먼저 말하거라!"

"토벽에 손을 대고 있었으니 아마 벽을 넘어 밖으로 도망쳤을 것입니다. 그때 첨벙하는 해자의 물소리도 들린 듯했습니다."

하인의 말에 고로쿠가 바로 뒤돌아보며 명령했다.

"신시치, 쫓아가거라. 길목들도 차단하고."

고로쿠는 그렇게 말하더니 자신도 합류하기 위해 대문 쪽으로 쏜살같이 달려갔다.

고로쿠의 재촉에 대장간으로 돌아와 철포의 방아쇠를 다시 만들고 있는 구니요시는 저택 쪽에서 무슨 일이 있어났는지, 시간이 얼마나 흘렀는지 전혀 알지 못했다. 오로지 철포 생각밖에 하지 않았다. 땀에 흥건히 젖은 채로 풀무의 불꽃을 뒤집어쓰면서 간신히 마무리 단계에 이르렀다.

"다 됐나?"

팔꿈치로 땀을 닦으며 중얼거렸지만 과연 총알이 날아갈지 어떨지 자신이 없었다. 구니요시는 총알이 들어 있지 않은 총을 벽을 향해 겨누며 방아쇠 상태를 시험해보았다.

"흐음, 됐다."

구니요시는 고로쿠 앞에서 실수를 하지 않기 위해 총알을 넣고 땅을 향해 쏘아보았다. 지면에 작은 구멍이 생겼다.

"됐다!"

구니요시는 학수고대하고 있을 고로쿠의 얼굴을 떠올리며 서둘러 대장간에서 뛰어나와 나무가 울창한 샛길을 따라갔다.

"어이."

누군가가 구니요시를 불렀다. 나무 그늘에 사람 그림자가 얼핏 보였다.

"누구냐?"

구니요시가 발길을 멈추고 물었다.

"나다."

"나라니?"

"와타나베 덴조다."

"아니, 조카님께서."

"뭘 그리 놀라는가. 아, 알겠네. 오늘 아침 내가 나무에 묶여서 철포의 과녁이 되었는데 이렇듯 불쑥 나타나서 놀랐구먼."

"어떻게 된 겁니까?"

"뭐 별일은 아니네. 그저 숙부님이 날 혼낸다고 위협하신 거네."

"예?"

"그나저나 지금 마을의 시라하다白旗 연못에서 사람들이 옆 마을 무사와 싸움을 하고 있네. 숙부님과 오이노스케, 신시치도 그곳으로 갔네. 나한테도 바로 뒤따라오라고 하셨는데, 철포는 완성됐는가?"

"완성했습니다만."

"그럼 이리 주게."

"숙부님의 명인지요?"

"당연하잖은가. 빨리 건네게. 그놈들이 도망치면 시험을 할 수 없네."

덴조는 구니요시의 손에서 철포와 화승줄을 가로채더니 숲 속으로 달려갔다. 이윽고 뭔가 이상한 생각이 든 구니요시가 덴조의 뒤를 따라갔다. 하지만 덴조는 정문으로 가지 않고 나무들이 울창한 어두운 뒤편 토벽을 넘어 바깥 해자 기슭으로 뛰어내렸다. 그리고 해자의 썩은 물속으로 들어가더니 가슴까지 잠기는 물도 개의치 않고 동물처럼 첨벙거리며 건너가 버렸다.

"응, 도망치는 게로구나. 멈춰라!"

구니요시가 토벽 위에서 큰 소리로 외쳤다. 그때 이미 건너편 기슭으로 기어 올라간 덴조가 그의 얼굴을 향해 철포 한 발을 쐈다.

"탕!"

물가에 굉음이 울려 퍼지고 구니요시가 토벽 위에서 굴러떨어졌다. 그리고 얼마 뒤 사람들이 달려오는 소리가 들려왔다. 덴조는 흡사 표범처럼 밭과 들판을 내달려 자취를 감췄다.

야하기矢矧 강

가장인 하치스카 고로쿠의 이름으로 소집 포고가 내려지자 저녁이 되기도 전에 많은 사람이 언덕 위 하치스카 저택으로 모여들었다.

"싸움이 일어났나?"

"무슨 일이지?"

"무슨 일이 생겼나?"

사람들은 모두 무기를 들고 나왔고 범상치 않은 얼굴을 하고 있었다. 그들은 들에 살면서 밭을 갈거나 누에를 치거나 말을 길러 시장에 내다 파는 평범한 농민이나 상인이 아니었다. 핏속에 선조의 무용武勇과 세상에 대한 불만을 품고 사는, 때가 오면 다시 칼과 활을 들고 일어설 준비가 되어 있는 일족의 무리였다.

얼마 뒤 고로쿠의 심복 오이노스케와 신시치가 나와 지시를 내렸다.

"조용! 중문을 지나서 정원 쪽으로 돌아가라."

두 사람은 이미 무장을 한 상태였다. 본래 토호의 일족이라 진짜 갑옷은 아니어도 갑옷 토시와 경갑을 걸치고 커다란 칼을 차고 있었다.

'싸움이군!'

사람들은 이내 알아차렸다. 토호는 어디부터 어디까지라는 확실한 영토가 없다 보니 성에 소속되어 섬기는 주군이 있지 않아 명백한 아군도 적도 없었다. 하지만 같은 토호 안에서 일족의 세력을 침범하거나 영주가 도움을 청했을 때, 특히 다른 먼 지역의 다이묘의 의뢰를 받는 경우 전쟁에 참가했다. 물론 그것은 많은 돈을 보수로 받을 경우였다. 하지만 고로쿠는 아직 그러한 이익을 얻기 위해 움직인 적이 없었다. 그러한 점은 오다 가문에서도 인정하는 사실이었고, 미카와의 마쓰다이라松平 가문과 슨엔駿遠의 이마가와 가문에서도 알고 있는 사실이었다. 비록 토호지만 고로쿠는 진중했고, 그러다 보니 다른 영주들은 하치스카 가문을 영토에서 배제하려 하지 않았다.

그런 가장이 내린 포고이다 보니 일족들이 앞다퉈 달려올 수밖에 없었다. 일족들이 넓은 정원에 모여 쓰기葉 산을 올려다보자, 때마침 고로쿠가 황혼이 내리는 8월 초이틀 달 아래서 검은 가죽 갑옷에 칼을 차고 석상처럼 묵묵히 서 있었다. 찬물을 끼얹은 듯 수백 명의 일족이 숨을 죽이고 고로쿠를 바라보았다. 고로쿠는 오늘부로 자신의 조카인 와타나베 덴조와 의절한다고 선언한 뒤 그 까닭을 명백하게 밝혔다.

"하지만 이것은 가장인 내 부덕의 소치이기도 하다."

고로쿠는 자신의 부덕을 밝히며 말을 이었다.

"덴조는 도망쳤지만 끝까지 찾아내 처벌할 것이다. 만약 그를 살려둔다면 토호 하치스카 가문은 백 년 뒤에도 도적의 무리로 지탄받을 것이다. 너희는 자신의 체면과 조상을 위해, 또 자손을 위해 덴조를 잡아 죽여라. 내 조카라는 생각은 버려라. 그놈은 하치스카 가문의 도적이다!"

그때 척후로 보냈던 자가 돌아와 소식을 전했다.

"덴조와 그 무리들이 미쿠리야 쪽에서 일전을 마다하지 않겠다며 모여 있다고 합니다."

일족들은 적이 덴조라는 말을 듣고 다소 맥이 빠진 듯한 모습을 보였지만 사건의 전말과 일족의 명예를 위해서라는 고로쿠의 말을 듣고는 함성을 지르며 무기 창고로 몰려갔다.

겐페이源平[34] 무렵부터 겐무建武와 오닌의 난에 걸쳐 몇백 년 동안 만들어진 무기는 싸움이 벌어질 때마다 산야에 버려졌는데, 그 수가 실로 어마어마했다. 특히 근래에는 나라들 간에 싸움이 끊이질 않다 보니 백성들은 늘 불안과 공포를 느꼈고 그만큼 무기를 소중하게 여겼다. 모든 백성들의 집에 무기가 있었는데, 창이나 칼은 음식 다음으로 돈이 됐기 때문에 잘 팔렸다.

하치스카 가문의 무기 창고에는 선조 이래로 무기가 많았다. 그런 데다 고로쿠 때부터 무기의 수가 더욱더 늘어나 엄청나게 많은 무기가 있었다. 하지만 아직까지 철포는 없었고, 어렵사리 만든 철포마저도 덴조가 훔쳐가고 말았다. 그러니 고로쿠의 분노가 하늘을 찌를 수밖에 없었다.

"일전을 마다하지 않겠다니 쳐 죽여도 모자랄 것이다. 그놈들의 목을 보기 전까지는 이 갑옷을 벗고 편히 자지 않을 것이다."

말을 마친 고로쿠는 일족을 이끌고 미쿠리야 촌으로 향했다. 이윽고 마을 근처에 다다른 일족들이 걸음을 멈추고 밤하늘을 바라보며 외쳤다.

"앗, 불길이다."

논 저편에 흙다리가 보였고 불길로 빨갛게 물든 밤하늘 아래 사람의 그림자가 어수선하게 움직였다. 고로쿠는 선발대 중 한 사람을 보내 살펴보게 했다.

"저 그림자는 덴조의 무리가 불을 지르고 약탈을 하자 도망쳐 나온 촌민들입니다."

---

34) 1072~1185년까지, 미나모토源 씨족과 다이라平 씨족이 서로 세력을 다투던 시대를 말한다.

고로쿠가 일족을 이끌고 다가가자 아기들의 울음소리가 들려왔다. 가재나 가축, 병자 등을 업고 도망쳐 나온 촌민들은 하치스카 일족들이라는 말을 듣고는 벌벌 떨었다. 그러자 고로쿠의 심복 신시치가 그들을 달래며 말했다.

　　"우리는 약탈하러 온 것이 아니오. 일족인 와타나베 덴조와 그 일당들을 토벌하러 온 것이오."

　　그제야 촌민들이 안심을 하고 입을 모아 덴조의 악행을 늘어놓았다. 그들이 읍소하는 말을 들으니 덴조의 악행은 다완집 도적질뿐이 아니었다. 국주國主에게 연공을 받친다는 명목으로 촌민들에게 '수호전守護錢'이라고 하는 법을 만들어 이중으로 세금을 걷거나 연못이나 강의 둑을 빼앗은 다음 물세를 걷었다. 그리고 불평하는 자가 있으면 부하를 시켜 논밭을 훼손했고, 만약 영주에게 밀고라도 하면 일가를 모두 죽이겠다고 위협까지 했다. 국주는 전쟁 때문에 정신이 팔려 있다 보니 연공 징수는 감시했지만 치안까지는 신경을 쓸 수가 없었다.

　　덴조의 무리는 그런 틈을 노려 도박장을 열고 신사의 경내에서 소나 닭을 잡아먹었다. 또 자신의 저택에 여자들을 모아놓고 신사의 불당을 무기를 숨겨두는 곳으로 이용한다고 했다.

　　"덴조의 무리는 지금 어떻게 방비하고 있는가?"

　　신시치가 묻자 촌민들이 다시 입을 모아 말했다.

　　"신사에서 창칼을 꺼내놓고는 술을 마시면서 싸우다 죽겠다고 고함을 치더니 갑자기 집집마다 돌아다니며 불을 질렀습니다. 그러고는 짐말의 등에 값나가는 물건이나 무기, 음식 따위를 잔뜩 싣고는 모두 도망쳐버렸습니다."

　　싸우다 죽겠다고 한 것은 도망치기 위한 덴조의 술책이었다.

　　"또 한발 늦었구나!"

고로쿠는 발을 동동 구르다 일족에게 명을 내렸다.

"먼저 촌민들을 집으로 돌려보내라."

그러고는 모두 힘을 합쳐 불을 껐다. 그런 다음 새벽까지 덴조가 도박장으로, 그리고 사람들과 가축들을 죽이는 데 사용했던 신사의 배전을 깨끗하게 치우게 하고는 머리를 조아리며 기원을 올렸다.

"일족의 말단이라고 해도 덴조의 악행 역시 하치스카 가문의 죄입니다. 나중에 반드시 처단해서 촌민들을 위로하고 제물을 올려 사죄드리겠습니다."

고로쿠가 사과를 하는 동안 그의 일족과 부하들은 숙연히 정렬해 있었다. 촌민들은 노부시답지 않게 신을 공경하는 고로쿠의 행동과 일족들의 질서 정연한 모습에 오히려 놀라워했다. 하치스카의 이름을 내걸고 안하무인으로 행동한 덴조가 고로쿠의 조카라는 사실이 널리 알려져 있었기 때문에 그의 우두머리라는 말만 들어도 무서웠던 것이다. 하지만 고로쿠는 신과 백성을 자신의 편에 두지 않으면 세상에 나가 성공할 수 없다는 사실을 잘 알고 있었다.

이윽고 척후가 돌아와서 보고했다.

"덴조 일행은 부하들까지 합해 칠십 명 정도인데 히가시카스가이東春日井의 산길에서 미노지美濃路로 넘어간 듯합니다."

척후의 말에 고로쿠가 명을 내렸다.

"절반은 하치스카 촌으로 돌아가서 그곳을 지켜라. 그리고 남은 절반의 반은 이 마을에 머물러 촌민들을 돌보며 치안을 유지하고 나머지는 나를 따라오너라."

그러다 보니 고로쿠는 겨우 사오십 명만을 이끌고 덴조를 추격할 수밖에 없었다. 고마키小牧, 구보이시키久保一色를 거쳐 마침내 적들을 따라잡을 무렵이었다. 길마다 척후병을 숨겨놓고 도망치던 덴조 쪽에서 눈치를 챘

느지 갑자기 산길을 우회해 세토 고갯마루에서 아스케[足助] 마을 쪽으로 내려가고 있다는 보고가 들어왔다.

추격한 지 나흘째가 되던 오후 무렵이었다. 여름인 데다 길은 험했으며 갑주를 차고 있어 쫓는 쪽도 그렇지만 덴조 무리도 도망을 치다 지치고 말았다. 그런 탓에 길목마다 짐과 말을 버려놓았다. 그러고는 도즈키[百月] 강의 계곡에서 허기진 배를 채우기 위해 물을 마시며 잠시 휴식을 취했다. 그때 고로쿠 무리가 양쪽에서 공격해왔다. 그들은 바위들을 수없이 굴려 떨어뜨렸고, 어느새 계곡물은 핏빛으로 물들어갔다.

"이놈."

"각오해라."

"물러서지 마라."

"어림없다!"

일족 사이에서 일어난 충돌이었다. 덴조와 고로쿠 수하의 병사들은 서로 피가 섞인 숙부와 조카, 사촌이었다. 평소에 사이가 좋았던 친구도 있었다. 하지만 어쩔 수 없었다. 일족이라 해도 병의 근원은 도려내야만 했다. 고로쿠는 자신과 피를 나눈 적의 선혈을 뒤집어쓴 채 외쳤다.

"덴조, 덴조 이리 나오너라."

도즈키 강의 계곡은 한순간에 피로 새빨갛게 물들었다. 적의 수가 점점 빠르게 줄어들었고, 고로쿠의 병사도 열 명이나 죽고 말았다. 고로쿠는 여전히 병사들을 독려했다. 시체들 속에서 덴조의 모습은 보이지 않았다. 덴조는 부하들을 버리고 한발 먼저 봉우리를 따라 에나[惠那] 산맥 기슭으로 도망친 것이다.

"이놈, 고슈[甲州] 쪽을 향해 갔구나."

고로쿠가 이를 갈며 봉우리에 서 있는데, 갑자기 탕 하고 한 발의 총소리가 메아리쳤다. 철포였다. 고로쿠를 비웃는 듯한 철포 소리였다. 그는 자신의 부덕을 탓하며 눈물을 쏟았다. 원통한 마음뿐이었다. 그때까지도 고로쿠는 악귀와 같은 조카를 혈족이라고 생각했던 것이다.

고로쿠는 봉우리에 묵묵히 서서 생각했다. 토호의 신분에서 벗어나 일국의 주인이 되는 것은 아주 오랜 시간이 지나야 가능하다는 것을 깨달았다. 그리고 자신이 그럴 자격이 없다는 것을 깨달았다.

'일족 한 명조차 다스리지 못해서야 어찌……. 무력만으로는 안 된다. 치책治策이 없다면, 또 평소의 가훈이 없으면…….'

고로쿠는 눈물 어린 눈으로 쓴웃음을 지었다.

'이놈이 나를 가르친 게로군!'

고로쿠는 봉우리 위에 서서 소리쳤다.

"모두 철수하라!"

그날 고로쿠는 서른 명으로 줄어든 수하들을 수습해 도즈키 강 계곡에서 고로모擧母의 숙소로 내려가 야영을 했다. 그리고 다음 날, 오카자키岡崎 성으로 사자를 보내 통행 허가를 얻었고, 그곳에서 늦게 출발한 탓에 한밤중에 오카자키 성을 통과했다.

도중에 많은 사람을 이끌고 지날 수 없는 검문소가 있다 보니 날이 꽤 걸리고 말았다. 고로쿠는 배를 타고 야하기 강을 내려와 오하마大浜에서 반도의 한다半田로 올라갔다. 그다음 도코나메常滑에서 다시 배편으로 바다를 가로질러 가니에 강을 거슬러 올라 하치스카 촌까지 돌아가는 여정을 택했다.

한밤중에 야하기 강까지 왔지만 배는 한 척도 보이지 않았고 다리도 없었다. 물살은 빠르고 강폭은 이백팔 간間[35]이나 됐다. 겐무 시대에 니타新田 가문과 아시카가 가문이 전쟁을 벌일 때, 오카자키의 요새인 이곳에서

---

35) 1간은 약 182센티미터로 208간은 약 378미터다.

몇 차례 전투가 벌어졌다. 그리고 몇 년 전인 덴분 4년부터 6년까지는 오다 노부히데와 마쓰다이라 가문이 격돌해서 오다 가문의 오와리 세력이 대패하고 물러간 곳이었다.

《태평기인본太平記印本》에 "야하기 강의 다리에서 장방형 방패를 펼쳐 방어했다"고 적혀 있는 걸로 봐서 먼 옛날이나 에도 시대에는 사람들의 왕래를 위해 이백팔 간의 큰 다리가 있었으나, 난세로 전쟁이 한창이었던 덴분 21년 여름 무렵에는 야하기 다리가 없었던 것이다.

고로쿠와 일족들은 당혹스런 얼굴로 나무 아래 털썩 주저앉았다.

"내려가는 배가 없으면 나룻배를 타고 건너가자."

한 사람이 그렇게 말하자 누군가가 반대하며 나섰다.

"이미 밤이 깊었어. 아침까지 기다리면 배가 있을 거야."

고로쿠는 이곳에 주둔하려면 다시 오카자키 성에 신고를 해야 한다며 지시를 내렸다.

"나룻배를 찾아라. 배 한 척만 있으면 차례로 강을 건널 수 있다. 그 뒤 새벽녘까지 강을 내려가는 배가 있는 곳으로 걸어가면 된다."

그러자 누군가가 말했다.

"대장, 나룻배도 보이지 않는데 어찌……."

그 말에 고로쿠가 호통을 치며 말했다.

"작은 배가 한 척도 없을 리 없다. 이렇게 큰 강을 어떻게 오가겠느냐. 나룻배를 숨겨놓았을 것이다. 눈을 똑바로 뜨고 찾아봐라."

일족들은 대여섯 명씩 짝을 지어 강의 위아래로 달려갔다. 얼마 뒤 한 사람이 외쳤다.

"여기 있다!"

홍수가 났을 때 휩쓸려갔는지 깎아지른 듯한 벼랑에 커다란 버드나무가 뿌리를 드러낸 채 물 위에 가지를 늘어뜨리고 있었다. 그리고 그 나무 아래에 배 한 척이 묶여 있었다. 울창한 버드나무 가지 아래로 흐르는 어두운 강물은 잔잔했다.

"딱 좋군."

고로쿠의 부하가 중얼거리더니 이내 배에 올라타 버드나무 밑동에 매어 있는 끈을 풀기 시작했다. 그는 일행이 있는 기슭까지 배를 저어 갈 생각이었다.

"웅?"

그가 눈을 크게 뜨고 배 바닥을 살폈다. 배의 얇은 바닥은 이미 부서져서 물에 잠겨 있었고 배도 위험할 정도로 기울어져 있었다. 그래도 나룻배로 사용할 수 있지 않을까 싶어 꼼꼼히 살펴보니, 한 사내가 뱃머리 쪽에서 썩은 거적을 깔고 코를 골며 자고 있었다.

'누구지?'

부하가 깜짝 놀라 사내를 바라보았다. 사내는 이상한 복장과 외모에 어울리지 않게 아주 기분 좋은 얼굴로 잠을 자고 있었다. 그리고 소매와 바짓가랑이가 짧은 데다 때에 절기까지 한 옷을 입고 장갑을 끼고 각반을 차고 있었으며, 맨발에 짚신을 신은 모습이 어른 같지도, 그렇다고 아이같지도 않았다. 사내는 자신의 눈썹에 밤이슬이 내려앉는 것도 모르고 벌렁 드러누워 잠든 상태였다.

"어이."

부하는 깨워도 사내가 눈을 뜰 기미가 없자 창의 물미로 사내의 가슴께를 다시 한 번 가볍게 찔렀다.

"어이!"

눈을 뜬 사내가 물미를 잡더니 부하의 얼굴을 노려보며 말했다.

"누구야?"

반딧불이

야하기 강 버드나무 아래에 묶인 배 안에서 썩은 거적을 덮고 하룻밤을 지내던 사내는 나카무라 촌을 나온 뒤로 소식을 알 수 없었던 히요시였다.

작년 1월 안개가 낀 밤, 어머니에게 소금 두 되를 남기고 아버지의 유산인 돈꿰미 한 관을 받아서 집을 나온 히요시는 마음속으로 위대한 사람이 되어 집으로 돌아가겠다고 약속했다. 그런 히요시는 상가나 장인의 도제가 될 생각이 없었다. 오로지 무사 봉공을 하고 싶은 생각뿐이었다.

하지만 소생도 명확하지 않고 보기에도 왜소한 그를 받아주는 무사의 집은 없었다. 히요시는 기요스, 나고야, 슨푸駿府, 오다와라小田原를 전전하며 무사의 집 대문을 두드렸지만 혼찌검이 나거나 거지 취급을 당하며 쫓겨나고야 말았다.

얼마 되지 않은 돈도 금방 떨어졌다. 야부야마의 이모가 말한 대로 히요시의 포부는 세상의 현실 앞에서 꿈일 뿐이었다. 하지만 히요시는 그 꿈을 포기하지 않았다. 왜냐하면 자신이 원하는 것은 누가 물어도 부끄럽지 않은 훌륭한 것이라고 굳게 믿었기 때문이다.

풀 위에서 잠을 잘 때에도 그 꿈을 잊지 않았다. 세상에서 가장 불행한 사람이라고 생각하는 어머니를 어떻게 하면 가장 행복한 사람으로 만들어줄 수 있을까. 또 시집도 못 가는 불쌍한 누나를 어떻게 하면 기쁘게 해줄 수 있을까. 벌써 열일곱 살이 된 청년 히요시에게도 많은 욕망이 있었다. 아무리 먹어도 배가 고팠고, 커다란 저택을 보면 저런 집에서 살고 싶다는 생각이 들었고, 화려한 무가의 복장을 보면 자신의 복장을 살폈고, 아름다운 여자를 보면 바람결에 실려오는 냄새에도 강한 충동을 느꼈다.

하지만 히요시는 그 욕망보다도 어머니의 행복이 먼저라고 생각했다. 그런 그는 첫 번째 염원을 이루기 전에 자신의 욕망을 먼저 채우지 않겠다고 마음먹었다. 다행히도 그에게는 자신만의 즐거움이 따로 있었다. 그것은 정처 없이 떠돌아다니며 가는 곳마다 새로운 것을 배우는 즐거움이었다. 그러다 보면 배고픔을 생각할 틈도 없었고, 물욕 따위를 자연스레 잊게 되었다.

세상 물정, 인정, 풍속, 그리고 시대의 추세와 여러 나라의 군비, 사람들의 생활 모습 등. 무사 수행자는 오닌 무렵부터 무로마치 말기가 될수록 유행처럼 번졌는데, 히요시도 일 년 반 동안 그와 같은 고된 생활을 하며 지내왔다.

하지만 히요시는 무술을 배우기 위해 장검을 차고 돌아다닌 게 아니었다. 얼마 되지 않는 돈으로 전당포에서 목면이나 비단을 꿰매는 바늘을 사 작은 종이로 싼 뒤에 그것을 팔며 고슈와 호쿠에쓰北越까지 온 것이었다.

"바늘입니다. 교토의 바늘이에요. 어서 오세요. 목면 바늘, 비단 바늘, 교토의 바늘이 있습니다."

히요시는 나라와 고을을 돌아다니며 얼마 되지 않는 돈을 벌며 살아왔다. 바늘 장사를 해서 번 돈으로 밥을 먹었지만 바늘구멍으로 세상을 보는 것 같은 작은 인간이 된 것은 아니었다.

오다와라의 호조北條, 고슈의 다케다武田, 슨푸의 이마가와, 그 밖에 호쿠에쓰의 성을 둘러보면서 세상이 크게 요동치며 변하고 있다는 사실을 느꼈다. 집안싸움 같았던 지금까지의 전란과 달리 앞으로 나라 전체의 모습을 다시 세우는 올바르고 거대한 전쟁이 일어날 것이라는 예감이 들었다. 히요시는 남몰래 속으로 생각했다.

'나는 젊다. 그러니 이제부터 시작이다. 세상은 늙은 아시카가 막부에 염증을 느끼고 있으며 혼란하고 쇠퇴했다. 세상은 젊은 사람들을 기다리고 있다!'

히요시는 막연하게나마 그런 생각을 가슴에 품고 바늘 장사를 하며 지내왔던 것이다.

북쪽 땅에서부터 교토, 오우미近江를 거쳐 세상을 한 바퀴 돌아 다시 오와리를 거쳐 오카자키로 온 것은 이곳 성 아래에 친아버지인 야에몬의 친척이 산다는 말을 들은 적이 있었기 때문이다. 그렇다고 해서 친척이나 아는 사람에게 의지해서 도움을 받겠다는 생각은 전혀 없었다.

히요시는 초여름부터 식중독에 걸려 심한 설사를 하며 괴로운 상태로 먼 길을 걸어왔다. 너무 고단했지만 나카무라에 있는 집 소식이 궁금하기도 했다. 하지만 물어볼 만한 친척집을 좀처럼 찾을 수 없었다. 그는 어제오늘 강한 햇빛 아래에서 생오이를 먹으며 걸어 다니다 우물물을 마셨다. 그랬더니 다시 배가 아팠고, 저물녘에 야하기 강기슭에 묶인 배 안에서 아픈 배를 움켜쥔 채 잠이 들고 말았다.

배 속에서 천둥소리가 났다. 미열 때문인지 입안이 바짝 말랐다. 가시를 씹는 것처럼 입안이 거칠었고 침도 메말랐다. 그러는 동안에도 그는 어머니를 생각했고, 그 때문인지 꿈속으로 어머니가 찾아왔다. 그러다 어느 순간에 어머니도, 아픈 배도, 세상도 없는 깊은 잠에 빠져들었다. 그리고 얼마 뒤 갑자기 자신을 부르는 소리가 나서 눈을 떴는데 누군가가 자신의 가슴을 창의 물미로 쿡쿡 찌르고 있었다.

"누구냐?"

히요시는 무의식적으로 창을 잡고 어울리지 않게 큰 소리로 외쳤다. 가슴은 남자의 정신이 깃든 곳으로 오체 중에서 감실龕室과도 같은 곳이었다. 창의 물미로 그곳을 찌르는 것은 상대가 누구든 간에 히요시를 울컥하게 만들기에 충분했다.

"꼬마야, 일어나라."

고로쿠의 부하가 붙잡힌 창대를 잡아끌면서 말했다. 히요시가 창을 붙잡은 채 배 안에서 몸을 일으키며 말했다.

"일어나라고? 이렇게 일어나 있잖아. 어쩌라는 것이냐?"

"아니, 이놈이!"

창대를 통해 반항하는 히요시의 힘이 전해지자 고로쿠의 부하가 무서운 표정을 지으며 위협했다.

"배에서 나오라는 게다. 일어서라!"

"배에서 일어서라고?"

"그렇다. 그 배가 필요하니 썩 비우고 꺼져라."

그러자 히요시가 한층 심술을 부리며 말했다.

"싫다."

"뭐라고?"

"싫다."

"싫다고?"

"그래, 싫다."

"이놈이."

"이놈이라니, 사람이 자고 있는데 갑자기 창끝으로 찔러 깨워놓고 배가 필요하니까 나가라고? 꺼지라고?"

"에잇, 뜨내기 놈이 참으로 성가시게 하는구나."

"뭐?"

"내가 누군지 아느냐?"

"사람이잖아."

"장난치는 줄 아느냐."

"누가 장난치자고 했나."

"입만 살았구나. 나중에 후회하지 말거라. 우리는 하치스카 촌의 토호다. 대장인 고로쿠 마사카쓰 님과 수십 명의 부하가 야하기에 도착했는데 배가 없다. 그래서 나룻배를 찾다가 네놈의 배를 발견한 것이다."

"배는 보이는데 사람은 보이지 않느냐? 이건 내 거처다."

"그래서 깨운 것이다. 잔말 말고 배에서 썩 꺼져라."

"참 시끄럽군."

"뭐라, 다시 한 번 말해봐라."

"몇 번을 말해도 마찬가지다. 싫다. 이 배를 내줄 수 없다."

"이놈이."

고로쿠의 부하는 휙 하고 창을 잡아끌며 히요시를 강기슭으로 끌어내리려고 안간힘을 썼다. 히요시가 틈을 노려 손을 놓자 그가 비틀거리며 뒷걸음질 치고 말았다.

"네 이놈!"

그는 화가 난 듯 창을 고쳐 쥐더니 창끝을 번뜩이며 히요시를 향해 달려들었다. 배의 썩은 판자와 구정물, 거적 등이 배 위에서 튀어 올랐다. 두 번 정도 히요시의 고함 소리가 들렸고, 그러는 동안 고로쿠의 부하들이 우르르 달려왔다.

"잠깐."

"무슨 일이냐?"

"누구냐?"

고로쿠의 부하들이 소리치며 그곳으로 몰려들었고 고로쿠와 나머지 부하들도 뒤따라 달려왔다.

"배가 있었구나."

"있기는 있습니다만."

"왜 그러느냐?"

왁자지껄 떠드는 부하들을 물리고 고로쿠가 조용히 앞으로 나왔다. 그러고는 버드나무 그늘이 드리운 어두운 배 안을 바라보았다. 히요시는 고로쿠가 무리의 두목이라는 것을 깨닫고는 고로쿠의 얼굴을 물끄러미 바라보았다.

"……."

"……."

고로쿠는 한참 동안 히요시를 바라보기만 할 뿐 아무 말도 하지 않았다. 그는 히요시의 얼굴과 옷차림이 이상했던 것이 아니라 자신의 눈을 쏘아보는 히요시의 눈에 놀란 것이었다.

'겉모습과 달리 대범한 놈이군.'

고로쿠는 한층 눈에 힘을 주어 히요시를 바라보았다. 그런데 보면 볼수록 히요시의 눈은 어둠 속 날다람쥐의 눈처럼 빛을 내며 고로쿠의 눈을 피하지 않았다. 마침내 고로쿠가 눈길을 거두며 당연하다는 듯 말했다.

"꼬마야."

"……."

히요시는 입을 꾹 다문 채 대답하지 않았다. 그리고 쏘는 듯한 눈길도 거두지 않았다.

"꼬마야."

히요시가 퉁명스런 얼굴로 물었다.

"나 말이냐?"

"그래, 너 말고 이 배 안에 누가 또 있느냐."

고로쿠가 말하자 히요시가 어깨를 으쓱하며 말했다.

"나는 꼬마가 아니다. 보면 모르냐."

갑자기 고로쿠가 어깨를 들썩이며 웃기 시작했다.

"그렇군. 넌 어른이구나. 그럼 네가 어른이라면 그에 맞게 대해주겠다. 괜찮겠느냐?"

"무리 지어 날 둘러싸서 어쩔 셈이냐? 너희는 노부시구나?"

"말하는 폼이 아주 재미있구나."

"뭐가 재미있느냐? 나는 기분 좋게 잠을 자고 있었다. 또 배도 아프다. 그러니 누가 와서 뭐라 해도 여기를 떠날 수 없다."

"흐음, 배가 아프냐?"

"아프다."

"왜 아픈 것이냐?"

"물을 잘못 먹었거나 더위를 먹어서 그럴 것이다."

"고향은 어디냐?"

"오와리의 나카무라다."

"나카무라군. 그럼 네 이름이 무엇이냐?"

"부모님 이름은 말할 수 없지만 내 이름은 히요시다. 그나저나 잠깐 자고 있는 사람을 깨워놓고 소생을 캐물어도 괜찮단 말이냐. 너는 어디 사는 누구냐?"

"너와 똑같이 오와리의 가이도고 하치스카 촌의 하치스카 고로쿠 마사카쓰라고 하는데, 너와 같은 자가 근처에 있는 줄 몰랐다. 장사하러 돌아다니는 게냐?"

히요시가 갑자기 상냥한 표정을 짓더니 물었다.

"아, 그럼 아저씨들도 가이도고 사람들이구나. 그럼 내 고향에서도 멀지 않네."

히요시는 고향 소식을 물어보고 싶었던 것이다.

"아깐 싫다고 했지만 같은 고향 사람이니 배를 비워줄게요."

히요시는 머리에 베고 있던 짐을 비스듬히 짊어지더니 강기슭으로 내려섰다. 고로쿠는 그의 일거수일투족을 아무 말 없이 바라보고 있었다. 그는 히요시를 세상 물정에 닳고 닳은 장사치 꼬마라고 생각했다. 하지만 히요시가 마음이 풀려 수긍한 뒤에도 전혀 주눅이 들지 않자 고로쿠는 히요시를 다시 보게 되었다.

"잠깐, 히요시. 넌 어디로 가느냐?"

"배를 빼앗겼으니 잘 곳이 없어요. 풀숲에서 자면 밤이슬에 젖어 병이 나고 배도 더 아플 테니 어쩔 수 없이 밤이 샐 때까지 걸을 거예요."

"그럼 나와 함께 가자."

"어디로요?"

"하치스카 촌으로. 내 집에서 밥도 먹이고 약도 주마."

히요시는 고맙다는 인사를 한 뒤 땅을 보며 잠시 생각에 잠겼다.

"그럼, 날 받아주겠다는 거예요?"

"기백이 있는 듯하구나. 이 고로쿠를 따를 마음이 있다면 받아주겠다."

"없어요."

히요시는 얼굴을 들고 똑똑히 말했다.

"무사 봉공을 하려는 마음으로 여러 나라 무사들의 풍모와 다이묘들의 위세를 보아왔는데, 무사 봉공을 하려면 무엇보다 주군을 잘 선택하는 것이 중요하단 걸 알게 됐어요. 그래서 섣불리 주군을 섬길 수 없어요."

"하하하, 참으로 재미있군. 이 고로쿠 마사카쓰는 네 주군으로 부족한 듯싶으냐?"

"그건 직접 섬겨보지 않으면 알 수 없는 일이지만 하치스카 촌의 하치스카라고 하면 우리 마을에서는 좋게 말하지 않아요. 또 내가 일하던 이전 주인집에 도적질을 하기 위해 들어온 사내도 하치스카 일족이라고 했어요. 내가 도적의 부하가 된다면 어머니가 슬퍼하실 테니 그런 자의 집에서 봉공을 할 수는 없어요."

"혹시 스데지로의 집에 살던 적이 있었느냐?"

"그걸 어떻게 아세요?"

"그 집에 가서 도적질을 한 와타나베 덴조가 내 일족이지만 나는 그런 발칙한 놈을 그대로 둘 수 없다. 비록 덴조는 도망쳤지만 그 일당들을 토벌하고 하치스카 촌으로 돌아가는 중이다. 네 귀에도 고로쿠 일문의 이름이 그리 잘못 알려져 있느냐?"

"흐음, 아저씨는 그런 인간은 아닌 듯하군요."

히요시가 열일곱 살치고는 조숙한 말투로 고로쿠의 얼굴을 보면서 말했다. 그리고 문득 생각났다는 듯 물었다.

"아저씨, 그럼 아무 약속도 하지 않고 날 하치스카 촌까지 데려가줄 수 있어요? 그 뒤에 후다쓰데라二ヶ寺의 친척집까지 가고 싶은데."

"후다쓰데라는 하치스카 촌의 바로 옆 마을인데 아는 사람이 있느냐?"

"나무통을 만드는 목수인 신자에몬新左衛門이라는 사람이 어머니와 친척이에요."

"신자는 무사의 후손이다. 그럼 네 어머니는 무사의 후손이구나."

"나는 이런 일을 하고 있지만 아버지도 무사였어요."

어느새 고로쿠의 부하들은 탈 수 있는 사람만큼 배에 오른 상태였다. 그러고는 삿대를 꽂은 채 고로쿠가 타기만을 기다렸다.

"히요시, 어쨌든 타거라. 후다쓰데라에 가고 싶으면 그리 가도 좋고, 하치스카 촌에 있고 싶으면 머물러도 좋다."

히요시는 어깨를 감싸고 배 안으로 올랐다. 그의 작은 몸은 숲처럼 늘어선 창과 큰 사내들 사이에서 보이지 않았다. 배는 대하의 강물을 가로질러 갔지만 물살이 빨라 다 건너는 데 시간이 걸렸다.

따분한 얼굴로 서 있던 히요시는 고로쿠의 부하 등에서 반딧불이를 발견하고 손을 동그랗게 말아 잡더니 손바닥 안에서 명멸하는 반딧불을 무심하게 들여다보았다.

밀사

고로쿠는 하치스카 촌으로 돌아온 뒤에도 놓친 덴조를 찾으려고 애를 썼다. 부하를 변장시켜 자객으로 보내거나 먼 나라 토호와 연락을 취해 덴조의 행방을 찾았다. 하지만 가을이 될 때까지 별 성과는 없었다.

소문에 따르면 덴조는 에나 산을 타고 고슈로 도망친 뒤에 철포를 바치는 조건으로 다케다 가문에 들어갔다 다시 그 아래에 있는 고슈의 랏파亂波36) 조직에 들어갔다고 한다.

"고슈에 들어간 이상……."

고로쿠가 더 이상 어쩔 수 없다는 얼굴로 중얼거렸다. 그런데 그 소문을 들은 그날, 한 사람이 사자로 와서 은밀히 그의 대문을 두드렸다.

"주군이 오셔야 했지만……."

그는 이번 사건이 일어나기 전에 고로쿠를 다회로 불렀던 오다 일족의 가신이었다. 사자는 당시 문제가 된 '아카에 물병'을 들고 와서 주군의 명

---

36) 적의 진영이나 성에 잠입해 극비의 정보를 수집하거나 비밀리에 적을 암살하고 전쟁 시 기습 작전을 실행하는 등의 임무를 담당한 닌자忍者를 일컫는다.

령이라며 말했다.

"이 물건으로 일족 간에 분란이 있었다는 말을 들었습니다. 비록 돈을 주고 샀다고는 하나 고로쿠 님께서 가장으로서 고심이 심했을 터이니, 이 것을 직접 스데지로에게 돌려주시는 것이 어떻겠는지요? 그러면 고로쿠 님의 체면도 설 것이라고 주군께서 말씀하셨습니다."

고로쿠는 호의에 감사를 표하며 후일 주군을 찾아뵙겠다고 말하고 물 병을 받았다. 그러고는 사자를 보낼 때 답례로 물병 가격에 두 배만큼 황 금과 훌륭한 안장 등을 선물했다. 그리고 사자를 보낸 뒤 다시 다쿠미를 불러 지시를 내리고 마루로 나와 정원을 향해 말했다.

"원숭이, 원숭이."

히요시가 나무 그늘에서 재빨리 달려와 무릎을 꿇으며 말했다.

"부르셨습니까?"

히요시는 이곳을 거쳐 후다쓰데라에 다녀온 뒤 별다른 얘기도 없이 이 곳에서 쭉 지냈다. 그는 기지가 있었고 무슨 일이든 잘했다. 하지만 사람 들은 그를 업신여겼다. 그래도 그는 다른 사람과 똑같이 행동하지 않았다. 그뿐 아니라 언변이 좋았지만 행실이 전혀 경박하지 않았다. 고로쿠는 그 런 히요시를 아끼며 히요시에게 정원 일을 맡겼다. 정원 일은 비를 들고 청소하는 일인 듯했지만 사실은 그렇지 않았다. 아침저녁으로 주인의 곁 에서 일하며, 밤에는 주인을 보호하는 역할도 했다. 그러다 보니 절대로 외부 사람에게 정원 일을 맡기지 않았다. 하지만 고로쿠는 히요시에게 정 원 일을 맡겼다. 원숭이라고 부르긴 하지만 그것은 히요시를 아낀다는 뜻 이었다.

"다쿠미와 함께 신카와의 다완집에 다녀오너라."

"다완집 말입니까?"

"왜 그런 표정을 짓느냐?"

"아닙니다."

"네가 망설이는 이유는 알고 있지만 오늘 심부름은 다완집의 가보였던 물병을 무사히 돌려주기 위해 가는 것이다. 그러니 함께 가면 네 체면도 살 것이니 다녀오너라."

히요시는 그 말을 듣고 땅에 앉아 두 손을 짚으며 머리를 숙였다.

"고맙습니다. 은혜는 잊지 않겠습니다. 기쁘게 다녀오겠습니다."

길 안내를 맡았던 히요시는 다완집에 도착한 뒤 집 안으로 들어가지 않고 밖에서 기다렸다. 예전에 알고 있던 하인들이 원숭이가 왔다며 번갈아 보러 나왔다. 히요시가 이 집에서 쫓겨날 때 웃거나 때렸던 일꾼들도 보였지만 히요시는 이미 잊었다는 듯 웃음을 지으며 양지바른 곳에 서서 다쿠미가 나오기를 기다렸다.

얼마 뒤 다쿠미가 일을 마치고 나왔다. 도둑맞은 '아카에 물병'이 뜻밖에 돌아오자 다완집 주인 내외는 꿈이 아닌가 싶을 만큼 기뻐했다. 그러고는 사자를 배웅하러 직접 문까지 달려와 감사의 인사를 표하고 극진히 대접했다.

그 사이에는 오후쿠도 있었다. 오후쿠는 히요시를 보고 놀랐지만 히요시는 그에게 하얀 이를 보이며 씽긋 웃었다.

"하치스카 님께는 후일 날을 잡아 인사를 드리러 갈 터이니 부디 잘 말씀드려주십시오. 오늘 정말 고생하셨습니다."

다완집 주인 내외와 오후쿠, 일꾼들이 모두 머리를 숙이자 히요시는 그 한가운데를 다쿠미의 뒤에서 손을 저으며 걸어갔다.

'야부야마의 이모님은 어찌 됐을까? 이모부는 벌써 돌아가셨을지도 모르겠군.'

히요시는 광명사가 있는 산을 올려다보며 걸어갔다. 나카무라는 지척이었다. 그는 아까부터 어머니와 누나의 얼굴을 떠올리며 집에 잠깐 들려보고 싶었다. 하지만 안개가 낀 그날 밤 맹세가 떠올라 이내 단념하고 말았다.

'지금 가면 어머니는 기뻐하실지 몰라도 아직 나는 아무것도 이룬 게 없어.'

히요시는 자신의 뒷목을 잡아끄는 나카무라를 뒤로하고 다쿠미를 따라 걸어갔다. 그때 하급 무사 차림을 한 사내가 히요시에게 말을 걸었다.

"아니, 야에몬의 아들이 아니냐?"

"누구신지요?"

"넌 히요시 아니냐?"

"예."

"많이 컸구나. 나는 야에몬의 친구인 오도와카乙若다. 오다 님을 섬기던 시절 함께 부대에 있던 사람이다."

"아, 생각났습니다. 제가 그리 많이 컸나요?"

"네 아버지께 보여드리고 싶을 정도구나."

사내의 말에 히요시가 눈물을 뚝뚝 흘렸다.

"근래에 제 어머니를 만나신 적이 있으신지요?"

"잘 계신다. 가끔 나카무라에 가는데 소문으로 듣고 있단다. 여전히 부지런히 일하고 계신다는구나."

"건강히 잘 지내고 계시군요."

"한데, 넌 왜 집에 들르지 않는 게냐?"

"훌륭한 사람이 되어 돌아갈 겁니다."

"어머니께 얼굴만이라도 보여드리지 그러느냐."

"예……."

눈시울이 뜨거워진 히요시는 얼굴을 돌렸다. 어느새 오도와카의 모습도 저편으로 멀어졌고 다쿠미도 앞쪽에서 걸어가고 있었다.

늦여름 더위가 잦아들자 아침저녁으로 가을 정취가 느껴졌고 고구마 줄기가 눈에 띄게 자랐다.

"이 해자를 오 년이나 파내지 않았군. 발밑에 이리 진흙이 쌓여 있는 것도 모르고 창과 말타기 연습만 하고 있으니, 안 되겠어."

이제 막 조릿대를 베는 마을 집에 다녀온 히요시가 하치스카의 오래된 해자를 바라보며 혼자 중얼거렸다.

"해자란 무엇 때문에 만드는 것인지 고로쿠 님께 한번 여쭤봐야겠군."

히요시는 대나무 삿대로 쿡 찔러 수심을 가늠했다. 수초가 가득해서 아무도 깨닫지 못했지만 그가 생각한 대로 몇 년 동안 바닥에 낙엽과 진흙이 쌓여 수심이 깊지 않았다. 두세 곳을 더 찔러보다 삿대를 버리고 옆문 쪽 다리를 건너려는데 누군가가 히요시를 불렀다.

"오고히도御小人."

히요시의 몸집이 작아 '오고히도'라고 부른 것이 아니었다. 대가에서 일하는 하인을 그렇게 부르는 것이었다.

"누구?"

다리 위에서 히요시가 돌아보자 해자 옆 밤나무 아래에 쥐색 옷을 입고 허리에 피리를 찬 사내가 거적을 깔고 배가 고픈 얼굴로 앉아 있었다.

"잠깐……."

사내가 손짓을 했다. 가끔 이 마을에 오는 보화종普化宗 승려였는데 거적승이라고도 불렸다. 후대의 에도 시대와 마찬가지로 당시의 거적승에게는 일정한 승복이 없었고 가사도 아름다운 형태가 아니었다. 거적승들은 더럽고 보기 흉한 수염을 기른 채 거적을 짊어지고 한 자루 피리를 들고 다녔다. 그중에는 떠돌아다니며 본격적으로 방울을 흔들고 보화선사普化禪師의 흉내를 내며 포교를 하는 사람도 있었다. 방금 히요시에게 손짓을 한 거적승도 때에 찌든 옷을 입고 불결한 수염을 기르고 있었다.

히요시는 거적승을 무시하고 돌아가다 고달픈 유랑 경험을 잘 알고 있던 터라 그가 배가 고프다면 밥을, 몸이 아프다면 약을 주어야겠다고 생각하고 다시 그에게로 갔다.

"시주를 달라는 거요, 아니면 배가 고파서 움직일 수가 없다는 거요?"

"아니다."

거적승은 고개를 가로젓더니 히요시를 바라보며 웃었다. 그러고는 자신이 깔고 앉은 거적의 반을 양보하며 말했다.

"자, 앉거라."

"됐소. 그런데 무슨 일이오?"

"넌 이 댁의 하인이냐?"

"아니오."

이번에는 히요시가 그를 흉내 내며 고개를 가로저었다.

"난 이 댁의 과객이오. 고로쿠 님께 신세를 지고 있지만 아직 봉공한 것은 아니오."

"흐음, 하지만 무슨 일을 하고 있겠지? 부엌일, 아니면 바깥일?"

"정원 청소요."

"그렇군. 그렇다면 고로쿠 님의 눈에 든 게로군."

"글쎄."

"지금 계신가?"

"안 계시오."

"공교롭게도 부재중이시군……."

거적승이 낙담한 듯 중얼거리더니 물었다.

"오늘 중에는 돌아오실까?"

히요시는 문득 거적승의 모습이 수상히 여겨져 말문을 닫았다.

"언제 돌아오시느냐?"

거적승이 재차 묻자 히요시는 그의 질문에 답하지 않고 말했다.

"스님, 당신 무사지? 정말 거적승이라면 신참이거나."

거적승은 깜짝 놀란 얼굴로 히요시의 얼굴을 바라보다 물었다.

"내가 무사거나 신참 승려라는 걸 너는 어찌 알았느냐?"

히요시가 별것 아니라는 듯 대답했다.

"햇볕에 심하게 탔지만 손가락 옆이 하얗잖아. 귓구멍도 비교적 깨끗하고, 또 그렇게 거적 위에 앉아서도 갑주를 차고 책상다리를 하는 건 무사라는 증거지. 습관 때문에 무릎이 올라가 있는 것도. 거지나 거적승은 등뼈가 휘어 구부정하게 앉거든."

"으음, 네 말이 맞다."

거적승은 벌떡 일어서면도 히요시의 얼굴에서 눈을 떼지 않았다.

"눈썰미가 뛰어나구나. 이제까지 적지의 검문소들을 지나갈 때에도 그 정도로 나를 알아본 자는 없었다."

"모두 장님이었나 보군. 그런데 거적승, 고로쿠 님께 무슨 볼일이오?"

"실은 말이다."

그는 목소리를 낮추며 말했다.

"나는 미노에서 온 사람이다."

"미노?"

"사이토 히데타쓰齊藤秀龍 님의 가신 중 한 명인 난바 나이기難波內記라고 하면 고로쿠 님도 아실 게다. 은밀히 뵙고 돌아가고 싶은데 부재중이시라니 어쩔 수 없군. 낮에 마을을 돌아다니다 저녁 무렵에 다시 올 테니 혹시 돌아오시면 네가 은밀히 말씀드려다오."

거적승이 그렇게 말하고 돌아가려 하자 히요시가 그를 불러 세웠다.

"거짓말인데."

"응?"

"안 계신다고 한 건 당신의 정체를 몰라서 그런 거요. 실은 마장에 계시오."

"아, 계신다고?"

"그렇소. 이제 알았으니 안내하겠소. 나를 따라오시오."

"너는 참으로 빈틈이 없구나."

"무가에 있으면서 이 정도 주의를 하는 건 당연한 일이오. 미노 사람들은 이 정도 일에 감탄할 만큼 모두 멍청한 것이오?"

"그렇지 않다."

거적승이 혀를 찼다.

해자를 돌아 밭을 건너 숲 뒤편으로 돌아가자 넓은 마장이 있었다. 메마른 땅이 하늘로 솟아 있었다. 고로쿠 말고도 하치스카 일족의 사람들이 말을 타고 기마 연습을 하고 있었다. 그들은 말과 안장을 서로 바싹 들이대고 봉을 휘둘렀다. 격전이 벌어졌을 때를 대비해 돌격 훈련을 하는 것이었다.

"여기서 기다리시오."

히요시는 거적승을 두고 혼자 달려가 상황을 살펴보았다. 그때 고로쿠가 차를 마시며 쉬려고 얼굴의 땀을 닦으면서 오두막으로 다가왔다.

"차를 드릴까요?"

히요시는 뜨거운 차에 찬물을 섞어 온도를 낮춘 다음 쟁반에 담아 들고 고로쿠 곁으로 가 무릎을 꿇었다.

"너도 보고 있었느냐?"

"예."

히요시가 짧게 대답한 뒤 고로쿠 가까이 다가가 전했다.

"미노에서 밀사가 왔는데 이리 데려올까요, 아니면 직접 가시겠습니까? 밀사는 숲 속에서 기다리고 있습니다."

"뭐라, 미노에서?"

사이토 가문의 밀사라는 말을 듣자 고로쿠는 다른 말을 기다리지도 않고 의자에서 일어섰다.

"원숭이."

"예."

"안내해라."

"그곳으로 말입니까?"

"그래, 내가 가겠다. 어디서 기다리고 있느냐?"

"숲 건너편 강입니다."

히요시는 앞서서 걸었다. 미노의 사이토 가문과 하치스카는 공개적이지는 않지만 꽤 오랜 세월 동안 은밀히 동맹을 맺고 있었다. 미노에 무슨 일이 생기면 하치스카에서 돕고 하치스카가 위험하면 미노가 뒤에서 원조했다. 또 경제적으로도 미노에게 매년 이백 관의 무기를 받았다. 오다 노부히데나 미카와의 마쓰다이라 가문이나 슨푸의 이마가와 가문 등의 발흥 세력 속에 낀 외로운 섬 같은 존재이면서도 점령당하지 않고 토호 하치스카 가문으로 살아남을 수 있었던 것은 멀리 이나바稻葉 산성에 있는 사이토 도산 히데타쓰齊藤道三秀龍 덕분이기도 했다.

하치스카 가문과 히데타쓰 가문이 지리적으로 멀리 떨어져 있으면서도 동맹을 맺게 된 데는 한 가지 사건이 있었다. 고로쿠의 선대인 구로우도 마사도시藏人正利가 하치스카의 주인이었던 시대에 일어난 일이었다.

어느 날 밤, 하치스카의 대문 앞에 한 병자가 쓰러져 있었다. 무사 수행자의 행색을 한 사람이었다. 마사도시는 그를 불쌍히 여겨 안으로 데려가 치료를 해준 뒤 노자까지 주어 보냈다.

"은혜는 잊지 않겠습니다."

수척한 무사 수행자는 헤어지는 날에도 맹세했다.

"언젠가 제가 뜻을 이룬 뒤에 연락을 드리겠습니다. 그리고 오늘의 은혜에 꼭 보답하겠습니다."

당시 그가 남긴 이름은 마쓰나미 쇼구로松波莊九郎였는데, 그 뒤 세월이 흘러 그 쇼구로가 보낸 편지에는 사이토 야마시로노 히데타쓰齊藤山城秀龍라고 쓰여 있었다. 편지를 받은 마사도시는 깜짝 놀랐다. 그 뒤로 사이토 도산과의 동맹은 고로쿠 대에 이를 때까지 이어졌던 것이다.

그런 도산이 보낸 밀사였다. 그러니 고로쿠가 밀사를 바로 찾아간 것은 당연한 일이었다. 숲 속에서 기다리고 있던 거적승 행색을 한 밀사 난바 나이기는 고로쿠를 보자 인사를 했다. 고로쿠도 밀사에게 답례를 했다. 그리고 두 사람은 서로의 눈을 바라보면서 한 손을 가슴에 대고 자신의 이름을 댔다.

"제가 고로쿠 마사카쓰입니다."

"저는 이나바 산성의 가신인 난바 나이기라고 합니다."

두 사람은 서로 머리를 숙였다. 도산은 어릴 적에 묘각사妙覺寺에 들어가서 현교顯敎와 밀교密敎를 배우며 승려 생활을 한 적이 있었기에 사이토 가문의 암호에도 현교와 밀교의 말을 사용했고 변장을 할 때에도 어딘지 모르게 불교 취향이 풍겼다. 두 사람은 인사를 나누고 서로 상대를 확인하고 나서야 편한 마음으로 허심탄회하게 이야기를 나눴다.

"원숭이, 내가 허락할 때까지 아무도 숲에 들이지 말거라."

고로쿠는 그렇게 말하고 나이기와 함께 숲 속으로 들어갔다. 그곳에서 두 사람 사이에 어떤 밀담과 밀서가 오갔는지 히요시는 알 수 없었고 알고 싶은 마음도 없었다. 그는 그저 숲 밖에 서서 충실하게 망을 보았다.

어느덧 히요시는 심부름을 보내면 심부름꾼이 되었고 정원 청소를 시키면 청소에 전념하고 망을 보게 하면 충실하게 망을 보는, 주어진 일에 충실한 인간이 되어 있었다. 그는 어떤 일이든 그 일을 좋아했다. 그것은 가난하게 태어났기 때문이 아니었다. 현재의 일은 항상 다음을 위한 희망의 알이기 때문이었다. 그 일을 충실히 수행했을 때, 힘찬 희망의 날개가 부화한다는 것을 그는 알고 있었다.

'지금 세상에서 출세하기 위해서는 무엇이 가장 중요한가?'

히요시는 가끔 그런 생각을 했다. 출세하기 위해 필요한 것은 족보, 즉 가문이었다. 하지만 히요시에게는 그것이 없었다. 가문 다음에는 말할 것도 없이 돈과 무력이었지만, 그 역시 히요시는 가지고 있지 않았다.

'그럼 나는 무엇으로 출세할 수 있을까?'

히요시는 스스로 자문해봤지만 슬프게도 자신의 육체는 선천적으로 왜소했고 다른 사람보다 건강하지도 않았다. 게다가 많이 배우지도 못했다. 물론 지혜는 당연히 필요한 것이었다.

'도대체 나한테는 무엇이 있을까?'

히요시 머릿속에는 '충실'이라는 단어밖에 떠오르지 않았다. 그는 '무엇을 충실히 해야 할까?'가 아닌 '무엇이든 충실히 하자'고 결심했다. '충실'이라면 얼마든지 가질 수 있다고 생각했다. 그 충실을 '어떤 식으로 행할 것인가?' 하고 자문하자 '한 몸이 되어야 한다!'는 결론을 내릴 수 있었다.

'어떤 일을 하더라도 내게 주어진 천직처럼 한 몸이 돼서 하자.'

정원 청소를 하더라도, 짚신을 만들더라도, 마구간 청소를 하더라도 그 일과 한 몸이 되어야 한다고 생각했다. 포부를 가지고 있어도 그 희망을 위해 현재를 소홀히 하면 안 된다. 현재에서 멀어지면 미래도 없었다. 그리고 그는 희망을 가슴속 깊이 묻어두어야지 겉으로 드러내면 안 된다고 생각했다.

짹짹, 짹짹…… 숲의 새들이 머리 위에서 지저귀고 있었다. 하지만 히요시의 눈은 새들이 쪼고 있는 나무 열매를 향하지 않았다.

"고생했다."

이윽고 고로쿠가 숲 속에서 나와 말했다. 고로쿠는 기분이 좋아 보였다. 그의 야망으로 가득 찬 눈이 빛을 발하고 있었다. 어떤 중대한 얘기를 들었는지 아직까지 얼굴이 상기되어 있었다.

"끝나셨습니까?"

"끝났다."

"거적승은?"

"다른 길로 돌아갔다."

고로쿠는 그렇게 말하고 나서 문득 히요시를 보며 주의를 주었다.

"누설하지 말거라."

"예."

"그 거적승이 네 칭찬을 아주 많이 하더구나."

"그렇습니까?"

"언젠가 어엿한 자리를 줄 테니 계속 하치스카에 있거라."

그날 미노의 밀사가 전한 일 때문인지 밤이 되자 일족의 중역들이 고로쿠의 저택으로 모였고 그들은 밤이 깊도록 회의를 했다. 그날 밤도 히요시는 별빛 아래에 서서 충실히 망을 보았다.

이나바稻葉 산성

이나바 산성의 밀사가 대체 무엇을 전하러 온 것인지는 일족 중에서도 중역만이 알 수 있는 일급비밀이었다. 비밀회의가 열린 다음 날부터 하치스카 일족 중 머리가 좋고 실력이 뛰어나며 날렵한 자들이 차례로 변장을 하고 하치스카 촌에서 자취를 감췄다. 사람들은 그들이 기후岐阜로 갔다고 속삭였다.

고로쿠의 동생 중에 하치스카 시치나이蜂須賀七內라는 자가 있었다. 시치나이도 임무를 맡아 기후로 잠행하게 되었는데, 그의 시종으로 히요시가 따라가게 되었다.

"전쟁을 앞두고 염탐이라도 하러 가는 것인지요?"

히요시가 물었다.

"쓸데없는 말 말고 잠자코 따라오면 된다."

시치나이는 아무 말도 해주지 않았다. 저택 사람들은 그를 '곰보 시치나이'라고 하며 달갑지 않게 여겼다. 그에게는 고로쿠와 같은 인정미가 없었기 때문이다. 게다가 그는 술고래인 데다 건방진 성격 탓에 자주 힘자랑을 했다.

'싫은데……'

히요시는 속으로 그렇게 생각했다. 하지만 고로쿠가 내린 명령이라 불평할 수가 없었다.

"다른 자들은 미덥지가 못하다. 지난번 난바 나이기도 네 칭찬을 했고 나도 너라면 마음을 놓을 수 있을 듯하다."

밥 한 끼를 내준 은혜이자 하룻밤을 재워준 의리였다. 하치스카의 말단이 되어 일하기로 결심한 것은 아니었지만 일단 알겠다고 수긍한 이상, 설사 곰보 시치나이라고 해도 끝까지 열성을 다하자고 생각했다.

떠날 날이 되자 시치나이는 머리 모양까지 바꾸고 기요스의 기름 가게 일꾼이 되어 출발했다. 히요시는 여름에 입고 다녔던 바늘 행상꾼의 옷을 입고 작은 등짐을 졌다. 그러고는 기름 가게 시치나이와는 길에서 만난 동행 행세를 하며 미노지로 향했다.

"원숭이, 길가 검문소에 이르면 나와 떨어져서 가거라."

"예."

"넌 말이 많으니 무엇을 물어보면 될수록 잠자코 있어야 한다."

"예."

"말실수를 하면 난 모른 체하고 너를 버리고 갈 테다."

길가 검문소는 계속 이어졌다. 오와리의 오다 가문과 미노의 사이토 가문은 사위와 장인 관계라 같은 편인 것처럼 보였지만 실은 그렇지도 않았다. 오와리와 미노 사이에는 국경이 있기 때문에 어느 한쪽이 경계를 서도 부자연스러운 일이 아니었다. 하지만 미노에서 오와리로 들어가서까지 어디서나 경계를 하자 히요시는 이상한 생각이 들었다.

"왜 그러죠?"

히요시가 시치나이에게 물었다.

"뻔한 걸 묻는구나. 사이토 도산 님과 그 아들인 요시타쓰義龍가 벌써 몇 년 전부터 서로 감시하는 사이가 아니더냐.”

한 나라 내에서도 두 개의 세력이 반목하고 일족 중에서 아버지와 아들이 싸우는 것을 시치나이는 전혀 이상하게 생각하지 않는 듯 말했다.

히요시는 그런 시치나이를 이해할 수 없었다. 겐페이 시대에 아버지와 아들이 적과 아군으로 대립한 적이 없었던 것은 아니지만 거기에는 그럴 만한 이유가 있었다.

“왜 사이토 도산 님과 아들인 요시타쓰 님의 사이가 나쁜 건가요?”

히요시가 이해할 수 없다는 표정으로 다시 물었다.

“그놈, 참 시끄럽구나. 그런 건 다른 사람에게 물어봐라.”

시치나이는 혀를 차며 히요시를 더 이상 상대하지 않았다.

히요시가 미노의 땅을 밟기 전에 가장 먼저 생각한 것은 그런 의문이었다. 하지만 산수의 풍광이 빼어난 고장이었고 마을과 거리도 아름다웠다. 마침 가을이 깊어갈 무렵이라 단풍이 들고 이슬비에 젖은 햇살이 반짝이는 이나바 산은 아침저녁으로 바라봐도 질리지가 않았다.

‘긴카金華 산’이라는 이름으로도 불릴 정도로 마치 비단과 같은 절벽이었다. 마을과 논과 들, 그리고 나가라長良 강가에 우뚝 서 있는 정상에 한 마리 백조가 쪼그리고 있는 듯한 백벽白壁이 저 멀리 보였다.

“산성이 높은 곳에 있구나.”

히요시는 눈을 크게 뜨며 놀라워했다.

성 아래에서 그곳을 오르기 위해서는 일곱 번 돌고 다시 백 번을 돌아야 했다. 요새의 수로가 견고하다는 말을 들었는데, 바로 이 성의 지형을 두고 난공불락이라는 말을 한다는 것을 깨달았다.

‘성만 가지고는 나라를 가질 수 없다.’

히요시는 속으로 중얼거렸다.

시치나이가 번화한 마을 네거리에 있는 상인 여관을 숙소로 잡고 히요시에게 말했다.

"너는 뒤쪽에 있는 싸구려 여인숙에서 자거라. 곧 일을 맡길 테니 놀러 다니다 사람들의 의심을 사지 말고 내 명이 있을 때까지 바늘 장사를 하며 다니거라."

그러고는 얼마 되지 않은 돈을 히요시에게 건넸다.

"예."

히요시는 순순히 돈을 받아 들고 바로 뒤편에 있는 더러운 여인숙으로 갔다.

'곧 일을 맡길 거라고 했는데 대체 무슨 일일까?'

히요시는 혼자 있는 게 훨씬 마음이 편하고 즐거웠다. 하지만 무슨 일을 맡게 될지 도저히 가늠할 수가 없었다.

여인숙에는 떠돌이 예인이나 나무꾼 같은 잡다한 사람들이 머물다 떠났다. 히요시의 피부는 벼룩이나 이에 단련이 되어 있었고 그런 사람들이 지니고 있는 특유한 냄새에도 익숙했다. 그는 그곳에서 날마다 바늘 장사를 하러 나갔고, 돌아오는 길에 소금에 절인 반찬과 쌀을 사 왔다. 여인숙에서는 자신이 직접 만들어 먹어야 했는데, 부엌은 빌려서 사용하되 땔감과 숙박비만 내면 됐다.

이레 정도가 지났다. 하지만 시치나이는 아무 말도 없었다. 히요시는 마치 버려진 듯한 기분이 들었다.

그러던 어느 날, 히요시가 바늘을 사라고 외치며 저택들이 늘어선 골목길을 걷고 있는데, 가죽 주머니로 만든 화살 통을 옆에 차고 낡은 활을 어깨에 멘 사내가 맞은편에서 걸어왔다.

"활 고칩니다. 활 고치세요."

사내는 히요시보다 더 큰 목소리로 외치다 히요시가 가까이 가자 깜짝 놀라 그 자리에 멈춰 섰다.

"아니, 원숭이 아니냐? 언제 누구와 함께 이곳에 왔느냐?"

히요시도 놀랐다. 활을 고치는 사내는 고로쿠의 부하인 니타 히코주仁田彦十라는 사내로 얼마 전까지만 해도 하치스카 촌의 한 저택에 있던 사람이었다.

"히코주 님이야말로 왜 이런 장사를 하며 기후에 계세요?"

"나뿐만이 아니다. 하치스카 일족 중에서 적어도 삼사십 명이 들어와 있다. 그런데 너까지 와 있을 줄은 몰랐구나."

"저는 시치나이 님을 따라 이레 전쯤 왔는데 일이 생길 때쯤 바늘 장사를 하며 돌아다니라고 해서 이러고 있습니다. 그런데 대체 무엇 때문에 이러는지요?"

"아직 듣지 못했느냐?"

"시치나이 님이 아무 말도 해주지 않아서요. 사람이 영문도 모르고 일하는 것만큼 괴로운 일이 없습니다."

"그럴 테지."

"히코주 님은 그 목적을 알고 계세요?"

"알지도 못하는데 이러고 다니겠느냐."

"부탁이니 제게도 얘기 좀 해주세요."

"이런 곳에 서서 얘기할 수는 없다. 그런데 시치나이 님도 참 심술궂군. 무엇 때문인지도 모른 체 돌아다니면 네 목숨도 위험할 게다."

"예? 목숨이 달려 있는 일이에요?"

"네가 붙잡히면 이곳에 들어와 있는 우리들 계획이 발각될 것이다. 그렇지, 일족을 위한 것이기도 하니 너도 이해할 수 있도록 가르쳐주마."

"고맙습니다."

"하지만 여기서는 다른 사람들 눈에 띌 것이다."

"저기 사당 뒤편은 어떨까요?"

"흠, 마침 배도 고프니 도시락이라도 먹으면서 얘기하자꾸나."

히코주가 먼저 걷기 시작하자 히요시도 뒤따라 걸었다.

어떤 신사인지 숲에 둘러싸여 고즈넉했다. 두 사람은 가지고 있던 도시락을 꺼내 먹었다. 그때 은행잎이 떨어졌다. 노랗게 물든 나뭇가지를 올려다보자 나무들 저편으로 단풍에 새빨갛게 물든 이나바 산이 보였고, 파란 하늘 속에 우뚝 솟아 있는 산 정상의 성곽이 사이토 일문의 패권을 자랑하고 있었다.

"목적은 저것이다."

히코주는 밥풀이 묻은 젓가락 끝으로 이나바 산성을 가리켰다.

"예?"

히요시는 입을 벌리고 일부러 멍한 표정을 지으며 젓가락이 가리키는 곳을 바라보았다. 히코주가 보는 이나바 산성과 히요시의 눈에 비친 성은 하나였지만 서로 마음은 달랐다. 두 사람은 한동안 성을 바라보고 있었다.

"그럼, 저 성을 하치스카가 빼앗으려는 겁니까?"

"바보 같은 소리."

히코주는 히요시의 바보 같은 질문에 젓가락을 부러뜨리더니 대나무 껍질과 함께 바닥에 내던지면서 혀를 찼다.

"저 성에는 사이토 도산 님의 아들인 신구로 요시타쓰新九郎義龍가 있는데, 교토와 간토關東의 통로에 위치한 이 요충지에서 동서남북 사방을 다스리며 안으로 군사를 모으고 새로운 무기를 비축하고 있다 보니 오다와 이마가와와 호조도 함부로 대할 수가 없다. 그러니 하치스카 따위가 어찌 그럴 수 있겠느냐. 바보 같은 소리 작작해라. 생각해서 이야기해주려 했는데 김이 새는군."

"이젠 아무 말도 하지 않을게요."

혼이 난 히요시는 찍소리도 못 하고 입을 다물었다.

"아무도 없지?"

히코주는 불당 옆에서 경내를 들여다보며 입술에 침을 묻혔다.

"우리 하치스카 일족과 사이토 도산 님과의 깊은 관계는 너도 들었겠지만."

"……."

히요시는 또 혼이 날까 봐 대답도 하지 않고 고개만 끄덕였다.

"그런데 그 도산 님과 아들인 요시타쓰는 요 몇 년 사이가 좋지 않다. 왜냐하면……."

히코주는 히요시가 알아들을 수 있도록 사이토 일문의 내홍과 미노의 분란에 대해 대충 설명을 해주었다.

도산은 나가이 도시마사長井利正라고도 불렸고, 그 밖에 니시무라 간구로西村勘九郎라고 불릴 때도 있었고, 또 마쓰나미 쇼구로松波莊九郎라고 불릴 때도 있었다. 그리고 그는 이름 없는 기름 장수였던 때도 있고 무사 수행을 하러 돌아다니거나 절에 머물러 있기도 했던 때도 있는 복잡한 이력을 지닌 인물이었다. 그의 강인하고 굴하지 않는 면모는 그가 미노 일국에 머문 이후로 지금까지 외부의 적에게 한 치의 땅도 빼앗기지 않은 것만 보더라도 잘 알 수 있었다.

하지만 기름 장수로 시작해 맨손으로 미노 일국을 자신의 것으로 만든 사내였던 만큼 그는 속이 검은 사람이었다. 처음에 섬겼던 주군인 도키 마사요리土岐政賴를 죽이고 다음 주군인 도키 요리나리土岐賴藝를 나라 밖으로 쫓아낸 뒤 그의 첩을 빼앗는 등 잔혹한 경력을 들면 끝이 없었다. 그런데 인과응보인지 아님 숙명인지 그가 빼앗아 자신의 것으로 만든 요리나리의 첩이 자식을 낳았는데, 그가 바로 지금의 요시타쓰였던 것이다. 도산은 다년간 요시타쓰가 자신의 진짜 아들인지, 아니면 주군인 요리나리의 아들인지 고민했다.

아들이 성장하고 자신이 늙어갈수록 도산의 고민은 깊어만 갔다. 이미 요시타쓰는 키가 육 척尺[37]이 넘고 무릎까지의 길이가 일 척 이 촌寸이나 되는 당당한 청년이 되어 이나바 산성의 주군으로 군림하고 있었고, 도산은 나가라 강 건너편의 사기鷺 산성에서 은거하고 있었다.

강을 사이에 두고 사기 산성의 아버지와 이나바 산성의 아들이 서로를 경계하고 있었던 것이다. 위세가 등등한 요시타쓰는 마침내 자신의 출생을 알게 되자 도산을 원망하며 소홀히 대했다. 늙어가는 도산은 요시타쓰를 의심하고 저주하더니 마침내 요시타쓰를 폐하고 둘째 아들인 마고시로孫四郞를 후계자로 세우려고 했다. 하지만 요시타쓰 쪽에서 도산의 계획을 더 빨리 알아채고 말았다. 요시타쓰는 나병에 걸려 '문둥이 님'이라고 불리기도 하는 괴팍한 성격의 소유자였지만 지모와 용맹을 겸비하고 있었다. 요시타쓰는 사기 산성을 대비해 방진을 견고하게 하고 일전도 마다하지 않을 태세였다. 물론 도산도 요시타쓰를 제거하기 위해 언제라도 피를 흘릴 각오를 했다.

"이런 연유로……."

히코주는 한숨을 돌리며 말했다.

"그래서 얼마 전 하치스카 촌에 밀사가 온 것이다. 도산 님은 사기 산성의 가신들은 모두 얼굴이 알려져 있으니 우리들 하치스카 일족의 손으로 성에 불을 질러 달라고 한 것이다."

"불을?"

"그렇다고 갑자기 불을 지르면 도움이 되지 않으니 그 전에 유언비어를 퍼뜨려서 이나바 산성의 요시타쓰와 가신이 불안한 기색을 보였을 때,

---

37) 1척(=1자)은 약 30.3센티미터로 6척은 약 182센티미터에 달한다. 그리고 1촌寸(=1치)은 1척의 1/10이다.

바람이 강한 밤을 골라 이 성 아래를 불바다로 만들 것이다. 그러면 도산 님의 군사가 나가라 강을 넘어 일거에 들이친다는 계책이다."

"아아……."

히요시가 고개를 끄덕이며 다시 물었다.

"그럼 우리들은 이 성 아래에 유언비어를 퍼뜨리고 불을 지르기 위해 온 것인가요?"

"그렇다."

"그러니까 선동이군요. 민심을 교란하고 그 틈을 노려 일을 도모하는……."

"뭐, 그렇다고 할 수 있지."

"교란 선동은 비겁한 일 아닌가요?"

"어쩔 수 없다. 하치스카 일족은 오랫동안 사이토 도산 님께 도움을 받고 있으니 말이다."

히코주는 단순했다. 히요시는 역시 노부시는 노부시에 지나지 않는다고 생각했다. 그리고 히요시는 그렇게 단순하고 싶지 않았다. 노부시의 집 부엌에서 찬밥을 먹어도 자신은 다르다고 생각했다. 이제부터 세상에 나갈 자신의 몸을 분별없이 함부로 할 수 없었다.

"그런데 시치나이 님은 뭘 하러 오신 거죠?"

"지시를 내리기 위해서다. 삼사십 명이나 흩어져 있으니 그들을 지휘할 사람이 있어야 하니까."

"그렇군요."

"이젠 알았느냐?"

"알았습니다. 그런데 한 가지 알 수 없는 것은 저에 대한 것입니다."

"흠, 너 말이냐?"

"예. 저는 대체 무슨 역할을 하는 것인가요? 시치나이 님께서는 제게

유언비어를 퍼뜨리라는 말은커녕 아무 말도 하지 않았는데요."

"글쎄. 네 몸이 작고 재빠르니 바람이 부는 날 밤에 불이라도 지르게 하려는지……."

"하하하, 불을 지르는 역할이라고요?"

"아무튼 그런 밀명을 띠고 이곳에 온 것이니 한시라도 방심하지 말거라. 주의하고 말조심해야 한다."

"발각되면 바로 붙잡히나요?"

"당연하다. 도산 님 쪽에서는 알고 있지만 만약 요시타쓰 쪽 무사가 냄새라도 맡으면 즉시 싸움이 벌어질 게다. 네가 붙잡히면 그걸로 끝이 아니라 우리까지 위험해진다."

히코주는 히요시가 아무것도 모르는 게 불쌍해서 이야기하긴 했지만 히요시의 입에서 비밀이 새어나갈까 봐 갑자기 불안했다. 히요시가 히코주의 안색을 헤아리고 말했다.

"걱정하지 마세요. 떠돌이 생활에 익숙하니까요."

"방심은 금물이다."

히코주는 다시 한 번 다짐을 두었다.

"여긴 적지니까."

"잘 알겠습니다."

"이러고 있는 것도 다른 사람들 눈에는 이상하게 보일 수 있다."

허리가 아픈지 히코주는 일어서서 허리를 몇 번 두드리며 말했다.

"원숭이, 너는 어디 머물고 있느냐?"

"시치나이 님이 계신 여관 바로 뒤편 골목에 있는 여인숙입니다."

"그러냐? 며칠 내로 한번 갈 테니, 여인숙 사람들을 특히 신경 쓰고 조심하거라."

히코주는 활을 짊어지고는 마을 쪽으로 사라졌다. 히요시는 혼자 사당 옆에 남아 은행나무 가지 사이로 저 멀리 있는 성의 하얀 벽을 멍하니 바라보았다. 히코주에게 미노의 주인인 사이토 가문의 내분과 그 악행을 들은 뒤 다시 성을 올려다보니 철벽같은 험준한 벼랑 위의 요새에서 아무런 권위도 느껴지지 않았다.

'다음에는 누가 저 성의 주인이 될까?

히요시는 그런 생각을 하면서 사기 산에 있는 도산의 말로도 평탄치 않을 것임을 예감했다.

'군신의 길이 없는 곳에 어찌 나라가 견고할 것이며 부자父子가 서로 다투고 의심하니 그들의 백성들이 어찌 그들을 신망하겠는가. 이곳은 비옥한 땅과 험준한 산을 등지고 있고 교토를 비롯한 여러 지방으로 이어지는 요충지어서 농공이 번창했다. 또 천혜의 자연 속에 물은 깨끗하고 여자들도 아름답지만 문화적으로는 모든 게 썩었다!'

히요시는 그렇게 믿어 의심치 않았다. 하지만 그는 썩어빠진 문화 속에서 꿈틀대는 구더기에 대해 생각하고 있을 틈이 없었다. 오히려 한발 앞서 '다음 성주는 누구일까?' 하는 생각에 이르렀다. 그와 동시에 히요시는 지금 자신이 머물고 있는 하치스카의 고로쿠에 대해 생각했다. 세상은 그를 두고 노부시라고 하며 좋게 말하지 않지만 그를 직접 대하며 알아갈수록 그는 정의로운 사내였고 천박하지 않은 뛰어난 인물이었다. 그러다 보니 히요시는 그에게 머리를 숙이고 명을 받는 게 조금도 부끄럽지 않았다. 하지만 다시 생각해볼 점이 있었다. 도산이 오랫동안 고로쿠를 도와주고 있고, 그 때문에 교우 관계가 깊은 것은 틀림없지만 도산의 성품을 고로쿠가 모르지 않았을 것이다. 다시 말해 도산이 군신의 도리를 거스르고 악행을 저지른 것을 고로쿠가 모를 리 없었다. 그런데도 그가 도산을 도와 부자의 내분에 끼어들어 유언비어를 퍼뜨리고 선동하는 역할을 받아들인 것은 아무리 생각해도 이해할 수가 없었다.

166

'장님 천 명, 고로쿠도 그 장님 중 한 명인가.'

히요시는 고로쿠에 대해 거부감이 들자 갑자기 이곳에서 도망치고 싶어졌다.

주베 미쓰히데 十兵衛光秀

10월 말, 강바람이 세차게 부는 날이었다. 히요시가 행상을 하러 여인숙에서 나오자 히코주가 뒷골목 네거리에서 코가 빨개진 채 서성거리다 히요시의 손에 서찰 한 통을 쥐여주었다.

"원숭이, 이걸 읽은 다음 바로 입에 넣고 씹어 강에 가서 버리거라."

히코주는 히요시에게 주의를 주고는 어딘가로 가버렸다.

'뭐지?'

하치스카 일족의 회람이라고 직감은 했지만 히요시는 왠지 모르게 가슴이 떨렸다. '저들에게서 떠나자. 이곳에서 도망치자'고 몇 번이나 생각했지만 이곳에 있는 것보다 도망치는 쪽이 훨씬 더 위태롭다고 생각했다. 왜냐하면 히요시 혼자 이곳 여인숙에 머물고 있는 듯했지만 실은 하치스카 일족의 눈이 끊임없이 그의 일거수일투족을 감시하고 있었기 때문이다. 그리고 히요시를 감시하는 자를 또 감시하는 자가 있었다. 얼마 전 히요시는 서로 이어져 있는 쇠사슬 같은 그 감시의 고리에서 혼자만 벗어날 수 없다는 것을 알게 되었다.

'드디어 시작인가?'

일전에 히코주에게 들었지만 막상 현실로 닥치자 히요시는 마음이 무거워졌다. 소심한 탓인지 흉악한 선동가가 되어 사람들에게 혼란을 야기하고 교란한 뒤에 성을 불바다로 만드는 일은 도저히 못 할 것 같았다. 무엇보다 그 말을 들은 뒤 고로쿠에 대한 존경심마저 사라져버렸고 사이토 도산을 이롭게 하고픈 마음도 들지 않았다. 그렇다고 이나바 산성의 요시타쓰의 편을 들 마음도 전혀 없었다.

만약 편을 든다면 성 아래 백성들 편을 들고 싶었다. 누굴 동정해야 하는가 생각하면 역시 이럴 때 가장 먼저 화를 당하는 백성들, 그중에서도 특히 자식이 있는 어머니들에게 동정이 갔다.

'아직 열어보지도 않았는데 지레짐작으로 걱정하고 있군. 우선 읽어보고 생각하자.'

히요시는 바늘을 사라고 소리를 지르며 일부러 사람들의 눈이 없는 저택가 뒷골목으로 돌아갔다. 그가 도착한 곳은 작은 개천이 있는 막다른 곳이었다.

"이거, 곤란하게 됐군."

히요시는 일부러 들으라는 듯 그렇게 말하고 주위를 둘러보았다. 때마침 아무도 보이지 않았다. 그래도 혹시 몰라 히요시는 개천에 유유히 소변을 보며 한동안 부근을 살피다 마침내 품속에서 서찰을 꺼내 읽었다.

오늘 밤 술시戌時. 바람이 서쪽이나 남쪽으로 불면 상재사常在寺 뒤쪽 숲에 모일 것. 바람이 북쪽으로 바뀌거나 멈출 시에는 회합을 취소함.

역시 예상대로였다. 히요시는 서찰을 다 읽은 뒤 잘게 찢어서 입속에 넣고 잘근잘근 씹었다.

"바늘 장수!"

갑자기 어딘가에서 자신을 부르자 히요시는 입속에 넣은 종이를 강으로 뱉을 틈이 없어 손바닥에 뱉은 뒤 꼭 쥐었다.

"예, 어디 계십니까?"

"여기다. 바늘을 살 테니 빨리 오너라."

목소리는 들리지만 사람의 모습은 보이지 않았다. 아무리 둘러봐도 모습이 보일 리 없었다. 목소리의 주인공은 저편 무사의 저택처럼 보이는 안쪽, 낮은 제방 위에 두 단으로 쌓아올린 축토築土 너머에 있었기 때문이다.

"바늘 장수, 이쪽으로 돌아오게."

축토 옆쪽의 작은 문이 열리더니 젊은 사람이 목을 내밀며 말했다.

"예."

히요시는 대답을 하고 잠시 상황을 살폈다. 이 부근 무사의 저택들은 물어보나마나 사이토 가문의 가신과 잘 알고 있었다. 그것도 도산의 가신이면 괜찮지만 요시타쓰의 가신이라면 왠지 께름칙했다.

"바늘 장수, 바늘을 사시겠다고 말하지 않았는가. 이리 들어오게."

바늘을 사겠다는 사람은 그 젊은 사람이 아닌 듯했다. 히요시는 내키지 않았지만 어쩔 수 없이 가까이 갔다.

"고맙습니다."

히요시는 그를 따라 문 안으로 들어갔다. 그곳은 뒷마당이었는데, 흙을 쌓아올린 곳을 돌아가자 상당히 큰 저택이 보였다. 안채는 몇 채로 나뉘어 있었는데, 웅장한 건물과 청초한 정원석을 보자 왠지 주눅이 들었다.

'바늘을 산다는 사람은 누굴까?'

젊은 사내의 말로는 주인의 가족인 듯했는데, 이 정도 저택에 사는 부인이나 자식들이 직접 바늘을 살 리가 없었다. 또 그들에게 외간 장사치 따위가 가까이 갈 수는 없었다.

"바늘 장수."

"예."

"잠시 거기서 기다리게."

젊은 사내는 히요시를 정원 한쪽에 남겨두고 어딘가로 갔다. 살펴보니 안채에서 떨어진 건물 하나가 있었다. 그 건물은 아래쪽이 서재이고 위쪽이 서고인, 초벌칠을 한 이 층 건물이었다. 젊은 사내가 그곳 이 층을 올려다보며 알렸다.

"주베+兵衛 님, 불러왔습니다."

총구처럼 성벽을 사각으로 잘라낸 창이 있었다. 주베라는 사람은 스물네다섯 살쯤 되어 보이는 얼굴이 하얗고 눈이 맑은 청년이었는데, 서고의 선반에서 책을 찾고 있었는지 책 몇 권을 품에 안은 채 창으로 모습을 보이며 말했다.

"지금 갈 테니 계단 아래 툇마루 끝에서 기다리게 하게."

주베는 아래쪽에 있는 젊은 사내에게 그렇게 말하고 창에서 모습을 감췄다.

'저런 곳에 사람이 있었구나.'

멀리서 보고 있던 히요시는 그제야 깨달았다. 저곳에서라면 축토 너머도 보일 터였다. 아까부터 자신의 거동을 보고 있다 의심이 들어 자신을 조사할 생각으로 부른 게 분명했다. 각오를 하지 않으면 큰일을 당할지도 모른다는 생각이 든 히요시가 마음을 다잡고 있는 순간 젊은 사내가 저편에서 손짓했다.

"지금 이 댁의 조카님이 오실 테니 마루 끝에서 떨어져 공손히 기다리고 있게."

히요시는 사내의 말대로 마루 끝에서 조금 떨어진 땅바닥에 앉아 있었다. 한동안 머리를 숙이고 있었지만 아무도 나오지 않자 히요시가 살짝 고개를 들고 눈을 크게 떴다. 실내는 서책으로 가득 차 있었다. 책상 주위와 벽의 선반과 이 층까지 책으로 가득 차서 마치 서책 창고처럼 보였다.

'이곳 주인이 그 조카인가? 상당히 유식한 학자인가 보구나.'

히요시는 서책을 보는 것이 신기했다. 중인방을 올려다보자 그곳에는 멋있는 창이 있었고 상좌에는 철포가 걸려 있었다.

이윽고 모습을 드러낸 사내가 조용히 책상 앞에 앉더니 턱을 꽸다. 그러고는 책의 글자를 볼 때처럼 총명한 눈으로 정원 앞에 엎드려 있는 히요시 쪽을 보았다. 히요시가 그와 정반대로 우스꽝스러운 얼굴을 들며 말했다.

"고맙습니다요. 제가 바늘 장사꾼인데 바늘을 사신다고 해서……."

주베는 책상 위에 턱을 괸 채 고개를 끄덕이며 말했다.

"음, 사겠지만 그 전에 잠깐 물어볼 것이 있다. 너는 바늘을 파는 것이 목적이냐, 아니면 성을 염탐하는 것이 목적이냐?"

"저는 바늘을 팔고 있습니다."

"그렇다면 왜 이런 저택가의 골목으로 왔느냐?"

"샛길이라고 생각하고 왔습니다."

"거짓말 마라."

주베가 몸을 조금 틀더니 이어 말했다.

"보아하니 장사치로는 보이지 않는 억센 얼굴이고, 행상을 했다면 하루 이틀 했을 리 없을 터이니, 무사의 저택들이 늘어선 곳에서 바늘 따위가 팔릴 리 없다는 것쯤은 잘 알고 있을 것이다."

"꼭 그렇지만은 않습니다. 드물지만……."

"드물다는 말이지?"

"하지만 팔리기도 합니다."

"그럼 그건 일단 제쳐놓고, 인적이 없는 곳에서 무엇을 읽고 있었느냐?"

"예?"

"너는 개천가에 사람이 없다고 생각하고 은밀히 손에 종이를 들고 있었지만, 천하에 풀과 나무가 자라는 곳이라면 눈이 없는 곳은 없으며 소리가 나지 않는 곳은 없다. 무엇을 보고 있었느냐?"

"편지를 보고 있었습니다."

"무슨 밀서이더냐?"

"어머니가 보낸 편지를 읽고 있었습니다."

히요시가 태연하게 대답했다.

'이놈, 잘도 피해가는군.'

주베의 이성적인 눈에 의심의 빛이 더욱 깊어졌다. 하지만 주베는 일부러 부드럽게 말했다.

"그래, 어머니의 편지였군."

"예."

"그렇다면 그 편지를 보여라. 성 아래 규율 중에 수상한 자는 보는 즉시 포박해서 심문소에 넘겨야 한다고 정해져 있다. 네 말을 증명하지 못하면 불쌍하지만 관아에 넘길 수밖에 없다. 네 말을 입증하려면 어머니의 편지를 내게 보여라."

"먹어버렸습니다."

"뭐라?"

"공교롭게도 읽은 뒤에 먹어버렸기 때문에 보여드릴 수 없습니다."

"먹었다?"

부드럽지만 날카롭게 추궁하던 주베가 어이없다는 표정을 지었다.

"예."

히요시는 한층 진지한 얼굴로 말했다.

"제게는 신령님이나 부처님보다 살아 계신 어머니가 더 고귀한 분이십니다. 그래서…….”

“닥쳐라!”

주베가 더는 변명을 용납하지 않겠다는 얼굴로 말했다.

“밀서라서 씹어서 버린 것이 아니더냐. 그것만으로도 의심을 받기에 충분한데…….”

“아닙니다. 그렇지 않습니다.”

히요시는 황급히 손을 저으며 말했다.

“신령님이나 부처님보다도 귀하신 어머니의 편지를 가지고 있다가 만약 저도 모르게 코를 풀거나 거리에 버려 사람들이 밟기라도 한다면 천벌을 받을 거라 생각해서 늘 먹고 있습니다. 거짓말이 아닙니다. 멀리 떨어져 있는 어머니가 보내주신 편지도 먹고 싶을 만큼 그리워하는 것은 당연한 일일 것입니다.”

주베는 그 말이 거짓임을 꿰뚫고 있었다. 하지만 거짓말이라고 해도 히요시처럼 거짓말을 잘하는 자는 처음이라고 생각했다. 더욱이 주베에게도 고향에 어머니가 있었다. 미노구니美濃國에 있는 에나고惠那鄕 아케치노쇼明智之庄의 아케치 성에 노모가 혼자 자신을 기다리고 있었다.

‘거짓말이지만, 전부 거짓말이라고 할 수는 없군. 어머니의 편지를 먹었다는 말은 엉터리지만 저 원숭이를 닮은 자에게도 분명 부모가 있을 것이다.’

주베는 그렇게 생각하고 히요시를 불쌍하게 여겼다. 하지만 저렇듯 무지하고 천진난만한 얼굴을 한 자가 책사에게 이용당해 소요를 일으키기 위해 불이라도 지른다면 그야말로 큰일이었다. 그렇다고 굳이 심문소에 끌고 갈 만한 자도 되지 못했고 죽이기에는 너무 불쌍하게 느껴졌다.

“…….”

주베는 날카로운 눈으로 아무 말 없이 히요시의 거동을 지켜보면서 어떻게 처리해야 할지 고민했다. 마침내 주베가 젊은 사내를 다시 불렀다.

"마타이치又一, 안에 야헤이지弥平治 님이 계시느냐?"

"계실 것입니다."

"죄송하지만 잠깐 뵙고 싶다고 말씀드리고 오너라."

"알겠습니다."

마타이치가 달려갔고, 얼마 뒤 야헤이지가 마타이치와 함께 안쪽에서 큰 걸음으로 걸어왔다. 주베보다 더 젊은 청년이었고, 열아홉이나 스무 살 정도 되어 보였다. 그는 이 커다란 저택의 주인인 아케치 미쓰야스明智光安의 적자로, 야헤이지 미쓰하루弥平治光春라고 불렸다. 주베와는 사촌 간이었는데, 주베의 성姓은 아케치明智이며 이름은 미쓰히데光秀였다. 그는 숙부인 미쓰야스의 저택에서 기식을 하며 오로지 학문에 몰두하고 있었다. 고향에 어머니도 있고 아케치 성도 있어 식객을 할 처지는 아니었지만 그곳에서는 읽고 싶은 책을 구하기도 쉽지 않았고 시시각각 밀려오는 문화를 접할 기회도 없었다. 아니, 그보다 청년 주베 미쓰히데의 안에서 불타고 있는 욕망에 비해 에나의 아케치 성은 너무나 작았고 문화적 혜택을 받거나 세상 형세의 변동을 따라갈 수가 없었던 것이다.

숙부인 미쓰야스가 아들인 미쓰하루에게 주베의 행동을 배우라고 할 정도로 주베는 근면한 학구파였다. 주베는 이곳에 몸을 의탁하기 전 이미 교토 부근 지방인 게이키京畿부터 산인山陰 지방과 산요山陽 지방 등을 구석구석 여행했다. 그는 그렇게 근래에 많은 무사 수행자의 무리와 함께 지식을 갈구하고 시대의 흐름을 보며 스스로 고생하면서 생활해왔던 것이다.

특히 센슈의 사카이에 머물면서 철포를 연구했던 것이 이곳 미노의 국력과 병제에 지대한 공헌을 하고 있었다. 그러다 보니 숙부인 미쓰야스를 비롯한 사람들이 아직 나이는 어리지만 이미 노신의 풍모를 겸비하고 있는 주베를 신지식의 수재로서 존경하고 있었다.

"주베 님, 무슨 일이십니까?"

"아, 야헤이지 님. 그리 큰일은 아닙니다만."

"예, 무슨 일이십니까?"

"야헤이지 님께 처분을 맡기는 것이 좋을 듯싶어서요."

주베는 히요시가 있는 정원으로 나와 야헤이지와 히요시에 대한 처분을 의논했다. 야헤이지는 주베에게 앞뒤 사정을 들은 뒤 히요시를 언뜻 보며 물었다.

"흠, 저자입니까? 수상한 것 같으면 마타이치에게 말해 곤장을 치게 할까요? 그러면 사실을 말할 것입니다."

"아닙니다."

주베는 야헤이지에게 말하고는 히요시를 쳐다보았다.

"그렇게 해서는 좀처럼 입을 열 자가 아닌 듯합니다. 그리고 불쌍하기도 하고."

"불쌍히 여겨서는 입을 열게 할 수 없습니다. 그럼 제가 사오 일 동안 헛간에 가두어놓겠습니다. 그러면 배가 고파서 제풀에 사실대로 말할지도 모릅니다."

"고생스럽겠지만 그게 좋겠습니다."

주베도 이에 동의했다.

"포박을 할까요?"

마타이치가 히요시의 팔을 비틀었다.

"잠, 잠깐 기다려주십시오."

히요시가 몸을 비틀며 주베와 야헤이지를 바라보았다.

"방금 곤장을 쳐도 사실을 실토하지 않을 거라고 하셨는데, 물어보시면 무엇이든 이야기하겠습니다. 아무것도 묻지 않고 며칠이나 어두운 곳에 갇혀 있으면 견딜 수가 없습니다."

“말하겠느냐?”

“말하겠습니다.”

“그럼 묻겠다.”

“예, 물어보십시오.”

“안 되겠군.”

히요시의 천연덕스러운 얼굴에 야헤이지도 어이가 없었는지 주베의 얼굴을 바라보면서 쓴웃음을 지었다.

“저자는 아무래도 좀 이상한 듯합니다. 머리가 나쁜 건지, 아니면 사람을 놀리는 건지⋯⋯.”

주베는 웃지 않았다. 오히려 히요시에게 두려움이 느껴졌다. 얼마 뒤, 주베와 야헤이지가 어린아이를 달래듯 히요시에게 이것저것 질문을 하자 히요시가 대답했다.

“오늘 밤에 큰 변이 일어날 것을 가르쳐드리면, 저는 그들의 동료도 아니고 아무 관계도 없는 거니까 제 목숨을 보장해주시겠습니까?”

“좋다, 네 목숨은 보장하지. 그런데 큰 변이라니, 무엇이냐?”

“오늘 밤 풍향에 따라 불이 날 것입니다.”

“불이 난다고? 어디서 말이냐?”

“그건 모릅니다만 저와 같은 여인숙에 머물고 있는 노부시들이 밀담을 하고 있었습니다. 오늘 밤, 바람이 서쪽이나 남쪽에서 불면 상재사의 숲에 모여 편을 나눠 성 아래에 불을 지른다고⋯⋯.”

“뭐라!”

야헤이지와 주베는 놀랐지만 믿기 어렵다는 표정으로 히요시의 얼굴을 바라보았다. 하지만 히요시는 두 사람의 그린 모습을 전혀 신경 쓰지 않는 듯했다. 자신은 그저 함께 묵고 있는 여인숙의 노부시가 속삭이던 것을 얼핏 들었을 뿐 아무것도 모르며, 빨리 바늘을 다 팔고 고향인 나카무라로 돌아가 어머니를 보고 싶을 뿐이라며 한층 더 진지한 얼굴로 말했다.

주베와 야헤이지가 놀란 기색으로 잠시 침묵을 지켰다. 이윽고 주베가 입을 열었다.

"좋다. 너를 풀어주겠지만 밤까진 이곳에서 나갈 순 없다. 마타이치, 저자를 데려다가 밥이라도 주어라."

바람이 계속 불고 있었다. 게다가 바람의 방향은 서남쪽이었다. 두 사람은 바람이 신경 쓰이는지 가슴이 쿵쾅거렸다. 마타이치가 히요시를 데려가자 야헤이지가 이내 주베에게 다가서며 말했다.

"주베 님, 이 바람을 타고 노부시들이 무엇을 도모하는 걸까요?"

야헤이지가 불안한 눈으로 앞다퉈 몰려가는 구름을 올려다보았다. 주베는 묵연히 서재의 눅눅한 마룻귀틀에 앉아 깊은 생각에 잠긴 채 물끄러미 한 곳을 바라보았다.

"야헤이지 님."

"예?"

"근래 사나흘간, 숙부님께 뭔가 들으신 말이 없는지요?"

"글쎄, 딱히 아버님께 들은 말은 없습니다만. 혹시……."

"예, 뭡니까?"

"그러고 보니 아침에 아버님께서 사기 산성으로 가시기 전에 이런 말씀을 하셨습니다. '근래에 주군이신 도산 님과 요시타쓰 님의 불화가 한층 더 심해져서 언제 어떤 일이 일어날지 가늠하기 어렵다. 방비를 게을리하지 않고 있지만, 만약의 사태에 허둥대지 않도록 철저히 대비하고 있으라'고 하셨습니다."

"숙부님이 말입니까?"

"예."

"오늘 아침에?"

"그렇습니다."

"그것이다!"

주베가 무릎을 치며 말했다.

"숙부님은 넌지시 야헤이지 님에게 오늘 밤에 전쟁이 있을 것이라고 주의를 주신 겁니다. 병법은 가족에게도 누설하지 않는 법, 숙부님께서는 이미 모든 걸 알고 계셨음이 분명합니다."

"예? 오늘 밤에 싸움이?"

"오늘 저녁, 상재사의 숲에 모이는 노부시는 도산 님이 외부에서 소요를 일으키기 위해 끌어들인 용병들인 듯합니다. 필시 하치스카 촌의 무리들일 겁니다."

"그럼, 마침내 이나바 산성에서 요시타쓰 님을 제거하려고?"

"그렇습니다."

주베가 자신의 판단에 확신을 가지고 고개를 강하게 끄덕이다 입술을 깨물며 말했다.

"하지만 도산 님의 생각대로 되지는 않을 것입니다. 요시타쓰 님도 일찍부터 예상하고 계신 일입니다. 또한 부자지간에 칼을 휘두르며 피를 흘리는 것은 인륜을 저버리는 것이니, 반드시 천벌을 받을 것입니다. 어느 쪽이 이기고 지든 동족 간에 피를 흘리는 일입니다. 또한 사이토 가문의 영지는 한 치도 늘어나지 않고 오히려 인근의 다른 나라들에게 빈틈을 보여 결국 이 나라는 붕괴될 것입니다."

주베는 긴 한숨을 내쉬었다. 야헤이지도 아무 말 없이 그저 어두운 구름과 바람이 부는 하늘을 바라보고 있었다. 주군과 주군의 싸움이었다. 신하 된 몸으로 어떻게 할 수가 없었다. 그리고 야헤이지에게는 아버지, 주베에게는 숙부인 미쓰야스는 도산의 심복이자 요시타쓰의 최선봉이었다.

"그렇다. 무슨 일이 있어도 인륜에 어긋난 그런 싸움은 막아야 한다.

신하 된 자의 길은 그것밖에 없다. 미쓰하루 님은 즉시 사기 산으로 달려가서 죽을 각오로 아버님을 설득한 뒤에 아버님과 함께 주군인 도산 님의 생각을 돌리도록 하십시오."

"예, 알겠습니다."

"저는 저녁에 상재사 숲으로 가서 노부시들의 음모를 막겠습니다. 죽을 각오로 반드시 막겠습니다. 아시겠습니까?"

화풍火風

밥 짓는 곳에 큰 부뚜막이 세 개나 늘어서 있었다. 몇 섬의 쌀로 한 번에 밥을 지을 수 있는 큰 솥도 세 개나 걸려 있었는데, 당장이라도 솥뚜껑이 튀어오를 것처럼 김과 밥물이 흘러넘치고 있었다. 집 안은 조용했다. 히요시는 아까부터 그 정도의 밥을 한 끼에 먹어치우는 거라면 아케치 가문의 저택에서 생활하는 무사와 낭도와 가족의 수가 백 명을 넘을 거라며 적잖이 놀라고 있었다.

'이렇게 쌀이 많은데 왜 나카무라에 있는 어머니와 누나는 쌀을 구할 수 없는 걸까?'

히요시는 속으로 의아하게 생각했다. 어머니를 생각하면 밥을 떠올리고, 밥을 생각하면 어머니의 굶주림을 떠올리는 것이 습관처럼 되었다.

"바람이 너무 심하군."

부엌을 책임지는 노인이 맞은편 부엌에서 다가와서 부뚜막의 불을 들여다본 뒤 밥 짓는 사람들의 일하는 모습을 둘러보며 주의를 주었다.

"해가 져도 바람이 멎지 않으니 불씨가 날리지 않도록 조심해라. 그리고 솥의 밥이 다 되면 바로 다음 솥을 얹고, 손이 빈 사람은 곁에서 주먹밥을 만들도록 해라.”

“잘 알고 있습니다.”

“잘할 테지만 새벽까지 게으름을 펴서는 안 된다.”

“그것도 잘 알고 있습니다.”

“명심하게.”

말을 마친 노인이 다른 곳으로 발길을 돌리려다 문득 발걸음을 멈추었다. 그러더니 솥 앞에 몸을 구부린 채 불을 쬐는 히요시를 의아하다는 듯 바라보았다. 이윽고 노인이 그릇을 씻고 있는 자에게 물었다.

“저기 원숭이 얼굴을 하고 있는 자는 누구냐? 못 보던 자인데.”

“주베 님이 맡기신 자입니다. 마타이치 님이 도망치지 않도록 감시하고 있습니다.”

“주베 님이?”

노인이 부엌으로 들어가더니 마타이치에게 말을 건넸다.

“고생이 많으십니다.”

노인은 인사를 한 뒤 마타이치에게 물었다.

“저기 있는 자는 무슨 일을 저질러서 붙잡아둔 것인지요? 무슨 연유라도 있나요?”

“자세한 것은 나도 모르오. 주베 님의 명이라서.”

마타이치는 더 이상 아무 말도 하지 않았다. 그러자 노인은 이제 히요시에게는 관심이 없다는 듯 주인의 조카인 주베의 성품을 칭찬하기 시작했다.

“주베 님은 나이에 어울리지 않게 참으로 사리분별이 깊은 분입니다. 그런 분을 두고 세상에선 난 인물이라고 하지요. 특히 학문은 소홀히 하면서 그저 힘이 얼마큼 세다든지, 사나운 말을 타고 창을 얼마큼 잘 쓴다든지, 전쟁터에서 몇 명의 목을 벴다든지 하며 자랑하는 사람이 많지만,

주베 님은 그렇지 않습니다. 서재를 들여다보면 늘 호수처럼 조용히 학문에 매진하고 계시고, 화술火術이나 병법 등에도 남다른 실력을 가지고 계시니…… 참으로 사람의 마음을 끄는 믿음직스러운 분입니다.”

마타이치는 주베를 섬기는 젊은 무사로, 자신의 주인인 주베에 대한 칭찬을 듣자 기분이 나쁘지만은 않았다. 마타이치가 노인의 칭찬에 맞장구치며 말했다.

“맞는 말씀입니다. 저는 어릴 적부터 주베 님을 가까이에서 모시고 있는데 그리 착한 분도 없을 겁니다. 게다가 이곳에서 공부하시거나 여러 나라를 편력하실 때에도 어머님께 편지 쓰는 것을 빼놓은 적이 없으실 정도이니…….”

“대개 강직한 성격의 사람은 스물네다섯이 되면 호언장담이 심해지고, 얌전한 성격의 사람은 유약하거나 게으르기 쉽지요. 마치 자신이 다리 밑에서 태어난 것처럼 부모의 은혜도 모르고 건방 떨기 쉬운데 말입니다.”

“그렇다고 착하기만 한 게 아니라 무서울 정도로 강한 기질도 있으신데, 좀처럼 겉으로 드러내지 않으셔서 한번 화를 내면 가히 아무도 말리지 못할 정도입니다.”

“그럴 겁니다. 얌전한 사람이 한번 화를 내기 시작하면.”

“오늘도 마찬가지로 감탄했습니다.”

“오늘 말입니까?”

“무슨 일이 있어 시비를 숙고할 때에는 깊이 생각을 하시지만 일단 결단을 내리시면 둑이 터진 듯 실행에 옮기시지요. 조금 전에도 사촌 동생인 미쓰하루 님께도 즉시 이렇게 하라, 저렇게 하라며 엄하게 지시를 내리셨습니다.”

“이른바 대장의 그릇이로군요.”

"미쓰하루 님도 주베 님께 감탄하셨지요. 그러고는 주베 님의 지시대로 즉시 파발을 타고 사기 산성으로 달려가셨습니다."

"아니 대체 무슨 일입니까?"

"흠, 그 일 말입니까?"

"미쓰하루 님께서 밥을 많이 지어라, 군량으로 주먹밥을 만들어두어라, 한밤중에 싸움이라도 일어날지 모른다고 하시고는 급히 말을 타고 나가셨습니다."

"만약의 사태에 대비하는 겁니다."

"만약으로 끝나면 좋겠지만 사기 산성과 이나바 산성 간에 싸움이 일어나면 저희 일꾼들은 어느 쪽에 서야 좋을지. 어느 쪽에 서더라도 다 친구와 가족이 있는 몸인데……."

"뭐, 그런 일은 만약이라도 일어나지 않을 겁니다. 주베 님도 그것을 막을 계책을 세우고 계신 듯하니……."

"저도 천지신명께 빌겠습니다. 다른 나라와 싸운다면 백발이 성성한 제 머리를 바쳐서라도 싸우겠지만."

밖은 벌써 어두워졌고 하늘은 캄캄했다. 불어오는 바람에 커다란 부뚜막의 불길은 고함을 치듯 격렬하게 일렁거렸다. 그 앞에 쪼그리고 있던 히요시가 커다란 솥 안에서 풍기는 고소한 밥 냄새를 맡고는 일하는 사람들에게 말했다.

"밥이 타요. 여기요, 솥 안의 밥이 타요."

"비켜라, 비켜."

하인들은 고맙다는 말도 하지 않고 불을 약하게 한 뒤에 사다리를 대고 나무통에 밥을 퍼 담았다. 손이 빈 사람들이 모두 와서 주먹밥을 셀 수 없을 만큼 만들기 시작했다. 히요시도 그들과 섞여 주먹밥을 만들다 자신의 입에 두세 개 넣었지만 아무도 뭐라고 하는 사람은 없었다. 사람들은 주먹밥 만들기에 열중하면서도 서로 전쟁 얘기에 여념이 없었다. 그리고 그들 대부분이 자신들이 만들고 있는 주먹밥이 쓸모없게 되기를 바라고 있었다.

이윽고 술시 무렵, 주베가 마타이치를 불렀다. 마타이치가 밖으로 나갔다가 다시 돌아오더니 사람들 속에 섞여 주먹밥을 만들고 있는 히요시를 불렀다.

"바늘 장수, 바늘 장수."

히요시가 손에 붙은 밥풀을 핥으면서 뛰어갔다. 밥하는 부엌에서 나와보니 바람은 여전히 세차게 불고 있었다.

"부르셨습니까?"

"저쪽이다."

"예?"

"주베 님이 기다리신다. 따라오너라."

마타이치가 앞장섰다. 마타이치는 마치 전장에라도 나가듯 어느새 무장을 하고 있었다.

'어디로 가는 거지?'

히요시는 주위가 너무 어두워서 어디로 가는지 알 수가 없었지만 이내 중문을 나서자 짐작이 갔다. 넓은 저택의 뒤편 정원을 쭉 돌아서 정문으로 나온 것이었다. 정문을 나서자 말을 탄 사람이 세찬 바람 속에 서 있었다.

"마타이치인가?"

주베의 목소리였다. 낮에 입은 복장 그대로 안장 위에 앉아 한 손에 고삐를 쥐고 장창을 옆에 들고 있었다.

"예, 마타이치입니다."

"바늘 장수는?"

"데려왔습니다."

"함께 먼저 가거라."

"알겠습니다. 바늘 장수!"

마타이치가 뒤를 돌아보며 히요시를 부르더니 어둠 속으로 달려갔다. 그의 속력에 맞춰 주베가 탄 말과 창끝이 뒤따라왔다. 곧이어 네거리에 이르자 뒤에 있던 주베가 오른쪽, 왼쪽이라고 하며 말 위에서 방향을 지시했다. 상재사 문 앞까지 오자 히요시는 그제야 깨달았다. 그곳은 하치스카 시치나이를 비롯해 기후에 잠입한 하치스카 일족이 술시에 모이기로 한 장소였다.

"마타이치, 너는 여기서 기다리거라. 별일은 없을 게다."

주베가 말에서 훌쩍 내리더니 고삐를 마타이치에게 건네며 말했다.

"술시까지 야헤이지 님이 사기 산에서 이곳으로 올 것이다. 만약 약속한 시간까지 오지 않으면 모든 게 수포로 돌아간 것이고 성 아래는 우리가 상상도 할 수 없을 만큼 아수라장이 될 것이다."

주베의 말끝에는 비장함이 감돌았다.

"바늘 장수."

"예."

"앞장서서 안내해라."

"어디를 말입니까?"

히요시가 세찬 바람에 떨면서 주베의 비장한 얼굴을 바라보았다.

"숲으로, 하치스카 무리가 오늘 저녁 모이기로 한 뒤편 숲으로 말이다."

"저도 장소가 어딘지는 모릅니다."

"장소는 몰라도 그들은 네 얼굴을 알고 있을 것이다."

"예?"

히요시는 주베를 감쪽같이 속였다고 생각했지만 주베의 눈은 모든 것을 꿰뚫고 있다고 말했다.

'큰일 났다. 속은 듯한 얼굴을 하고 있지만 속일 수가 없는 자다.'

히요시는 이내 깨닫고 아무런 대답도 하지 못한 채 앞서 걸었다. 불빛 한 점 보이지 않았고 그저 뱃전에 부딪치는 물보라처럼 거센 바람이 사찰의 큰 지붕을 휩쓸며 지나갔다. 상재사의 뒤편 숲은 마치 소용돌이치는 바다와 같았다. 아우성치는 나무와 풀의 신음 소리에 귀가 먹먹해졌다.

"바늘 장수."

"예."

"이미 숲 속에 동료들이 모여 있겠지?"

"모릅니다. 이렇게 바람이 심해서는…….."

"아니다. 와 있을 것이다."

"그럴까요?"

"마침 술시가 다 되었는데도 네가 나타나지 않았으니 분명 동료들이 걱정하고 있을 것이다."

주베가 절 뒤편에 있는 커다란 댓돌에 앉아 말했다. 그가 들고 있는 창 끝이 히요시의 발 앞에 닿아 있었다.

"동료들에게 얼굴을 보이고 오너라."

주베는 선수 치듯 히요시의 생각을 처음부터 끝까지 앞지르고 있었다.

"아케치 미쓰야스의 조카, 주베 미쓰히데가 여기서 기다리고 있다고 전하거라. 그리고 그들의 우두머리와 의논할 것이 있으니 이리로 와주길 바란다고 전하거라."

"알겠습니다."

히요시는 머리를 숙이고는 이내 물었다.

"모여 있는 사람들에게 그렇게 전하기만 하면 되는지요?"

"그렇다."

"그 때문에 저를 여기까지 데려온 것이군요?"

"빨리 가거라."

"가겠습니다. 하지만 이후로 뵐 수 없을지도 모르니 저도 지금 말할 것이 있습니다."

"무엇이냐?"

"아무 말도 하지 않고 가기에는 억울한 것이 있습니다. 당신은 나를 끝까지 하치스카 일족의 수하라고 여기는 듯합니다."

"아니더냐?"

"당신은 현명하지만 눈이 너무 날카로워 상대를 꿰뚫어버립니다. 못을 박을 때도 멈출 곳에서 멈출 줄 알아야 합니다. 지나침은 부족함만 못하다는 말은 당신의 지혜를 두고 하는 말일 것입니다."

"……."

"그렇습니다. 당신이 꿰뚫어본 대로 저는 하치스카 촌의 일족과 함께 온 사람이 분명하지만 그들과 한마음은 아닙니다. 나카무라의 평민으로 태어나 바늘 장사를 하며 아직 뜻을 세우지 못하고 있지만 토호의 찬밥이나 얻어먹으며 일생을 끝낼 마음도 없고, 소요를 일으켜 보잘것없는 보상이나 얻겠다는 생각도 없습니다."

"……."

"만약 인연이 있어 다음에 어딘가에서 다시 뵐 날이 온다면 당신의 눈이 지나치다는 것을, 제 말이 거짓이 아니었음을 증명해 보이겠습니다. 그럼 저는 약속대로 하치스카 시치나이 님께 말을 전하고 그대로 이곳을 떠날 터이니 주베 님도 부디 무사하시길 바라겠습니다. 그리고 건강히 학문에 계속 정진하십시오."

선천적으로 달변가였던 히요시가 그렇게 말하는 동안 주베는 한마디도 하지 못했다. 그러다 문득 주베가 깨닫고 소리쳤다.

"바늘 장수, 잠깐!"

하지만 이미 히요시는 바람을 뚫고 컴컴한 숲 속으로 달려갔기 때문에 주베의 목소리를 듣지 못했다.

숲을 벗어나자 나무로 둘러싸인 평지가 나왔다. 그곳은 잔잔한 연못처럼 바람이 세지 않았다. 주위를 살피자 검은 그림자들이 여기저기 보였다.

"누구냐?"

사방을 살피던 한 사람이 히요시의 발소리를 듣고 외쳤다.

"접니다."

"히요시냐?"

"네."

"이놈, 대체 어디에서 얼쩡거리다 이제 온 게냐. 너만 오지 않아서 모두 걱정하고 있던 참이다."

"죄송합니다. 좀 늦었습니다."

히요시는 쭈뼛쭈뼛 사람들에게 다가갔다.

"시치나이 님은 어디에 계십니까?"

"저쪽에 계시다. 화가 나셨으니 사죄드리고 오너라."

"예."

네댓 명과 머리를 맞대고 있던 시치나이가 히요시의 목소리를 듣고는 얼굴을 돌렸다.

"원숭이냐?"

히요시가 다가가자 시치나이가 물었다.

"무엇을 하다 왔느냐?"

"낮부터 사이토 가문의 가신 집에 붙잡혀 있었습니다."

"뭐, 붙잡혀 있었다고?"

시치나이뿐 아니라 주위의 모든 눈이 아연실색하여 히요시에게 쏠리더니 일이 발각되었다며 동요하기 시작했다.

"이 멍청한 놈!"

시치나이가 히요시의 멱살을 붙잡아 끌어당기며 거칠게 물었다.

"어디서, 누구에게 붙잡혔느냐? 붙잡혀서 우리의 계획을 말했느냐?"

"말했습니다."

"뭐라?"

"말하지 않으면 목숨을 부지하지 못했고 이곳에 오지도 못했을 것입니다."

"뻔뻔하고 멍청한 놈. 자신의 목숨을 부지하기 위해 비밀을 털어놓았구나. 각오해라."

시치나이가 히요시를 잡아 흔들며 딴죽을 걸어 넘어뜨리려 하자 히요시가 훌쩍 뒤로 물러서며 피했다. 하지만 양옆에 있던 자들이 히요시의 양손을 잡고 들어 올렸다. 그러자 히요시가 그들의 손을 뿌리치며 단숨에 말했다.

"당황하지 말고 제 말을 잘 들으십시오. 붙잡혀 얘기한 것은 중요하지 않습니다. 왜냐하면 이나바 산성의 요시타쓰의 가신이 아니라 하치스카 일족과 같은 편인 도산 님의 가신이니 말입니다."

사람들은 다소 안심을 하면서도 여전히 의심의 눈빛을 거두지 않았다.

"대체 그 가신이 누구더냐?"

"아케치 미쓰야스 님이라고 들었습니다. 그런데 저를 붙잡은 사람은 그 집의 주인이 아니라 조카인 주베 미쓰히데라고 했습니다."

"아, 아케치 가문의 조카로군."

누군가 중얼거렸다.

"그렇습니다."

히요시는 중얼거렸던 자에게 고개를 돌렸다가 다시 사람들을 바라보왔다.

"그 주베 님이 우리들 중에서 책임자를 만나고 싶다고 하시며 저와 함께 저편에 와 계시는데, 가서 만나시겠습니까?"

"아케치 미쓰야스 님의 조카인 주베 미쓰히데와 함께 왔다는 게냐?"

"예."

"정말이냐?"

"정말입니다."

"그자에게 오늘 밤 계획을 모두 말했느냐?"

"말하지 않아도 모두 꿰뚫어보고 있었습니다. 두려울 정도로 머리가 좋은 사람이니 말입니다."

"무엇 때문에 온 것이냐?"

"그것은 모릅니다. 저는 그저 이곳으로 안내를 하라고 해서……."

"그래서 안내하며 온 것이냐?"

"어쩔 수가 없었습니다."

"쳇."

주위 사람들은 침을 삼키며 히요시와 시치나이의 이야기를 듣고 있었다. 그들은 시치나이가 '쳇' 하고 혀를 차며 입을 다물자 혼자 주베를 만나는 것은 위험하니 자신들도 함께 가겠다며 앞으로 나섰다.

"그자는 어디에 있느냐?"

주위 사람들이 시치나이와 주베가 만날 때 주위에 숨어 있자는 둥 부산을 떨자 누군가가 말했다.

"하치스카 제군들, 다른 사람의 눈에 띄면 좋지 않을 거라 생각하고 주베가 이리 왔네. 시치나이 님을 만나고 싶네."

모두 놀라 뒤를 돌아보았다. 누군지 묻지 않아도 알 수 있었다. 어느새 주베가 근처까지 와서 조용한 눈빛으로 그들을 지켜보고 있었던 것이다.

"그대가……"

시치나이는 적잖이 당황한 기색이었지만 무리의 우두머리답게 앞으로 나섰다.

"하치스카 시치나이 님이오?"

"그렇소."

시치나이는 갑자기 머리를 높이 쳐들었다. 다들 보고 있었던 탓도 있지만 평소 주군을 섬기는 무사나 신분이 있는 무사를 만난다 해도 기가 죽거나 아부를 하지 않겠다는 노부시들의 공통된 자존심을 드러내는 것이기도 했다. 그에 반해 주베는 창 한 자루를 옆구리에 끼고 있었지만 낮은 자세로 예를 차리며 말했다.

"실제로 뵙는 건 처음이지만, 예전부터 고로쿠 님의 존명과 함께 익히 들어 알고 있습니다. 저는 사이토 도산 님의 가신이자 아케치 미쓰야스 님의 조카인 주베라고 합니다."

시치나이는 상대의 정중한 인사에 당황해했다.

"그런데 무슨 일로?"

"오늘 밤 일로 찾아왔습니다."

"오늘 밤 일이란 무엇을 말하는 것이오?"

"저기 있는 바늘 장수에게 경위를 듣고 놀란 나머지 이렇게 달려왔습니다. 오늘 밤 폭거는, 폭거라고 해서 실례입니다만, 병법으로 보면 도산 님의 계책이라고 할 수 없는 하책입니다. 하여 중지해주셨으면 합니다."

"그럴 수 없소이다."

시치나이가 이어서 거만하게 말했다.

"내 뜻이 아니오. 도산 님의 부탁을 받은 고로쿠 님의 지시로 행하는 것이오."

"물론 그럴 테지요."

주베는 평소의 말투로 말을 이었다.

"당연히 시치나이 님 혼자만의 생각으로 그럴 수는 없겠지요. 하여 제 사촌인 야헤이지 미쓰하루가 도산 님께 간언하러 사기 산성으로 갔으니 곧 이곳으로 모시고 올 것입니다. 그때까지 이곳에서 기다려주시길 청합니다."

때론 정중하고 예의바른 행동이 종종 상대의 심사를 뒤틀리게 하는 경우가 있었다. 주베는 성격상 모두에게 정중하고 예의 발랐다. 검도로 말하자면 항상 죽도를 하단에 겨눈 자세로 상대를 대했지만 결코 담력이 부족해서 그런 것은 아니었다.

'흥, 애송이가 가소롭게 글공부 좀 했다고 입만 살아서 나불대는군.'

시치나이는 속으로 그렇게 생각하고는 이내 소리쳤다.

"기다릴 수 없소! 쓸데없는 짓이오."

그러고는 다시 쌀쌀맞게 말했다.

"주베 님이 상관할 일이 아니오. 그대는 그저 책상물림 같은, 게다가 아케치 가문의 식객 처지가 아니오."

"주가主家의 대사이니 제 처지를 돌아볼 틈이 없습니다."

"대사라고 생각한다면 우릴 도울 준비를 하고 우리가 불을 놓기를 기다렸다 도산 님의 적인 이나바 산성의 요시타쓰를 공격하면 될 것이오."

"신하 된 자로서 그럴 수 없기 때문에 괴로운 것이오."

"어째서 말이오?"

"요시타쓰 님은 도산 님이 세우신 적자가 아니오. 도산 님이 주군이라면 요시타쓰 님 또한 주군이시오."

"하나 적이 된 이상……."

"당치 않소. 세상 천지에 금수라고 해도 부자지간에 어찌 피를 흘리며 싸울 수 있단 말이오."

"그만 돌아가시오."

"그럴 수 없소."

"뭐라?"

"야헤이지가 이곳에 올 때까지는 돌아갈 수 없소."

시치나이는 그저 공손한 청년이라고만 생각했던 주베를 다시 보게 되었다. 그리고 주베가 날카로운 창 한 자루를 갖고 있다는 것도 깨달았다.

"주베 님, 어디 계십니까?"

그때 젊은 무사가 숨을 헐떡이며 달려와 외쳤다. 주베가 학수고대하며 기다렸던 야헤이지였다.

"야헤이지 님, 여기요. 성안의 일은 어찌 되었소?"

"유감스럽게도……."

야헤이지는 주베의 손을 잡고 어깨를 들썩이며 입술을 깨물었다.

"아무리 간청해도 주군께서 받아들이시질 않았습니다. 도산 님뿐 아니라 아버님 또한 상관할 일이 아니라며……."

"숙부님까지?"

"오히려 몹시 화를 내셨습니다. 죽을 각오를 하고 지금까지 노력했지만, 사기 산 일대에서 은밀히 출병 준비를 하고 있는 듯한 데다 상황이 심상치 않음을 깨닫고 성 아래에서 불길이 일면 큰일이라고 여겨 말을 달려 이곳으로 온 것입니다. 주베 님, 어떻게 하시겠습니까?"

"으음, 그럼 도산 님은 무슨 일이 있어도 이나바 산을 불태울 생각이시란 말인가."

"그렇습니다. 이렇게 된 이상, 우리도 죽을 각오를 하고 신하 된 자의 도리를 다할 수밖에 없을 듯합니다."

"싫소. 아무리 주군이라고 해도 도리에 어긋나는 일에 목숨을 바치는 것은 너무나 애석한 일이오."

"그럼 어떻게 하실 생각입니까?"

"불길만 일지 않는다면 사기 산의 군사는 움직이지 않을 터, 그 불씨가 타오르지 않도록 꺼버릴 것이오!"

주베는 마치 다른 사람이 된 듯 그렇게 말하고는 갑자기 들고 있던 창을 시치나이와 그의 무리들을 향해 겨누었다. 나약한 청년이라고만 생각했던 주베가 돌연 자신들을 향해 창을 겨누자 시치나이와 그 일족의 무리들이 놀라서 주춤거렸다.

"무슨 짓이오!"

시치나이가 혼자 창의 정면에 서서 세찬 바람에 지지 않는 목소리로 외쳤다.

"그깟 창 하나로 우리에게 대적할 심산이오?"

"그렇다."

주베가 단호하게 말했다.

"한 명도 이곳을 떠날 수 없다. 하지만 순순히 내 말을 받아들여 오늘 밤 폭거를 단념하고 하치스카 촌으로 돌아간다면 목숨은 살려줄 것이다. 또한 내가 할 수 있는 모든 보상을 해서 돌려보내겠다. 자, 어느 쪽을 선택할 것이냐?"

"지금 우리에게 이곳에서 돌아가라고 하는 것인가?"

"사이토 가문의 위기를, 이나바 산성과 사기 산성이 함께 멸망할 것이 뻔한 오늘 밤의 대사를 막기 위해서라면 어쩔 수 없다."

"바보 같은!"

시치나이가 아닌 주위의 누군가가 고함을 쳤다.

"애송이 주제에 그게 가능할 것 같으냐! 쓸데없이 끼어들어 대사를 방해한다면 네놈의 피를 오늘 밤 거사의 제물로 받칠 것이다."

"어차피 죽음을 각오한 몸이다."

주베의 얼굴은 이미 야차처럼 하얗게 변해 있었다. 주베가 창을 겨눈 채 뒤에 있는 야헤이지에게 말했다.

"야헤이지 님, 각오는 되셨소?"

"예, 제 걱정은 하지 마십시오."

야헤이지도 어느새 주베와 등을 맞댄 채 시치나이 무리를 향해 칼을 겨누고 있었다. 하지만 주베는 시치나이의 이성을 믿고 여전히 일말의 희망을 버리지 않고 있었다.

"이대로 하치스카 촌으로 돌아가는 것으로 그대들의 체면이 서지 않는다면 이 주베를 포로로 삼아 데려가도 좋소. 내가 직접 하치스카 촌의 고로쿠 님을 뵙고 말씀드리리다. 어떻소? 그렇게 하면 오늘 밤에 지옥을 보지 않을 것이고, 또 서로 피를 흘릴 일도 없을 것이오."

하지만 하치스카 일족은 도리를 따지며 그들을 설득하려는 주베의 말을 듣고는 오히려 그가 겁을 먹은 것이라고 생각했다. 아군은 이십여 명, 상대는 불과 두 명이었다.

"시끄럽다!"

"닥쳐라. 벌써 술시 하각下刻이 지났다."

무리 속에서 두세 명이 외치자 일제히 함성이 일었다. 그 순간, 주베와 야헤이지는 하치스카 무리에게 둘러싸였다. 날카로운 송곳니와 같은 장창과 칼이 굉음을 울리는 바람 소리와 하나가 되었다.

"앗, 싸움이다!"

지켜보던 히요시를 향해 부러진 칼날이 날아왔다. 주베는 창을 들고 피투성이로 도망치는 자를 쫓았다. 히요시는 위험에서 벗어나려고 나무 위로 올라갔다. 지금까지 한두 사람의 싸움은 본 적이 있었지만 이 같은 싸움은 처음 보는 것이었다. 게다가 이 싸움의 결과에 따라 오늘 밤에 기후 일대가 불바다로 변할지, 또 사기 산성과 이나바 산성 간에 전쟁이 일어날지가 결정될 것이었다. 일대 분기점이라고 생각하자 히요시는 태어나서 처음으로 커다란 흥분에 휩싸였다.

"야헤이지!"

"주베 님!"

그렇게 서로를 부르는 소리가 고함 속에서 두 번 정도 들려왔다. 하지만 그곳의 싸움은 두세 명이 죽은 뒤 이내 숲 속으로 옮겨졌다.

'도망쳤나?'

히요시는 그들이 다시 돌아오면 자신도 위험할 것 같아 나무 위에서 내려오지 않고 상황을 주의 깊게 살폈다. 히요시는 주베와 야헤이지 불과 두 사람을 패해 도망친 하치스카 무리라면 그저 오합지졸에 불과하다고 생각하며 귀를 기울였다. 그가 올라간 나무가 밤나무였는지 손과 목덜미에 가시가 느껴졌다. 열매와 잔가지가 후드득 땅으로 떨어지더니 히요시의 몸과 나무 전체가 강풍에 크게 흔들렸다.

'뭐지?'

히요시의 주위로 화산재와 같은 불꽃들이 비처럼 쏟아졌다. 히요시는 당황해서 나뭇가지에서 펄쩍 뛰어내렸다. 하치스카 무리 중 누군가가 불을 놓은 게 틀림없었다. 숲의 두세 곳에서 불길이 세차게 일더니 상재사의 뒤편 건물에도 불이 붙은 듯했다. 방금 도망친 하치스카 무리가 그곳에도 불을 지르고 도망친 것이었다.

"큰일이다!"

히요시는 밤송이처럼 나뭇가지에서 뛰어내려 달리기 시작했다. 빨리 서두르지 않으면 불길이 강풍을 타고 숲을 새카맣게 태울 것이 뻔했다. 그는 마을까지 무아지경으로 내달렸다. 하지만 이미 마을도 불길에 덮여 있었다. 바람을 타고 불씨들이 하늘을 날아다녔다. 이나바 산성의 하얀 벽이 빨갛게 물들어서 한낮보다 가깝게 보였다. 그곳에 빨간 전운이 감돌았다.

"전쟁이다!"

히요시는 고함을 치며 마을을 이리저리 뛰어다녔다.

"전쟁이다. 이젠 끝장이다. 사기 산도 이나바 산도 사라져버려라. 불에 탄 뒤에는 다시 새 풀이 자랄 것이다."

사람들이 서로 부딪치고 나뒹굴었다. 아무도 타지 않은 말들이 미친 듯이 내달렸다. 네거리에 피난민들이 뒤엉켜서 울부짖고 있었다.

히요시는 흥분에 휩싸여 마치 예언자처럼 노래라도 부르는 듯 고함을 치며 마을 길을 쏜살같이 내달렸다. 목적지도 없었지만 두 번 다시 하치스카 촌으로 돌아갈 생각도 없었다. 또 그의 성격상 이렇게 골육상잔이 벌어지는 썩어빠진 나라에 미련을 두지 않고 다른 나라로 떠날 게 확실했다. 이날 밤 이후로 목면 한 장을 걸친 그가 겨울 한철 동안 바늘 등을 팔며 어디를 떠돌아다녔는지는 알 수가 없었다.

해가 바뀌고 이듬해인 덴분 22년, 복사꽃이 한창일 무렵이었다.

"바늘 사세요. 교토의 바늘입니다."

히요시는 하마마쓰浜松 변두리를 더없이 태평한 얼굴로 걸어 다니고 있었다.

마쓰시타松下 저택

마쓰시타 유키쓰나松下之網는 엔슈遠州 출생으로 뼛속까지 토착 무사였다. 스루가駿河의 이마가와 가문에서 봉록 삼천 관을 받으며 직속 무사가 되어 즈다頭陀 산의 요새를 책임지고 있었다. 당시 덴류天龍 강은 오텐류大天龍와 쇼텐류小天龍로 나뉘어져 있었고, 그의 저택은 즈다 산에서 동쪽으로 오류 정町[38] 떨어진 마고메馬込 강의 마고메 다리를 중심으로 오텐류 기슭에 있었다. 그리고 그는 그곳 역참의 대관代官도 겸하고 있었다.

그날 유키쓰나는 마고메에서 그리 멀지 않은 하마마쓰의 히쿠마曳馬 성에 있는 이오 부젠노가미飯尾豊前守를 방문하고 돌아오던 중이었다. 이오 부젠도 유키쓰나와 마찬가지로 이마가와의 가신이었기 때문에 이 지방의 치안과 경비를 위해 그와 계속 연락을 나누면서 인접국인 도쿠가와德川, 오다, 다케다의 침략을 대비해야만 했다.

"노하치能八."

유키쓰나가 말 위에서 일행을 돌아보며 말했다. 일행인 무사는 세 명

---

38) 거리 단위를 나타내는 것으로 1정은 1간의 60배, 약 109미터에 해당된다.

이었는데, 그중 장창을 든 자가 달려와서 주인의 얼굴을 올려다보았다.

"예."

히쿠마나와데曳馬曜에서 마고메 나루터로 가는 중이었는데, 그 길에는 소나무 가로수나 잡목 등을 빼면 모두 전망 좋은 논밭뿐이었다.

"저기, 농부 같지도 않고 그렇다고 행인 같지도 않은 자가 있구나."

유키쓰나는 중얼거리며 말 위에서 계속 한쪽을 바라보았다. 다가 노하치로多賀能八郎가 주인의 시선이 머문 곳을 바라보았다. 하지만 흐드러지게 핀 유채꽃과 청보리, 그리고 얕은 논물 외에는 아무것도 보이지 않았다.

"주인님, 무슨 일이신지요? 어디 수상한 자라도 있습니까?"

"저기 저 논두렁에 백로처럼 쭈그리고 앉아 있는 하얀 그림자 말이다. 뭘 하고 있는 건가?"

"예? 백로요?"

노하치는 주인의 말을 앵무새처럼 되뇌며 주인이 손으로 가리키는 곳을 바라보았다. 그러자 정말 논두렁에 쪼그리고 앉은 사람이 있었다.

"물어보고 오게."

유키쓰나의 말에 노하치가 재빨리 달려갔다. 지금 시기에는 어느 나라에서든 조금이라도 수상하게 보이면 즉시 조사를 받았다. 그 정도로 모든 나라가 국경에 대해, 또 낯선 자에게 촉각을 곤두세우고 있었다.

"다녀왔습니다."

노하치가 바로 돌아와 유키쓰나에게 보고했다.

"저자는 오와리의 바늘 행상꾼입니다."

"바늘 장수였군."

"때에 전 고시기리腰切39)를 입고 있어서 백로처럼 보이지만 가까이 가

---

39) 기장이 허리까지 오는 짧은 겉옷으로 주로 작업복으로 입는다.

서 보니 원숭이를 닮은 작은 사내였습니다."

"하하하, 백로가 아닌 원숭이였군."

"누군지 물었더니 오히려 저를 보면서 누구냐고 큰소리를 쳤습니다. 그래서 이곳의 대관이신 마쓰시다 유키쓰나 님이 오셨다고 말했더니 무서워하는 기색도 없이 허리를 펴고 이쪽을 거리낌 없이 바라보았습니다."

"그래, 논두렁에 쪼그리고 앉아 대체 뭘 하고 있던가?"

"그것도 물어보았더니 마고메의 여인숙에 머물고 있는데 저녁거리로 우렁이를 잡고 있다고 했습니다."

유키쓰나가 말 위에서 노하치의 이야기를 듣다 문득 눈을 돌렸다. 히요시는 논두렁에서 길가로 올라와 저편으로 걸어가고 있었다. 유키쓰나가 히요시의 뒷모습을 바라보면서 다시 노하치에게 말했다.

"그럼 수상한 자는 아닌 듯하군."

"딱히 수상한 점은 발견하지 못했습니다."

"그렇군."

유키쓰나는 고삐를 고쳐 쥐더니 안장 위에서 다른 자들에게 턱짓을 했다. 그들은 빠른 걸음으로 말을 이끌고 앞으로 나갔다. 눈 깜짝할 사이에 그들은 앞서 걸어가던 히요시를 따라잡더니 먼지를 일으키며 지나쳤다. 조금 전, 노하치에게 원숭이를 닮은 사내라는 말을 들은 유키쓰나가 무심코 뒤를 돌아보았다. 히요시는 길가에 있는 가로수 아래에 오도카니 무릎을 꿇고 앉아 있었다. 그러고는 유키쓰나가 말 위에서 자신을 돌아보자 고개를 들고 물끄러미 바라보았다.

"잠, 잠깐!"

유키쓰나가 급히 말을 멈추더니 탄성 섞인 목소리로 뒤에 있는 무사들에게 말했다.

"저 바늘 장수를 이리 데려오너라. 이상한 얼굴이다! 참으로 이상한 사내다!"

노하치가 되돌아가 히요시를 불렀다.

"어이, 바늘 장수."

"예."

"주인님이 부르시니 잠깐 이리 오게."

노하치가 히요시를 끌고 와서 유키쓰나 앞에 꿇어앉혔다. 유키쓰나가 안장 위에서 가만히 히요시를 바라보았는데, 히요시의 얼굴이 원숭이를 닮았기 때문만은 아니었다.

'이상한 얼굴이다!'

유키쓰나는 넋을 잃고 히요시를 빤히 바라보았다. 그는 히요시를 얼핏 보고 보이지 않는 영감 같은 것에 사로잡혔다. 때에 전 무명옷을 입고 있는 작은 사내의 어떤 모습에 그런 매력이 있었던 것일까. 그것은 아무 말 없이 유키쓰나를 올려다보고 있는 히요시의 눈이었다.

눈은 마음의 창이라고 했다. 왜소하고 초췌한 사내의 몸은 볼품없었지만 그의 눈은 어딘지 시원스럽고 의지가 굳세 보였다. 게다가 눈가의 잔주름 덕분에 가만히 있어도 씽긋 웃는 것처럼 보였다.

유키쓰나는 그런 히요시의 눈이 좋았다. 만약 그가 관상에 대해 좀 더 해박했다면 새카맣게 때에 전 옷 아래 감춰져 있는 주자석朱子石과 같은 선홍빛을 지닌 히요시의 귀나 젊은 나이에 비해 일견 노인처럼 보이는 이마의 주름에 후년의 대기大器가 나타나고 있다는 것을 발견하고 경탄했을 게 틀림없었다. 하지만 유키쓰나의 안광은 거기까지 미치지 못했다.

유키쓰나는 히요시에게 이상하리만큼 애착이 느껴졌다. 그는 이대로 보낼 수 없다는 마음에 히요시에게 아무것도 묻지 않고 노하치를 돌아보며 말했다.

"집까지 데려가자. 집까지."

그런 뒤 유키쓰나는 말의 고삐를 당겨 앞으로 달려갔다. 큰 강을 마주한 문 앞에 다섯 명의 가신과 시종이 대문을 열어놓고 기다리고 있었다.

"아, 돌아오셨다."

마구간에서 말이 날뛰고 있었다. 부재중에 손님이라도 온 듯했다.

"누가 왔느냐?"

유키쓰나가 말에서 내리며 물었다.

"슨푸에서 사자가 왔습니다."

"그런가."

유키쓰나는 흘려들으며 훌쩍 저택 안으로 들어갔다. 슨푸는 주군인 이마가와 가문을 말했다. 사자가 오는 게 드문 일은 아니었지만 그는 오늘 히쿠마 성에서 이오 부젠과 나눈 얘기가 있었던 터라 머릿속이 복잡했다. 그래서 히요시를 까맣게 잊었는지, 아니면 나중에 말할 생각이었는지 아무 말도 않고 안으로 들어가버렸다.

"기다려라."

문지기가 함께 온 무사들을 따라 안으로 들어가려던 히요시를 발견하고 외쳤다.

"너는 누구냐?"

히요시는 진흙이 잔뜩 묻은 짚 꾸러미를 들고 있었다. 얼굴에 튀었던 진흙이 말라붙어 가려울 정도였다. 문지기가 조롱 섞인 눈으로 코를 씰룩거리는 히요시를 보며 외쳤다.

"뭐냐, 네놈은?"

문지기가 히요시의 옷깃을 부여잡으려고 손을 뻗자 히요시가 뒤로 물러서며 말했다.

"난 바늘 장수요."

"바늘 장수 따위가 함부로 들어올 곳이 아니다. 썩 나가거라."

"네 주인에게 여쭈어본 뒤에 그리하시오."

"뭐라고?"

"안으로 들어간 무사님이 오라고 해서 따라온 것이오."

"나리가 그런 말을 하셨을 리가 없다."

그때 노하치가 히요시를 떠올리고 데리러 나왔다.

"저자는 괜찮다. 안으로 들여라."

"아, 그렇습니까."

"원숭이, 이리 오너라."

히요시는 노하치를 따라가면서 등 뒤로 문지기들이 웃는 소리를 들었다. 어느덧 열여덟 살이 된 히요시는 겉으로는 사람들의 조롱을 아무렇지도 않게 대했지만 마음속으로는 그렇지 않았다. 등 뒤에서 조롱하는 말을 들을 때면 누구라도 그렇듯 그의 빨간 얼굴이 한층 더 붉어졌다. 특히 귀는 더 빨개졌는데, 그것은 마음속에서 감정이 소용돌이치고 있다는 것을 뜻했다.

감정의 동요가 생기더라도 히요시의 동작은 변함없이 태연했다. 조용히 태풍이 지나가기를 기다리는 화초처럼 히요시는 역경에 굴하지 않고 비굴해지지도 않겠다고 마음속에 버팀목을 세우고 있었다.

"원숭이."

"예."

"저기 빈 마구간이 있으니 방해되지 않도록 저기서 기다리거라."

노하치는 다른 볼일이 있는 듯 그 말만 남기고 가버렸다.

저녁때가 되자 음식 냄새가 저녁밥을 준비하는 부엌의 댓살 창문을 넘어 복숭아나무에 걸린 저녁달까지 전해졌다. 사자와의 공식적인 대담이 끝나고, 곧 원로를 위로하기 위한 향응의 촛불이 켜질 것이었다.

저택 안쪽에서 북소리가 울렸다. 피리 소리도 들렸다. 사루가쿠猿樂[40]라도 추고 있는 듯했다. 스루가의 이마가와 가문은 자부심이 강한 명문가로 무사들의 옷과 검은 물론 아녀자들이 받쳐 입은 옷깃에서도 교토풍의 호사로운 취향을 엿볼 수 있었다. 유키쓰나는 근본이 토착 무사인 데다 소박한 사람이었지만 그의 집은 기요스 부근 오와리 무사의 저택과는 외관부터 달랐고 풍요로웠다.

'사루가쿠라니 께름칙하군.'

히요시는 빈 마구간에 짚을 깔고 멀뚱히 앉아 멀리서 들려오는 곡조를 들었다. 그는 무악舞樂을 좋아했다. 아니 음악에 대해 아는 것이 아니라 음악이 빚어내는 활달하면서도 비현실적인 세계를 좋아했다. 음악을 듣고 있으면 모든 것을 잊을 수 있었다. 하지만 히요시는 지금 도저히 잊어버릴 수 없는 것이 있었다. 바로 배고픔이었다.

'그래, 냄비와 불을 빌려서……'

히요시는 진흙이 묻은 짚 꾸러미를 들고 부엌을 들여다보았다.

"죄송하지만 밥을 지으려고 하는데 냄비와 화로를 빌려주실 수 있는지요?"

이상한 사내가 갑자기 들여다보자 부엌에 있던 사람들이 깜짝 놀라며 그의 얼굴을 바라보았다.

"아니, 대체 넌 누구냐?"

"이 댁의 나리가 오라고 해서 도중에 따라온 사람입니다. 논에서 잡은 우렁이를 삶아 저녁을 먹으려고……"

---

40) 일본의 고대 공연 예술 중 하나로 헤이안 시대 때 시작해 중세에 융성했다. 초기에는 익살스러운 동작이나 곡예, 흉내 내기 등 단순한 예능의 성격을 띠었지만 이후 춤과 노래로 극적인 이야기를 엮어가는 가무극歌舞劇인 노能로 발전하여 큰 절이나 신사에서 공연되었다. 본문에서 히요시가 께름칙하다고 여긴 이유는 '원숭이 악(樂)', 즉 '사루가쿠'의 가락이 들렸기 때문이다.

"그 꾸러미에 들어 있는 게 우렁이냐?"

"네. 배 아픈 데 좋다고 해서 우렁이를 매일 먹고 있습니다. 천성인지 걸핏하면 설사를 해서……."

"된장국을 끓이면 되겠군. 된장은 있나?"

"예, 있습니다."

"쌀은?"

"쌀도 있습니다."

"그럼 하인들 방에 냄비와 화로가 있으니 그곳에서 만들게."

"고맙습니다."

매일 밤 여인숙에서 하던 대로 밥을 조금 짓고 우렁이를 삶아 밥을 먹었다. 배가 부르자 히요시는 이내 잠이 들었다. 마구간보다는 편했다. 그런데 얼마나 지났을까, 한밤중에 일을 다 끝낸 사람들이 방으로 돌아왔다.

"이놈, 누구 허락을 받고 여기서 자는 게냐!"

히요시는 바로 방 밖으로 쫓겨났다. 다시 마구간으로 갔더니 사자의 말이 이곳은 자기 자리라고 말하듯 잠을 자고 있었다.

이제는 북소리도 들리지 않았다. 하얀 복사꽃에 잔월이 아스라이 걸려 있었다. 초저녁에 잠을 잘 자서인지 졸리지는 않았다. 히요시는 그저 망연히 시간을 허비하지 않았다. 움직이든지 즐기든지 해야지 아무것도 하지 않으면 이내 하품이 나왔다.

'청소라도 하고 있으면 밤이 새겠지.'

히요시는 대나무 비를 들고 마구간 주위를 청소하기 시작했다. 주인의 눈이 닿지 않는 곳일수록 말똥과 낙엽, 볏짚 들이 쌓여 있었다.

"이 아침에 비를 든 게 누구냐?"

누군가의 목소리가 들려왔다. 히요시가 손을 쉬며 주위를 둘러보자 다시 누군가가 외쳤다.

"여기다. 넌 낮에 봤던 바늘 장수구나."

"아, 나리."

다리 복도 모퉁이에 있는 변소의 손 씻는 곳 창 너머로 유키쓰나의 얼굴이 보였다. 술이 강한 사자를 상대하느라 주량을 넘긴 듯했다. 유키쓰나는 술이 깨기 시작하자 피곤이 몰려오는 것을 느꼈다.

"벌써 새벽이 다 되었군."

유키쓰나는 이내 창에서 얼굴을 감추더니 마루에 올라 덧문을 열고 잔월을 보고 있었다.

"아직 닭이 울지 않았으니 새벽까지는 조금 더 시간이 있을 것입니다."

"바늘 장수, 아니 원숭이라고 하자. 너는 아직 밤이 새지도 않았는데 왜 마당을 청소하고 있느냐?"

"할 일이 없어서입니다."

"잠을 자면 되지 않느냐."

"잠은 벌써 잤습니다. 저는 정해진 시간만큼 자고 나면 도저히 누워 있을 수가 없습니다."

"신발이 있느냐?"

"있습니다."

히요시는 어딘가로 달려가더니 흙이 묻지 않은 깨끗한 신발을 가져와서 가지런히 놓았다.

"그런데……."

"예."

"이곳에 저물녘에 온 데다 잠을 충분히 잤다고 하면서 어찌 이곳을 그리 잘 알고 있느냐?"

"죄송합니다."

"뭐가 죄송하단 말이냐?"

"전 절대로 수상한 자가 아닙니다. 하지만 이 정도 저택이라면 잠잘 때 들리는 소리로도 물건이 어디에 있는지, 또 저택의 넓이와 하수구, 부엌 등의 위치를 가늠할 수 있습니다."

"흐음, 그렇군."

"신발도 어디에 있는지 벌써 봐두었습니다. 왜냐하면 마루보다 낮은 땅에서 잠을 자는 사람은 저와 말밖에 없습니다. 문이 열리면 이내 누군가가 신발을 찾을 거라고 생각했습니다."

"그렇군. 미안하게 됐네. 아무 말도 해두지 않아 자네가 마구간에서 잔 게로군."

"……."

히요시는 웃기만 할 뿐 아무 말도 하지 않았다. 순진무구한 눈동자가 유키쓰나를 가볍게 본 듯도 했다. 하지만 유키쓰나는 진지하게 히요시의 태생과 주변에 대해 물어본 뒤 이곳에서 일할 생각이 있는지를 물었다. 히요시는 있다고 대답하면서 바로 그런 바람을 품고 열여섯부터 여러 나라를 떠돌아다녔다고 말했다.

"무사 봉공을 하고 싶어 삼 년이나 여러 나라를 돌아다녔다는 말이냐?"

"예."

"그런데 지금까지 바늘 장사를 하며 돌아다닌 연유가 무엇이냐? 삼 년이나 찾아다녔는데 봉공을 하지 못했다는 것은 네게 무슨 결점이라도 있는 것이 아니더냐?"

유키쓰나가 물었다.

"인간이니 제게도 단점이 있을 것입니다. 처음에는 어떤 주인이든 무사의 저택이라면 다 좋다고 생각했습니다만 막상 세상에 나와 보니 그렇지 않다는 것을 깨달았습니다."

"그렇지 않다니?"

"여러 나라를 돌아다니며 무장武將과 무문武門의 무사들을 보면서 주인을 선택하는 일보다 더 중요한 일은 없다는 것을 알게 되었습니다. 그리고 좀처럼 바늘 장수는 거두어주지 않아 시간이 그만 삼 년이나 지나고 말았던 것입니다."

유키쓰나는 히요시와 이야기를 나누는 게 재미있었다. 말주변이 좋은 자라고만 생각했는데 바보 같은 구석도 있었다. 말투에 진실함이 있는가 하면 온전히 그대로 믿을 수 없는 허세도 엿보였다. 하지만 유키쓰나는 히요시가 어딘가 다른 사람들과 다르게 느껴졌고, 또 보통이 아니라고 생각했다. 그래서 그는 오늘 아침부터 히요시를 저택의 하인으로 삼기로 결정했다. 그는 히요시에게 다시 한 번 물었다.

"여기서 일을 하겠느냐?"

"해보겠습니다."

평범한 대답이었다. 유키쓰나는 의외로 히요시가 기뻐하지 않자 조금은 불만스러웠다. 무명옷 한 벌뿐인 방랑자의 주인으로 자신이 부족할 거라고는 전혀 생각하지 않았기 때문이다.

마쓰시타 가문 역시 당시의 어느 무가와 마찬가지로 군마 훈련이 엄했다. 밤이 새면 무사들이 저택 안의 길게 이어진 방에서 곳간 앞 빈터로 느릿느릿 나와 창칼을 들고 기합을 넣으며 서로 대련을 했다. 부엌의 어린 무사부터 문을 지키는 하인에 이르기까지 아침에 한 번씩 교대로 이곳으로 와 무술 훈련을 하고 갔다.

유키쓰나의 명이 있었는지 히요시가 이곳에서 일하게 된 것을 모두 알고 있었다. 마구간 지기가 신참을 보고 말했다.

"어이, 원숭이. 앞으로 매일 아침마다 우리가 말에게 풀을 먹이려고 끌어내면 바로 마구간을 청소하고 말똥을 건너편 대숲에 있는 구멍에 가져다 버려야 한다.”

“예.”

“원숭이, 이리 오너라.”

말똥 청소를 하고 있는데 이번에는 늙은 무사가 고함을 치며 말했다.

“들통의 물을 퍼서 큰 병들에 다 채워놓거라.”

누군가가 장작을 패라고 시켜서 장작을 패고 있으면 다른 누군가가 이걸 해라, 저걸 해라 하는 통에 일이 끝이 없었다.

“저 녀석, 불평하는 적이 없군. 무엇을 시키든 화를 내지 않는 것이 장점이구나.”

젊은 무사들은 히요시를 장난감처럼 귀여워하며 가끔씩 물건들을 건네주기도 했다. 그런데 어느 날부터인가 히요시가 건방질뿐더러 변명만 늘어놓고 주인에게 아첨하면서 자신들을 바보로 여긴다며 반감을 품은 젊은 무사들이 늘어나기 시작했다. 젊은 무사들 무리는 히요시가 작은 실수라도 하면 크게 부풀려 말했고 유키쓰나의 귀로도 가끔씩 히요시를 비방하는 말들이 들어갔다.

“언젠가 크게 쓰일 데가 있을 테니 그냥 내버려두어라.”

유키쓰나는 근신近臣들에게 그렇게 말하며 히요시를 문제 삼지 않았다. 그의 아내와 자식들이 ‘원숭아, 원숭아’ 하며 히요시를 마음에 들어 했는데, 저택의 일꾼들은 그것 역시 곱게 보지 않았다.

‘왜 그러는 걸까?’

히요시는 손톱을 깨물며 생각했다. 그는 충실하게 일하지 않는 자들 틈에서 혼자 충실하게 일하는 것이 실로 어려운 일이라고 생각했다.

이마가와今川의 대망

히요시는 일꾼들과 부딪히며 인간에 대해 배웠고, 이곳 마쓰시타 저택에 있으면서 도카이도東海道 지역의 세력과 이마가와, 호조, 다케다, 마쓰다이라, 오다와 같은 무가의 실력과 형세에 대해서도 잘 알게 되었다. 그는 속으로 이곳에서 일하기를 잘했다고 생각했다. 바늘 장사를 하며 돌아다녀서는 알 수 없었던 이야기들을 가끔 들을 수도 있었다.

히요시가 처음에 마음먹은 대로 그저 먹고살기 위해 봉공하려 했다면 그런 것들을 접해도 실상을 잘 알 리가 없었을 것이다. 하지만 그의 눈, 귀, 머리는 늘 무언가를 갈구하고 민감하게 받아들였다. 이제 그는 바둑 대국을 옆에서 보는 것처럼 한 수 한 수의 의미를 깨달아갔다.

슨푸의 이마가와 가문의 사자가 이곳과 오카자키, 오다와라, 고후甲府 등지를 빈번하게 왕래하는 까닭도 헤아릴 수 있었다. 그것은 스루가의 이마가와 요시모토今川義元가 천하의 패권을 잡기 위한 대망을 보여주는 것이었다. 아니, 그것은 먼 미래의 일이지만 일단 이상理想을 거기에 두고 후일 교토에 들어가서 아시카가 장군가를 옹립하고 천하에 임하기 위해 사전 포석을 하나둘 까는 것이 분명했다.

하지만 지형적인 측면에서 판단하면 스루가의 이마가와의 배후인 오다와라에는 강국인 호조가 있었다. 또 측면에는 가이甲斐의 다케다가, 교토로 진출하는 데 있어 그 발끝에는 미카와의 마쓰다이라가 있었다. 이런 나라들 사이에 둘러싸인 요시모토는 우선 전면에 있는 마쓰다이라 가문을 귀속시키는 데 성공했다.

미카와 쪽에서는 마쓰다이라 기요야스松平淸康가 이마가와에 복종하고 동맹을 맺은 뒤 계속 불운에 시달리고 있었다. 기요야스 사후 그의 아들인 마쓰다이라 히로타다松平廣忠까지 요절하자 다시 아들인 마쓰다이라 다케치요松平竹千代41)가 후사를 이었지만 그는 지금 볼모로 잡혀 슨푸에 와 있었다. 게다가 미카와의 오카자키에는 요시모토의 직신直臣이 파견되어 영지의 정무를 관리했다. 그러다 보니 마쓰다이라 가문의 누대 가신들은 이마가와의 군역에 혹사당할 수밖에 없었다. 미카와의 세수와 군량도 최소한의 경비만 남기고 모두 요시모토가 있는 스루가의 성으로 들어갔다.

'저런 상태로 앞으로 어떻게 될까?'

히요시는 종종 미카와의 암담한 장래에 대해 생각했다. 하지만 미카와에는 여전히 미카와 사람들의 강직한 의지가 남아 있었다. 장사를 하며 떠돌아다니던 히요시는 미카와 무사들이 이대로 굴복할 사람들이 아니라는 것을 잘 알고 있었다.

히요시가 미카와 이상으로 늘 주시하는 세력은 오와리의 오다 가문이었다. 어머니가 있는 곳이자 자신이 태어난 고향인 오와리는 당연히 어느 나라보다도 신경 쓰이는 곳이었다. 그곳을 떠나 슨푸의 신하인 마쓰시타

---

41) 훗날 에도 막부의 초대 장군이 되는 도쿠가와 이에야스德川家康의 아명이다. 아버지 히로타다에 의해서 여섯 살 어린 나이에 외가인 아미가와 가문에 인질로 가게 되지만, 도중에 오다 노부히데에게 붙잡혀 오다 가문의 인질이 된다. 그 후 2년 뒤, 오다 가문과 이마가와 가문이 강화를 맺으면서 다시 오카자키 성으로 돌아갔지만 얼마 지나지 않아 스루가의 이마가와 요시모토의 볼모로 가게 된다.

의 저택에서 보고 있자니, 오와리는 미카와의 마쓰다이라를 제외하고는 어느 나라보다 더 궁핍하고 비참한 곳이었다. 특히 이마가와 영내의 화려하고 아름다운 문화와 풍족한 경제 속에서 보고 있으면, 그것을 더욱 선명하게 느낄 수 있었다.

'나카무라 촌도 가난하고 우리 집도 가난하다.'

하지만 히요시는 그것이 절대적인 숙명이자 국운이라고 생각하지 않았다. 그는 오히려 가난한 오와리 땅에서 미래의 발아를 보았고, 위아래할 것 없이 모두 귀족의 예풍을 흉내 내는 호사스런 이마가와 영지의 풍속에 가벼운 반감과 위태로움을 느꼈다.

근래에 사자의 왕래가 더욱 빈번한 것은 이마가와를 중심으로 물밑에서 스루가, 가이, 사가미相模 이 세 나라 간의 불가침조약 체결이 진행되고 있기 때문이었다. 조약을 처음 제안한 쪽은 이마가와 요시모토였는데, 후일의 패업을 위해 대군을 이끌고 교토로 올라가려면 스루가의 배후에 있는 호조와 측면의 강국인 다케다와 우호 관계를 맺을 필요가 있었다. 그래서 요시모토는 예전부터 가이의 다케다 신겐武田信玄의 적자인 다케다 요시노부武田義信에게 자신의 딸을 시집보내고, 신겐의 딸을 호조에게 시집보낼 계획을 세우고 있었다.

그 정략혼이 마침내 성공하면서 군사 경제 협정도 이루어지려는 지금, 이마가와의 세력은 도카이東海에서 중심 세력으로 자리를 잡고 있었다. 그것은 이마가와에 속한 무사들의 모습만 봐도 알 수 있었다. 유키쓰나는 요시모토의 직속 부대와 달리 지방의 토착 무사 신분이었지만 히요시가 알고 있는 기요스나 나고야, 오카자키 부근의 저택과는 비교가 되지 않을 정도로 풍족했고 손님들의 발길도 끊이지 않았다. 그러다 보니 일꾼들까지 제 세상을 만난 양 봄날처럼 얼굴이 밝았다.

"원숭이."

노하치가 안마당에 서서 히요시를 찾았다.

"예."

노하치가 지붕을 올려다보며 물었다.

"그런 곳에서 뭘 하고 있느냐?"

"지붕을 고치고 있습니다."

"지붕을?"

노하치가 어이없다는 듯 물었다.

"해가 이렇게 내리쬐는 더운 날에 사서 고생을 하는구나. 한데 지붕을 왜 고치고 있는 게냐?"

"삼복의 강한 햇살이 계속되었으니 곧 큰비가 내릴 겁니다. 비가 온 뒤 지붕 고치는 사람을 부르면 늦을 테니 판자가 벌어진 곳만 찾아 고치고 있습니다."

"그러니까 네가 다른 자들에게 미움을 받는 게다. 햇살이 강한 때는 모두 나무 그늘에서 낮잠을 자고 있는데."

"눈에 띄는 곳에서 일하면 다른 사람들의 낮잠을 방해할 것 같아서요. 지붕 위라면 괜찮지 않습니까."

"거짓말. 너는 거기서 저택의 지형을 보고 있는 게 아니냐!"

"과연 노하치 님이십니다. 저택의 지형을 파악해놓으면 막상 무슨 일이 생겼을 때, 즉시 방비할 수 있습니다."

"그리 큰 목소리로 불길한 소리를 지껄이지 말거라. 나리의 귀에라도 들어가면 기분이 상하실 테니까 어서 내려오너라."

"예. 그런데 무슨 시키실 일이라도 있습니까?"

"저녁에 손님이 오신다."

"또 말입니까?"

"또라니, 말조심해라."

"어떤 분이 오시는지요?"

"오늘 저녁엔 사자가 아니다. 여러 나라를 편력하며 돌아다니는 무사이시다."

"그럼 많겠군요."

히요시가 지붕에서 내려오자 노하치는 품속에서 종이를 꺼냈다.

"오늘 오실 무사님은 조슈上州 오고大胡 성의 성주인 가미이즈미 이세노가미 히데쓰나上泉伊勢守秀綱[42] 님을 조카로 두신 히키다 쇼하쿠疋田小伯[43]라는 분이시다. 또 그분을 필두로 기마 한 필과 짐말 세 필, 그리고 창 일곱 자루를 지닌 문하의 일행 열두 분이 오실 게다."

"정말 많군요."

"무도를 수련하는 분인 데다 말과 짐도 많으니 건물 한 채를 비워 그곳에서 지내실 게다. 그러니 저녁때까지 한 치의 소홀함도 없이 준비해서 손님들을 맞을 수 있도록 하거라."

"그렇게 많은 사람이 얼마큼이나 머물다 가실까요?"

"한 반년쯤 될 게다."

말을 마친 노하치는 몸이 나른한 듯 땀을 흘리며 갔다.

저녁이 되자 쇼하쿠 일행이 도착했다는 전갈이 도착했다. 얼마 뒤, 쇼하쿠를 위시한 열세 명이 먼저 문 앞에 도착해 먼지를 털어내고 있었다. 마쓰시타 가문의 무사와 신하 들이 공손히 그들을 맞이했다.

"무사 수행 도중에 이렇게 찾아주셔서 영광입니다. 유키쓰나 님은 마

---

42) 본명 대신 '노부쓰나信綱'라는 이름으로 더 잘 알려져 있으며, 일본 전국 시대 인물로 뛰어난 검술가 중 한 사람으로 손꼽힌다. 신카게류新陰流 검법의 원류를 이루었고 일본 전역을 돌며 자신의 검술을 전파했다고 한다.

43) 가가加賀 사람으로 히키다 가게노리疋田景範의 차남인 분고로 가게야스豊五郎景兼다. 어머니가 가미이즈미 히데쓰나의 누이로 히데쓰나의 조카가 된다. 신고 이즈노가미神後伊豆守와 함께 가미이즈미 가문의 쌍벽이라고 불렸다.

침 공무 중이셔서 끝나시는 대로 인사드릴 것입니다."

서른 살 안팎의 쇼하쿠가 인사를 했다.

"마음 쓰지 않아도 괜찮소. 우리는 이세노가미 백부님의 배려로 세상 수행을 하기 위해 편력하고 있습니다. 얼마 전까지 요시모토 님의 신세를 졌는데 이번에도 다시 가신인 당가當家의 신세를 지게 됐소이다. 무사 수행 중이라 혹여 실례를 하더라도 너그럽게 보아주시오."

쇼하쿠가 두 손을 들어 인사를 하자 문 앞에 있던 사람들도 인사를 하며 안으로 들기를 청했다.

"그럼 실례하겠소."

쇼하쿠와 일행은 말과 짐을 맡기고 저택 안으로 들어갔다. 히요시는 그들이 서로 인사를 나누는 광경을 멍하니 바라보며 속으로 생각했다.

'병법이 크게 흥하는 시대이니 병법자들의 위엄도 점점 커지는구나.'

'무사 수행'이라는 말이 근래에 유행처럼 번지다 보니, 그때까지 생소했던 검술이나 창술이라는 말도 흔하게 사용되었다. 그중에서도 다케다 가문의 친족이자 조슈 오고 성의 성주인 가미이즈미 이세노가미 히데쓰나의 이름이 특히 유명했다. 또 히타치常陸의 쓰가하라 도사노가미 보쿠덴 塚原土佐守卜傳[44]의 이름도 그에 뒤지지 않았다.

무사 수행 중에는 운수행각雲水行脚[45]보다 더 가혹하게 수행하는 자도 있었고, 또 쓰가하라 보쿠덴처럼 가신의 주먹에 매를 앉히고 무사에게는 갈아탈 말을 끌게 하고 늘 육칠십 명의 시종을 이끌고 다니며 위풍당당하게 제국을 편력하는 수행자도 있었다. 그래서 히요시는 손님의 수에는 놀라지 않았지만 앞으로 반년이나 머문다는 이야기에는 놀랄 수밖에 없었다.

---

44) 일본 전국 시대 인물로 뛰어난 검술가이자 병법가로 칭송받았다. '가토리신토류香取神道流'의 계승자로 수많은 제자를 양성하였다.

45) 승려들이 수행을 위해 무일푼으로 세상을 정처 없이 떠돌면서 고행하는 것을 말한다.

아마 자신을 원숭이라고 부르며 꽤나 부려먹을 것이라는 생각이 들었던 것이다. 역시 예상대로 네댓새가 지나자 그들은 히요시를 마치 자신들의 하인처럼 부려먹기 시작했다.

"원숭이, 옷에서 땀 냄새가 나니 빨아두거라."

"마쓰시타 님의 원숭이, 미안하지만 고약을 구해다 주지 않겠느냐?"

안 그래도 짧은 여름밤인데 그들 때문에 히요시는 잠자는 시간을 더 줄여야 했다.

히요시는 오동나무 아래에 기대앉아 잠을 자고 있었다. 여름 한낮의 태양은 겨우 그곳에만 그늘을 늘어뜨리고 있었다. 바짝 마른 땅 위 여기저기에 떨어져 있던 채송화가 꿈틀꿈틀 움직이고 있었다. 개미들의 행진이었다.

날마다 잠이 부족했던 히요시는 팔짱을 끼고 고개를 푹 숙인 채 잠을 잤다. 그때 평소에 히요시를 눈엣가시처럼 여기며 미워하던 젊은 무사 두세 명이 연습용 창을 들고 그곳을 지나갔다.

"원숭이군."

"완전히 곯아떨어졌네."

그들은 발길을 멈추고 중얼거렸다.

"자고 있는 얼굴도 참으로 뻔뻔스럽군. 나리가 원숭이, 원숭이 하며 한없이 귀여워하시는 건 저런 모습을 보시지 않았기 때문이야."

"혼쭐을 내야겠으니 깨워보게."

"어떻게 하려고?"

"저 원숭이 놈은 아직 한 번도 무예 연습을 하지 않았잖아."

"평소에 미움을 받는 걸 저놈도 알고 있으니 맞을까 봐 무예 연습을 하지 않으려는 게야."

"안 될 말이지. 무가의 일꾼이라면 문지기든 부엌의 말단이든 반드시 무예에 힘써야 한다는 것이 이곳의 불문율이거늘."

"나한테 말한들 무슨 소용이 있나. 원숭이에게 말하게."

"그래서 깨워서라도 연습장에 끌고 가려는 것이네."

"흠, 재미있겠군."

"좋았어."

그중 한 사람이 연습용 창끝으로 히요시의 어깨를 쿡 찌르며 외쳤다.

"이놈."

히요시가 눈을 뜨지 않자 이번에는 다리를 걷어차며 소리쳤다.

"일어나거라."

히요시가 오동나무 옆으로 기우뚱하게 쓰러지다 깜짝 놀라 눈을 떴다.

"무슨 일인지요?"

"무슨 일이냐니? 벌건 대낮에 마당에서 코를 크게 골며 자는 놈이 어디 있느냐!"

"제가 코를 골며 자고 있었습니까?"

"자기가 잠을 자는지도 몰랐단 말이냐."

"잠을 잘 생각은 아니었는데 그만 깜빡 잠이 든 모양입니다. 이제는 일어났습니다."

"당연히 그래야지."

"예."

"그런데 듣자 하니 네가 뻔뻔하게도 무예 연습을 한 번도 한 적이 없다고 하던데?"

"무예를 할 줄 몰라서……."

"뻔뻔한 놈, 연습도 하지 않고 어찌 무예가 늘겠느냐. 아무리 천한 것이라고 해도 무예 연습을 게을리하면 안 된다는 것이 이곳의 규율이다.

자, 따라오너라. 오늘은 우리가 무예를 가르쳐주겠다."

"예? 아닙니다."

"네 이놈."

"하지만……."

"싫다는 게냐? 네놈은 이 집에서 일을 하는 몸인데, 이 집의 규율을 어길 셈이냐?"

"그런 것이 아닙니다."

"그럼 따라오너라."

그들은 규율에 따라 무예 연습을 시킨다는 명목으로 히요시를 혼쭐낼 생각이었다. 그러다 보니 막무가내로 벼를 쌓아둔 곳간 앞으로 히요시를 끌고 왔다. 그곳에서는 객으로 머물고 있는 무사들과 마쓰시타 가문의 사람들이 무더위 속에서 각각 창을 들고 기합을 내지르며 훈련하고 있었다. 히요시를 억지로 끌고 온 젊은 무사들은 그곳에 이르자마자 갑자기 히요시의 등을 밀어젖혔다.

"목검이든 창이든 들고 덤벼보거라."

히요시는 앞으로 허우적거리다 간신히 멈췄지만 무기에는 손을 대지 않았다.

"왜 들지 않느냐?"

한 사람이 창끝으로 히요시의 가슴을 쿡쿡 찔렀다.

"무예를 가르쳐줄 테니 너도 무기를 들거라. 어서, 어서 들거라."

히요시는 우뚝 선 채로 입술을 깨물고 있었다. 마침 한편에서는 히키다 쇼하쿠 문하의 진고 고로쿠로神後五六郎와 사카기이치노 조榊市之丞들이 마쓰시타 가신들의 요청으로 진창 시범을 보이고 있었다. 고로쿠로는 손이 미끄러지는 것을 막기 위해 천을 감은 진창을 잡고 쌓여 있는 다섯 되들이 쌀가마니를 들어 공중으로 내던지는 괴력을 선보였다.

"과연 대단한 솜씨입니다. 전쟁터에서 창으로 적을 찔러 내던지는 것도 식은 죽 먹기보다 쉬울 듯합니다. 참으로 힘이 대단하십니다."

하지만 고로쿠로는 그렇게 경탄하는 사람들을 향해 창을 거두면서 말했다.

"이것을 힘 때문이라고 생각하는 건 잘못이오. 힘을 주면 창대가 부러지고, 또 팔도 금방 지칠 것이오. 그렇다면 전쟁터에서 얼마나 버틸 수 있겠소?"

고로쿠로는 검과 창의 이치도 그와 같음을 강조하면서 모든 무도는 오직 단전의 기이며 힘을 들이지 않는 힘, 힘을 초월한 마음의 힘이 중요하다고 일장 연설을 늘어놓았다. 사람들은 그의 말에 감명을 받았다. 그때 바로 뒤편에서 고함 소리가 들렸다.

"이 고집 센 원숭이 놈!"

젊은 무사가 창대를 옆으로 휘두르며 히요시의 옆구리를 후려쳤다.

"아야!"

히요시가 반쯤 우는 목소리로 소리쳤다. 정말로 아팠는지 얼굴을 찡그린 채 허리를 구부리고 맞은 곳을 만졌다.

"왜 그러느냐?"

사람들이 히요시 주위로 몰려들었다.

"도무지 어찌할 도리가 없는 뻔뻔한 놈이다."

히요시를 때린 젊은 무사는 무가에서 봉공을 하는 히요시가 아무리 말을 해도 무예 연습을 거부한다고 말했다. 그러자 누군가가 무사의 편을 들었다.

"나도 권한 적이 있는데 저 원숭이는 소질이 없다는 둥 변명을 해대며 무예 연습을 하러 오지 않더군."

사람들이 히요시를 보며 무가의 봉공인으로는 어울리지 않는 놈이라거나 앞날이 없는 무례한 놈이라고 몰아붙였다. 그러자 아까부터 고로쿠로의 뒤에서 아무 말 없이 서 있던 쇼하쿠가 앞으로 나서며 사람들을 달랬다.

"보아하니 아직 어린애인 듯하고 저 때는 한창 건방질 때이네. 하지만 무가에서 봉공을 하며 규율을 위반하고 무도를 싫어한다는 것은 저자의 불행이기도 할 것이네. 어디 내가 물어볼 테니 모두들 조용히 하게."

쇼하쿠가 히요시에게 다가가 물었다.

"꼬마야."

히요시가 쇼하쿠의 얼굴을 보며 대답했다.

"예."

히요시의 말투가 지금까지와는 달랐다. 이 사람이라면 무슨 일이든 자신의 생각대로 대답해도 괜찮을 거라고 생각하는 듯했다.

"다들 네가 무가에서 봉공을 하면서도 무예를 싫어한다고 하는데, 정말 싫은 것이냐?"

"아닙니다."

히요시는 고개를 저었다.

"그럼, 왜 애써 저분들이 친절하게 연습을 시켜준다고 하는데 거부하는 것이냐?"

"창술과 검술을 수행하려면 평생이 걸립니다. 또 그 길의 달인이 되려면 일생을 바쳐야 할 것입니다."

"흠, 그런 각오를 하지 않으면 안 될 것이다."

"검술이나 창술이 싫은 것은 아닙니다만, 저도 다른 사람처럼 한 평생밖에 살 수 없는 몸이니 그 정신만 알고 있으면 된다고 생각합니다. 다른 여러 가지를 배우고 싶고, 알고 싶고, 또 하고 싶은 일이 많기 때문입니다."

"배우고 싶은 게 무엇이냐?"

"학문입니다."

"알고 싶은 것은?"

"세상입니다."

"하고 싶은 것은?"

쇼하쿠가 문답을 나누듯 거듭 묻자 히요시는 처음으로 씽긋 웃으며 말했다.

"그것은 말씀드릴 수가 없습니다."

"어째서?"

"하고 싶어도 하지 못하면 허언이 되기 때문이고, 또 말한다 한들 모두가 크게 비웃을 것입니다."

"흐음."

쇼하쿠가 별난 녀석이라는 눈으로 히요시의 얼굴을 바라보았다.

"그렇군. 네 말이 무슨 뜻인지 알겠다. 하나 너는 무도라는 것을 사소한 기술의 수련이라고 잘못 생각하는 듯하구나. 무도란 그런 것이 아니다."

"어떤 것인지요?"

"일능一能에 이른 자는 만예萬藝에 이른다는 말처럼 무는 기술이 아닌 심담心膽, 즉 의지와 담력에 있다. 심담을 깊이 기르면 세상을 보는 눈, 인간을 아는 눈, 학문의 길, 경세의 길, 모든 것을 얻을 수 있다."

"하지만 이곳 사람들은 상대를 찌르거나 때리는 것을 가장 중요한 기술로 여기고 있습니다. 그것은 병졸과 잡병에게는 도움이 되겠지만 대장에게는 필요 없는……."

"뭐라고, 무례한 놈!"

그 순간, 갑자기 누군가가 주먹으로 히요시의 옆얼굴을 후려쳤다.

“헉!”

히요시는 양손으로 입을 움켜쥐었다.

“듣고 있자니 못하는 말이 없구나. 쇼하쿠 님, 그만하시지요. 저대로 두었다간 버릇이 나빠집니다.”

히요시를 후려친 사람뿐 아니라 히요시의 말을 들은 사람들이 모두 격분했다.

“우리를 모욕한 것이다.”

“이곳의 규율을 비방하는 것과 마찬가지다.”

“용서할 수 없다.”

“단칼에 베어버려라. 나리께서도 우리의 처사를 책하지 않으실 것이다.”

사람들은 당장이라도 뒤편 수풀로 히요시를 끌고 가서 목을 칠 듯 격노했다. 쇼하쿠가 간신히 사람들을 진정시켜 다행히 히요시의 목은 잘리지 않았다.

그날 저녁 무렵이었다. 노하치는 하인들 방을 살짝 들여다보다 벽 한쪽에서 풀이 죽은 채 앉아 있는 히요시를 보았다. 노하치가 작은 목소리로 히요시를 부르며 손짓했다.

“어이, 어이.”

“무슨 일이신지요?”

히요시의 얼굴이 심하게 부어 있었다. 낮에 맞은 탓에 열이 나면서 볼이 묵은 생강 뿌리처럼 부어오른 것이었다.

“많이 아프냐?”

“그렇지도 않습니다.”

히요시는 젖은 헝겊을 얼굴에 대며 대답했다.

“나리께서 부르신다. 아무도 안 보게 안쪽 정원에 있는 문을 열고 들어가보거라.”

“나리께서 말입니까? 그럼 낮에 있었던 일을 누군가 고한 것이군요?”

“그런 헛소릴 지껄이는데 나리의 귀에 들어가지 않을 리가 있느냐. 조금 전까지 쇼하쿠 님과 말씀을 나누고 계셨으니 아마 다 들으셨을 게다. 벌을 내리실지도 모른다.”

“아, 예…….”

“봉공을 하는 자는 아침저녁으로 무도를 게을리해서는 안 된다는 것이 마쓰시타 가문의 철칙이다. 규율의 위엄을 보이시겠다고 하는 날에는 죽은 목숨이라고 생각하거라.”

“그럼 저는 여기서 도망치겠습니다. 이런 일로 죽고 싶지 않습니다.”

“바보 같은 소리.”

노하치가 히요시의 팔을 붙잡으면서 말했다.

“네가 도망친다면 나는 배를 갈라야 한다. 데려오라는 명을 받고 온 이상 말이다.”

“도망칠 수 없는 건가요?”

“넌 너무 말이 많다. 생각을 좀 하며 말을 하거라. 네가 낮에 허풍을 떠는 걸 보고는 나조차 너를 건방진 원숭이라고 생각했다. 좌우지간 빨리 오너라.”

노하치는 히요시를 앞세운 채 뒤에서 칼의 손잡이를 잡고 따라갔다. 어스름이 내리는 정원수에 하얀 목화진딧물 무리가 꿈틀거렸다. 물을 뿌린 툇마루 끝으로 서재의 희미한 불빛이 흘러나왔다.

“원숭이를 데려왔습니다.”

노하치가 무릎을 꿇고 알리자 유키쓰나가 모습을 드러냈다.

“왔느냐?”

히요시는 이끼가 낀 정원 바닥에 이마를 대고 유키쓰나의 목소리를 들었다.

"원숭이."

"예!"

"네 고향인 오와리에 근래 오케가와도桶皮胴[46]와 달리 도마루胴丸[47]라고 하는 새로운 갑옷이 있다고 하니 하나 사 오너라. 네 고향이니 무엇인지는 잘 알고 있을 게다."

"예?"

"오늘 밤에라도 당장 떠나거라."

"어디로?"

유키쓰나는 도마루를 사 오라면서 문갑을 가져와 돈꿰미를 히요시 앞에 던졌다.

"……?"

히요시는 돈꿰미와 유키쓰나의 모습을 번갈아 바라보았다. 히요시의 눈에 눈물이 고이더니 볼을 타고 손등 위로 뚝뚝 떨어졌다.

"서둘러 떠나는 것이 좋겠지만 물건은 급히 가지고 오지 않아도 된다. 몇 년이 걸려도 좋으니 좋은 것을 찾아내도록 해라. 알겠느냐? 노하치, 뒤편의 문을 열고 은밀히 보내도록 하거라. 오늘 밤 안에 아무도 몰래 말이다."

오와리에 가서 도마루 갑옷 한 벌을 사가지고 오라는 주인의 말은 너무나 뜻밖이고 급작스러웠다. 히요시는 오싹해졌다. 히요시는 마쓰시타 가문의 규율을 어지럽힌 죄로 벌을 받을 줄 알았는데 오히려 유키쓰나에게 돈꿰미까지 받고 말았다. 그는 목덜미가 오싹해질 정도로 유키쓰나의

---

46) 몸통과 두 개의 가죽 면을 끈으로 묶은 갑옷을 말한다.
47) 몸을 통처럼 감싸도록 만든 갑옷을 말한다.

인정과 은의恩義를 뼛속 깊이 느꼈다.

"고맙습니다."

주인의 명에 담긴 의미를 알아챈 히요시는 유키쓰나가 자신의 의중을 자세히 말하기도 전에 그렇게 말해버렸다. 그런 명석한 자가 봉공인들 사이에 섞여 있으니 다른 봉공인들의 눈엣가시가 되어 미움과 시기를 받는 것은 당연한 일이었다. 유키쓰나는 그런 생각을 하며 쓴웃음을 지었다.

"원숭이, 뭐가 고맙단 말이냐?"

"예, 저를 쫓아내신다는 뜻으로 헤아려서."

"맞다. 하지만 원숭이."

"예."

"어디를 가든 그 재주와 지혜를 안으로 숨기지 않으면 평생 입신하지 못할 것이다."

"저도 그렇게 생각하고 있습니다."

"그리 잘 알면서도 어찌 한낮에 그 같은 폭언을 해서 집안의 다른 자들을 격노케 했느냐?"

"제가 어리석었다고 스스로 머리를 쥐어박으며 후회하고 있습니다."

"알고 있다면 더 이상 말하지 않겠다. 네 재주가 아까워 보내주는 것이다. 기왕 이리 됐으니 말해둔다만, 평소에 너를 시기하고 미워하는 자들이 비녀가 없어졌다거나 단검을 넣어두는 인롱을 분실했다며 다 네 짓이라고 고변하는 게 끊이질 않았다. 그 정도로 너는 다른 사람의 시기를 받는 기질이니 이를 명심하고 다른 사람들과 어울리도록 하여라."

"예……."

"오늘 일은 가문의 법을 내세워 가신들이 화를 낸 것이라 너를 비호할 수 없었다. 또 공공연하게 쫓아내면 본가의 문밖으로 얼마 가지도 못하고 죽임을 당할 것이다. 조금 전 쇼하쿠 님께서 은밀히 주의를 주며 말씀하신 거니, 나는 아직 아무것도 모르는 것처럼 네게 일을 맡기는 것이다. 알겠느냐?"

"잘 알겠습니다. 명심하겠습니다."

히요시는 울먹이는 목소리로 몇 번이고 유키쓰나에게 절을 했다. 그날 밤, 마쓰시타 저택의 뒷문을 나선 히요시는 뒤를 돌아보며 두 번이나 뇌까렸다.

"잊지 않겠습니다. 잊지 않겠습니다."

유키쓰나의 큰 은혜와 사랑에 감격한 히요시는 앞으로 어떻게 보답해야 할지 생각하며 나아갔다. 늘 멸시와 조롱을 받으며 떠돌아다녔던 그에게 유키쓰나의 인정은 더욱 크고 강하게 느껴졌다.

"언젠간……."

히요시는 감동을 받거나 무슨 일을 당하면 행자가 염불을 외는 것처럼 '언젠간'이라는 말을 가슴속으로 되풀이했다. 그 뒤로 히요시는 다시 상가의 개처럼 갈 곳도 직업도 없이 떠돌게 되었다.

오텐류의 강물은 유유히 흘러가고 있었다. 히요시는 마을을 벗어나자 천애 고아와 같은 외로움에 왠지 울고 싶어졌다. 그는 앞으로 어떤 운명이 자신을 기다리고 있을지 알 방법도 없었고 천지와 별과 강물조차도 아무런 암시를 주지 않았다.

오다 노부나가 織田信長

"아저씨."

벌써 두 번째였다. 어딘가에서 누군가가 부르는 소리가 들렸다. 낮잠을 자고 있던 오다 가의 하급 무사인 오토와카乙若는 고개를 들고 주위를 둘러봤다.

"누구요?"

오늘은 오토와카의 쉬는 날이었다. 평소 때라면 성에서 일하고 있을 시간이었지만 오늘은 집에서 느긋하게 지낼 수 있었다.

"저예요."

목소리는 울타리 밖에서 들렸다. 탱자나무 잎과 가시에 엉킨 메꽃 넝쿨이 말라 뿌연 먼지를 일으키는 울타리 너머로 사람의 그림자가 보였다. 오토와카가 툇마루 끝으로 나와 말했다.

"저라니, 대체 누구요? 볼일이 있으면 문으로 들어오시오."

"대문이 열리지 않습니다."

"응?"

오토와카가 목을 늘이며 물었다.

228

"원숭이? 나카무라의 야에몬 아들이 아니냐?"

"예, 그렇습니다."

"이런, 히요시라고 말하면 될 것을 왜 유령처럼 다 죽어가는 목소리로. 대체 무슨 일이냐?"

"대문이 열리지 않아서 뒤로 돌아가 엿보니 아저씨가 주무시고 계셔서요. 방금 몸을 뒤척이신 걸 보고 불러본 거예요."

"별 쓸데없는 걱정을 다 하는구나. 마누라가 뭘 사러 나갈 때 문을 잠근 것일 게다. 바로 열어줄 테니 잠깐 기다리거라."

오토와카가 신발을 신고 문을 열어주자 히요시가 발을 닦고 집 안으로 들어섰다. 오토와카는 한동안 히요시의 모습을 바라보다 입을 열었다.

"대체 무슨 일이냐? 예전에 길가에서 만난 것이 삼 년 전이었는데, 그 뒤로 살았는지 죽었는지 아무 소식도 없어서 네 어머니도 크게 걱정하고 계신다. 어머닌 찾아뵈었느냐?"

"아니요. 아직……."

"집엔 돌아가지 않을 심산이냐?"

"집에 잠깐 들렀지만."

"그런데 어머니를 뵙지 않았다니 무슨 까닭이냐?"

"실은 어젯밤 집 앞까지 갔지만 밖에서 어머님과 누님의 얼굴을 한 번 보고 그냥 왔습니다."

"이상한 녀석이구나. 네가 태어난 집인데 왜 들어가질 않았느냐?"

"만나고 싶은 마음은 굴뚝같지만 집을 나올 때, 훌륭한 사람이 되어 돌아오겠다고 맹세했습니다. 또 지금의 모습으로 의붓아버지를 만날 수는 없습니다."

'지금의 모습'이라는 히요시의 말에 오토와카는 다시 그의 옷차림을 살펴보았다. 하얀색 무명옷이 쥐색으로 보일 만큼 먼지와 때에 절어 있었다. 기름기 없는 머리카락과 햇볕에 탄 수척한 볼에는 아무런 목적도 없이 떠돌아다니는 자의 피곤과 고통이 어려 있었다.

"요즘은 무엇을 하고 있느냐?"

"바늘을 팔고 있습니다."

"바늘을 판다고?"

"예."

"봉공을 하고 있지는 않고?"

"두세 곳의 말단 무가 같은 곳에서 일해봤지만……."

"또 금방 싫증이 난 게로군. 지금 대체 몇 살이지?"

"열여덟입니다."

"천성이 그런 걸 어쩌겠느냐마는 이제 그만 정신 좀 차려라. 바보에게도 참을성이라는 게 있거늘 너는 그런 참을성도 없단 말이냐. 이대로라면 어머니가 한탄하는 것도, 네 의붓아버지가 골머리를 썩는 것도 무리가 아닐 게다. 원숭아, 대체 너는 뭐가 될 생각이냐?"

오토와카는 답답한 마음에 오랜만에 만난 히요시를 꾸중했지만 마음속으로는 안타까워했다. 생전에 히요시의 생부인 야에몬과 사이가 좋았던 만큼 새아버지 지쿠아미가 히요시를 심하게 대하는 것을 몹시 못마땅하게 여겼다. 그는 죽은 야에몬을 위해서라도 히요시가 어엿한 어른이 되기를 바라고 있었다. 하지만 열여덟이나 된 히요시가 한심한 모습을 보이자 그만 화가 나고 만 것이었다.

"누군가 했더니 나카무라의 오나카 아들이구나. 당신이 그렇게 제 자식처럼 화를 내봐야 어쩔 도리가 없잖아요. 불쌍하게도……."

때마침 밖에서 돌아온 오토와카의 아내가 우물 속에 넣어두었던 수박을 꺼내 히요시에게 쪼개주면서 말했다.

"아직 열여덟이면 아무것도 모른다고요. 당신 열여덟 살 때를 생각해

봐요. 마흔이 넘어도 이런 하급 무사 집에서 벗어나지 못하는 게 흔한 일이니……."

"당신은 잠자코 있어."

오토와카는 아픈 구석을 찔린 사람처럼 말했다.

"나는 말이야, 젊은 사람들이 나처럼 일생을 끝내서는 안 된다고 생각하니까 더 그러는 거야. 남자 열다섯이나 열여섯이면 관례를 올리고 열여덟이면 뜻을 펼칠 때야. 주군이신 오다 노부나가織田信長 님을 봐. 올해 몇 살이신지 알아? 그런데도……."

오토와카는 아내와의 논쟁이 두려웠는지 갑자기 생각났다는 듯 화제를 돌렸다.

"그렇지, 내일은 아침부터 주인님을 모시고 사냥을 가야 하는군. 그리고 돌아오는 길에 쇼나이 강에서 말을 타고 물을 건너는 훈련과 수영 연습을 한다고 하셨으니 나도 준비를 해야겠네. 당신은 옷과 짚신을 준비해 둬."

지금껏 고개를 숙인 채 오토와카의 말을 듣고 있던 히요시가 고개를 들며 물었다.

"아저씨."

"그런 진지한 얼굴로 왜 그러느냐?"

"노부나가 공은 가끔씩 사냥이나 물가에 나가시나요?"

"말하기 송구스럽지만 장난도 심하고 활달한 분이라서 말이다."

"개구쟁이시군요."

"그래도 예의범절을 엄격히 지키시지."

"어느 나라를 가든 노부나가 공을 그다지 좋게 말하지 않던데요."

"그러냐? 하긴 적국의 사람들이 보기에는 그럴 게다."

히요시는 급히 일어서며 말했다.

"쉬시는 데 방해해서 죄송합니다."

"아니, 벌써 가려고?"

"또 들르겠습니다."

"그리 급하게 갈 건 없잖느냐? 하룻밤 정도 묵고 가거라. 내가 한 말에 기분이 상했느냐?"

"그럴 리가요."

"굳이 간다면 말리지는 않겠지만 빨리 어머니를 찾아뵈어라."

"예, 그럴게요. 오늘 밤에 나카무라로 돌아가겠습니다."

"그렇다면 다행이다."

오토와카는 문까지 나와 히요시를 배웅했지만 왠지 마음이 께름칙했다. 히요시는 오토와카의 집을 나서면서 나카무라로 돌아가겠다고 말했지만 고향 집으로 가지 않았다. 필시 길가 사당이나 절간 처마 아래에서 노숙을 한 것처럼 보였다. 히요시는 오토와카의 집을 찾아가기 전날 밤 나카무라의 집 근처에서 어머니의 모습을 엿보다 몰래 유키쓰나에게 받은 돈꿰미를 던져두고 왔다. 그러다 보니 수중에는 돈이 한 푼도 없었다. 하지만 짧은 여름밤은 어디에서 지새든 금방 날이 밝았다.

이른 새벽, 히요시는 니시카스가이西春日井 부락에서 비와지마枇杷島 쪽을 향해 주먹밥을 먹으며 터벅터벅 걷고 있었다. 허리춤에도 연잎으로 싼 뒤 다시 수건으로 감싼 주먹밥이 매달려 있었다. 한 푼도 없는 그가 아침과 점심에 먹을 끼니를 어떻게 구했을까?

히요시는 늘 '음식은 어디에서나 구할 수 있고 누구나 제 먹을 것을 가지고 태어난다'는 신조를 가지고 살았다. 또 '짐승조차 제 먹을 것을 가지고 태어나지만, 사람은 세상을 위해 일하라는 천명을 받은 존재이니 일하지 않는 자는 먹지 못한다. 따라서 사람이 먹기 위해 악착같이 애쓰는 것은 수치스러운 것이며 일을 하면 당연히 제 먹을 것을 하늘이 내려주신다'고 생각했다.

히요시는 굶주렸을 때 식욕을 해결하기에 앞서 일을 했다. 그리고 굶주렸을 때마다 할 일이 있었다. 마을에 공사가 있으면 목수 일이나 흙을 져 나르는 일을 도와주기도 했고, 무거운 수레를 끌고 가는 사람을 보면 뒤에서 밀어주었다. 문 앞이 더러운 집을 발견하면 빗자루를 빌려 청소를 해주기도 했다. 성실했던 그는 시키지 않은 일도 만들거나 찾아내서 했기 때문에 사람들 역시 밥 한 그릇이나 짚신을 살 정도의 푼돈을 내주었다. 그는 먹기 위해 소나 말처럼 자신을 낮추었다고 생각하지 않기 때문에 그렇게 받는 돈을 부끄럽게 여기지 않았다. 오히려 조금이라도 세상을 위해 일했으니 당연히 하늘이 자신에게 내린 녹을 받은 것이라고 생각했다.

아침에 히요시는 니시카스가이 부락에서 일찍 문을 연 대장간을 발견하고 대장간 청소를 도왔다. 그리고 대장간에서 키우는 소 두 마리를 끌고 나가 풀을 먹이고 뒤란에 있는 물독에 물을 가득 채웠다. 그러자 어린아이가 있는 그 집 아낙이 기뻐하며 아침과 점심에 먹을 주먹밥을 내주었던 것이다.

"오늘도 덥겠군."

히요시는 아침 하늘을 올려다보며 중얼거렸다. 일하고 얻은 주먹밥으로 하루를 연명했지만 머릿속으로는 다른 사람들이 생각지도 못할 일을 떠올렸다.

'이런 날씨라면 노부나가 공은 오늘도 분명 강에 놀러 나갈 것이다. 어제 오토와카 아저씨가 함께 가야 한다고 말씀하셨으니……'

이윽고 풀밭 저편으로 쇼나이 강의 맑은 강물이 보이기 시작했다. 히요시는 아침 이슬에 젖은 몸을 이끌고 강가에 서서 한동안 넋을 잃고 아름다운 강물을 바라보았다.

'노부나가 공은 매년 4월부터 9월 말까지 빼놓지 않고 수영과 말을 타고 강을 건너는 연습을 하기 위해 쇼나이 강 근처로 나온다고 했는데. 흠, 어디쯤일까? 오토와카 아저씨에게 물어보면 좋았을걸.'

강가의 돌은 바짝 말라 있었다. 풀물이 들고 이슬에 젖어 더러워진 히요시의 옷 위로도 햇볕이 쨍쨍 내리쬐었다.

"저쪽으로 가볼까?"

히요시는 막연히 그렇게 중얼거리며 강기슭 풀숲에 주저앉았다.

'오다 가문의 천방지축 도련님이라고 하는 사부로三郎[48] 노부나가 공은 대체 어떤 분일까?'

자나 깨나 히요시의 머릿속에는 그 이름이 부적처럼 들러붙어서 떨어지지 않았다.

'한번 보고 싶다.'

히요시는 자신의 염원을 이루기 위해 아침 일찍 이곳 강가로 나왔다. 죽은 오다 빈고노가미 노부히데織田備後守信秀의 뒤를 이은 것까지는 좋았지만 세상 사람들은 그를 두고 '천방지축에다 거칠고 난폭하며 너무나 멍청한 인물이니 노부히데의 후사를 제대로 이어가지 못할 것'이라고 평하고 있었다.

'천박하고 신경질적인 바보 천치 도련님, 앞날이 걱정스러운 후계자.'

노부나가의 이름이 나오면 반드시 이러한 험담이 뒤따랐다. 히요시도 몇 년 동안 저잣거리의 소문을 그대로 믿고 변변찮은 국토와 불행한 국주를 가진 백성들이 불쌍하다고 여겼지만 다른 나라들의 실정을 직접 본 뒤에는 '아니다, 그 깊은 속내는 알 수가 없다. 직접 부딪혀 싸우는 것만이 전쟁이 아니다'라고 생각하게 되었다.

---

48) 남자 형제들 중 셋째 아이를 뜻하며, 인명으로도 쓰인다. 노부나가는 삼남으로 태어났으나 아버지 오다 노부히데의 뒤를 이어 오다 가문을 이끌었다.

나라마다 각각 그에 맞는 특징이 있었고 거기에는 다시 허와 실이 있었다. 겉으로 약해 보이지만 의외로 내실 있는 나라도 있었고, 겉으로는 부국강병하게 보이지만 안으로는 썩어 있는 나라도 있었다. 히요시가 직접 돌아본 결과 사이토 가문의 미노, 이마가와 가문의 스루가가 그랬다. 그리고 그러한 대국과 강국의 사이에 끼어 있는 오다 가문의 오와리, 마쓰다이라 가문의 미카와 등은 겉보기에는 가난하고 작은 나라였다. 하지만 그 작은 나라들은 대국에는 없는 어떤 힘을 가지고 있었다. 그러지 않았다면 지금까지 존재할 수 없었을 것이다. 그러니 세상 사람들이 말하듯 노부나가가 멍청하다면 어떻게 나고야를 유지할 수 있었겠는가.

올해로 꼭 스무 살이 된다는 노부나가는 아버지 노부히데가 죽고 열여섯 살 때 나고야 성의 주인이 되었고, 벌써 삼 년이 지났다. 소국이라고는 해도 젊은 주인에게 아무런 능력도 재주도 없었다면 삼 년 동안 어떻게 죽은 부친의 유산인 영토를 유지할 수가 있었을까? 사람들은 노부나가가 힘이 있어서가 아니라 가신 중에 뛰어난 자가 있기 때문에 가능한 일이라고 했다. 즉, 생전에 노부히데가 멍청한 노부나가의 앞날을 걱정해서 히라테 나카쓰카사平手中務, 하야시 신고로 미치카쓰林新五郎通勝, 아오야마 요산우에몬青山与三右衛門, 나이토 가쓰스케内藤勝介 등과 같은 좋은 가신들을 붙여주었고, 그런 가신들이 힘을 모아 오다 가문을 떠받치고 있기 때문에 젊은 주군은 이른바 꿔다놓은 보릿자루에 지나지 않는다고 했다. 그래서 선군 이래의 노신들이 살아 있는 동안에는 괜찮지만 그들이 한 명씩 생을 마치고 그 기둥이 사라지면 오다 가문의 쇠망은 불을 보듯 뻔한 일이라고 했다. 그리고 그것을 누구보다 기다리는 자는 노부나가의 장인인 미노의 사이토 도산이며 다음으로는 스루가의 이마가와 가문이라고 했다.

"응?"

히요시는 풀숲에서 고개를 들고 주위를 둘러보았다. 고함 소리가 들려오더니 강 상류에서 누런 먼지가 일었다.

"뭐지?"

일어서서 귀를 기울이던 히요시의 얼굴빛이 변했다.

'아무것도 보이지 않지만 예삿일이 아니다. 전쟁이 일어난 걸까?'

히요시는 급히 풀숲에서 뛰어나와 한동안 달렸다. 그러다 전쟁이 일어나지 않았다는 것을 깨닫고 멈춰 섰다. 그가 아침부터 기다리고 있던 오다 가문의 군사들이 강 상류 쪽에 와서 훈련을 하고 있었던 것이다. 근래 다이묘들의 고기잡이, 매사냥, 또는 수영 훈련이라는 명목으로 하는 모든 일에 전쟁 준비라는 속내가 숨겨져 있었다. 전쟁을 떼어놓고는 생활할 수 없는 시절이었다.

'벌써 시작했구나.'

히요시는 멀리 풀숲에 숨어 그 광경을 바라보며 크게 신음했다. 강가 건너편 기슭의 둑 그늘과 초원에 걸쳐 오다 가문의 문장이 새겨진 휘장이 둘러쳐져 있었다. 서너 곳의 움막들을 잇는 휘장이 팽팽하게 바람을 품고 있고, 주변에 수많은 병사가 보였지만 안타깝게도 노부나가의 모습은 보이지 않았다.

시선을 돌리자 휘장과 움막은 이쪽 편 기슭에도 있었다. 말들이 끊임없이 울부짖었고 와하는 함성이 양쪽 기슭에서 일자 강물이 요동쳤다. 히요시가 일어서자 강 중간쯤에서 물보라를 일으키며 달려오던 말 한 마리가 하류 쪽 육지로 뛰어 올라갔다.

'수영 훈련인가?'

히요시는 의아했다. 세상의 평가는 대체로 엉터리였고 노부나가를 '바보 나리'라거나 '난폭한 멍청이'라고 했지만 아무도 그 까닭이나 진실을 제대로 알고 있지 않았다. 또 알려고 하는 사람도 없었다.

매년 4월부터 9월에 걸쳐 고기잡이나 수영 훈련을 하기 위해 성을 나서는 모습은 보았지만 그것뿐이었다. 지금 히요시가 현지에서 목격한 결과 그것은 절대 천방지축 도련님의 물놀이나 피서가 아니었다. 규모는 크지 않았지만 치열한 군사 훈련이었다. 들놀이를 하는 가벼운 복장이었고 군마의 수도 적었지만, 고동 소리에 맞춰 병사들이 모였고 북소리가 울리자 양쪽 기슭에 있던 병사들이 일제히 달려가 강 한가운데에서 부딪쳤다.

강 일대에 포말이 일고, 그 새하얀 물보라 속에서 무사와 무사, 병사들이 卍 자 형태로 싸우기 시작했다. 병사들은 뒤엉켜 싸우는 동안 서로 죽창으로 찌르지 않고 때리며 죽창을 휘둘렀다. 빗나간 창에서 하얀 무지개가 무수히 보였다. 그리고 보병대를 독려하며 고함을 지르고 채를 흔들던 여덟 명의 무장이 말을 탄 채 창을 휘두르면서 질주했다.

"다이스케!"

그중에서 우렁차게 소리를 지르고 있는 기마 무사가 유독 눈에 띄었다. 그는 갑주를 입고 하얀 휘장을 늘어뜨린 채 아름다운 주홍빛 칼을 차고 있는 오다 가문의 궁도창술 사범 이치가와 다이스케市川大介를 향해 죽창을 들고 대범하게 덤벼들었다.

"어림없다."

고함을 지르며 죽창을 빼앗은 다이스케가 창을 고쳐 쥐고 상대의 가슴팍을 향해 내질렀다. 홍조를 띤 젊은 무사는 다이스케가 내지른 창을 한 손으로 붙잡더니 다른 한 손을 주홍빛 칼에 대고 버텼다. 하지만 한순간, 다이스케의 힘을 못 이기고 첨벙하는 소리와 함께 말에서 거꾸로 떨어지고 말았다.

히요시는 자신도 모르게 외쳤다.

"저분이다. 노부나가 공이다."

'주인을 저렇게 심하게 대하는 가신도 있구나. 세상에서는 노부나가를 두고 난폭하다고 하지만 난폭한 것은 노부나가가 아니라 오히려 그의

근신들이 아닌가?'

　히요시는 그렇게 생각했다. 하지만 멀리서 본 것이라 정말로 말에서 떨어졌는지, 또 떨어진 사람이 노부나가였는지는 알 수가 없었다.

　히요시는 자신도 모르게 한층 발돋움했다. 양쪽 군사는 아직도 강 한가운데에서 밀고 밀리는 치열한 도하전渡河戰을 벌이고 있었다. 주군인 노부나가가 말에서 떨어졌다면 병사들이 부산을 떨며 일으켜야 할 텐데, 병사들은 전투를 하는 내내 한눈을 팔지 않고 오직 싸움에만 전념했다.

　그러는 동안 싸움이 벌어진 곳 하류에 있는 건너편 기슭으로 첨벙거리며 기어오르는 사람이 있었다. 바로 말에서 떨어진 노부나가였다.

　"아직 끝나지 않았다."

　그는 물에 흠뻑 젖은 몸으로 우뚝 서서 발을 구르며 고함쳤다. 다이스케가 멀리서 그 모습을 보고는 손가락으로 가리키며 외쳤다.

　"동군의 대장이 저기 있다. 생포하라."

　병사들이 물보라를 일으키며 노부나가를 향해 달려들었다. 죽창을 내던진 노부나가가 적병 한 명을 정면에서 때려눕혀 적들을 향해 내던진 순간, 같은 편 부대가 달려와서 그를 호위했다. 둑 위로 달려 올라간 노부나가가 날카로운 소리로 외쳤다.

　"활, 활을 다오."

　장막을 친 움막 근처에서 시중 두 명이 화살과 반궁을 들고 득달같이 달려왔다.

　"이 강을 건너지 말거라."

　노부나가는 강가의 병사에게 그렇게 외치며 재빨리 활시위에 화살을 메겨 쏜 뒤 다시 화살을 메겨 한 발을 더 쐈다.

　화살촉이 달려 있지 않는 연습용 화살이었지만 얼굴 한가운데에 화살을 맞고 쓰러지는 적도 있었다. 게다가 혼자 쏜 것이라고 생각되지 않을 만큼 많은 화살이 날아갔다. 활을 쏘는 동안 두 번이나 활시위가 끊어졌는데, 그때마다 활을 바꿔서 다시 화살을 쏘아댔다. 그가 필사적으로 그곳에서 버티는 동안 상류의 방어선이 무너졌고 서군 병사들이 일제히 둑 위로 올라가 노부나가의 움막을 포위한 뒤 함성을 질렀다.

"졌다!"

노부나가는 활을 집어 던졌다. 하지만 그는 빙그레 웃으면서 개가를 올리고 있는 적군을 오히려 유쾌하다는 듯 돌아보았다. 병법 스승인 히라타 산미平田三位와 활 기술과 창술 사범인 다이스케가 움막 옆에 말을 두고 달려왔다.

"주군, 어디 다치신 곳은 없습니까?"

"물속이니 별일 있겠는가."

노부나가는 다이스케를 보자 분한 듯 눈썹을 치켜세웠다.

"내일은 이기겠다. 다이스케, 내일은 꼭 되갚아주마."

"성으로 돌아가서 오늘 전법에 대한 강평을 말씀드리겠습니다."

곁에 있던 산미가 그렇게 말하는 사이 노부나가는 갑옷을 벗어 던지고 속옷 한 장만 걸친 채 강의 깊은 곳으로 들어가 헤엄을 쳤다.

장인과 사위

노부나가는 용모가 단정하고 아름다웠다. 그가 피를 이어받은 먼 선조 중에 아주 아름다운 여인이 있었거나 용모가 수려한 사람이 있었을 것이다. 노부나가뿐 아니라 열두 명의 형제와 일곱 명의 자매들 모두 기품이 있었고 이목구비가 뚜렷했으며 문화인과 같은 세련된 기질을 지니고 있었다.

특히 노부나가는 피부가 하얗고 눈썹과 얼굴이 수려했다. 그리고 그의 깊은 눈동자는 사람을 꿰뚫는 듯한 빛을 발했다. 하지만 스스로 그것을 깨닫고는 이내 그 눈빛을 웃음으로 감추었다. 그러다 보니 다른 사람들은 그것을 깨달을 틈도 없었다.

"또 시작이구나 하고 생각하시겠지만, 밤이든 낮이든 밥을 먹을 때도 염불을 외듯 조상님들을 잊으시면 안 됩니다. 본래 오다 가문의 조상님들은 에치젠 니우越前丹生의 수호신인 오다쓰루기織田劍 신사의 신관이셨습니다. 또한 덴분 시대 이전에는 고마쓰 다이라노 시게모리小松平重盛 공의 혈통이었고, 더 거슬러 올라가면 다이라平 씨는 황송하게도 간무桓武 천황으로부터 뻗어나온 이른바 금지옥엽 같은 혈통을 이어받았습니다. 이 늙은이가 입이 닳도록 말씀드리지 않아도 가슴 깊이 명심하셔야 합니다."

충실한 노신인 나카쓰카사는 늘 그렇게 말했다. 그는 노부히데가 후루와타리古渡 성에서 태어난 노부나가를 나고야 성으로 데려와 머물게 한 때부터 곁에 붙여준 네 명의 후견인 중 한 명이었다. 하지만 노부나가는 그를 늘 거북살스럽고 시끄러운 사람으로 여겼다.

"아아, 알고 있소. 알고 있소, 할아범."

노부나가는 다른 곳을 바라보며 고개를 저었다. 그는 조금도 귀담아듣지 않았지만 나카쓰카사는 그것이 바로 자신의 임무라는 듯 이어 말했다.

"돌아가신 노부히데 님의 생애를 잘 생각해보십시오. 노부히데 님께서는 이 오와리의 여덟 군郡을 물려주시기 위해 아침에는 북쪽 경계의 적과 싸우시고 저녁에는 동쪽 국경에 임하시느라 갑옷을 벗고 자제분들과 즐겁게 보내신 날이 한 달에 며칠도 되지 않았습니다. 게다가 이 난세 속에서 사방의 적과 전쟁이 끊이지 않는 중에도 덴분 12년 무렵에는 이 늙은이를 교토로 보내시어 궁궐 사면에 흙을 쌓아 올리는 축토 공사를 진행하셨습니다. 또 사천 관貫을 조정에 헌상하신 것 외에도 이세 신궁의 외궁 조성에 전력을 다하셨습니다. 그런 아버님과 선조를 두신……."

"할아범, 그만 됐소. 알고 있소이다. 그 말을 몇 번이나 들었는지 모르오."

노부나가는 마음에 들지 않으면 이내 귓불이 빨개졌다. 하지만 그가 '기치보시吉法師'라는 이름으로 불렸던 어릴 적부터 모든 걸 알고 있던 나카쓰카사를 함부로 대할 수는 없었다.

그리고 나카쓰카사 역시 노부나가의 성격을 잘 알고 있었다. 그는 이치를 따져 훈계하기보다 감정에 호소하는 편이 효과가 있다는 것을 잘 알았다. 그래서 노부나가의 귓불이 빨개지자 이내 화제를 돌렸다.

"고삐를 잡는 게 어떨지요?"

"말고삐 말이오?"

"예."

"할아범, 그대도 타시오. 한 바퀴 돕시다."

노부나가는 말을 타고 달리는 것을 아주 좋아했다. 성안의 마장은 성에 차지 않아 종종 성에서 삼사 리나 떨어진 곳까지 단숨에 달려갔다 돌아오곤 했다.

어릴 적부터 노부나가의 후견인 역할을 하던 나카쓰카사는 어린 주군을 주체하지 못해 곤란할 때가 많았다. 그리고 그럴 때면 곁에 있는 사람들에게 이런 탄식을 하곤 했다.

"다른 사람의 눈은 전혀 개의치 않으시니, 이거 원."

아버지 노부히데의 장례식 날, 분향을 하기 위해 자리에서 일어선 노부나가는 허리에 긴 칼을 차고 금줄을 매고 있었다. 게다가 하카마[49]도 입고 있지 않았다.

"저것 봐, 또 저리 무례하게."

사람들이 어이없어 해도 노부나가는 거침없이 불전 앞으로 가서는 선 채로 향을 집어 영정 앞에 던지듯 꽂았다. 그러고는 사람들이 놀라든 말든 개의치 않고 그대로 돌아가버렸다.

"참으로 기가 막히는군."

"저 정도일 줄은 몰랐네."

정이 없는 사람들은 비웃고 정이 두터운 자들은 오다 가문을 생각하며 아무 말 없이 눈물을 머금고 아연실색했다.

"같은 형제라도 동생인 간주로勘十郎 님은 예의가 바르고 시종일관 삼가고 있는데……."

---

49) 일본에서 옷의 겉에 입는 주름이 잡힌 하의로, 무사들은 싸울 때 옷자락이 걸리지 않도록 걷어서 고정시켰다.

사람들이 순서가 뒤바뀌어 태어났다고 안타까워하고 있을 때, 말석에 있던 쓰쿠시筑紫의 객승이 혼잣말처럼 뇌까렸다.

"아닐세. 저분이야말로 장차 일국을 세울 분이네. 참으로 무서운 분이지."

곁에서 객승의 말을 들은 사람이 훗날 가신들에게 그 말을 전했지만 누구 하나 믿는 사람이 없었다.

또 노부나가가 열여섯 살 무렵에는 이미 부인이 정해져 있었다. 부친인 노부히데의 생전에 나카쓰카사가 미노의 도산의 딸과 중매를 서서 간신히 성사된 혼약이었다. 오다 가문과는 오랜 세월 치열한 전쟁을 거듭해온 숙명적인 적국이었지만 그런 사이토 가문과의 혼약에는 당연히 전국시대에 어울리는 정략적인 의미도 담겨 있었다.

하지만 상대는 속을 알 수 없는 음흉한 도산이었다. 도산 역시 애초부터 오다 가문이 정략적으로 자신과 사돈지간을 맺은 것을 잘 알고 있었다. 그리고 인접한 네 나라는 물론이고 근래에 교토까지 명성이 자자한 오다가문의 멍청한 아들에게 아끼는 딸을 준 것은 오와리 여덟 군의 장래를 날카로운 눈으로 꿰뚫어보았기 때문이다.

얼마 뒤 노부히데가 마흔두 살의 나이로 세상을 뜨자 노부나가는 도산의 의도대로 날이 갈수록 난폭하고 멍청하게 행동했다. 그리고 올해 덴분 22년 4월, 도산이 '사위의 얼굴을 한번 보고 싶다. 도미타富田 국경에서 사위와 장인이 처음으로 대면하고 싶다'는 뜻을 전해 오자 노부나가도 즉시 알았다는 뜻을 전했다.

도미타노쇼富田之庄는 미노와 오와리 사이에 있는 칠백 호 정도의 부락으로 일향종一向宗[50] 방주의 영지였는데, 그곳에는 정덕사正德寺라는 절이 있었다. 회견 장소는 그 절로 정해졌고 4월 하순, 노부나가는 많은 부하를

[50) 가마쿠라 시대의 정토종 승려인 잇코 준쇼一向俊聖가 개창한 일본 불교의 한 종파다.]

거느리고 나고야 성을 출발해서 기소木曾 강과 히다飛驒 강을 건너 나무들로 둘러싸인 도미타 장원으로 향했다. 활과 철포를 든 오백 명의 병사와 장창을 든 사백 명의 병사, 삼백 명의 보병과 무사가 그와 함께했다. 그 속에 일단의 기마대가 말을 탄 노부나가를 앞뒤에서 에워싸고 있었는데, 만에 하나 무슨 일이라도 생기면 그대로 전투부대로 전환할 수 있는 태세였다.

보리 이삭이 파랗게 물든 4월이었다. 방금 건너온 히다 강에서 상쾌한 바람이 긴 행렬 위로 불어왔다. 도미타 장원은 불모지였지만 집집마다 곳간이 있을 정도로 풍족했다. 평화로운 한낮의 대나무 울타리에 하얀 빈도리 꽃이 고개를 숙이고 있었다.

"왔다."

"보인다."

마을 외곽까지 나와 있던 사이토 가문 쪽 무사 둘이 멀리서 행렬의 선두를 보자마자 어딘가로 급히 내달렸다. 마을을 관통하고 있는 느티나무 가로수 위의 참새 소리가 한가롭게 들려왔다.

민간의 어둠침침하고 그을음투성이인 토방 벽과는 너무나 어울리지 않게 번뜩이는 칼과 복장을 한 사람들이 무리 지어 숨어 있었다.

"됐다. 너희도 어서 뒤편 수풀에 몸을 숨겨라."

도산의 측근 무사들이었다. 도산은 화로와 대나무 창이 있는 작은 방 창가에 기댄 채 길가 쪽을 바라보고 있었다. 처음 만나는 사위, 게다가 소문이 자자한 노부나가였다.

'과연 어떤 모습으로 올 것인가? 어떤 사내일까? 공식적으로 대면하기 전에 몰래 보고 싶군.'

그런 생각에 도산은 길가의 민가에 숨어 기다렸던 것이다. 토방과 화로 방의 측신들이 재빨리 소식을 전했다.

"나리, 오와리 무리가 나타났습니다."

"흐음."

도산은 고개를 끄덕이며 대나무 창끝에 몸을 기대고 시선을 고정했다. 토방의 문이 굳게 닫혀 있었기 때문에 가신들은 가느다란 틈새나 판자문 구멍에 얼굴을 대고 밖을 내다보았다. 모두 숨소리조차 내지 않았다. 가로수 너머로 새소리만 들렸는데 새들이 불현듯 날갯짓 소리만 남기고 사라지자 이제는 산들바람 소리조차 들리지 않았다.

얼마 지나지 않아 잘 정렬된 부대의 발소리가 조금씩 가까워졌다. 잘 훈련된 철포 부대와 열 줄로 늘어선 사십 명 정도의 소대, 그리고 창을 높이 세운 부대들이 눈앞으로 지나갔다. 도산은 숨도 쉬지 못하고 그 무기와 병사들의 걸음새, 대오를 짠 방식 등을 지켜보았다. 부대의 엄숙한 행렬에 이어 말발굽 소리와 함께 큰 소리로 떠드는 사람들의 목소리가 들려왔다.

'드디어!'

도산은 눈도 깜빡이지 않고 몸을 바싹 들이댔다. 기마대 속에 단연 돋보이는 말이 다가오고 있었다. 멋진 자개 안장에 화려한 재갈을 물리고 보라색과 흰색이 어우러진 고삐를 쥔 노부나가가 뒤에 있는 가신들을 돌아보며 즐겁게 이야기하는 모습이 비쳤다.

"응? 저 복장은?"

도산은 자신도 모르게 신음하듯 속삭였다. 많이 놀란 기색이었다. 행렬 속으로 보이는 노부나가의 복장이 그의 눈을 사로잡았다. 아니, 아연실색하고 말았다. 예전부터 이상한 모습으로 돌아다닌다고 들었는데, 지금 보니 그의 모습은 듣던 바와 전혀 달랐다. 늠름한 준마의 안장에 올라탄 그는 연두색 끈으로 머리를 뒤로 묶어 늘어뜨렸고 한쪽 소매가 나오도록 유카타조메浴衣染[51]를 한 휘장을 걸치고 인롱이나 끈이 달린 부채, 일도조一

---

51) 욕의를 만드는 옷감을 염색할 때 특유의 성긴 모양으로 염색하는 것을 말한다.

刀彫로 만든 말 눈가리개와 구슬 등을 일고여덟 개나 달고 있었다. 또 호랑이 가죽과 표범 가죽으로 만든 짧은 하카마 아래로 금란金襴으로 만든 옷이 언뜻언뜻 보였다.

"다이스케, 다이스케."

노부나가가 안장에 앉은 채 몸을 틀어 뒤를 돌아보며 물었다.

"도미타노쇼라는 곳이 이 마을인가?"

노부나가의 목소리는 민가의 창 너머에 몸을 숨기고 있는 도산의 몸을 꿰뚫을 만큼 컸다. 기마대 속에서 호위를 하고 있던 다이스케가 말을 가까이 대며 말했다.

"예, 여기가 도미타노쇼입니다. 장인어른이신 도산 님과의 회견 장소가 바로 앞에 있는 정덕사이니 부디 몸가짐을 잘하셔야 합니다."

"하하하, 그런가. 이곳이 도미타노쇼로군. 본원사本願寺 승려들의 영지라 그런지 조용하구나. 이곳에서는 전쟁도 없을 테지."

잠시 아무 말도 하지 않던 노부나가가 느티나무 가로수를 올려다보더니 하늘을 가로지르는 매라도 봤는지 이내 흔들거리는 허리의 칼과 나나쓰도구七道具[52]를 울리며 지나갔다.

대문을 잠그고 틈새로 바라보고 있던 도산의 부하들은 입을 틀어막고 웃음을 참느라 괴로워하고 있었다. 도산이 그들을 불렀다.

"행렬은 전부 지나갔느냐?"

"다 지나갔습니다."

"사위를 보았느냐?"

"멀리서나마 보았습니다."

---

52) 무사가 출전할 때 몸에 지니는 일곱 개의 무구武具를 말하는데, 칼을 비롯해 갑옷, 장검, 화살, 활, 호로母衣(옛날 갑옷 뒤에 덮어 씌워 화살을 막던 포대 같은 천), 투구 등이다.

"아무리 봐도 세상 소문 그대로 멍청한 자인 듯하다. 용모는 수려하고 골격도 남다르지만 여기가 조금 모자란 듯하다."

도산은 손가락으로 자신의 머리를 가리키며 만족한 듯 쓴웃음을 지었다. 그때 뒤편에서 다른 가신들이 급히 재촉하며 도산을 불렀다.

"주군, 어서 빨리."

"알았다. 노부나가야 괜찮지만 눈치 빠른 다른 가신들이 알아챌 수도 있으니 앞질러 정덕사로 가자."

도산은 부하들에게 에워싸인 채 뒷문을 나와 서둘러 샛길로 갔다. 노부나가의 행렬이 정덕사 문 앞에 도착했을 무렵, 도산은 절의 뒷문으로 들어와서 아무 일도 없었다는 듯 기다리고 있었다. 이윽고 노부나가 일행이 도착했다는 보고가 전해지자 도산의 부하가 분주히 복장을 갈아입고 대문으로 나갔다.

오와리의 행렬이 도착하자 절문은 사람으로 가득 찼다. 미노 쪽 사람들도 모두 대문 쪽으로 나갔기 때문에 본당과 대서원, 영빈관은 그저 바람만 지날 뿐 사람의 흔적을 느낄 수 없었다.

"주군께서는?"

사이토 가문의 노신인 가스가 단고春日丹後가 자리에 앉아 있는 도산에게 슬쩍 의중을 묻자 도산이 고개를 저으며 말했다.

"됐네."

손님은 사위였고 자신은 장인이었다. 하지만 단고는 도산이 비록 장인이라 해도 마중을 나가 예를 취하는 것이 타당하다고 생각했다. 서로 처음 대면하는 날인 데다 사위인 노부나가도 일국의 주인이니 서로 대등하게 예를 취해 미노와 오와리 국경의 중립지대인 이곳 본원사 영지까지 온 것이기 때문이었다.

"그럼 저라도⋯⋯."

"그럴 필요 없네. 호타 도구堀田道空가 나갔으니 됐네."

"그리하시겠습니까?"

"단고, 그대는 대면하는 자리에 앉아 있게. 그리고 그곳으로 가는 복도에 칠백여 명의 무사가 모두 위엄을 갖추고 정렬할 수 있도록 시켜두게."

"벌써 그리해두었습니다."

"용맹한 자들을 배후의 방에 숨겨놓고 사위가 지나가면 일부러 기침을 하도록 하게. 또 마당 앞에는 활과 철포를 든 병사를 세워놓고, 나머지는 숨이 막힐 정도로 위압을 가하도록 하게."

"말씀하시지 않아도 모두들 학수고대하며 기다리고 있습니다. 오늘이야말로 미노 군의 위세를 보여서 노부나가 님을 위시한 오와리 무리의 기를 꺾어놓을 때라면서 말입니다."

"그런가."

도산이 문 쪽을 돌아보며 다시 말했다.

"생각했던 것보다 더 어리석은 사위인 듯하군. 긴장할 것 없으니 대접하는 차림이나 예 따위는 적당히 해도 될 것이네. 그럼 나도 영빈관으로 가서 기다리기로 할까."

도산은 가벼운 하품을 하며 일어났다. 단고는 주군의 명을 철저하게 따르기 위해 복도로 나가 무사들을 단속한 뒤 부하를 불러 귓속말로 무언가를 지시했다.

그 무렵, 이미 밖에서는 노부나가가 현관 마루를 밟고 있었다. 그리고 백 명이 넘는 사이토 가문의 노신과 젊은 무사 들이 납작하게 엎드린 채로 그를 맞이하고 있었다.

"쉴 곳은 어디인가?"

찬물을 끼얹은 듯 아무 말 없이 자신을 맞이하는 그들을 향해 발길을 멈춘 노부나가가 거리낌 없는 목소리로 묻자 머리를 숙이고 있던 사람들이 일제히 눈을 치켜떴다. 사이토 가문의 노신인 도구가 급히 다가와 노부나가의 발밑에 엎드린 채 말했다.

"우선 이쪽에서 잠시 쉬고 계십시오."

"저쪽인가?"

"예, 안내하도록 하겠습니다."

도구는 허리를 굽힌 채 노부나가 앞으로 가서는 현관에서 오른쪽으로 걸어가다 다리를 건너갔다.

"좋은 절이군. 봐라, 등꽃이 한창이군. 바람을 타고 향기가……."

노부나가는 좌우를 둘러보다 가슴에 대고 부채질을 하면서 호위 무사들과 함께 방으로 들어갔다. 그는 잠시 휴식을 취한 뒤 병풍 안쪽에서 일어섰다.

"장인어른을 뵙고자 하니 안내를 부탁하네. 어디에 계시는가?"

노부나가는 표범 가죽과 호랑이 가죽으로 만든 반바지를 벗고 정식으로 하카마를 입었고 머리도 새로 틀어 올려 묶었다. 또 얇은 흰 비단으로 만든 통소매에 금실로 수놓은 가문의 문장과 짙은 보라색 천에 오동나무 무늬가 들어간 예복을 입었고, 허리에는 작은 칼을 차고 손에는 장검을 들었다. 그의 모습은 화려하고 풍아하기까지 했다.

사이토 가문의 가신들은 자신의 눈을 의심하듯 눈을 크게 떴고 평소의 우스꽝스러운 그의 모습만 보았던 오다 가문의 가신들도 깜짝 놀랐다. 노부나가는 큰 걸음으로 거침없이 다리를 건넌 뒤에 뒤를 돌아보며 말했다.

"여봐라, 호위 무사들을 데리고 가면 편히 이야기를 나눌 수 없을 테니 나 혼자 장인어른을 뵙겠다."

조금 전에 마중을 나왔던 도구가 자신을 안중에도 두지 않는 듯한 노부나가의 모습에 울컥해서 말했다.

"어서 이리 오시지요."

도구가 노부나가를 어린아이 취급하면서 마침 그곳으로 온 단고와 함께 눈짓을 주고받았다. 그러고는 본당 좌우에 자리를 잡고 앉아 짐짓 위엄 있는 목소리로 말했다.

"저는 사이토 야마시로노가미 님의 가신인 호타 도구입니다."

"저는 노신, 가스가 단고라고 합니다. 그 먼 길을 무사히 왕림해주시고 이렇듯 화창한 날에 처음 뵙게 되니 참으로 기쁘기 그지없습니다."

두 사람이 마루의 양쪽에서 인사를 나누는 동안 노부나가는 광채가 나도록 닦아놓은 복도를 성큼성큼 걸어갔다.

"흐음, 조각이 훌륭하군."

노부나가는 사이토 야마시로노가미 도산의 직속 수하 수백 명이 쭉 늘어앉은 모습에는 눈길도 주지 않고 얼굴을 들어 난간의 조각을 보면서 곧바로 지나갔다. 그리고 영빈관 앞까지 가서는 뒤따라온 도구와 단고를 흘긋 보며 물었다.

"여기인가?"

"그렇습니다."

고개를 끄덕인 노부나가는 복도 마루에서 한 단 높은 곳으로 올라가 준비된 자리에 앉더니 이내 툇마루 기둥에 느긋하게 등을 기댔다. 얼굴을 조금 들고 있는 그는 격천정格天井에 그려진 그림이라도 바라보는 듯한 모습이었다. 하지만 노부나가의 모습에 넋을 잃은 자들은 천장을 보고 있는 노부나가의 눈동자에 담긴 대담함을 알지 못했다.

영빈관 한쪽 구석에 둘러쳐놓은 병풍 뒤편에서 인기척이 났다. 도산이 병풍 뒤에서 일어서 나오더니 노부나가의 상좌에 점잖게 앉았다.

"……."

노부나가는 모른 체하고 있었다. 아니, 모른 체한다기보다 부채를 부치며 시치미를 떼고 있다고 하는 편이 더 정확했다.

"……."

도산이 힐끗 옆을 바라보았다. 도산도 장인이 먼저 인사하는 법은 없다는 듯 입을 다물고 있었다. 한순간 묘한 분위기가 흘렀다. 도산의 눈썹이 거칠게 치솟았다. 보다 못한 도구가 노부나가의 곁으로 다가가서 머리를 숙이며 말했다.

"저기 계신 분이 바로 야마시로노가미 도산 님이십니다. 인사를……."

"으음, 그런가."

노부나가는 그제야 기둥에서 등을 떼고 자세를 바로한 뒤 인사를 했다.

"처음 뵙겠습니다. 오다 가즈사노스케 노부나가입니다. 잘 부탁드립니다."

그러자 도산이 인상을 펴며 답했다.

"내가 야마시로이네. 예전부터 만나고 싶었는데 오늘 그 바람이 이루어져서 기쁘네."

"저도 기쁘기 그지없습니다. 연로하신 장인어른께서 이렇듯 건승하신 모습을 뵈니 더욱 그렇습니다."

"뭐라, 연로하다고? 올해로 예순을 맞았지만 아직 늙었다고 생각하지는 않네. 자넨 이제 갓 알에서 나온 병아리 같네. 하하하, 남자는 육십부터 아닌가."

"믿음직스러운 장인어른이 계시니 이 노부나가는 참으로 행복한 사람입니다."

"그런가? 좋은 시절이니 나도 건강하게 오래 살아야겠지. 다음에 만날 때는 손자 얼굴도 보여주시게."

"명심하겠습니다."

"참으로 싹싹하군. 단고."

"예."

"주안상을 준비하고 먼저 따뜻한 물에 만 밥이라도."

"알겠습니다. 바로 준비하겠습니다."

단고는 대답하고 물러났다. 그는 도산의 눈짓이 무엇을 의미하는지 처음에는 그 심중을 헤아리지 못했다. 불편해하던 주군의 얼굴이 도중에 활짝 펴지더니 오히려 노부나가의 기분을 맞추고 있는 것처럼 보였다. 그래서 그는 적당히 준비하라고 했던 상을 정중하게 바꾸라는 뜻으로 여기고, 격식에 맞춰 상을 들였다. 그리고 도산이 만족한 모습을 보이자 마음속으로 한숨을 돌렸다.

장인인 도산과 사위인 노부나가 두 사람 사이에 술잔이 돌더니 분위기가 한층 좋아졌다.

"그렇지."

노부나가가 돌연 생각났다는 듯이 말을 꺼냈다.

"야마시로 님, 아니 장인어른. 그런데 오늘 이곳으로 오는 도중에 진기한 사람을 만났습니다."

"호, 어떤 사람인가?"

"장인어른을 꼭 닮은 늙은이가 민가의 부서진 창에서 저희 행렬을 엿보고 있었습니다. 장인어른을 처음 뵙지 않았다고 할 만큼 낮에 본 그 늙은이와 장인어른이 닮았습니다. 하하하."

노부나가는 반쯤 펼친 부채로 자신의 입을 가리며 웃었다. 도산은 그만 입을 다물고 말았다. 가신인 도구와 단고도 속으로는 땀을 흘리고 있었다. 노부나가가 따뜻한 물에 만 밥을 다 먹고는 자리에서 일어났다.

"이거, 오래 앉아 있었습니다. 해가 지기 전에 히다 강을 건너 오늘 밤 묵을 숙소까지 가야 하니 이제 그만……."

"돌아가려는가?"

도산이 함께 일어서며 덧붙였다.

"이거 섭섭하구먼. 숙소까지 배웅도 할 수 없고."

도산 역시 그날 안으로 미노로 돌아가야 했다. 노부나가는 자루가 세 간이나 되는 붉은 창을 든 병사들을 거느리고 석양을 등진 채 동쪽으로 돌아갔다. 그에 비해 미노의 창은 모두 짧았고 군사들의 기세도 왠지 한풀 꺾인 듯했다.

"아, 오래 살지 못할 듯하구나. 머지않아 이 도산이 저 멍청한 도련님의 문 앞에 말을 메고 목숨을 구걸할 날이 오겠구나. 어쩔 수가 없다, 어쩔 수가 없어."

도산은 돌아가는 중에 가마 안에서 분하다는 듯 눈물을 뚝뚝 흘렸다.

출사 出仕

둥둥, 북이 울리고 나팔 소리가 광야에 울려 퍼졌다.

"귀환이다."

"철수!"

쇼나이 강에서 물보라를 일으키며 헤엄을 치고 있던 병사, 들판을 내달리고 있던 기마 무사, 죽창 훈련을 하고 있던 병사들이 일제히 강가의 가옥으로 몰려들었다. 순식간에 삼 열 사 열 횡대를 이룬 군마들은 주군이 말 위에 오르기만을 기다렸다.

노부나가는 반 시간이나 헤엄을 치다 강가로 올라와 햇볕에 몸을 말렸다. 그러고는 다시 강으로 뛰어들어 실컷 물놀이를 하다 돌아가자는 말을 하고 가옥 안으로 들어갔다. 그는 하얀색 수영 복대를 풀고 물기를 닦은 뒤 사냥복과 무구를 갖추었다.

"말, 말을 가져오너라."

노부나가의 변덕스런 명령은 늘 그를 쫓아다니는 부하들을 곤혹스럽게 했다. 근신들은 평소에 그가 재빠르고 다급한 성격이라는 것을 잘 알면서도 자주 골탕을 먹었다. 또 청년다운 패기와 장난기 많은 젊은 주군은 부하들이 힘들어하는 줄 알면서도 짐짓 그들의 허를 찌르곤 했다.

하지만 이치가와 다이스케만큼은 달랐다. 과연 그는 병법자였다. 노부나가가 어떤 방법으로 허를 찔러도 다이스케의 명령이 떨어지면 나팔 소리와 북소리가 울리고 흐트러져 있던 병사와 말 들이 푸른 논의 못자리처럼 순식간에 대오를 정비해 정렬했다. 그러면 변덕을 부리던 노부나가의 얼굴에도 만족스러운 기색이 역력했다.

쇼나이 강에서 아침부터 두 시간 동안이나 치열한 훈련을 실시한 노부나가는 군사를 나고야 성으로 향하게 한 뒤 자신도 그곳을 떠났다. 삼복 무렵이라 태양이 광야의 한가운데를 화차처럼 내리쬐고 있었고, 물에 젖은 병사와 말 들은 종대로 행군하고 있었다. 메뚜기가 날아다니고 풀들이 내뿜는 물큰한 열기가 피어올랐다.

물에 들어갔다 나와 닭살이 돋았던 노부나가의 얼굴에 어느덧 땀이 흘러내리고 있었다. 그는 가끔 말 위에서 팔꿈치로 얼굴의 땀을 훔쳤다. 이제 슬슬 평소의 성격대로 불량하고 난폭한 행동이 나타날 때가 되었다.

"잠깐. 뭐지? 이상한 자가 달려온다."

노부나가가 갑자기 외치고 뒤를 돌아보았을 때, 뒤쪽에서 그보다 먼저 확인한 무사 대여섯 명이 수풀 속으로 뛰어들었다. 그 수풀 속에는 오늘 아침부터 반나절 동안 부근을 서성거리며 노부나가에게 다가갈 기회를 기다리던 히요시가 숨어 있었다. 사실 조금 전 히요시는 강에서 노부나가의 모습을 몰래 확인한 뒤 기회를 보고 있다 무사들에게 발각되어 혼쭐이 났었다. 그래서 그는 성으로 돌아가는 길목에 있는 수풀 속에 숨어 있었던 것이다.

'지금이다!'

그렇게 결심하자 히요시의 눈에는 아무것도 보이지 않았다. 오로지 말 위에 있는 노부나가의 모습만 보였다.

히요시는 목숨을 걸고 큰 소리로 외쳤지만 자신이 무슨 말을 했는지 알지 못했다. 그 외침이 노부나가의 귀에 닿기도 전에 호위 무사의 붉은 장창에 찔려 죽을지도 몰랐다. 하지만 그런 것이 두려웠다면 도저히 할 수 없는 행동이었다. 히요시에게 지금 이 순간은 기회이자 절체절명의 위기였다. 히요시는 수풀 속에서 벌떡 일어나 눈을 질끈 감고 노부나가를 향해 달려가며 외쳤다.

"소원이 있습니다. 저를 받아주십시오. 나리를 위해 신명을 다해 일하고 싶습니다!"

그 순간 히요시와 노부나가 사이에서 호위 무사가 튀어나와 창을 쥐고 히요시의 앞길을 막았다. 상황이 그렇다 보니 몹시 흥분해 있던 히요시의 목소리가 다른 사람들에게 제대로 전달될 리가 없었다. 게다가 히요시의 몰골은 여느 평민들보다도 더 비참했다. 머리는 먼지와 풀이 뒤엉켜 지저분하기 짝이 없었고 얼굴은 검붉은 땀줄기로 가득했으며 눈은 당장이라도 튀어나올 듯했다. 히요시는 그런 모습으로 노부나가를 향해 달려갔던 것이다.

"이놈이 어딜!"

"무례한 놈, 죽고 싶으냐!"

히요시의 눈에는 앞을 가로막은 창도 보이지 않았다. 하지만 무사가 창대로 히요시의 정강이를 후려치자 히요시는 노부나가가 있는 곳을 열 걸음 정도 앞두고 고꾸라지고 말았다. 히요시가 벌떡 일어서서 외쳤다.

"소원이, 소원이 있습니다. 주인님, 주군!"

히요시는 고함을 치며 창을 헤집고 달려갔다. 그러고는 노부나가가 탄 말의 등자를 붙잡으려고 했다.

"더러운 놈이!"

노부나가가 일갈을 하자 뒤에서 쫓아온 무사가 히요시의 목덜미를 부여잡고 히요시를 땅바닥에 패대기치더니 창으로 찌르려 했다. 그때 노부나가가 말했다.

"죽이지 마라."

생전 처음 보는 더러운 모습을 한 이상한 사내가 가신도 아닌데 자신을 향해 '주인님, 주군'이라고 외치며 달려온 것이 노부나가의 마음을 끌었던 것이다. 아니, 히요시의 전신에서 불타오르는 희망의 불꽃이 그로 하여금 자신도 모르게 멈추라는 말을 하게 한 것인지도 몰랐다.

"무엇 때문에 그러는지 물어보아라."

노부나가의 목소리가 귀가에 들리자 히요시는 통증과 무사들의 시선을 뒤로하고 노부나가를 올려다보며 혼신의 힘을 다해 말했다.

"본래 제 아버지는 선대이신 노부히데 님의 하급 무사 조직에 속한 기노시타 야에몬이라고 합니다. 저는 야에몬의 아들 히요시라고 하며 아버지가 돌아가신 뒤에 나카무라에서 어머니와 함께 생활했습니다. 그리고 나이를 먹어 다시 봉공을 하고자 방도를 찾아보았지만 직소하는 방법밖에 없어서 죽을 각오를 하고 이렇게 찾아뵈었습니다. 이미 이 자리에서 죽을 각오를 했으니 봉공을 하는 데 있어 목숨도 아깝지 않습니다. 부디 저를 거두어주신다면 무덤에 계신 아버지는 물론이고 나리의 영지에서 살아온 제게 그보다 더 큰 영광은 없을 것입니다."

히요시는 반쯤 정신이 나간 상태로 호소했다. 그렇게 목숨을 걸고 내뱉은 말이 노부나가의 마음에 충분히 닿았다. 오히려 노부나가는 히요시의 말 이상으로 그의 진심을 높이 샀다.

"괴상한 놈이구나."

노부나가가 말 위에서 히요시에게 물었다.

"나를 섬기고 싶다는 것이냐?"

"예."

"한데 너는 무슨 재주가 있느냐?"

"아무런 재주도 없습니다."

"아무런 재주도 없는데 무엇으로 주군을 섬기겠다는 것이냐?"

"위급이 닥쳤을 때, 죽을 각오 외에 다른 특출한 재주가 없습니다."

노부나가는 히요시의 말이 마음에 든 듯 입가에 보조개를 지어 보였다. 그러고는 물끄러미 히요시를 바라보더니 말했다.

"좋다. 하나 너는 나를 두 번이나 주군이라고 불렀다. 하지만 나는 너를 가신으로 받아들인 적이 없다. 어찌 나를 보고 주군이라고 불렀느냐?"

"오와리의 영지에서 태어나 평소 주군을 섬긴다면 이 땅의 영주님을 모시겠다고 마음속으로 다짐해왔던 터라 그리 말한 듯합니다."

노부나가가 고개를 크게 끄덕이고는 다이스케를 보며 말했다.

"다이스케."

"예."

"재미있는 사내다."

"그렇습니다."

다이스케도 히요시를 보고 웃었다.

"네 바람대로 거두어주겠다. 히요시, 오늘부터 출사하라."

"……."

그 순간 히요시는 말문이 막혀 기쁨을 표현할 수도 없었다.

"또 주군의 유별난 취향이 동하셨구나."

놀란 표정을 짓고 있는 무사들 속으로 히요시는 어슬렁어슬렁 껴들었다. 그러자 무사들이 눈살을 찌푸리며 말했다.

"어이, 행렬 끝의 짐수레로 가서 따라오너라. 어서."

"예예."

히요시는 공손히 행렬의 가장 끝으로 가서 무사들을 따라 걸었다. 그조차도 히요시는 마치 꿈을 꾸고 있는 듯 기뻐했다.

노부나가의 행렬이 나고야의 마을에 이르자 길은 비로 쓸어놓은 것처럼 활짝 열려 있었고 처마 아래와 네거리에는 많은 사람이 무릎을 꿇고 있었다. 히요시는 그런 길 한가운데를 처음으로 걸었다. 그리고 멀리서 행렬의 가장 앞에 있는 주인의 등을 보면서 '이 길이다, 이 길이다'라고 생각했다. 그는 오랫동안 길을 찾아 헤매다 마침내 길에 들어선 심정이었다. 하지만 그 주인은 무사를 거느리고 마을을 걷는 데에도 방약무인했다. 조금도 점잔을 떨지 않았다. 가신들과 웃으며 이야기도 하고 목이 마르다며 오이를 씹어 먹다가 말 위에서 오이씨를 퉤퉤 뱉었다.

나고야 성이 점점 눈앞에 가까워졌다. 해자의 물이 새파랬다. 행렬은 당교를 건너 성문 안으로 구불구불 들어갔다. 히요시는 태어나서 처음으로 다리를 건너 성문 안으로 들어섰다.

가을 무렵이었다. 논에서 추수를 하느라 바쁜 사람들을 바라보며 나카무라로 서둘러 가는 땅딸막한 젊은 무사가 있었다.

"어머니!"

지쿠아미의 집 앞에서 젊은 무사가 집이 떠나갈 듯 큰 소리로 외쳤다.

"어머나, 히요시!"

히요시의 어머니인 오나카는 그 뒤 또 아이를 낳았다. 오나카는 햇볕 아래서 아이를 업고 넓게 펼쳐놓은 팥을 말리고 있었다. 히요시의 달라진 모습을 본 오나카의 눈가에 눈물이 그렁그렁 맺혔다. 그러다 오나카는 갑자기 가슴속에서 뜨거운 것이 솟구친 듯 얼굴 근육까지 씰룩거리며 눈물을 쏟았다.

"어머니, 저예요! 다들 건강하죠?"

히요시가 곁으로 와서 앉자 오나카가 히요시를 한 손에 안은 갓난아이처럼 끌어당겼다.

"어떻게 된 게냐? 대체 어찌 된 일이야?"

"어떻게 되긴요. 성에 봉공을 하러 들어간 뒤 처음으로 오늘 하루 휴가를 얻어 밖으로 나온 거예요."

"아, 그러냐. 그럼 안심이다. 또 무슨 잘못이라도 저질러 성에서 쫓겨난 것인가 하고 가슴이 철렁했구나. 이것 봐라, 식은땀이 다 난다."

오나카는 그제야 안심이 됐는지 웃음을 지어 보였다. 그러고는 훌쩍 큰 아들을 가만히 바라보더니 때도 묻지 않은 옷과 머리, 칼 등을 보며 눈물을 뚝뚝 흘렸다.

"어머니, 기뻐하세요. 비록 말단이지만 이제 저도 노부나가 공의 가신이 되어 이처럼 봉공을 하는 몸이 됐습니다."

"그래, 참 장하다. 잘했다."

오나카는 누더기 같은 옷소매를 눈가에서 떼지 못했다. 그런 어머니의 등을 히요시가 안으며 말했다.

"오늘은 어머니를 기쁘게 해드리려고 아침부터 머리도 묶고 새 옷도 입고 왔어요. 하지만 이제부터예요. 그러니 어머니, 부디 오래 사세요."

"여름 무렵에 네가 쇼나이 강가에서 영주님 앞에 나가 직소를 했다는 소리를 들었을 때, 나는 네 목숨이 다했다고 생각하고 며칠 동안 울며 지냈다. 근데 이처럼 기쁜 날이 올 줄이야."

"그 뒤 자세한 이야기는 오토와카 아저씨한데 전해 들으셨죠?"

"그래. 아저씨가 와서 네가 영주님의 마음에 들어 봉공을 하게 됐다는 말을 듣고는 너무 기뻐서 죽어도 여한이 없다고 생각했다."

"하하하, 이 정도 일로 그렇게 기뻐하시면 앞으로 어떻게 하시려고 그러세요. 먼저 말씀드릴 게 있는데 주군이신 노부나가 공께서 이름을 짓도록 허락해주셨어요."

"정말이냐? 어디 뭐라고 지었느냐?"

"성은 예전 그대로 기노시타, 이름은 도키치로藤吉郎로 고쳤어요."

"기노시타 도키치로로 말이냐?"

"예, 그래요. 좋은 이름이죠? 이 초가집과 누더기 옷을 조금만 더 참으세요. 어머니도 마음을 더 굳고 크게 먹고 계세요. 기노시타 도키치로의 어머니시잖아요."

"기쁘구나. 이런 기쁜 일이 또 어디 있겠니."

오나카는 그 말만 되풀이하며 아들이 한마디 할 때마다 이내 눈물을 흘리곤 했다.

'이토록 기뻐해주는 사람이 있다!'

히요시, 아니 도키치로는 무척이나 기뻤다. 세상에 어머니가 아니면 어느 누가 이렇게 작은 일에도 진심으로 기뻐해줄까 싶었다. 삼 년, 오 년의 떠돌이 생활과 그동안의 굶주림과 고난이 지금 이 순간의 행복을 위해 자신에게 주어졌던 역경인 듯싶었다.

"그런데 누님의 모습이 보이지 않네요. 어떻게 된 거예요?"

"오쓰미 말이구나. 오쓰미는 다른 곳에 추수를 도와주러 갔다."

"누님은 별일 없죠? 건강하죠?"

"별일은 없다만……."

오나카는 한창 나이에 고생만 하는 오쓰미가 가여웠다.

"돌아오면 오래 고생시키지 않을 거라고 꼭 전해주세요. 머지않아 이 도키치로가 누님이 시집갈 때 부족하지 않게 금실 허리띠와 금 문양 장롱까지 다 해주겠다고요. 하하하, 여전히 어머닌 제가 하는 말이 미덥지 못하신 거 같아요."

"벌써 가려는 게냐?"

"성의 봉공은 한층 엄해서 말이죠. 그런데 어머니."

도키치로가 목소리를 죽이며 말했다.

"입에 담으면 불경스러운 일이지만, 일국일성一國一城의 주군을 가까이에서 섬기다 보니 아랫사람들이 생각하고 있는 것과는 전혀 달라요. 세상에서 보는 노부나가 공과 나고야 성안에서의 노부나가 공은 너무나 다르거든요."

"그럴 게다."

"불쌍할 정도예요. 정말로 같은 편이라고 할 수 있는 사람은 몇 명 되지 않아요. 대대로 섬기는 가신이나 일족과 친족까지 거의 적이에요. 그들 속에 계시는 노부나가 공은 아직 스무 살에 불과한 고독한 군주예요. 굶주리는 고통이 가장 괴로운 일이라고 생각했는데 그런 고통과는 도저히 비할 바가 아닌 듯해요."

"나는 잘 모르겠구나."

"그렇게 생각하면 참을 수 있을 듯해요. 하지만 사람으로 태어난 이상, 이 정도로 만족할 수 없어요. 제 길을 개척해나가야 해요. 노부나가 공도, 또 저도 말이에요."

"그런 마음가짐이야 좋지만 공을 세우기 위해 너무 애쓰지 말거라. 네가 아무리 출세를 하더라도 지금보다 더 기쁘지는 않을 게다."

"그럼 이만 가볼게요."

"왜 좀 더 얘기하다 가지 않고?"

"봉공하는 일도 중요해서요."

도키치로는 어머니가 앉은 자리에 아무 말 없이 얼마간의 돈을 놓고 일어섰다. 그러고는 한동안 그리움에 젖어 주위의 감나무와 울타리, 뒤편의 헛간 등을 몇 번이나 둘러본 뒤 돌아갔다. 그리고 그해에는 다시 집에 오지 않았는데, 연말에 오토와카가 도키치로의 부탁을 받고 직물 한 필과 돈, 그리고 어머니의 약 등을 담은 보퉁이를 가져왔다.

"지금은 잡일을 하는 말단이지만 스무 살이 되면 녹으로 받는 쌀도 늘어날 것이고 성 아래의 집에서 살게 되면 어머니를 모시겠다고 하더군요. 그 녀석이 꽤 엉뚱한 면이 있지만 다른 사람과 잘 어울려 동료들도 그리 싫어하지 않는 듯합니다. 쇼나이 강에서 그렇게 터무니없는 짓을 한 걸 생각하면 목숨을 건진 거나 다름이 없지요. 운이 좋은 녀석이에요."

오토와카는 도키치로의 근황을 전하고는 돌아갔다.

이듬해 초봄, 오쓰미는 난생처음으로 때가 묻지 않은 통소매 옷을 입었다. 그리고 어디를 가든 동생 자랑을 입에 달고 살았다.

"동생이 보내주었어요. 성에 있는 도키치로가요."

명마

노부나가는 때때로 한마디도 하지 않고 하루 종일 울적해했다. 심한 신경질적 증세를 억누르느라 극도로 말수가 줄고 우울증이 생기는 것인지도 몰랐다. 오늘도 그런 날이었다.

"우즈기卯月를 내오너라. 우즈기를."

그러더니 노부나가는 성 밖 마장으로 달려갔다. 선대인 노부히데는 일 년 중 절반 이상을 서쪽을 공략하고 동쪽을 지키면서 일생을 전쟁으로 보냈던 탓에 성에서 편히 쉴 시간도 없었다. 하지만 그런 와중에도 아침에는 선조에게 예를 올리고 강서講書나 무도 연습을 한 뒤에는 저녁까지 영내의 정무를 보았다. 또 밤에는 군서를 읽고 회의를 마치면 좋은 가장으로 가정을 돌보는 등 일정한 규율이 있었다. 하지만 노부나가 대에 와서는 그런 일정한 규율이 없어지고 말았다. 노부나가의 성격 자체가 정해진 규율을 싫어했던 것이다.

하지만 그의 마음속에서는 늘 '규율대로 하자', '아니다, 그만두자'라는 생각이 소나기구름처럼 돌연 일어났다 사라지기를 반복했다. 그 스스로도 자신을 규율로 다스릴 수 없었다. 초조한 것은 오히려 가신들이었다.

드물지만 '오늘은 서책을 읽으시는구나', '오늘은 가엾게도 돌아가신 선대님을 위해 위패를 모신 방에 앉아 계시는구나' 하고 가신들이 마음을 놓는 순간 느닷없이 우즈기를 내오라는 소리가 들렸다. 가신들이 그 말을 들었을 때는 이미 그곳에 노부나가가 없었다. 기다리는 것을 싫어하는 노부나가의 행동 때문에 측근 신하들은 허둥지둥 마구간으로 달려갔다 다시 마장으로 쫓아가야만 했다. 그리고 대체 뭘 그리 꾸물거리고 있느냐며 책하는 듯한 얼굴로 서 있는 주군 앞에 끌고 온 말을 대령해야 했다.

우즈기는 노부나가가 아끼는 백마였는데, 이제는 나이가 먹어 혈기왕성한 노부나가가 타기에는 부족했다. 요즘 말도 힘이 달리는지 울적해 보였다. 노부나가가 고삐를 쥔 채 끌고 다니다 명령했다.

"몸이 무거운 듯하군. 물을 주어라."

한 사람이 국자를 잡고 말의 입을 벌린 뒤 물을 들이부었다. 노부나가는 말의 입속에 손을 집어넣어 혓바닥을 붙잡았다.

"우즈기 이놈, 오늘은 몸이 안 좋은 듯하군. 다리도 무거워 보이고."

"감기 기운이 있는 듯합니다."

"우즈기도 늙었구나."

"선대이신 노부히데 님의 유품이니 나이를 꽤 먹었지요."

"그렇군. 나고야 성에는 우즈기뿐 아니라 나이만 먹고 늙어빠진 자들이 얼마나 많은가. 시절이 말세다. 누대의 무로마치 장군 가문을 비롯해 규율과 의례만 찾고 거짓이 난무하니 모두 썩어빠졌다. 늙어빠졌단 말이다!"

노부나가는 딱히 누군가에게 말하는 것이 아니었다. 하늘에 대고 주먹질을 하듯 혼잣말을 하는가 싶더니 말 위에 올라타서 외쳤다.

"감기가 낫도록 한바탕 땀을 흘리게 해야겠다."

노부나가는 우즈기를 타고 마장을 내달렸다. 그는 천성적으로 말을 잘

탔다. 다이스케가 사범이었지만 근래에는 혼자서도 능숙해져 오히려 다이스케를 따돌릴 정도였다. 젊고 혈기왕성한 노부나가의 채찍을 맞자 이윽고 우즈기도 땀을 흘리기 시작했다. 그때 검은 갈기의 말 한 마리가 무서운 속도로 노부나가를 추월해서 달려갔다. 불시에 자신의 말에 먼지를 뒤집어씌우고 달려가는 말을 보며 노부나가가 외쳤다.

"앗, 고로자五郎左! 건방진 놈."

노부나가가 말을 달려 쫓아갔다. 고로자라고 하는 젊은 무사는 노신 히라데 나카쓰카사의 아들로, 성에서 철포 부대의 장을 맡고 있는 뛰어난 무사 중 한 명이었다.

선대 노부히데가 노부나가의 후견인으로 삼은 노신인 나카쓰카사에게는 세 명의 아들이 있었다. 장남인 고로자에몬五郎左衛門, 차남인 겐모쓰監物, 삼남인 진자에몬甚左衛門이 그들이었다.

지금 이 순간 무의식적으로 지기 싫어하는 노부나가의 기질이 치솟았다. 남에게 추월당하고 뒤처지고 먼지를 뒤집어쓰는 일 등은 그의 기질상 절대 용납할 수 없는 일이었다.

"이랴, 이럇!"

노부나가는 우즈기에게 두 번이나 사정없이 채찍질을 가했다. 우즈기는 나이는 먹었지만 명마였다. 대지가 말발굽 소리로 진동했다. 우즈기가 말발굽으로 땅을 박차며 빠른 속도로 내달리자 은빛 털이 바람을 가르며 기세 좋게 고로자에몬의 말을 추월해서 앞으로 나아갔다.

"주군, 말의 발굽이 깨지지 않게 조심하십시오."

고로자에몬이 주의를 주자 노부나가가 놀리는 투로 말했다.

"고로자, 벌써 포기했는가?"

고로자에몬도 스물네다섯의 혈기왕성한 무사였다.

"아직!"

고로자에몬이 어처구니없다는 얼굴로 쫓아오자 노부나가가 지지 않 겠다는 듯 말의 등자를 강하게 찼다.

우즈기는 '오다의 우즈기'라고 적국에까지 널리 알려진 명마였고, 돈 으로 치나 골격으로 보나 고로자에몬이 타고 있는 말과는 비교가 되지 않 는 말이었다. 하지만 고로자에몬의 말은 젊고, 말에 탄 고로자에몬 역시 평소에 노부나가처럼 주군 대우를 해주면 속으로 우쭐해하는 자와는 달 랐다. 그리고 말타기 연습과 훈련의 정도도 전혀 달랐다.

고로자에몬은 혼신을 다해 앞서 달리는 노부나가의 우즈기를 쫓아갔 다. 스무 간™ 정도 벌어졌던 거리가 말 열 마리 정도로, 다시 다섯 마리 정 도로 줄더니 이내 한 마리에서 코 하나 차이까지 좁혀졌다.

'앞선 자를 넘어서는 것은 쉽고 뒤에 오는 자에게 추월당하지 않는 것 은 어렵다'는 옛말처럼 추월당하지 않으려는 노부나가의 숨이 서서히 차 올랐다. 노부나가가 숨을 한 번 내쉬는 사이에 고로자에몬의 말이 순식간 에 먼지를 일으키며 추월하더니 마장의 반 바퀴를 앞질러 달려갔다.

"쳇!"

노부나가는 혀를 차며 안장을 버리고 땅으로 내려섰다. 전력을 다해 싸웠지만 패배한 고통 때문인지 그의 얼굴은 숨을 헐떡이고 있는 말보다 더 비통해 보였다.

"으음, 좋은 다리를 가졌군. 저 검은 갈기는……."

노부나가는 자신의 패인이 단지 검은 말의 다리 때문이라고 생각했다.

'고로자에게 추월당해서 기분이 상하신 것이 분명하다.'

멀리서 검은 말과 우즈기의 경합을 보고 있던 가신들이 노부나가가 도 중에 말에서 내린 것을 보고는 급히 노부나가 곁으로 모여들었다. 망연히 서 있는 노부나가에게 가장 빨리 달려와 무릎을 꿇고 국자를 내민 사람이 있었다.

"여기 물이 있습니다."

그는 얼마 전 잡일하는 사람들 중에서 뽑혀 노부나가의 짚신을 들고 따라다니는 데까지 승격한 도키치로였다. 짚신지기지만 수많은 하인 중에서 주군의 발밑까지 나갈 수 있는 사람이 되었다는 것은 파격적인 일이었다. 얼마 되지 않는 시간에 그 일을 맡게 된 도키치로는 지금 자신의 일에 열성을 다했다.

하지만 본래 주인들은 가신들의 한두 번의 임기응변이나 재치 정도에 감탄해서 눈길을 주는 법이 없었다. 노부나가는 도키치로가 가장 먼저 달려와 물을 바쳤지만 눈길은커녕 대답조차 하지 않았다. 잠자코 국자 자루를 쥐고 단숨에 물을 마신 뒤 도키치로에게 돌려주며 명령했다.

"고로자를 불러라."

대답은 다른 신하가 했다. 급히 그곳으로 달려온 가신 중 한 사람이 저편으로 달려갔다. 마장의 버드나무에 말을 매고 있던 고로자에몬은 노부나가가 부른다는 말을 전해 듣고 대답했다.

"지금 가려던 참이다."

고로자에몬은 느긋하게 땀을 닦고 옷깃을 여민 뒤 칼자루에 꽂아둔 고가이[53]를 뽑아 흐트러진 머리를 빗었다. 그는 주군 앞에 나가기 전에 한 가지 각오를 해야 했다. 다른 가신들도 노부나가가 성격상 그냥 넘어가지 않을 것이라며 침을 삼킨 채 줄지어 서 있었다.

"고로자입니다. 방금 전에는 무례를 범했습니다."

고로자에몬은 각오를 하고 무릎을 꿇고 있었지만 태도가 당당했다. 그의 그런 태도에 노부나가가 의외로 온화한 표정을 지으며 물었다.

"고로자, 잘 달리더군. 한데 그대는 대체 언제 그 같은 명마를 손에 넣

---

53) 칼집에 꽂아 넣은 가늘고 납작한 도구로 투구나 모자를 썼을 때 가려운 곳을 긁는 데 사용한다.

었나? 그 말은 어디 말인가?"

가신들은 한숨을 돌렸다. 고로자에몬이 웃음 띤 얼굴을 살짝 들며 말했다.

"눈에 드셨습니까? 실은 제가 자부심을 가지고 있는 애마입니다. 남부의 말 장수가 교토의 귀족에게 고가에 팔려고 끌고 온 것을 설득해서 산 말입니다. 그때 제가 돈을 많이 가지고 있지 않아 부득이하게 아버님께 물려받은 가보인 '노와케野分'라는 다완을 팔아서 샀습니다. 그래서 말의 이름을 노와케라고 지었습니다."

"흐음, 그런가. 근래에 보기 드문 명마인 듯하네. 고로자, 저 노와케를 갖고 싶은데 내게 주게."

"예?"

"값은 얼마든지 쳐줄 테니 내게 팔게."

"황송하지만……."

"뭔가?"

"그럴 순 없습니다."

"안 된다는 겐가?"

"예."

"무엇 때문인가? 그대는 다시 좋은 말을 찾으면 되지 않나."

"좋은 벗을 얻기 어렵듯이 좋은 말도 그리 흔한 것이 아닙니다."

"그러니 내게 양보하라는 것이 아닌가. 나도 말을 찾고 있던 중이었네. 이렇게 부탁하겠네."

"송구하지만 거절하겠습니다. 제 애마는 단지 제 자만심이나 놀이를 위한 것이 아닙니다. 나라가 위급할 때 전쟁에서 멸사봉공을 다하기 위해 기르고 있는 것입니다. 비록 주군의 간청이라고 해도 무사에게 목숨과도 같은 말을 드릴 수는 없습니다."

고로자에몬의 '봉공을 위해서, 무사의 소임을 위해서'라는 말에 노부나가는 무작정 달라고 할 수 없었다. 그래도 말에 대한 집착을 버리지는 못했다.

"고로자."

노부나가가 거듭 물었다.

"싫은가? 도저히 안 되겠는가?"

"그것만은……."

"저 말은 자네에게는 좀 과분하지만 자네 부친인 나카쓰카사 정도의 무사가 타기엔 충분하지. 자넨 아직 어리니 부친에게 드리는 것이 어떠한 가?"

"송구스럽지만 말안장 위에서 곶감이나 오이 등을 먹으며 성 아래의 마을을 다닐 때 명마는 필요치 않습니다. 오히려 저와 같은 무사가 타는 것이 노와케도 제 본분을 다하는 것입니다."

고로자에몬은 말을 아끼는 마음에 거절을 한 거였는데, 어쩌다 자신도 모르게 평소의 불만까지 드러내고 말았다.

고군孤君과 노신老臣

고로자에몬의 노부 히라데 나카쓰카사 마사히데平手中務政秀는 스무 날이 넘게 문을 닫아걸고 집에서 나오지 않았다. 그가 집에만 틀어박혀 있는 일은 매우 드문 일이었다. 그는 이 대에 걸쳐 오다 가문을 섬기고 있었는데, 선대인 오다 노부히데가 임종 전에 그에게 열다섯 살의 노부나가를 부탁한다는 유언을 남긴 뒤로 노부나가의 후견인이자 일국의 노신으로 전력을 다해왔다.

저녁 무렵 나카쓰카사는 혼자 앉아 거울을 들여다보고 있었다.

"⋯⋯."

나카쓰카사는 거울 속에 비친 백발이 성성한 자신의 머리와 하얗게 변한 혀를 보며 새삼 놀라고 말았다. 그도 벌써 예순이 넘었다. 헤아려보면 그는 지금까지 잠시도 쉰 적이 없었다. 백발을 확인하고 나이를 깨달은 것도 이십여 일 동안 문을 닫고 칩거한 덕분이었다. 나카쓰카사가 거울 상자의 뚜껑을 닫으며 장지문 너머로 외쳤다.

"가게유, 가게유."

아마미야 가게유雨宮勘解由가 촛대를 든 시동을 앞세우고 오더니 어두침침한 한쪽 구석에 무릎을 꿇고 앉았다.

"가게유, 사람을 보냈는가?"

"예, 이미 보냈습니다."

"그럼 곧 오겠구나."

"예, 모두 곧 오실 겁니다."

"술도 준비했겠지?"

"모두 귀한 술로 준비했습니다."

"음, 기분 전환하기 좋겠구면."

"더없이 좋을 듯합니다. 그리고 따뜻한 음식들도 준비하겠습니다."

가게유가 물러갔다. 2월 초순이었지만 아직 매화의 꽃봉오리는 열리지 않았다. 올해는 너무 추워 연못의 얼음이 풀린 날이 하루도 없었다.

조금 전 나카쓰카사가 부른 사람은 따로 자신들의 저택에서 사는 세 명의 아들이었다. 본래 이런 큰 저택에서는 장남은 물론이고 둘째와 셋째 아들까지 함께 사는 것이 관습이었지만 나카쓰카사는 아들과 손자 사랑에 이끌리면 봉공을 게을리하게 된다며 아들들에게 따로 저택을 내주었다. 그리고 아내가 세상을 떠난 뒤 홀로 외롭게 지내며 선군의 유고遺孤이자 주군인 노부나가를 마치 자신의 아들이라고 생각하고 보필했다.

그런데 얼마 전부터 노부나가가 그를 할아범이라고 부르며 탐탁지 않게 여길 뿐 아니라 얼굴을 돌리고 귀를 막으며 자신과 말하는 것조차 거북스러워하는 기색이었다. 의아하게 여긴 나카쓰카사가 근신에게 물어보자 근신은 며칠 전 마장에서 있었던 사건을 이야기해주었다.

"실은 자제분인 고로자에몬 님과 말을 두고……."

나카쓰카사는 그제야 의문이 풀렸지만 참으로 곤혹스러웠다. 불충을 저지른 고로자에몬은 그 뒤 출사가 중단되어 근신하고 있었다. 그 여파로 노부나가는 나카쓰카사의 말까지 곧이곧대로 듣지 않게 되었다. 그러자 시바타 곤로쿠 가쓰이에柴田権六勝家, 하야시 미마사카林美作와 같은 가신들이 이때다 싶어 노부나가에게 아첨하며 감언이설을 늘어놓았고 노부나가와 나카쓰카사 부자의 사이는 갈수록 골이 깊어졌다.

나카쓰카사는 이십여 일이 넘게 칩거하는 동안 자신이 늙었다는 것을 절절히 깨달았다. 그리고 주군인 노부나가 곁에는 가쓰이에나 미마사카와 같은 새로운 세력이 생겨났다. 나카쓰카사는 사십 년 동안 피로가 쌓였기 때문에 더 이상 젊은 그들과 싸울 기력이 없었다. 그런 그는 외로운 주군인 노부나가와 주가主家의 장래가 한없이 걱정되는 마음에 이십여 일 동안이나 집에 틀어박혀 있었던 것이다.

"지금 두 자제분께서 도착하셨습니다."

가게유가 나카쓰카사에게 상황을 알렸다.

"알았네. 지금 가지."

나카쓰카사는 그렇게 말하고는 벼루의 먹물도 얼어붙을 듯한 초저녁 추위에 등을 굽히고 무언가를 쓰기 시작했다. 그것은 어제부터 고심하며 쓰고 있던 장문의 서찰이었다. 어제 쓰다 말았던 서찰에 다시 붓을 들어 한 자 한 자 엄숙하게 써내려갔다. 장남 고로자에몬과 차남 겐모쓰는 서원에서 화로를 둘러싸고 기다리고 있었다.

"갑자기 사람이 와서 편찮으신 줄 알고 깜짝 놀랐습니다."

겐모쓰가 말하자 고로자에몬이 고개를 저으며 말했다.

"난 그리 생각하지 않았다. 얼마 전 일을 들으시고 혼을 내실 거라고 직감했다."

"하지만 그 일은 이미 이십 일 전에 아버님 귀에 들어갔을 거예요. 이리 급작스레 부르신 걸 보면 무슨 다른 급한 일이 있으신 건 같아요."

아들들은 나이를 먹었어도 아버지가 무서웠다. 두 사람은 걱정되는 마음에 부친을 기다리는 시간이 너무나 길게 느껴졌다. 셋째인 진자에몬은 다른 나라의 친척집에 가 있었기 때문에 바로 오지 못했다.

"왔느냐? 춥구나."

얼마 뒤 나카쓰카사가 장지문을 열고 모습을 보였다. 고로자에몬과 겐모쓰가 부친의 백발과 눈에 띄게 야윈 얼굴을 바라보았다.

"어디 편찮으신지요?"

"아니다. 이처럼 무고하다. 그저 너희가 보고 싶어져서 말이다. 나이 탓인지 가끔 적적해지는구나."

"그럼 딱히 급한 일이 생긴 것은 아니신지요?"

"그래. 그저 오랜만에 저녁이라도 함께하며 적적함을 풀려던 것뿐이다. 하하하, 긴장하지 말거라."

평소와 다름없었다. 밖에 싸락눈이라도 날리는지 처마를 두드리는 소리가 들렸고 촛불과 장지도 얼음장처럼 차갑게 느껴졌다. 하지만 아버지와 아들들 사이에 화목한 술자리가 이어지자 한기는 인내 사라지고 말았다. 고로자에몬은 주군의 노여움을 샀던 일을 말하고 용서를 구하고 싶었지만 아버지의 기분이 좋은 듯해서 좀처럼 기회를 잡지 못했다.

얼마 뒤 나카쓰카사는 하인들에게 술상을 물리고 엽차를 내오라고 일렀다. 그러고는 좋아하는 엽차를 기분 좋게 마시더니, 문득 손에 든 찻잔을 보며 고로자에몬에게 물었다.

"고로자, 내가 네게 물려준 노와케 다완을 다른 사람에게 팔았다는 말을 들었는데, 정말이냐?"

"예, 가보인 줄은 알지만 갖고 싶은 말이 있어 그것을 팔아 샀습니다."

고로자에몬이 사실대로 말하자 나카쓰카사가 말했다.

"그러냐. 그런 마음가짐이라면 내가 죽은 뒤에도 네가 봉공하는 걸 걱정할 필요가 없겠구나. 잘 팔았다."

고로자에몬은 꾸중을 들을 줄 알고 각오하고 있었는데, 나카쓰카사는 오히려 아들의 행동을 칭찬했다.

"고로자, 그런데 말이다."

나카쓰카사는 칭찬을 한 다음 근엄한 얼굴로 말을 이었다.

"노와케를 팔아 명마를 얻은 마음가짐은 좋지만 듣자 하니 마장에서 우즈키를 앞지르고 네 말을 달라고 청한 주군의 청을 거절했다더구나."

"그래서 저 때문에 아버님께서 주군에게 노여움을 사고 엉뚱한 피해를 입으셨으니 뭐라 말씀을 올려야 할지…….."

"애야, 잠깐."

"예?"

"내 일 따윈 제쳐두고, 그나저나 어찌 주공의 청에 인색하게 굴었느냐?"

"……."

"미욱한 놈."

"아버님……."

"무엇이냐?"

"어찌 그런 말씀을 하시는지 알 수가 없습니다."

"어찌 주공께서 청하시는데 드리지 않았느냐?"

"무사의 몸으로 주공께서 원하신다면 언제라도 제 목숨을 바칠 각오를 한 마당에 어찌 아까울 것이 있겠습니까. 그리고 명마를 취한 것은 사사로운 즐거움 때문이 아닙니다. 전쟁터에서 멸사봉공을 다하고자 한 것이었습니다."

"옳은 말이다. 그것은 알고 있지만…….."

"말을 드리면 주공께서는 흡족해하실 것입니다. 하지만 신하의 마음을 무시하시고 단지 자신의 말보다 빠르다고 무작정 달라고 하시는 게 안타까울 따름입니다."

"……."

"지금의 오다 가문이 위태롭다는 건 제가 말씀드리지 않아도 아버님께서 더 잘 아실 겁니다. 주군께서는 뛰어난 인물인 듯싶지만 나이를 먹어도 제멋대로인 방종한 기질만은 주군의 천성인 듯하여 한탄스럽습니다. 그런 주군의 기질에 순종하는 것만이 가신들의 충의라고 생각하지 않아 일부러 고집을 부린 것입니다."

"고로자!"

"제가 잘못한 것입니까? 정말로 잘못 생각한 것입니까?"

"마음속에 충의가 있어도 그런 식이라면 오히려 노부나가 공의 나쁜 기질을 부추기는 것과 같다. 나는 주군이 젖먹이였을 때부터 너희보다 더 많이 안아 키워왔다. 그래서 그분의 성격도 잘 알고 있다. 본래 큰 그릇인 만큼 작은 단점은 다른 사람보다 배나 많다. 네가 주군의 뜻을 거역한 것은 말하자면 주군의 천성으로 볼 때 티끌만도 못한 일이었다."

"과연 그러한지요? 말씀드리기 송구하지만 저나 겐모쓰, 또 가신 중에 지조가 있는 무사들은 주군을 두고 봉공의 보람이 없는 암군暗君이라며 한탄하고 있습니다. 시바타 곤로쿠나 하야시 미마사카와 같은 자들은 오히려 이번 일을 두고 뜻하지 않은 행운이라며 기뻐하고 있습니다."

"그렇지 않다. 다른 사람들이 뭐라 하든지 나는 그렇게 생각하지 않는다. 너희도 끝까지 주군의 모습 그대로를 섬겨라. 내가 죽은 뒤에는 더욱 그리해야 할 것이다."

"그것은 염려하지 마십시오. 무슨 일이 있어도 제 절의는 흔들리지 않을 것입니다."

"그 말을 들으니 안심이 되는구나. 어찌 됐든 나는 이제 늙은 나무와 같으니 내 뒤를 이어서 성심을 다해 주군을 섬겨다오."

돌이켜 생각하면 나카쓰카사의 말에서 죽음을 결심하고 있다는 것을 짐작할 수 있었지만 고로자에몬이나 겐모쓰는 그것을 깨닫지 못한 채 싸락눈을 헤치며 돌아갔다.

다음 날 아침, 나카쓰카사는 자결을 했다. 그 소식을 듣고 달려온 고로자에몬과 겐모쓰는 죽은 아버지의 얼굴에서 어떤 아쉬움이나 고통의 흔적도 찾을 수 없었다. 유언은 어젯밤 술자리에서 육성으로 남겼기 때문에 유족들에게는 유서도 한 장 없었다. 단지 주군인 노부나가에게 올리는 서찰 한 통이 있었고, 그것은 즉시 성으로 보내졌다.

"뭐라? 할아범이!"

노부나가는 나카쓰카사의 자결 소식을 듣는 순간 경악을 금치 못했다. 장문의 서찰에는 나카쓰카사가 구구절절 진심을 담아 쓴 고언^{苦言}이 담겨 있었다. 그는 죽음으로써 노부나가에게 자신의 뜻을 전한 것이었다. 노부나가는 나카쓰카사의 서찰을 읽어 내려가는 동안 눈물에 앞서 자신을 채찍으로 내리치는 듯한 극심한 고통을 느꼈다.

"할아범, 용서해주시게."

노부나가는 소리 내어 울었다.

노부나가는 자신이 말하고 싶은 것을 나카쓰카사에게만큼은 숨기지 않고 말했고, 나카쓰카사는 그동안 나라 안팎의 어려운 일을 떠맡아왔다. 그만큼 두 사람의 관계는 군신을 넘어 부자 이상으로 친밀한 사이였다. 고로자에몬과 관련된 일도 나카쓰카사가 잘 알고 있듯 노부나가가 나카쓰카사에게 응석을 부린 것이라 할 수 있다. 노부나가는 곧장 명을 내렸다.

"고로자를 불러라."

이윽고 고로자에몬이 들어와서 무릎을 꿇자 노부나가가 자리에서 일어나 고로자에몬 앞에 앉았다.

"할아범이 남긴 한마디 한마디가 모두 내 가슴을 울렸네. 평생 잊지 않을 것이네. 사죄하는 길은 그 길밖에 없을 것이네. 그 길밖에……."

주군인 노부나가가 절을 하려 하자 고로자에몬이 급히 노부나가의 손을 잡고 머리를 숙였다. 두 사람은 서로 부둥켜안고 울었다. 그리고 그해 노부나가의 명으로 성 아래에 나카쓰카사를 기리기 위한 절이 세워졌다.

"절의 이름은 어떻게 지으시겠습니까? 절의 화상에게 찬호撰號를 명하심이 어떠하실지요……."

부교奉行[54]가 묻자 노부나가가 고개를 저으며 말했다.

"할아범은 절의 이름을 승려가 명명하기보다 내가 지어주는 걸 더 기뻐할 것이네. 내가 짓겠네."

노부나가는 붓을 들어 정수사政秀寺라고 적었다. 히라데 나카쓰카사 마사히데의 이름에서 그대로 따온 것이었다. 그 뒤로 노부나가는 갑자기 나카쓰카사가 생각날 때마다 정수사를 찾았다. 그렇다고 절에서 회향을 하거나 독경을 외는 승려와 함께 앉아 있는 경우는 없었다.

"할아범, 할아범."

노부나가는 그렇게 뇌까리며 절 주위를 한 바퀴 거닐다 훌쩍 성으로 돌아올 뿐이었다. 때론 그러한 감정이 광인처럼 겉으로 나타나는 경우도 있었다. 매사냥을 할 때 돌연 잡은 새를 갈가리 찢어 허공을 향해 던지며 외쳤다.

"할아범, 노부나가가 잡은 사냥감이오. 받으시오!"

어떤 날은 강으로 고기를 잡으러 나와 갑자기 발로 강물을 걷어차며 외쳤다.

"할아범, 성불하시오!"

그런 노부나가를 보며 가신들은 어리둥절하기만 했다.

---

54) 무가武家 시대에 행정 사무를 맡아보는 각 부처의 장관이나 책임자를 가리킨다.

가시밭길

고지弘治 원년(1555년)에 노부나가는 스물두 살이 됐다. 그리고 그해 4월, 노부나가는 일족인 오다 히코고로織田彦五郞가 분란을 일으키자 기요스 성을 공격했다. 결국 노부나가는 기요스 성을 점령한 뒤 나고야에서 기요스 성으로 거처를 옮겼다.

'드디어!'

도키치로는 속으로 그렇게 생각하며 노부나가의 실력을 지켜보았다. 그동안 고군孤君 노부나가 주변에는 호시탐탐 그를 노리는 일족이 많았다. 그러다 보니 오른쪽도 가시밭, 왼쪽도 가시밭뿐이었다. 적이 숙부나 형제, 친척인 만큼 노부나가는 적국을 상대하는 것보다 더 험난한 가시밭길을 걸어야 했다.

오다 일족의 종가인 기요스의 히코고로는 노부나가를 두고 멍청이라고 욕하면서도 방심하지 않고 경계했다. 그리고 일이 있을 때마다 압박을 가해 노부나가가 자멸하기를 바랐다.

기요스 성에는 그전부터 슈고가守護家[55]인 시바 요시무네斯波義統가 살았는데, 그와 그의 아들인 요시가네義銀는 그런 노부나가의 편을 들었다. 그것을 알게 된 히코고로는 요시무네에게 은혜를 모르는 자라고 화를 내며 본보기로 요시무네를 죽였다. 그러자 아들인 요시가네는 그곳에서 노부나가가 있는 곳으로 도망칠 수밖에 없었다.

노부나가는 요시가네를 나고야의 천주방天主坊에 몰래 숨겨두고 그날 바로 군사를 일으켜 기요스 성을 공격했던 것이다. 노부나가는 '슈고가를 위하여'라고 외치며 장수와 병졸 들을 고무했다. 그는 명분 없는 싸움을 할 수는 없었다. 특히 종가를 치기 위해서는 대의명분의 깃발이 필요했다. 그런 상황에서 이번 일은 가시밭길 한쪽을 열 수 있는 절호의 기회였다. 그런데 얼마 뒤 나고야 성을 맡고 있었던 숙부 노부미쓰信光가 누군가에게 암살을 당하고 말았다.

"사도佐渡, 그대가 가게. 그대가 아니면 나를 대신해 나고야를 지킬 사람이 없네."

노부나가는 하야시 사도노가미林佐渡守에게 명령을 내렸다. 사도는 신명을 다하겠다는 다짐을 하고 나고야로 향했다. 사도가 노부나가를 대신해 성주의 임무를 맡게 되자 지조가 있는 가신들이 한탄했다.

"아아, 역시 우군愚君은 우군일 뿐이다. 어떤 때는 섬뜩할 정도로 영민한 듯하지만, 저런 하야시 사도노가미 같은 자를 믿으시다니……."

사실 사도의 행동에는 의심스러운 구석이 많았다. 노부나가의 부친인 노부히데가 살아 있던 시절, 사도는 둘도 없는 충신이었다. 선대인 노부히데가 임종 전에 히라데 나카쓰카사와 사도에게 노부나가를 부탁할 정도

---

55) 가마쿠라 막부와 무로마치 막부가 치안 유지와 무사 통제를 위해 나라 단위로 설치한 지방관 가문을 가리킨다.

였다.

하지만 노부나가의 방종과 천성이 마음에 안 들었는지, 노부나가의 어머니와 동생인 노부유키信行가 있는 스에모리末盛 성을 들락거리며 때가 오면 노부나가를 폐하고 노부유키를 주군의 자리에 올리려고 했다.

"주군은 사도의 속내를 모르시는 걸까?"

가신들이 근심스러운 얼굴로 속삭일 때마다 도키치로는 노부나가에게 무슨 의도가 있다고 생각하며 전혀 걱정하지 않았다.

기요스 성에서 늘 밝은 얼굴을 하고 있는 사람은 노부나가와 짚신지기인 도키치로뿐이었다. 가신들 중 하야시 사도와 그의 동생인 미마사카노가미, 그리고 시바타 곤로쿠 가쓰이에 등은 노부나가가 천성적으로 멍청할 거라는 선입관을 좀처럼 떨쳐내지 못했다.

"미노의 사이토 도산 님과 처음 만났을 때, 노부나가 공이 평소와 전혀 다르게 행동했다던데. 하하하, 굼벵이도 구르는 재주가 있다고 하더니. 장인이 격식을 갖추어 대하는데 사위인 노부나가가 하룻강아지 범 무서운 줄도 모르고 대범하게 행동하자 천하의 장인도 간이 철렁했나 보군. 옛말에 바보는 고칠 약도 없다더니 그 뒤 행동들을 보면 도저히 가망이 없는 듯해."

사도와 곤로쿠 등은 노부나가를 철저하게 감시했다. 어차피 노부나가에게 장래성이 없다고 판단한 만큼 그들의 언행은 점점 더 거리낌이 없었다. 그리고 하야시 사도가 나고야 성의 전권을 맡게 되자 곤로쿠는 뻔질나게 나고야 성을 왕래했다. 결국 어느 순간 나고야 성은 음모의 진원지가 되었다.

"언제 봐도 밤비는 좋군."

"이렇듯 차와 함께하니 더욱 좋은 듯하오."

사도와 곤로쿠는 성안의 정원수로 뒤덮인 작은 방에서 마주 앉아 차를 마셨다. 장마는 끝났지만 아직 완전히 개지 않은 저녁 하늘에서는 비가 내렸고 가끔 땅 위로 다 익지 않은 푸른 매실이 툭 소리를 내며 떨어졌다.

"내일은 날이 갤 듯합니다."

등롱에 불을 넣으려고 밖으로 나온 미마사카노가미가 오래된 매실나무 아래에서 혼잣말처럼 중얼거렸다. 그는 등롱에 불을 넣은 뒤에도 한동안 그 자리에 서서 사방을 둘러보았다. 그러고는 방으로 돌아와 낮은 목소리로 형 사도와 곤로쿠에게 말했다.

"이상은 없는 듯합니다. 시종들도 멀리 물렸으니 마음 편히……."

곤로쿠가 고개를 끄덕이며 말했다.

"그럼 속히 본론으로 들어갑시다. 실은 어제 은밀히 스에모리 성에 들어가서 모공母公 님도 뵙고 간주로 노부유키勘十郎信行 님과도 의논을 하고 왔으니, 이젠 그대의 결심만 남았소이다."

"모공께서는 뭐라 하셨소이까?"

"그거야 이의가 있으실 리 있겠소이까. 동의하셨소이다. 아무래도 노부나가 공보다는 노부유키 님을 훨씬 아끼고 사랑하는 분이시니 말이오."

"흐음, 그렇다면 노부유키 님도 결심을 하셨소?"

"사도와 곤로쿠가 나선다면 오다 가문을 위해 노부나가 공에게 칼을 겨눠도 어쩔 수 없다 하셨소."

"그대 혼자 설득한 것이오?"

"모공 님이나 노부유키 님은 마음이 약하시니 그렇게라도 하지 않으면 움직이지 않으실 것이오."

"두 분 모두 승낙하셨다면 명분은 충분하오. 어리석은 노부나가 공과 가문의 앞날을 걱정하는 가신은 우리만이 아닐 것이오."

"'오와리 일국을 위해, 오다 가문의 백 년을 위해'라는 명분은 좋지만…… 준비는 어떻게 하고 있소?"

"때마침 나고야로 옮겨 왔던 터라 그것도 이미 준비되어 있소. 북소리만 울리면 언제라도 가능하오."

"됐소이다. 그럼……."

곤로쿠가 몸을 앞으로 숙였을 때, 무언가 땅으로 툭 하고 떨어지는 소리가 들렸다. 푸르게 익은 매실이 떨어진 듯했다. 비는 잠시 멎었지만 바람이 불 때마다 물방울들이 처마를 때렸다.

얼마 뒤 마루 밑에서 개를 닮은 사람의 그림자가 기어 나왔다. 조금 전 나뭇가지에서 매실이 떨어진 게 아니라 그 사내가 마루 밑에서 머리만 내밀고 매실을 던진 것이었다. 방 안에 있던 사람들이 소리가 난 방향을 돌아보는 틈에 사내의 모습은 이미 어둠 속으로 사라지고 없었다.

첩자는 성주의 눈이자 귀이며 발이었다. 어디에 있든 온종일 가신들에게 둘러싸인 성주들은 모두 첩자를 이용했다. 노부나가에게도 뛰어난 첩자가 있었다. 하지만 누가 그 역할을 하고 있는지는 측근들조차도 알지 못했다.

노부나가에게는 세 명의 짚신지기가 있었다. 그들은 마타스케又助, 간마쿠, 그리고 도키치로였는데, 하인들 무리에 속해 있었지만 역할에 따라 숙소가 달랐다. 세 사람은 정원 근처에서 서로 교대를 했다.

"간마쿠, 왜 그래?"

도키치로는 간마쿠에게 호의를 가지고 진심으로 대했다. 간마쿠는 늘 잠만 자는 사내였다.

"배가 아파."

간마쿠가 얼굴도 내밀지 않고 말하자 도키치로가 이불 끝자락을 잡고 말했다.

"거짓말. 성 아래에 다녀오는 길에 맛있는 걸 사 왔으니 어서 일어나."

"뭔데?"

간마쿠가 고개를 내밀고 도키치로를 쳐다봤다. 그러고는 이내 자신이 속았다는 사실을 깨닫고 다시 이불을 뒤집어쓰며 말했다.

"아픈 사람을 놀리다니. 시끄러우니까 저리 가."

"일어나 봐. 마침 마타스케가 없으니 묻고 싶은 것이 있어."

간마쿠가 떨떠름한 얼굴로 일어나 혼잣말로 불평을 늘어놓으며 뒤편으로 나갔다. 그러고는 정원 안쪽 샘에서 흘러오는 물로 입을 헹구었다. 도키치로가 간마쿠를 따라갔다. 찌무룩한 방 안과 달리 기요스 성 안쪽에 있는 이곳 주변은 고즈넉했다. 또 저 멀리 성 아래가 훤히 내다보였다.

"나한테 물어보고 싶다는 게 뭐야?"

"어젯밤 일인데."

"어젯밤?"

"시치미 떼도 난 알고 있어? 나고야에 갔었지?"

"뭐?"

"성에 몰래 들어가서 하야시 사도와 시바타 곤로쿠의 밀담을 엿듣고 왔잖아?"

"원숭이, 말도 안 되는 소리 하지 마."

"그럼, 사실을 말해줘. 친구 사이잖아. 나는 벌써부터 눈치채고 있었지만 잠자코 네 행동을 지켜보고 있었어. 너는 노부나가 공의 간자 임무를 맡고 있지?"

"네 눈은 속일 수가 없구나. 알고 있었어?"

"한솥밥을 먹는데 어떻게 모르겠어. 노부나가 공은 내게도 소중한 주군이야. 나도 걱정되는 일이 있다고."

"물어보고 싶다는 게 그거야?"

"하늘에 맹세코 발설하지 않을게. 간마쿠, 날 믿어줘."

간마쿠는 그런 도키치로의 얼굴을 가만히 응시하다가 입을 열었다.

"좋아, 말해주지. 하지만 사람들 눈이 있으니 때가 되면 말해줄게."

그 뒤 도키치로는 간마쿠를 통해 오다 가문의 내부 사정에 대해 알게 되었다. 그리고 주인인 노부나가의 입장을 이해하게 되면서 더욱더 성심을 다해 봉공에 임했다.

그렇지만 도키치로는 그런 가신들과 음모에 둘러싸인 젊은 주군의 장래를 조금도 위태롭게 생각하지 않았다. 선대 이래의 노신과 중신 들은 노부나가를 포기했지만 아직 주군을 섬긴 지 얼마 되지 않는 도키치로만은 노부나가를 굳게 믿었다.

'주군은 지금의 상황을 어떻게 헤쳐 나가실까?'

신분이 낮은 도키치로는 그저 멀리서 마음속으로 기도하며 주군을 지켜보았다.

그달 말경이었다. 늘 그렇듯 노부나가가 갑자기 말을 내오라고 하더니 가신들을 거느리지 않고 성 밖으로 멀리 나갔다. 기요스 성에서 모리† 산까지는 삼 리 정도 됐다. 노부나가는 늘 아침밥을 먹기 전에 말을 타고 그곳을 갔다 오곤 했는데, 이날은 노부나가의 말 머리가 모리 산으로 향하지 않고 성 아래 열 갈래 길 중 동쪽을 향해 달리기 시작했다.

"아니, 주군께서?"

"어디로 가시려는 거지?"

뒤따르던 대여섯의 기마 무사가 깜짝 놀라 허둥지둥 노부나가를 쫓아갔다. 말을 타지 않은 무사나 짚신지기는 당연히 중간에 뒤로 처질 수밖에 없었다. 하지만 간마쿠와 도키치로는 필사적으로 노부나가를 쫓아갔다.

"드디어!"

두 사람은 서로 얼굴을 바라보며 직감했다. 노부나가의 말 머리가 나고야를 향하고 있었던 것이다.

도키치로는 간마쿠에게 깊은 내막을 들은 참이었다. 나고야는 노부나가를 죽이고 동생인 노부유키를 옹립하려는 음모의 근원지였다. 무슨 일을 벌일지 모를 노부나가가 무슨 일을 당할지 모를 험지로 무턱대고 달려가는 것이었다. 그보다 더 위험한 일은 없었다.

'큰일이다!'

간마쿠와 도키치로가 마음속으로 그렇게 예감한 것도 무리는 아니었다. 하지만 노부나가의 갑작스런 방문에 더 놀란 사람은 나고야 성의 하야시 사도노가미와 그의 동생인 미마사카였다.

"나리, 어서 빨리 마중을 나가십시오. 노부나가 공이 오셨습니다."

본성의 한 방으로 하인이 허둥지둥 뛰어 들어와 알렸지만 사도노가미와 미마사카는 귀를 의심하며 자리에서 일어서지 않았다. 설마 하는 마음이 더 컸던 것이다.

"불과 네다섯의 기마 무사를 거느리고 갑자기 오셨습니다. 어서 속히 나가 마중을 하셔야 할 듯싶습니다."

"그, 그게 정말이냐?"

"예, 그렇습니다."

"노부나가 공이 오셨다는 것인가."

"그렇습니다."

"이거 큰일이군."

사도는 낭패를 본 듯 얼굴색이 달라졌다.

"무슨 일일까?"

"형님, 우선 나가 마중을 하시지요."

"그렇군. 어서 따라오게."

두 사람은 긴 복도를 따라 서둘러 갔으나 노부나가는 벌써 현관 쪽에서 경쾌한 발소리를 내며 다가오고 있었다. 두 사람은 옆으로 비켜선 뒤 복도에 납작 엎드렸다.

"여, 사도. 미마사카도 건강하신가? 모리 산까지만 가려 했는데 기왕에 나온 김에 나고야에서 차라도 마셔야겠다 싶어 달려왔네. 격식은 필요 없으니 그저 차나 빨리 내오게. 어서."

노부나가는 그렇게 말하고는 본성 마루의 상단에 올라가 앉았다. 그러고는 뒤에서 숨을 헐떡이며 따라온 가신들을 바라보며 요란스럽게 부채질을 했다.

"덥군, 더워."

성안의 사람들은 차와 과자, 요 따위를 내오느라 정신이 없었다. 정말로 갑작스런 방문이었다. 사도와 미마사카 형제는 황망히 노부나가의 앞에 나가서 인사를 한 뒤 시녀와 가신 들이 당황하며 부산을 떠는 모습을 보고도 못 본 척하며 일단 물러났다.

"점심때도 가깝고 멀리까지 와 시장하실 테니 곧 점심을 내오라고 하실지 모른다. 빨리 음식 준비를 하라고 일러두어라."

사도가 말하자 미마사카가 그의 옷자락을 잡아끌며 속삭였다.

"형님, 저쪽에서 시바타 님이 잠깐 뵙고 싶다고 하십니다."

"바로 갈 테니 네가 먼저 가 있거라."

사도가 고개를 끄덕이며 작은 소리로 말했다. 시바타 곤로쿠 가쓰이에는 그날도 나고야 성에 와 있었다. 밀담을 끝낸 뒤 돌아가려고 일어섰지만 느닷없이 주군인 노부나가가 들이닥치는 통에 돌아가지도 못하고 작은 서원에 있는 비밀의 방으로 급히 숨어들었던 것이다. 얼마 뒤 미마사카와 사도, 그리고 곤로쿠가 한숨을 쉬며 얼굴을 마주했다.

"불시에 저리…… 정말 놀랐소."

"늘 저런 식이니 일을 정석으로 진행하면 틀어질 염려가 있소. 알 수 없는 것이 사람의 마음이라더니 멍청한 자의 우발심보다 더 무서운 것은 없을 것이오."

"그래서 하는 말이지만……."

곤로쿠가 눈으로 안쪽을 가리키며 말했다.

"저 속을 알 수 없는 노회한 야마시로 도산까지 새파란 사위에게 한 방 먹은 연유가 혹시……."

"그럴지도 모르오."

"형님……."

아까부터 이마에 깊은 주름을 잡고 주위에 촉각을 곤두세우고 있던 미마사카가 소리를 죽여 말했다.

"조금 전에 곤로쿠 님과 의논했는데, 바로 이 틈에!"

"지금 말이냐?"

"같이 온 자도 대여섯 명에 불과합니다. 이렇듯 갑자기 온 것이 말하자 면 천재일우의 기회가 아니겠습니까."

"주공을?"

"그렇습니다. 점심을 차리는 동안 날래고 실력 있는 자를 숨겨놓은 뒤 제가 점심 시중을 드는 중에 신호를 하면 바로 노부나가 공을……."

"만약 실패한다면?"

"정원과 복도 곳곳에서 부하들이 달려든다면, 다소의 사상자는 나오 겠지만 성공할 것입니다."

곤로쿠도 미마사카의 말을 거들었다.

"사도 님, 어떻소?"

한동안 머리를 숙이고 생각에 잠겨 있던 사도가 곤로쿠와 미마사카의 결의에 찬 눈빛을 이기지 못하고 입을 뗐다.

"흐음, 어쩌면 하늘이 내려주신 기회일지도 모르겠소. 그러면."

"그럼 결심을 하셨소이까?"

세 사람은 서로 눈을 마주 보며 무릎을 세웠다. 그때 복도에서 쿵쾅쿵

쾅 힘 있는 발소리가 들리는가 싶더니 큰 장지문이 확 하고 열렸다.

"사도, 미마사카 여기에 있었구먼. 차도 마시고 과자도 먹었으니 그만 돌아가겠네."

세 사람은 깜짝 놀라 다시 무릎을 꿇었다. 그러자 노부나가가 그 안에 있는 곤로쿠를 가만히 바라보았다.

"아니, 곤로쿠 아닌가?"

노부나가가 거미처럼 손을 바닥에 짚고 있는 곤로쿠 앞으로 다가가 그를 내려다보며 말했다.

"내가 왔을 때, 자네의 말을 닮은 말이 말뚝에 매어져 있어 혹시나 했더니 역시 자네 말이었군."

"예, 이곳에 있었습니다만 보시는 것처럼 이리 지저분한 복장으로 주군 앞에 나가는 것이 예가 아닌 듯하여 일부러 이곳에 있었습니다."

"하하하, 생각보다 멋쟁이인가 보구려. 나를 보시게, 이처럼 변변찮은 것도 아니지 않은가."

"황송합니다."

"어디."

노부나가는 차가운 부챗살로 곤로쿠의 목덜미를 간지럽히듯 가볍게 두드렸다.

"군신 간에 행색을 따지고 격식에 얽매이면 서먹서먹해지기 마련이지. 하나부터 열까지 격식을 따지는 것은 교토의 귀족님들이나 하는 것이네. 나는 시골 무사가 좋네."

"앞으로는……."

"왜 그러는가, 곤로쿠? 떨고 있지 않나?"

"주군의 뜻을 거스른 듯싶어 너무 황송한 나머지……."

"하하하. 용서하겠네, 용서해. 그만 얼굴을 들게. 아니, 잠깐. 내 가죽 버선 끈이 풀어졌군. 곤로쿠, 좀 묶어주지 않겠나?”

“예.”

“사도.”

“예.”

“내가 방해를 한 건 아닌가 모르겠네.”

“당치도 않은 말씀이십니다.”

“이 노부나가뿐 아니라 사방팔방 적국의 손님은 불시에 들이닥치기 마련이니 명심하고 성을 잘 지키게.”

“그렇지 않아도 아침마다 활과 화살을 닦고 있습니다.”

“그런가. 마음 든든한 가신들이 있어서 나도 안심이네. 하지만 나를 위해서가 아니라 자칫 잘못하면 그대들의 목도 날아갈 것이네. 곤로쿠, 다 되었나?”

“다 묶었습니다.”

“고맙네.”

노부나가는 엎드려 있는 세 사람의 뒤쪽 문을 열고 복도 중간에서 현관 쪽으로 돌아 나갔다.

“······.”

시바타 곤로쿠와 하야시 사도, 미마사카는 서로 새파래진 얼굴을 바라보며 한순간 망연히 있다가 퍼뜩 정신을 차리고는 급히 노부나가의 뒤를 쫓아갔다. 그러고는 현관 마루에 다시 엎드렸다. 하지만 노부나가는 이미 그곳에 없었다. 성의 정문 쪽으로 내려가는 폭넓은 비탈길 근처에서 말발굽 소리만 들려올 뿐이었다.

노부나가가 돌아가는 길에 신하들은 뒤를 따르고 있었지만 꽤 뒤처졌던 간마쿠와 도키치로는 그제야 뒤를 따를 수 있었다.

“간마쿠.”

"응."

"다행이다."

"다행이야."

두 사람은 앞서가는 주군의 모습을 기쁜 듯 바라보며 서둘러 따라갔다. 만약 무슨 일이라도 생기면 바로 기요스 성에 알려야 한다고 생각해 두 사람은 은밀히 성곽의 봉화대에 올라갔었다. 그리고 혹여 일이 터지면 파수꾼을 죽이고 봉화를 올릴 작정이었다.

노부나가의 수족과도 같은 나즈카名塚의 요새는 일족인 사쿠마 다이가쿠佐久間大學가 지키고 있었다. 그해 8월이었다. 아직 밤도 새지 않은 초가을 무렵, 요새의 병사들은 불시에 들이닥친 군마에 놀라 벌떡 일어났다. 적군은 의외로 그들의 아군이었다.

"나고야 성에서 모반을 일으킨 듯하다. 시바타 곤로쿠의 군사 천 명과 하야시 미마사카의 군사 칠백 명이 불시에 쳐들어왔다!"

짙은 안개 속 망루 위에서 누군가가 외치자 기요스 본성으로 파발이 날아갔다. 그리고 잠을 자고 있던 노부나가는 그 소식이 전해지자 즉시 무구를 갖추고 창을 들고 성문까지 달려갔다. 그런 그의 뒤를 따르는 사람이 아직 아무도 없었다. 그런데 단 한 사람, 노부나가보다 먼저 정문의 당교문唐橋門 옆으로 말을 끌고 와 기다리는 병사가 있었다.

"여기 말을 대령했습니다."

병사가 노부나가 앞으로 말을 끌어 건네자 노부나가는 자신보다 더 빠른 사람이 있다는 것에 놀라고 말았다.

"너는 누구냐?"

노부나가가 묻자 병사는 전립을 벗고 무릎을 꿇었다. 그의 등을 밟고 안장 위에 오른 노부나가가 다시 물었다.

"너는 누구의 수하냐?"

"짚신지기인 도키치로입니다."

"아, 원숭이구나."

노부나가는 어리둥절했다. 정원 청소나 하고 짚신이나 들고 다니는 도키치로가 출진에 앞서 가장 먼저 달려올 이유는 없었기 때문이다. 살펴보니 도키치로는 조악하지만 갑옷을 입고 경갑輕甲을 두르고 잡병의 전립도 쓰고 있었다. 그런 모습이 노부나가에게는 유쾌하게 보였다.

"싸움에 참가할 생각이냐?"

"함께 싸우도록 허락해주십시오."

"좋다, 따라오너라."

노부나가와 도키치로의 모습이 안개 속으로 멀리 사라질 무렵, 이십 명, 삼십 명, 사십 명의 기마대가 차례대로, 그리고 사오백 명의 군사가 당교를 뒤흔들며 뒤따랐다.

나즈카 요새의 군사들은 필사적으로 적의 공격을 막고 있었다. 혈혈단신으로 적진에 뛰어든 노부나가가 외쳤다.

"내게 활을 쏠 자는 얼굴을 보여라. 노부나가가 여기 있다. 사도, 미마사카, 곤로쿠! 너희의 힘이 얼마나 센지, 무슨 생각으로 내게 반기를 들었는지 내 앞에서 말해보거라."

분노한 노부나가의 우렁찬 목소리가 적들의 함성을 집어삼켰다.

"불충한 놈들, 각오해라!"

하야시 미마사카는 노부나가의 목소리에 겁을 집어먹고 도망치기 시작했다. 아무리 봐도 평소 노부나가의 목소리 같지 않았다. 마치 천둥소리와도 같았다.

미마사카의 장수와 병사 들은 선천적으로 주군에게 경외심을 품고 있었는데, 실제로 주군의 모습과 목소리, 그리고 준열한 위엄을 직접 대하자 몸이 굳어 손발도 움직이지 못했다.

"역적은 게 섰거라."

노부나가는 도망치는 미마사카를 발견하고 창을 내던졌다. 그러고는 미마사카의 병사들을 향해 소리쳤다.

"너희는 주인을 죽여도 주인이 될 수 없는 몸이다. 역적의 무리에 이용당해 그 오명을 백 세까지 남기기보다 노부나가의 말발굽 앞에서 사죄하고 참회하라. 뉘우치는 자는 살려주겠다."

왼쪽 진영이 무너지고 미마사카가 죽었다는 보고를 받은 시바타 곤로쿠는 군사를 물려 스에모리 성으로 도망쳤다. 그 성에는 노부나가의 어머니와 동생 노부유키가 있었다.

"어떻게 하면 좋단 말이냐."

패전 소식을 들은 어머니와 노부유키가 부들부들 떨면서 울었다. 도망쳐온 시바타 곤로쿠는 머리를 깎고 갑옷을 벗은 뒤 법의로 갈아입었다. 그리고 다음 날 하야시 사도와 함께 모공과 노부유키를 데리고 기요스 성으로 갔다.

모공의 사과만이 유일한 희망이었다. 노부나가의 어머니는 사도와 곤로쿠가 이야기해준 대로 노부나가에게 세 사람의 목숨을 구걸했다. 그런데 노부나가는 의외로 화를 내지 않았다.

"용서하겠습니다."

노부나가는 어머니에게 그렇게 말하고 등골에 식은땀을 흘리며 엎드려 있는 시바타 곤로쿠를 불렀다.

"방주."

"예……."

"곤로쿠 가쓰이에, 어찌 머리를 밀었는가? 어리석은 자 같으니."

노부나가가 쓴웃음을 짓더니 사도에게는 다소 준엄하게 말했다.

"그대도 마찬가지, 나잇값도 못하다니. 히라데 나카쓰카사가 죽은 뒤로 그대를 내 한쪽 팔로 여기며 믿고 있었소. 그런데 이제 와 다시 생각하니 나카쓰카사를 죽음으로 본 것이 너무도 분하구나."

노부나가는 눈물을 흘리며 한동안 아무 말도 하지 않았다.

"아니오. 나카쓰카사를 죽게 하고 자네가 모반을 일으키게 한 것 모두이 노부나가가 부덕하기 때문이오. 나도 깊이 반성할 것이니 그대들도 나를 섬기는 이상 두 마음을 품지 마라. 무문에 태어난 이상, 무사는 한길이 아니면 낭인일 것이오."

사도는 눈이 번쩍 뜨였다. 노부나가의 모습을 올려다보며 그의 진정한 자질을 마침내 깨달았던 것이다. 사도는 무서운 마음이 들자 온몸이 떨렸다. 그는 충성을 맹세하고는 얼굴도 들지 못하고 물러갔다.

하지만 노부나가의 혈육은 그것을 깨닫지 못했다. 노부유키는 노부나가의 관대함을 오히려 얕잡아 보며 '어머니가 있기 때문에 난폭한 형도 나를 어떻게 할 수 없는 것이다'라고 생각했다. 어머니의 맹목적인 사랑에 눈이 먼 노부유키는 그 뒤에도 끊임없이 음모를 꾸몄고 노부나가는 이를 한탄했다.

"노부유키의 못된 장난은 내버려두어도 괜찮겠지만 그로 인해 얼마나 많은 가신이 역도가 되어 몸을 망칠 것인가. 비록 혈육이라고는 하지만 가문을 위해, 그리고 가신을 위해 그냥 내버려두어서는 안 되겠다."

노부나가는 때를 기다리다 마침내 노부유키를 사로잡아 죽였다. 그 뒤로 그를 어리석다고 하는 가신은 아무도 없었다. 오히려 근래에는 노부나가가 곤란할 정도로 그의 명민하고 예리한 눈동자에 승복하는 사람이 많았다. 그동안 노부나가는 철저히 준비를 해왔다. 가신과 혈육을 속이기 위해 멍청하고 어리석게 보이도록 행동했던 것이다. 부친인 노부히데가 죽은 뒤 자신이 일국을 짊어지고 사방의 적국을 방어할 수 있을 때까지 안

위를 위해 위장했다. 그렇게 노부나가는 적국을 속이기 위해, 자신의 나라에 잠입해 있는 수많은 밀정을 제거하기 위해 주위의 혈족과 가신을 속여 왔던 것이다.

그러는 동안 노부나가는 인간의 표리와 세상의 이치에 대해 많은 것을 배웠다. 소년 시절부터 명군의 자질을 보였다면 모두 그를 주의하며 속내를 겉으로 드러내지 않았을 것이 분명했다.

봉공일심

"원숭이, 빨리 오너라."

하인들의 우두머리인 후지이 마타에몬藤井又右衛門이 허둥지둥 달려와 방에서 쉬고 있는 도키치로를 불러댔다.

"무슨 일이신지요?"

도키치로가 방에서 나오며 물었다.

"주인님이 부르신다."

"저를요?"

"갑자기 주인님이 너에 대해 물으시더니 불러오라고 하셨다. 혹여 잘못한 거라도 있느냐?"

"없는데요."

"좌우지간 빨리 따라오너라."

마타에몬이 도키치로를 데리고 예상치 못한 방향으로 앞장서서 갔다. 그날 노부나가는 성안의 병량 창고부터 부엌까지 돌아보고는 장작과 숯을 쌓아놓은 창고들을 조사했다.

"데려왔습니다."

마타에몬이 노부나가 곁으로 다가가 머리를 조아리며 아뢰자 노부나가가 발걸음을 멈추고 마타에몬 뒤에 서 있는 도키치로를 바라보았다.

"데려왔느냐? 그래, 원숭이. 앞으로 나오거라."

"예."

"오늘부터 너를 부엌 역인役人으로 삼을 테니 이곳에서 일하도록 해라. 알겠느냐?"

"황송합니다."

"부엌일이 공명을 세우는 일은 아니지만 화려한 전쟁터 뒤에서 도움을 주는 중요한 곳이다. 말하지 않아도 알겠지만 성심을 다해 일하도록 해라."

그 자리에서 도키치로의 지위와 녹봉이 한 단계 올랐다. 당시 부엌의 역인은 하인 신분은 아니라 해도 무사에게는 수치이자 내리막길로 접어드는 자리였다.

'저자도 드디어 부엌으로 떨어졌구나.'

사람들은 부엌을 전쟁에 나가지 못하거나 밖에서 쓸모가 없는 자들이 모이는 곳이라고 생각했다. 부엌에서 일하는 자는 하인들 사이에서도 무시를 당했고 출세의 기회나 장래성도 없었다. 마타에몬은 돌아오자마자 도키치로를 동정하며 말했다.

"원숭이, 하찮은 일을 맡게 되어 안됐지만 그 대신 녹봉이 늘었으니 출세했다고 생각해. 짚신지기는 신분이 낮아도 주군의 말 앞에서 일하다 보면 희망이 있지. 그 대신 목숨을 걸어야 하지만. 부엌에 있으면 목숨 걱정은 하지 않아도 된다."

도키치로는 그저 '예예' 하며 고개를 끄덕였다. 그 모습에는 전혀 불만이 없어 보였다. 오히려 그는 뜻밖에도 노부나가가 직접 자신을 불러 일을 맡겼다는 것에 진심으로 감격한 모습이었다.

부엌일을 맡은 뒤 도키치로는 가장 먼저 부엌을 살폈다. 부엌 안은 어두침침하면서도 음습하고 불결했다. 대낮인데도 빛이 들어오질 않으니 사람들은 일 년 내내 생기 없이 축 늘어져 생활해야 했다. 도키치로는 이대로는 안 되겠다고 생각했다. 평소 음기를 싫어하다 보니 어두침침하고 생기 없는 분위기도 싫어했다.

'저쪽 벽에 큰 창을 내서 바람과 햇살이 가득 들어오게 해야겠다.'

하지만 부엌에는 그곳만의 조직과 위계질서가 있었다. 그러다 보니 도키치로는 생각한 대로 실행에 옮길 수 없었다. 그는 매일 상인이 납품하는 말린 가다랑어포 중에서 벌레가 먹는 양을 조사하거나 표고버섯과 박고지의 수량을 기입하는 일을 묵묵히 했다. 성의 부엌을 드나드는 상인들은 도키치로가 부엌일을 맡은 뒤로 완전히 기세가 꺾였다.

"이거야 원, 기노시타 님이 상인들보다 더 잘 알고 있으니…… 건어물과 말린 생선, 곡식의 시세까지 훤히 꿰뚫고 있는 데다 물건 보는 눈도 정확하시니, 저희가 싼값에 팔 수밖에 없습니다."

상인들의 말에 도키치로가 웃으며 말했다.

"나는 상인도 아니고 내가 이득을 보는 것도 아니네. 자네들이 납품하는 물건들 모두 성의 높으신 분들 입으로 들어가는 것이네. 왜, 생명은 먹는 음식에서 온다고 하지 않던가. 이 성의 운명은 모두 부엌에서 올리는 음식에 달려 있네. 조금이라도 좋은 것을 올리는 것이 우리의 사명이네."

어떤 날에는 상인들에게 차를 대접하며 그들을 타이르기도 했다.

"자네들은 상인이니 물건을 가져올 때마다 얼마씩 이득을 올리는데, 만약 이 성이 적국에 멸망한다면 어떻게 되겠나? 오랫동안 쌓아놓은 대금뿐 아니라 집과 아이들까지 잃을 것이네. 게다가 적장이 이 성의 주인이 된다면 다른 나라에서 따라온 상인이 자네들의 장사까지 빼앗을 것이네. 그런 생각을 하면 나나 자네들이나 이 성의 가지와 뿌리가 되어 자손 대대로 함께 번성하며 이익을 얻는 방법을 생각해야 할 것이네. 그러니 성에 납품하는 물건으로 부당한 이득을 얻으려 한다면 오히려 자네들에게 화가 될 것이야."

그뿐 아니라 도키치로는 부엌을 관장하는 노인을 정성껏 섬겼다. 뻔한 일이라도 그의 의견을 묻고 마음에 들지 않는 일도 일단 복종해서 그의 체면을 세웠다. 그래서 부엌 사람들 중에는 도키치로를 약삭빠른 놈이라거나 모든 일에 참견하는 원숭이라고 험담하며 쫓아내려고 했다.

어디서나 자신이 원인이 되어 큰 물결을 일으키는 경우에 그 물결을 거스르는 역류도 있기 마련이다. 하지만 도키치로는 그런 역류에는 완전히 무관심했다. 도키치로는 노인과 의논한 뒤 노부나가에게 부엌 개축 허가에 대한 상소를 올려 허락을 받아냈다. 그러고는 목수에게 지시해 천장에 통풍구를 만들고 벽에 커다란 창을 달도록 했다. 하수도와 그 외에 모든 것을 자신의 생각대로 개축했다.

슈고쇼구守護職를 맡고 있던 시바斯波 가문이 기요스 성에 살게 된 이래로 몇십 년 동안 낮에도 불을 켜고 음식을 할 정도로 어두웠던 성의 거대한 부엌에 아침저녁으로 햇빛이 한가득 들어왔고 상쾌한 바람이 통하게 됐다.

재료가 빨리 썩는다거나 먼지가 눈에 다 보인다는 불평도 있었지만 그런 것에는 귀를 기울이지 않았다. 부엌이 한결 청결해지다 보니 불필요한 것들도 눈에 잘 띄었다. 일 년쯤 지나자 부엌은 도키치로의 성격대로 밝아지고 바람이 잘 통하고 활동적으로 변했다.

그해 겨울, 숯과 장작 관리를 맡았던 무라이 나가도노가미村井長門守가 물러나고 도키치로가 그 자리에 임명되었다. 그러자 도키치로는 노부나가가 왜 나가도노가미를 파면하고 자신을 그 자리에 임명했는지 생각해 보았다.

'흐음, 숯과 장작을 더 절약하라는 뜻일 거야. 재작년부터 말해왔지만 나가도노가미의 방식이나 성과가 마음에 들지 않으셨던 거야.'

새로운 책임자가 된 도키치로는 성안을 다니며 숯불과 장작이 사용되는 곳을 샅샅이 살펴보았다. 겨울에는 대기소, 서원, 정무를 보는 방 등 모든 곳에 불을 땠고 커다란 화로도 있었다. 특히 하인들의 방과 젊은 무사들이 머무는 곳에서는 화로에 목탄을 산처럼 넣어 땠다.

"기노시타 님이다, 기노시타 님이 온다."

"기노시타 님이 누구야?"

"새로 숯과 장작 관리를 맡은 기노시타 도키치로 님인데, 검사를 하러 오고 있어."

"아, 그 원숭이군."

"재로 덮어둬, 재로."

젊은 무사들은 허둥지둥 화로를 재로 덮거나 숯을 항아리에 넣고 시치미를 뗐다.

"다들 모여 있었군요."

도키치로는 무사들 사이에 끼어들더니 화로에 손을 갖다 댔다.

"이번에 불초 도키치로가 숯과 장작 봉행을 맡게 되었습니다. 잘 부탁드리겠습니다."

"그렇습니까? 잘 부탁드립니다."

젊은 무사들은 탐탁찮은 얼굴로 서로를 바라보았다. 도키치로는 화로에 꽂아둔 철로 만든 커다란 부지깽이를 들고 빨간 숯불을 파냈다.

"올겨울은 그리 심하게 춥지 않지만 이렇게 불을 파묻어두면 손끝만 따뜻하고 몸은 따뜻하지 않으니 이 숯을 잘 활용해야 합니다. 그리고 지금까지는 방마다 하루에 사용하는 숯의 양이 정해져 있었지만 그렇게 제한을 두면 추울 테니 앞으로는 숯을 마음껏 사용하십시오. 그리고 번거로운 절차도 없앴으니 필요한 만큼 창고로 와서 숯을 가져가십시오."

도키치로는 이제까지 말로만 절약을 강조한 탓에 위축된 병사나 하인의 방을 찾아가 오히려 숯과 장작을 더 많이 사용하라고 장려했다.

"이번 책임자는 의외로 대범한 듯하네."

"보아하니 원숭이가 책임자 자리에 단번에 오르더니 기분이 좋아져 선심을 쓰는 듯하군. 그의 말대로 하다간 우리까지 크게 혼날지도 몰라."

아무리 넉넉하게 쓰라고 해도 사용량에 제한이 있다 보니 하인들은 오히려 한도를 넘게 쓰지 않았다.

기요스 성의 숯과 장작의 연간 사용 비용은 대략 천 석이 넘었다. 영내의 벌목 면적도 해마다 늘어 지출비뿐 아니라 번藩의 재무 상태를 위해서도 절약이 필요했다. 노부나가는 절약을 명했고, 이 년 정도 무라이 나가도노가미에게 일을 맡겨보았지만 조금도 실적이 오르지 않고 오히려 비용만 늘었다. 더군다나 절약이라는 말 때문에 사람들의 마음이 위축되거나 삐뚤어지고 있었다. 도키치로는 먼저 위축된 사람들의 마음을 편안하게 해주었다. 그러고 나서 노부나가에게 진언을 했다.

"겨울철에는 젊은 무사와 병사, 하인 들 모두 실내에 틀어박혀 소금에 절인 채소에 따뜻한 차를 먹고 변변찮은 이야기를 나누며 시간을 보냅니다. 숯과 장작을 절약하기 전에 먼저 이러한 악습을 없애는 것이 좋을 듯합니다."

노부나가는 도키치로의 말을 받아들여 바로 노신들에게 명을 내렸다. 노신들은 책임자들을 불러 모아 사람들이 평소에도 열심히 일할 수 있도록 방법을 찾았다. 무구를 손질하게 하고, 강습을 받거나 선禪을 수행하고, 영내를 교대로 순시하고, 사격과 창술 연습을 장려했다. 그래도 시간이 나면 성안 토목공사를 시키거나 말발굽을 만들게 했다. 한마디로 쉴 틈을 주지 않았던 것이다.

대체로 장수의 마음에서 보면 부하들이 마치 자신의 아이처럼 사랑스러웠다. 굳게 맺어진 군신 사이는 혈육과도 같은 애정으로 이어져 있었다. 하지만 막상 전쟁이 터지면 그들은 자신의 눈앞에서 목숨을 버리고 싸웠다. 만약 군주의 은혜를 느끼지 않는다면 그 앞에서 목숨을 버리면서까지 싸울 부하는 없었다. 그러다 보니 아무래도 평소에는 관대해지기 쉬웠다. 또 언제 전쟁이 일어날지 모르기 때문이었다.

하지만 노부나가는 그것이 오히려 가신들을 위해서도 좋지 않다고 생각했다. 그래서 평소에도 촌각의 쉴 틈도 주지 않고 수양과 생활을 개선해 엄중하게 일과를 수행하도록 했다. 그리고 여자들에게도 교양을 쌓거나 청소를 하게 하고, 공성전이 벌어졌을 때를 대비해 훈련을 시키는 등 아침에 일어나서 저녁에 잠들 때까지의 생활 규율을 세우게 했다. 물론 노부나가의 생활도 마찬가지였다.

어느 날 노부나가가 다소 득의양양한 얼굴로 도키치로에게 말했다.

"원숭이, 근래는 어떠한가?"

"예, 주군의 명이 효과를 보이고 있습니다만 아직 부족한 듯합니다."

"아직 부족하다고?"

"한층 더 노력해야 합니다."

"아직 무엇이 부족한가?"

"성내 기강이 성 밖의 백성들에게도 스며들어야 합니다."

"맞는 말이다."

근래에 노부나가는 도키치로의 말을 많이 믿었다. 하지만 측근들은 그것을 늘 탐탁찮은 얼굴로 바라보았다. 도키치로와 같은 하인이 짧은 시간에 신분이 상승한 예도 없었고, 더욱이 주군의 앞에 나서서 직접 계책을 말하는 것을 불쾌하게 생각했던 것이다. 하지만 연간 천 석 이상 소비하던 숯과 장작의 양이 겨울 중간부터 눈에 띄게 줄어들었다.

"겨울은 추우니 숯과 땔감을 아끼지 말고 충분히 쓰도록 하시오. 일일이 각 방 책임자의 허가를 받을 필요도 없소. 자유롭게 창고에 가서 필요한 만큼 가져다 쓰시오."

도키치로는 각 방을 돌아볼 때마다 너그럽게 말했지만 오히려 사람들은 시간이 부족해서 쓸데없이 장작을 쓰거나 화로를 둘러싸고 앉아 있을 수가 없었다. 또 얼마간 시간이 생겨도 몸을 계속 움직이면 불이 필요가 없었다. 그러다 보니 취사를 할 때 빼고는 연료를 별로 쓰지 않아 한 달 연료로 세 달이나 사용하게 되었다.

그렇지만 도키치로는 아직 만족하지 않았다. 내년 겨울에 쓸 숯과 장작을 확보하기 위해 여름에 산에 올라 계약을 해야 했다. 그는 성에서 고용한 상인의 안내를 받아 산에 오를 채비를 하고 성을 나섰다. 벌목을 위해 산을 조사하는 과정은 이전부터 형식적인 행위에 지나지 않았다.

현지 상인이 '저 산에는 졸참나무가 몇 그루, 이 산에는 상수리나무가 몇 그루' 하며 말하는 대로 따라다닌다 해도 초보자는 산 하나에서 숯과 장작을 얼마나 확보할 수 있는지 전혀 짐작할 수가 없었다. 도키치로는 농사일이나 상가의 일이라면 무엇이든 다 알고 있다고 생각했지만 숯과 장작에 관해서는 자세히 알지 못했다.

"흠흠, 그런가. 그렇군, 그렇군."

도키치로도 이전 담당자들처럼 형식적으로 훑어보고 다니다 산에서 내려왔다. 그날 밤, 상인들은 도키치로 일행을 그 지역 유지의 집에 초대해 성대한 잔치를 베풀었다. 이러한 잔치도 기존 관례대로 이루어졌다.

"부교님을 비롯해 모든 분들도 고생 많으셨습니다."

"많이 피곤하실 줄 압니다."

"아무것도 준비하지 못했지만 오늘 밤은 편안하게 쉬십시오."

"앞으로도 잘 부탁드리겠습니다."

상인들은 번갈아 인사를 하고 아첨을 하며 도키치로 일행을 극진히 대접했다. 화사하게 화장을 한 여자가 도키치로 옆에 앉아 술을 따르고 안주를 권했다.

"좋은 술이군."

도키치로는 한없이 즐거웠다. 당연히 기분이 나쁠 리가 없었다.

"모두 다 미인이군."

도키치로가 지분 냄새를 음미하며 미인들을 둘러보자 상인 중 한 사람이 말했다.

"부교님께서도 역시 여자를 좋아하시나 봅니다."

상인이 건넨 농담에 도키치로가 당연한 얘기를 하냐는 듯 진지한 얼굴로 말했다.

"여자도 좋아하고 술도 좋아하네. 세상에 있는 모든 게 다 좋네. 하지만 조심하지 않으면 그 좋은 것이 화가 되기도 하네."

"화가 되지 않을 정도로 여자건 꽃이건 마음껏 즐기십시오."

"그래그래, 어디 마음껏 즐겨볼까? 그런데 자네들은 장사 얘기를 전혀 하지 않는군. 내 보아하니 조심스러운 모양인데, 그러면 내가 먼저 얘기를 꺼내겠네. 오늘 다닌 산의 잡목 대장을 좀 보여주게."

"예, 여기 있습니다."

"흐음, 자세히 나와 있군. 나무의 수는 여기 나와 있는 것이 맞는가?"

"예, 맞습니다."

"여기 숯과 장작 팔백 석 상납이라고 나와 있는데, 이 정도 산에서 이만큼 양이 나오는 게 맞는가?"

"작년보다 상납의 양이 줄었기 때문에 오늘 조사한 산의 분량을 감안하면 그렇게 됩니다."

다음 날 아침, 상인들이 도키치로의 기분을 살피러 왔다. 하지만 도키치로는 날이 밝기도 전에 일어나서 산으로 갔다. 그 말을 들은 상인들이 깜짝 놀라 산으로 올라갔다. 도키치로는 병사와 나무꾼과 백성 들에게 매매 계약한 산에 있는 나무들의 밑동을 석 자 길이로 자른 끈을 이용해 묶게 했다. 처음에 끈의 개수는 몇천 개였는데, 작업을 끝내고 남은 수를 계산해보니 얼마 남지 않았다. 그것으로 나무의 수를 쉽게 알 수 있었다. 그리고 대장에 기재되어 있는 나무의 수와 실제의 수를 비교해보자 수량이 거의 삼분의 일 이상 차이가 있었다.

"상인들을 모두 이리 부르게."

도키치로는 그루터기에 앉아 하인에게 명을 내렸다.

상인들은 내심 두려움에 떨며 그의 앞에 엎드렸다. 아무리 산을 조사해도 초보자는 나무의 수를 알 방법이 없었다. 실제로 지금까지의 부교들은 대장에 적혀 있는 수량을 온전히 그대로 믿었는데 이번 부교는 그런 수법에 넘어가지 않았다.

"자네들."

"예……."

"이 대장의 수와 실제 나무의 수가 많이 다르구먼."

"예?"

"대체 무슨 연유인가? 그대들은 성주님의 은혜를 고맙게 여기지 않고 오히려 자신들의 이윤을 위해 영주를 속이고 이렇듯 거짓 대장을 만들어 폭리를 취하고 있었던 게로군."

"당, 당치도 않습니다."

"그러면 어찌 이처럼 수량에 차이가 나는가? 이대로 숯과 장작을 상납한다면 백 석의 숯은 육칠십 석, 천 석의 장작은 육칠백 석밖에 되지 않을 것이네."

"아닙니다. 그럴 리가……."

"시끄럽다. 오랫동안 이 일을 하는 자네들이 이러한 큰 실수를 할 리가 없다. 이는 부교를 속이고 성주의 국비를 빼돌리는 대역죄라 할 수 있다."

"죽을죄를 지었습니다."

"모두 재산을 몰수하고 단죄해야겠지만 지금까지의 관리들 잘못도 있었으니 이번만은 눈감아주겠네. 그러니 수량뿐 아니라 있는 그대로 다시 적어서 가져오게."

"그리하도록 하겠습니다."

"그렇다 해도 그것만으로는 용서를 받을 수 없네."

"예?"

"한 그루 나무를 베면 열 그루 나무를 심으라는 옛말이 있네. 어제부터 이 지방의 산을 살펴보니 해마다 벌목하는 나무는 많은데 나무를 심은 흔적은 보이질 않더군. 그렇게 세월이 흐르면 언젠가 산기슭의 전야(田野)는 홍수에 휩쓸려갈 것이고 나라도 쇠퇴할 것이네. 나라가 쇠퇴하면 당연히 자네들도 그 피해를 입을 터. 실로 이익을 취하고 가산을 늘리고 자손들의 행복을 원한다면 먼저 나라가 강해져야 할 것이네."

"예……."

"그 세금으로, 그리고 지금까지 폭리를 취한 벌로 앞으로 천 그루의 나무를 잘라낼 때에는 반드시 오천 그루의 묘목을 내놓도록 하게. 어떻게 하겠는가?"

"고맙습니다. 그것으로 용서해주신다면 기꺼이 묘목을 내놓겠습니다."

"흐음, 그리한다면 대장에 적을 수량에서 인건비는 빼주겠네."

도키치로는 그렇게 말하고 그날 일을 시킨 백성들에게 벌채한 자리에 나무를 심을 것을 명했다. 그리고는 묘목 백 그루당 품삯을 정해 지불하겠다고 말했다.

"돌아가세."

도키치로의 말에 상인들은 그제야 살았다는 듯 생기를 되찾고 서로 속삭이면서 산을 내려갔다.

"식겁했네. 이번 부교님은 방심하면 안 되겠네."

"전처럼 엉성하게 하면 안 되겠지만, 그렇다고 손해는 아니니 좀 더 치밀하게 일을 하세."

산기슭에 이르자 도키치로가 황망히 돌아가려는 상인들을 붙잡고 말했다.

"소임은 다 끝났으니 나를 따라오게. 나도 오늘 밤은 편히 쉬고 싶군."

도키치로는 상인들을 마을 객사로 데려와 어젯밤의 답례로 음식을 대접했다. 그는 상인들과 함께 어울리며 기분 좋게 취했다.

만두

도키치로는 노부나가의 말을 듣고 몹시 유쾌하고 즐거워했다.

"부엌은 본래 경제를 으뜸으로 여기는 곳인데, 그런 곳에 너와 같은 자를 두는 것은 경제적으로도 큰 손실이라 할 수 있으니 앞으로는 마구간을 맡도록 하라."

노부나가는 도키치로에게 봉록 삼십 관과 성 아래 무사들이 사는 골목에 택지를 내렸다. 도키치로는 기쁜 일이 생기면 그것을 솔직하게 표현하는 성격이라 얼굴에 웃음꽃이 피는 것을 굳이 숨기지 않았다.

도키치로는 급히 간마쿠의 방으로 갔다. 간마쿠는 여전히 짚신지기를 하고 있었다.

"시간 있어?"

"왜?"

"성 아래에서 한잔 사고 싶은데."

"됐어."

"왜?"

"지금의 기노시타 님은 부엌일을 맡으신 관리이고 난 여전히 짚신지기이니 체면이 서지 않으실 테니까.”

“놀리지 마. 그런 마음이라면 자네를 가장 먼저 찾지도 않았네. 실은 지금도 과분한 소임인데 다시 봉록 삼십 관을 내리시며 마구간을 맡으라고 하셨네.”

“호오……”

“자네의 충의는 나도 믿음직스럽게 생각하고 있어. 그래서 함께 기쁨을 나누고 싶은 거야. 어때, 같이 가지 않겠나?”

“그건 축하할 일이군. 하지만 도키치로 님, 자네는 나보다 정직한 사람이야.”

“어째서?”

“자네는 무슨 일이든 나에게 털어놓고 숨기는 일이 없지만 실은 나는 자네에게 숨기는 일이 많아. 솔직하게 말하면 나는 짚신지기를 하고 있지만 가끔 특별한 임무를 맡아 나리께 막대한 수당을 받고 있어. 그리고 그것을 모두 고향 집에 은밀히 보내고 있어.”

“흐음, 고향에 집이 있었군.”

“에슈江州의 쓰게柘植 촌에 가면 일족도 있고 하인도 스무 명이나 있어.”

“아하, 고가甲賀[56]구나.”

“쓰게 촌은 이가伊賀야.”

“아, 그렇군.”

“그러니 자네에게 얻어먹으면 내 체면이 서질 않네. 언젠가 지금보다 훨씬 더 출세하면 서로 한턱내도록 하세.”

“그렇군. 몰랐네.”

“풍운은 지금부터야.”

---

56) 당시의 대표적인 닌자 조직으로 당시 이가伊賀와 쌍벽을 이루고 있었다.

"그렇고말고. 지금부터야."

"그러니 후일로 미뤄두세."

"좋네."

도키치로는 다시 더없이 유쾌해졌다. 세상이 참으로 밝게 보였다. 그의 눈앞에는 그늘이나 어둠과 같은 것이 없었다. 무서운 비밀을 지닌 닌자인 간마쿠조차 그에게 비밀을 털어놓았다. 오다 번에서 아무도 모르는 자신의 정체를 그렇게 쉽게 털어놓았던 것이다.

오늘 받은 녹은 불과 삼십 관에 지나지 않지만 그 삼십 관 중에는 주군인 노부나가가 이 년 동안 부엌에서 일한 자신의 소임을 인정해주었다는 의미가 담겨 있었다. 무엇보다 그는 그 사실이 기뻤다. 숯과 장작의 소비가 반 이상 줄었을 때보다 더 기뻤다.

"애초부터 경제를 으뜸으로 치는 부엌에 너와 같은 자를 두는 것 자체가 경제적으로 큰 손실이다."

노부나가가 말했을 때 도키치로는 평생 그 말을 잊지 못할 만큼 기뻐했다. 이른바 바둑을 둘 때, 곁에서 지켜보는 자의 눈에 수가 더 잘 보이는 법이다. 도키치로는 노부나가가 실로 말주변이 좋은 인물이라고 감탄하면서 그렇게 자신을 인정해준 것이 너무나 기뻤던 것이다.

도키치로는 때때로 보조개를 띠면서까지 혼자 싱글싱글 웃으며 성을 나와 기요스 마을을 득의만면한 얼굴로 걸어 다녔다. 무사들이 사는 마을 골목에서 가장 작고 문과 담장만 있는 집일 테지만 그는 휴가를 얻은 닷새 동안 하사받은 집에 가재도구를 준비하고 일하는 노파와 하인을 고용할 생각이었다.

'태어나서 처음으로 일가의 주인이 되는 것이다. 그 집을 보러 가자.'

도키치로는 그런 생각을 하며 하사받은 집으로 향했다. 집 부근에는 마구간 일을 맡고 있는 사람들만 살고 있었다. 조장의 집을 엿보다 잠깐 인사나 하려고 했지만 부재중인지 그의 아내가 나와 물었다.

"아직 혼자이신지요?"

"예, 혼자입니다."

"그럼 불편하실 겁니다. 저희 집에 하인도 있고 남는 가재도구도 있으니 필요하면 언제든지 가져가십시오."

친절한 부인이었다. 도키치로가 필요하면 그리하겠다고 말한 뒤에 문을 나서는데 부인이 하인들을 불러 말했다.

"마구간을 맡으신 기노시타 도키치로 님이네. 조만간 저기 오동나무밭에 있는 빈집에서 사실 테니 안내해드리고 시간 날 때 청소를 해놓게."

도키치로는 하인의 안내를 받아 앞으로 자신이 살게 될 관사로 갔다. 집은 상상 이상으로 큰 집이었다.

"아주 좋은 집이구나."

도키치로가 문 앞에서 중얼거렸다. 이전에 고모리 시키부小林式部라는 사람이 살았다고 했는데 그것도 꽤 오래전 일인지 집은 황폐했지만 그의 눈에는 크고 훌륭하게 보였다.

"뒤편은 오동나무밭이군. 이것도 길조다. 선조 이래로 기노시타 가문의 문장인 오동을 사용하고 있으니 말이야."

기억은 확실하지 않지만 도키치로는 왠지 그런 기분이 들었다. 아버지 야에몬이 가지고 있었던 갑옷을 넣어두는 낡은 궤와 단도의 칼집에서 비슷한 문양을 본 것 같아 안내를 하던 하인에게 그렇게 말했던 것이다.

도키치로는 스스로도 알고 있듯 기분이 좋을 때면 필요 없는 말이나 확실하지도 않은 일을 득의양양 지껄였다. 그렇게 입 밖으로 내고서는 쓸데없는 말을 했다고 경계하기도 했지만 절대로 나쁜 의도가 있거나 경박하게 말하는 게 아니었기에 대수롭지 않게 여겼다.

하지만 그런 점 때문에 주변 사람들에게 원숭이 놈이 또 허풍을 떤다는 얘기를 듣기도 했다. 그럴 때면 도키치로는 '그래, 난 허풍쟁이일지도 모르겠군' 하며 스스로 인정했다. 그렇다고 그를 오해하거나 싫어하는 사람은 결코 그의 거대한 생애를 함께할 동반자가 되지 못했다.

얼마 뒤 도키치로가 기요스 마을의 번화가에 모습을 드러냈다. 그는 그곳에서 가재도구들을 샀다. 그러고는 낡은 옷을 파는 가게 앞에 멈춰 서더니 우연히 오동나무 문양이 들어간 진바오리陣羽織[57]를 발견하고는 값을 물었다.

"싸군."

도키치로는 바로 산 뒤 그 자리에서 입어보았다. 조금 길었지만 보기 흉할 정도는 아니어서 입은 채로 걸어 다녔다.

진바오리라고는 해도 파란 목면이 하늘거렸고 옷깃에 비단과 같은 천이 달려 있었다. 누가 입었던 것인지 하얀 오동 문장이 등에 염색되어 있었다. 도키치로는 어머니에게 자신의 모습을 보여주고 싶었다.

마을의 번화한 곳을 걷자니 감개가 무량했다. 신카와의 다완집에서 봉공을 했던 때가 떠올랐다. 마을 사람과 예쁜 여자들이 있는 한가운데를 도기를 쌓은 손수레를 밀며 맨발로 지나가던 비참한 모습도 떠올랐다.

포목점에 들어가자 가게 안에는 교토에서 짠 고급 포목들이 선반에 진열되어 있었다.

"그럼 잘 가져다주시오."

도키치로는 무엇을 산 뒤 대금을 놓고 밖으로 나왔다. 그는 쉬는 날이면 늘 그렇듯 반나절 동안 돈을 다 쓰곤 했다.

길모퉁이 지붕에 파란 조개로 '요네* 만두'라는 글자를 장식한 멋진

---

57) 전쟁터에서 갑옷 위에 입던 짧은 겉옷으로, 비단이나 모직 등으로 만들었으며 소매가 없는 것이 특징이다.

간판이 걸려 있었다. 그곳은 기요스의 명물로 다른 지방의 길손들도 많이 찾고 마을 손님들로도 북적였다.

"만두를 주게."

도키치로는 커다란 오동 문양이 그려진 옷을 입고 북적이는 손님들 속으로 들어갔다. 빨간 앞머리를 늘어뜨린 소녀가 그를 맞았다.

"어서 오세요. 여기서 드실 건가요? 아니면 선물을 하실 건지요?"

도키치로가 의자에 앉으며 말했다.

"둘 다란다. 먼저 여기서 먹게 한 접시를 주고, 따로 돈을 줄 테니 나카무라 촌으로 가는 마부에게 부탁해 내 집에 만두 한 봉지를 전해주면 된다."

뒤돌아 일을 하던 주인인 듯한 사내가 끼어들었다.

"나리, 매번 찾아주셔서 고맙습니다."

"이거 여전히 장사가 잘되는구먼. 지난번처럼 배달을 부탁하고 있었네."

"예예, 이 부근에서 나카무라 촌으로 가는 사람도 많고 나카무라 촌 사람들도 자주 들르고 있으니 걱정 마십시오."

"언제라도 좋으니 부탁하네. 그리고 이 편지를 만두와 함께 전해주게."

도키치로는 가지고 있는 편지를 꺼내 가게 사람에게 건넸다. 봉투 겉면에는 '어머님께, 도키치로'라고 쓰여 있었다. 편지를 받아든 가게 사람이 물었다.

"급한 일이라도 있으신지요?"

"아니네. 급한 건 아니니 언제라도 좋네. 내 어머님은 예전부터 이 집 만두라고 하면 정신을 잃을 만큼 좋아하셔서……."

도키치로는 말을 하면서 입에 만두 하나를 넣었다. 그 맛에는 도키치로의 눈물샘을 자극하는 추억이 담겨 있었다. 소년 시절 어머니가 좋아하는 만두를 사다 드리고 싶었고, 또 자신도 침이 고일 정도로 먹고 싶었지만 늘 살 돈이 없어 꾹 참고 손수레를 밀며 가게 앞을 지나야 했다.

"아니, 기노시타 님이 아니시오?"

도키치로가 만두를 다 먹자 소녀와 함께 있던 무사가 아까부터 도키치로 쪽을 보고 있다 말을 걸며 가다왔다.

"아니."

무사는 활에 관한 일을 맡아보는 아사노 마타에몬 나가카쓰淺野又右衛門長勝였다. 도키치로는 머리를 숙여 공손히 인사를 건넸다. 성에서 말단 일꾼으로 일할 무렵부터 신세를 진 사람이라 각별히 예를 취했다. 하지만 마타에몬은 성안이 아닌 마을 한가운데에 있는 만두집이라 그런지 도키치로를 격의 없이 대했다.

"혼잔가 봅니다."

"예, 혼자입니다."

"저기 네네寧子가 있는데 합석하시지요."

"따님을 데리고 오셨군요."

도키치로는 옆을 바라봤다. 의자 하나를 사이에 두고 뒤편에 열일고여덟쯤 되어 보이는 소녀가 소란스러운 손님들 속에서 하얀 옷깃을 세우고 단정하게 앉아 있었다.

도키치로는 여자를 보는 눈이 꽤 날카로웠다. 그런 그의 눈에만이 아니라 어느 누가 봐도 미인이라고 감탄할 만한 보기 드문 소녀였다. 그 소녀의 이름은 '영자寧子'라고 쓰고 '네네'라고 읽었다. 그 가련한 이름이 소녀에게 잘 어울리는 듯했다. 네네는 작고 단정한 용모에 총명해 보이는 눈동자를 지니고 있었다. 마타에몬이 그 총명한 눈동자의 소녀 앞으로 도키치로를 데리고 왔다.

"네네."

"예."

"이쪽은 기노시타 도키치로 님이라 하는데 이번에 부엌 관인에서 마구간 관인으로 등용된 분이다. 잘 기억해두도록 해라."

"예. 그런데……."

네네가 얼굴을 붉히며 말했다.

"기노시타 님은 처음 뵙는 분이 아닙니다."

"뭐, 알고 있었더냐?"

"예에."

"언제, 어디서?"

"편지를 받거나 선물을 받은 적이 있습니다."

마타에몬이 깜짝 놀란 얼굴로 물었다.

"아니, 편지를 주고받았단 말이냐?"

"저는 보낸 적이 없습니다만."

"아무리 그래도 아비인 내게 아무 말도 하지 않다니 괘씸하구나."

"아닙니다. 어머님께는 모두 말씀드렸습니다. 어머님은 선물들을 완강히 거절하셨지만 기노시타 님께서 명절이나 정월이 되면 자주 선물을 보내셨습니다. 아버님께서도 인사를 하십시오."

"흐음."

마타에몬이 딸의 얼굴과 도키치로의 얼굴을 번갈아 바라보다 입을 열었다.

"이거, 아비라는 자가 이처럼 아둔해서야 원. 내 알지 못했구나. 흔히 '원숭이님은 빈틈이 없다'고 말들을 하지만 설마 내 딸을 점찍어두고 있다고는 생각지도 못했구나. 하하하."

"송구합니다."

도키치로는 몹시 부끄러워하며 손을 크게 뒤로 돌려 머리를 긁적였다.

아사노 마타에몬이 웃어주자 다소 마음이 놓이긴 했지만 새빨개진 얼굴
은 좀처럼 진정되지 않았다. 그는 네네가 자신을 어떻게 생각하든 상관없
이 그녀가 좋았다. 그래서 때때로 나카무라의 어머니와 누나에게 허리끈
이나 옷감 등을 전할 때 네네에게도 분수에 맞지 않는 돈을 들여 교토에
서 염색한 옷감이나 사카이에서 짠 비단 등을 사서 보냈다.

네네의 마음

"고히!"

아사노 마타에몬은 집에 돌아오자마자 큰 소리로 아내를 불렀다. 아내가 부산을 떨며 그를 맞았다.

"오셨어요."

"손님과 함께 왔으니 술상을 준비하게"

"손님이라니 누구신지요?"

"네네의 친구네."

"어머."

아내가 뒤따라 들어온 도키치로를 보며 깜짝 놀라 말했다.

"아니, 기노시타 님이시군요."

"고히."

"예……."

"무가의 아내로서 지금까지 내게 아무 말도 하지 않았다니 괘씸하군. 기노시타 님과 네네가 교제하는 걸 알고 있으면서 왜 내게 말하지 않았는가?"

"미리 말씀드리지 못해 죄송해요."

"죄송하다는 말로 끝날 일이 아니오. 부모가 되어 그것도 모르다니. 남들이 알면 어쩌려고 그랬는가?"

"네네가 편지 정도 받은 거예요."

"그래도 얘기를 했어야지."

"게다가 네네는 총명한 아이니 절대로 잘못된 행동은 하지 않을 거라고 믿었고요. 외간 남자들이 시답잖은 편지를 보내는 것까지 당신께 말할 필요는 없다고 생각했어요."

"당신이 네네를 그리 감싸고도는 게 문제요. 요즘 젊은것들은 무슨 일을 저지를지 장담할 수가 없소."

마타에몬은 그렇게 말하고는 입구에서 쭈뼛대는 도키치로를 돌아보며 껄껄 웃었다. 도키치로는 그저 머리만 긁적였다. 좋아하는 여인의 아버지가 자신을 집으로 데려오자 큰 은혜라도 입은 듯 가슴이 떨렸던 것이다.

"자, 들어오시게."

마타에몬이 앞장을 서며 도키치로를 응접실로 데려갔다. 기껏 해야 다다미 열 장 정도의 응접실이었지만 이 집에서 가장 좋은 방이었다. 근처에 살면서 활 다루는 일을 하는 사람들의 집은 오늘 도키치로가 본 자신의 집처럼 작고 초라했다. 본래 오다 가문을 섬기는 품계가 낮은 관리나 하급 무사들은 다들 집이 검소해서 응접실이라고 해봤자 무구 외에는 달리 눈에 띄는 가재도구가 없었다.

"네네가 보이지 않는데 어디 갔소?"

"자기 방에 있어요."

아내가 손님에게 차를 따르며 말했다.

"손님이 왔는데 어찌 정식으로 인사하러 오지 않소? 내가 있으면 늘 도망치기 바쁘군."

"그럴 리가요. 옷을 갈아입고 머리를 빗고 있을 거예요."

"네네한테 술상 차리는 걸 도우라고 하시오. 비록 솜씨는 없지만 도키치로 님께 네네가 직접 만든 음식을 올려보게 말이오."

"아닙니다. 괜찮습니다."

도키치로는 어쩔 줄 몰라 했다. 성안의 시바타 곤로쿠 가쓰이에柴田權六勝家나 하야시 미마사카林美作와 같은 무서운 중신들이 아무리 노려봐도 끄떡하지 않던 도키치로였다. 그런 도키치로가 지금은 작은 일에도 수줍음을 타는 청년이 되었다. 이윽고 엷게 화장한 네네가 인사를 하러 나왔다.

"변변히 대접할 건 없지만 이렇듯 아버지께서 이야기를 나누는 걸 좋아하시니 편히 말씀 나누세요."

네네는 손수 만든 요리상에 술병을 가지고 왔다.

"예, 예에⋯⋯."

도키치로는 마타에몬의 이야기에는 건성으로 대답하면서 네네의 몸짓과 뒷모습을 넋을 잃고 바라보며 '옆얼굴도 아름답구나' 하고 생각했다. 그리고 무엇보다 마음에 들었던 것은 갓 따낸 목화솜처럼 조금도 어색함이 없는 그녀의 자연스러운 모습이었다. 보통 여자들처럼 괜히 부끄러워하거나 새침을 떨지도 않았고, 아양이나 교태도 없었다. 그렇다고 여성스러움이 없는가 하면 그렇지도 않았다. 어스름한 달밤에 들에 핀 꽃처럼 청초하고 아련한 향기를 품고 있었다. 도키치로는 민감한 눈과 후각으로 끊임없이 그 향기를 느끼며 황홀감에 젖어 있었다.

"한 잔 더 어떠신지?"

"예에?"

"술을 좋아한다고 하던데."

"예⋯⋯."

"왜 그러시오? 술잔이 그대로이지 않소?"

"예, 천천히……."

도키치로는 금은 가루를 뿌려 만든 술병을 앞에 두고도 등불에 흔들리는 네네의 얼굴을 뚫어져라 바라보았다. 그러다 그녀의 눈이 문득 자신을 향하면 당황해하며 빨개진 얼굴을 쓸어내렸다. 그리고 네네보다 자신이 더 점잔을 빼는 것을 느끼고는 그런 자신을 한심하게 여겼다. 그러면서도 속으로는 '언젠가 때가 되면 나도 아내를 맞아야 할 것인데, 저런 가인佳人을 아내로 맞이하고 싶다. 저 여인이라면 아무리 가난해도 견딜 수 있을 것이고 고난과 맞서 싸울 것이며 착한 아이도 낳을 것이다' 하고 생각했다.

도키치로는 무엇보다 가정을 꾸린 뒤에 있을 고난과 빈곤을 먼저 생각했다. 그는 돈에는 뜻을 두지 않을뿐더러 자신의 앞날에 태산과 같은 고난이 기다리고 있다는 것을 예감했다. 그리고 그는 정숙하고 예쁜 아내, 무지무학과 다름없는 어머니를 소중하게 모시고 뒤에서 남편의 기분을 헤아리고 격려할 줄 아내를 맞이하고 싶어했다. 이 두 가지 바람과 함께 빈곤을 이겨낼 마음이 있는 여인이라면 더 바랄 것이 없었다.

도키치로는 마음속으로 '저 여인이라면!' 하고 생각했다. 그와 같은 생각은 지금 갑자기 든 게 아니라 사람들에게 그녀의 칭찬을 듣기 훨씬 전부터 해왔다. 그래서 그녀에게 남몰래 편지와 선물을 보낸 것인데, 이렇게 가까이에서 보게 되자 그의 마음은 한층 더 절실해졌다.

"네네."

"예."

"기노시타 님과 할 얘기가 있으니 너는 잠시 나가 있거라."

마타에몬이 그렇게 말하자 벌써 사위라도 된 것처럼 이런저런 공상을 하고 있던 도키치로의 얼굴이 다시 새빨개졌다. 마타에몬이 진지한 얼굴로 말을 꺼냈다.

"기노시타 님."

"예."

"말씀드릴 것이 있습니다."

"예."

"표리부동한 사람이 아니라 믿고 말씀드리는 것이니 가벼운 마음으로 들어주십시오."

"무엇이든 말씀하십시오."

도키치로는 네네의 부친이 자신에게 친근함을 표하자 기분이 좋았다. 그는 마음속으로 기대하고 있던 이야기가 아니더라도 기꺼이 들을 준비가 되어 있다는 듯 자세를 바로 했다.

"다름이 아니라 딸아이도 어느덧 때가 되어서."

"그, 그런 듯합니다."

도키치로는 목이 바싹 말라 말도 제대로 나오지 않았다. 고개만 끄덕여도 될 것을 뭔가 맞장구를 쳐야 한다는 생각에 이따금 필요 없는 대답을 했다.

"실은 여기저기서 과분한 혼담이 들어오는 터라 부모로서 어찌해야 할지 고민하고 있는 참입니다."

"분명 그러하실 것입니다."

"그런데 말입니다."

"예, 예."

"부모 마음에는 들지만 딸아이가 마음에 들어 하지 않는 경우도 있고."

"알 듯합니다. 여자의 일생이, 행복과 불행이 결정되는 중요한 일이니 말입니다."

"주군 곁에 있는 무사들 중에 마에다 이누치요前田犬千代라는 청년을 아실 겁니다."

"마에다 님 말입니까?"

도키치로는 눈을 껌뻑였다. 마타에몬이 갑자기 마에다 이야기를 꺼냈기 때문이다. 마타에몬은 차근차근 이야기를 꺼냈지만 그것은 도키치로의 기대와는 너무나 동떨어진 이야기였다.

"그렇습니다. 그 마에다 이누치요 님은 좋은 가문 출신인데, 네네를 아내로 삼고 싶다며 계속해서 사람을 보내고 있습니다."

"아, 예……."

도키치로의 대답은 흡사 신음 소리에 가까웠다. 홀연 강적이 나타나고 말았다. 가장 먼저 이누치요의 큰 키가 도키치로의 머리를 짓눌렀다. 그리고 이누치요의 수려한 이목구비와 명석한 말투, 주군의 곁을 지키는 무사들 속에서 자라 늘 몸에 밴 품격 있는 행실이 떠오르자 그에 대한 적대감이 소용돌이치듯 밀려왔다. 도키치로는 사람들이 자신을 '원숭이'라고 부르는 것을 어쩔 수 없는 일이라고 스스로 인정할 만큼 외모에 자신이 없었다. 그래서 그에게 미남이라는 말만큼 싫은 말은 없었는데, 바로 마에다 이누치요가 그런 미남이었다.

"네네 님을 보내실 생각인지요?"

도키치로는 자신도 모르게 묻고 말았다.

"그야 뭐."

마타에몬은 고개를 저으며 가슴을 쭉 펴더니 갑자기 생각난 것처럼 차가운 술잔을 입에 대고 말했다.

"실은 온후하고 침착한 이누치요 님이라면 좋은 신랑감이라 여겨 기뻐하며 약속을 해버렸는데 근래 딸아이가 좀처럼 받아들이지 않습니다."

"그럼, 네네 님은 그 혼담이 싫다는 것입니까?"

"싫다고는 하지 않지만 좋다고도 하지 않습니다. 아마도 싫은 모양입니다."

"흐음, 그렇군요."

"그런데 곤란한 것은 그 혼담입니다."

이야기를 하는 동안 마타에몬의 눈썹이 일그러졌다. 무사로서 이누치요와 약속한 일을 떠올리자 침통한 마음이 들었던 것이다. 평소에 마타에몬은 이누치요를 장래성 있는 청년이라고 생각했다. 그런 이누치요가 네네를 아내로 삼고 싶다고 하자 마타에몬은 기쁠 수밖에 없었다.

"어떠냐? 둘도 없는 신랑감이 아니냐?"

마타에몬은 큰 공이라도 세운 듯 네네에게 말을 꺼냈지만 뜻밖에도 네네는 전혀 기뻐하지 않았었다. 오히려 근심스런 얼굴빛이 역력했다. 그 순간 마타에몬은 인생의 반려자를 고르는 일은 피를 나눈 부녀 사이라 해도 생각이 다를 수 있다는 사실을 깨달았다. 그렇다고 이제 와서 되돌리기에는 자신의 입장이 난처했다. 부모로서도 무사로서도 이누치요를 볼 면목이 없었다. 이누치요 쪽에서는 가까운 시일 내에 '아사노 님의 따님인 네네를 아내로 맞을 것이다'라고 말하고 다녔고, 사람을 보내 구체적으로 혼담을 진행하려고 했다.

약속한 날짜가 다가오고 있었던 것이다. 마타에몬은 딸아이가 근래 몸이 좋지 않다거나 올해는 연운年運이 나쁘다고 아내가 고집을 부린다는 핑계를 대며 겨우 약속을 미뤄왔다. 하지만 이제는 더 이상 둘러댈 구실도 없다며 도키치로에게 고충을 털어놓았다.

"사람들이 기노시타 님을 두고 기지가 뛰어나다고 하던데, 무슨 좋은 방법이 없겠습니까?"

마타에몬은 다시 잔을 비우고 내려놓았다. 취하고 싶어도 취할 수 없는 표정이었다. 혼자서 즐거운 공상을 했던 도키치로는 마타에몬의 말을 듣고는 함께 근심하지 않을 수 없었다.

'상대가 좋지 않다.'

도키치로는 생각에 잠겼다. 나쁜 사람이라는 의미가 아니라 상대가 마에다 이누치요라면 간단히 해결할 수 있는 일이 아니었다. 이누치요는 그가 싫어하는 미남이었지만 소위 말하는 얼굴만 미남은 아니었다. 전국戰國시대의 거친 풍토에서 자란 굳세고 의젓한 기질과 틀에 얽매이지 않는 자유로운 정신의 소유자였다. 그는 열네 살 때 처음으로 오다 노부나가織田信長의 군대에 들어가 싸움에서 적의 수급 하나를 들고 돌아올 정도로 대단한 사내였다.

얼마 전에는 노부나가의 동생인 노부유키信行의 신하가 반란을 일으켰을 때에도 노부나가 군대의 선봉대로 나가 칼날이 부러질 정도로 싸웠다. 또 미야나카 간베宮中勘兵衛라는 자가 쏜 화살이 오른쪽 눈을 찔렀을 때도 화살도 뽑지 않은 채 말에서 뛰어내리더니 간베의 목을 쳐 노부나가에게 바쳤다. 그래서 하얗고 수려한 이누치요의 얼굴은 바늘 한 개를 그려넣은 것처럼 오른쪽 눈이 가늘게 일자로 뭉개져 있었다. 게다가 그는 노부나가조차 다루기 버거운 측근 무사였다.

"흐음, 이누치요라고 하면."

두 사람은 함께 방법을 찾아보았지만 당장 뾰족한 방법을 생각해내지 못했다.

"뭐, 그리 걱정하지 마십시오. 이번 일은 제가 맡아서 어떻게든 해결하겠습니다."

결국 도키치로는 그렇게 내뱉고 말았다.

그날 밤, 도키치로는 성으로 돌아와 잠을 갔다. 아무것도 얻은 것 없이 마타에몬의 근심만 절반을 떠안고 돌아온 형국이었다. 하지만 생각하기에 따라서는 나쁘지 않았다. 좋아하는 여인의 아버지가 마음속 근심을 털어놓았다는 것은 설령 그것이 마음의 짐이라고 해도 젊은 청년에게는 영광스러운 일이었다. 사실 도키치로는 마타에몬에게 신뢰를 받아서가 아니라 네네를 정말로 좋아했다.

'이것이 사랑인가?'

도키치로는 심란한 마음을 헤아려보다 사랑이라는 말을 중얼거리더니 문득 그런 자신을 한심하게 여겼다. 그는 사람들이 흔히 말하는 '사랑'이라는 말을 싫어했다. 소년 시절부터 사랑이라는 말을 체념하며 살아왔다. 그동안 그의 처지와 외모와 체격은 아름다운 여자들에게 경멸과 조롱과 모욕의 대상이었다. 그도 소년 시절에는 떨어진 꽃을 보면 슬퍼지고 달을 보면 마음이 울적했던 때가 있었다. 경박한 미인이나 귀공자는 상상도 할 수 없을 만큼 그는 다정다감한 감성을 속으로 삭여왔다. 그러다 보니 그의 내면에는 깊은 상처가 남았다.

도키치로 역시 사람이었다. 그는 지금껏 받은 조롱과 경멸을 언젠가 반드시 되갚아주겠다고 마음속으로 다짐해왔다. 세상 미녀들이 얼굴이 못생긴 남자에게도 무릎을 꿇고 아양을 부리며 사랑을 쟁취하기 위해 싸우는 모습을 보여주겠다고 다짐했다. 그리고 그 다짐을 자신을 독려하는 채찍으로 삼았다. 그런 생각은 알게 모르게 도키치로의 여성관이나 연애관에 깊은 영향을 끼쳤다. 그러다 보니 그는 사랑을 실감하지 못했고, 여자의 아름다움만을 좇는 남자들을 멸시했다. 또 연애를 인생의 최우선으로 삼거나 신비스럽게 생각하는 남자들을 경멸했다.

'하지만 네네라면 용서할 수 있을 것 같아. 사랑을 한다 해도…….'

인간은 자기 위주로 생각하는 법이다. 도키치로 역시 자신의 사랑에 대해 타협을 내리고는 네네의 얼굴을 떠올리며 잠이 들었다.

도키치로는 다음 날도 비번이라 성에서 일을 하지 않았다. 여느 때 같으면 어제 본 오동나무밭에 있는 자신의 집을 손질하거나 가구를 들여놓았을 테지만 그는 이누치요와 만날 기회를 엿보기 위해 성안에서 어슬렁거렸다.

이누치요는 늘 노부나가 곁에서 대기하고 있었다. 그러다 보니 그와 말을 나눌 기회가 별로 없었다. 상단에서 노부나가의 신하들을 내려다보는 그의 눈은 노부나가 이상으로 불손했다. 이따금 도키치로가 노부나가에게 진언을 하면 이누치요는 곁에서 사람을 꿰뚫어보는 듯한 눈으로 '원숭이가 또 헛소리를 한다'는 듯 입가에 희미한 웃음을 지어 보였다. 그런 모습이 건방져 보인 탓에 도키치로는 그와 그다지 교류를 하지 않았다.

"도키치로 님, 비번이시오?"

도키치로가 중문을 지키는 무사와 이야기를 나누는데, 그에게 말을 걸며 지나가는 사람이 있었다. 별생각 없이 뒤를 돌아보니 조금 전에 문지기가 사자使者로 나가 성에 없을 거라고 했던 이누치요였다.

"아, 오랜만입니다."

도키치로는 그를 쫓아가서 말을 걸었다.

"이누치요 님, 잠깐 긴히 드릴 말씀이 있습니다만."

도키치로보다 키가 훨씬 큰 이누치요가 도키치로를 내려다보며 대답했다.

"공적인 일이오, 아니면 사적인 일이오?"

"긴히라고 했으니 사적인 일입니다."

"그렇다면 지금은 안 되겠소. 주군의 명으로 나갔다가 돌아오는 길이니 사담을 할 때가 아니오. 나중에 합시다."

이누치요는 쌀쌀맞게 말하고 가버렸다.

'정나미가 떨어지는군. 하지만 의외로 좋은 점도 있는 자군.'

혼자 남겨진 도키치로는 멍한 표정으로 이누치요를 바라보다 큰 걸음으로 자리를 떴다.

성을 나온 도키치로는 오동나무밭의 새집으로 향했다. 도착해보니 한 사람은 문을 닦고, 또 한 사람은 짐을 짊어지고 있었다.

"집을 잘못 찾아왔나?"

주위를 둘러보니 부엌 쪽에서 남자 목소리가 들렸다.

"어이, 기노시타."

"아, 귀공이오?"

"자신의 새집 청소를 다른 사람에게 시키고 대체 어디에 다녀오셨소?"

그들은 도키치로가 숯과 장작 봉행을 할 때 곳간지기와 부엌일을 했던 동료들이었다.

"이거 어느새 제법 사람이 살 만한 집이 되었군."

도키치로는 마치 다른 사람의 집을 보듯 말하며 안으로 들어갔다. 집 안에는 술이 있었고 새 장롱과 다구를 얹는 선반도 있었다. 평소에 그를 좋아하고 따르던 사람들이 그의 영전 소식을 듣고 가져온 축하 선물들이었다. 그런데 주인이 보이지 않자 축하 선물을 가져온 친구들이 자신들 마음대로 청소를 시작하더니 가구를 놓고 문까지 닦던 참이었다.

"이거 고맙소, 고맙소이다."

도키치로는 머리를 긁적이며 서둘러 자신이 할 수 있는 일을 도왔다. 하지만 그가 할 수 있는 일이란 고작 술을 술병에 옮겨 담아 상에 놓는 정도였다.

"주인은 그저 가만히……."

벌목 산 사건이 있은 뒤로 도키치로에게 고마운 마음을 갖게 된 상인들이 술안주를 준비하고 물건을 사왔다. 부엌을 들여다보자 통통하게 살이 찐 하녀가 물청소를 하고 있었다.

"마을에서 데려온 하녀인데 당분간 일을 시키십시오."

상인의 말에 도키치로가 덧붙여 말했다.

"이번 기회에 하인과 일꾼 대신 노인 한 명을 고용하고 싶은데 좋은 사람이 있으면 알아봐주시게."

도키치로는 빙 둘러앉은 사람들 사이에 앉았다. 드디어 집들이가 시작되었다.

'오늘 이곳에 오길 잘했다. 만약 주인인 내가 없었다면……'

도키치로는 속으로 생각하며 사람들에게 고마워했다. 그는 지금까지 자신이 태평하다고 생각하지 않았지만 지금 이 순간만큼은 어쩌면 자신에게 태평한 면이 있을지도 모른다고 생각했다.

서로 허물없이 대하는 술자리였다. 평소에 예의와 격식을 엄하게 차린 만큼 술을 마실 때만은 서로 꾸밈없이 스스로를 드러냈다. 그것은 이 나라, 또는 이곳 무사들만의 풍습이 아니었다. 귀족들도 그러했고 무로마치 조정의 무가들 역시 마찬가지였다. 다시 말해 당시 술자리의 풍습이 그러했다. 그들은 감춰두었던 장기를 선보이거나 사루가쿠마이猿樂舞를 추거나 젓가락으로 기물을 두드렸다. 그때 집 근처에 살고 있는 동료들의 처자가 찾아와 문 앞에서 축하 인사를 전하고 돌아갔다.

"어이, 기노시타 님. 당가의 주인."

"왜?"

"왜라니, 동네를 한 바퀴 돌면서 이웃들에게 인사를 건넸는가?"

"아직……"

"아직이라고? 저편에서 인사하러 올 때까지 춤추고 노래만 부르는 사람이 어디 있는가? 자, 옷을 단정히 하고 한 바퀴 돌고 오시게. 이웃에게 이사를 왔다고, 마구간 일을 맡게 됐으니 잘 부탁드린다며 한 집 한 집 돌며 인사를 하게나."

사나흘 뒤, 하녀와 같은 마을에 사는 사내가 하인으로 왔다. 다른 마을에서 온 젊은 사내도 함께 일을 거뒀다. 비록 적은 녹봉이지만 이제 도키치로는 작은 집 한 채와 하인을 둔 일가의 주인이 되었다.

"다녀오십시오."

이렇듯 도키치로는 집을 나설 때마다 하녀와 하인의 배웅을 받는 몸이 되었다. 그는 헌옷 가게에서 하늘거리는 파란 무명천에 커다란 오동 문양이 들어간 진바오리를 사서 걸치고 칼을 찼다.

"다녀오겠네."

도키치로는 그렇게 말할 때마다 기분이 썩 나쁘지 않았다. 그는 네네가 자신의 아내였다면 더할 나위 없이 좋을 거라고 생각하면서 기요스 성의 바깥 해자를 따라 걸어갔다. 해자를 바라보며 걸어가던 터라 저편에서 누군가가 싱글싱글 웃으며 오는 것을 깨닫지 못했다. 네네를 생각하는 듯싶었지만 그는 머릿속으로 전시의 공성攻城과 농성籠城에 대해 생각하고 있었다.

'이름뿐인 이 해자의 깊이가 얕아 열흘만 비가 오지 않아도 이내 바닥을 드러내니 전시라면 흙 가마니 천 개만 던져넣어도 건널 수 있을 것이다. 또한 성안의 식수도 부족하다. 이 성의 결점은 수리水利가 나쁘다는 것이고 그래서 적의 공격을 능히 막아내기 어렵다……'

도키치로가 그런 생각에 빠져 있을 때 키 큰 사내가 다가와 그의 어깨를 치며 말했다.

"원숭이 님, 지금 출사하시오?"

"아……."

도키치로가 사내의 얼굴을 올려다봤다. 그리고 얼마 전부터 품고 있었던 숙제의 답을 찾았다는 듯 말했다.

"마침 잘 만났습니다."

사내는 마에다 이누치요였다. 얼마 전 성안에서 헤어진 뒤로 이야기를 나눌 기회가 없었는데 마침 성 밖에서 그를 만나게 되자 문제를 잘 해결할 수 있을 듯싶었다. 그런데 도키치로가 그 문제에 대해 말을 꺼내기도 전에 이누치요가 먼저 입을 열었다.

"원숭이 님, 얼마 전에 성안에서 내게 뭔가 긴히 할 얘기가 있다고 하셨는데 오늘은 공무 중이 아니니 말해보시지요."

"아, 그건."

도키치로가 주위를 둘러보더니 해자 끝에 있는 돌 위의 먼지를 털어내며 말했다.

"서서 할 얘기가 아니니 자, 이리 앉으시지요."

"대체 무슨 일이오?"

"네네 님에 대한 일로……."

"네네의 일?"

"그렇습니다."

"네네와 그대가 무슨 관계라도 있소이까?"

"굳은 약속을 나눈 사이입니다."

"……."

이누치요는 도키치로의 말이 진심인지 장난인지 살피려고 그의 얼굴을 빤히 쳐다보았다. 그는 무척이나 진지한 도키치로의 얼굴을 보고는 돌연 웃기 시작했다.

"흐음, 그렇군. 네네와 약속을……. 하하하, 그거 아주 재미있구려."

이누치요는 전혀 개의치 않았다. 자신의 연적으로 삼기에는 상대가 너무나 부족했다. 자만심이 아니라 아무리 공평하게 비교해도 자신을 버리고 저런 원숭이와 약속까지 할 유별난 여자는 세상에 없을 거라고 믿었던 것이다. 마을의 미천한 여자나 하급 무사의 딸 정도라면 몰랐다. 유미슈^弓衆[58]인 마타에몬 가문은 전형적인 무가였고 그의 딸도 교양이 있었다.

---

58) 무가의 직책명 중 하나로 궁수弓手 부대에 속한 무사, 또는 그 우두머리를 일컫는다.

"그런데?"

이누치요는 도키치로가 치기 어린 말을 하는 것을 이해한다는 듯 관대한 태도로 다음 말을 재촉했다. 도키치로는 일생의 대사라는 듯 진지한 얼굴로 솔직하게 말했다.

"이누치요 님."

"예."

"네네를 좋아하십니까?"

"네네?"

"아사노 마타에몬 님의 따님 말입니다."

"아, 네네 말이군."

"좋아하십니까?"

"좋아한다면 어떻게 하겠소?"

"주의를 드리고 싶습니다. 이누치요 님은 아무것도 모른 채 네네의 부친에게 네네와 혼인하고 싶다고 말씀하셨습니다."

"그럼 아니 되오?"

"아니 됩니다."

"어째서?"

"네네와 저는 서로 오랫동안 흠모하는 사이입니다."

"……?"

이누치요가 도키치로의 얼굴을 뚫어져라 바라보더니 갑자기 어깨를 들썩이며 웃었다. 하지만 도키치로는 자신을 경쟁 상대로 취급하지 않는 이누치요의 모습을 보면서 한층 더 진지하게 말했다.

"웃을 일이 아닙니다. 네네는 절대로 저를 배신하고 다른 남자에게 시집갈 여인이 아닙니다."

"하하하, 그런가."

"우리는 굳은 약속을 나눴습니다."

"그렇다면 그걸로 됐지 않은가?"

"하지만 공교롭게도 네네의 부친인 아사노 마타에몬 님이 말씀하시길, 이누치요 님이 혼인 약속을 취소하지 않는 한, 자신은 할복할 수밖에 없다고……."

"할복?"

"마타에몬 님은 네네와 저의 친밀한 사이를 전혀 모르고 계셨기 때문에 이누치요 님께 따님을 시집보내겠다고 말씀하신 듯합니다. 방금 말씀드린 것처럼 네네는 결코 이누치요 님의 아내가 될 수 없습니다."

"그럼 누구의 아내가 된다는 말인가?"

이누치요가 반문하자 도키치로가 자신의 얼굴을 가리키며 말했다.

"이렇게 말씀드리는 저입니다."

이누치요는 다시 웃었지만 이전과 같은 웃음은 아니었다.

"농담도 적당히 하시게. 원숭이 님, 그대는 거울이라는 것을 본 적이 있는가?"

"제 말을 거짓말이라고 여기시는 것인지요?"

"네네가 그대와 약속을 했을 리가 없네."

"사실이면 어떻게 하시겠습니까?"

"사실이라면 축하할 일이네."

"네네와 제가 혼례를 올려도 이의가 없으시겠지요?"

"원숭이 님."

"예."

"사람들이 웃을 걸세."

"비웃든 어떻든 저희 두 사람 사이는 어떻게 할 수 없을 겁니다."

"정말인가?"

"말씀드린 바와 같이……."

"여자란 말일세, 자신에게 다가오는 남자가 끔찍하게 싫어도 버드나무처럼 유연하게 대하는 법이네. 그러니 자신의 어리석음은 돌아보지 않고 나중에 속았다며 원망이나 하지 말게."

"어쨌든 네네와 제가 혼례를 올리더라도 마타에몬 님을 원망하지 않으시겠지요? 설사 이누치요 님이 사리에 어두웠다는 것을 알게 되더라도 말입니다."

"마음대로 하게. 전부터 내게 볼일이 있다고 한 것이 이것인가?"

"그렇습니다. 정말 고맙습니다. 방금 하신 말씀, 부디 잊지 마시길 바랍니다."

도키치로가 인사를 하고 고개를 들어보니 이누치요의 모습은 이미 그곳에 없었다. 그로부터 며칠 뒤였다. 마타에몬의 집을 방문한 도키치로는 마타에몬에게 지난번 일로 의논할 것이 있다고 말했다.

"그 뒤 이누치요 님을 뵙고 마타에몬 님의 고충을 말씀드렸습니다. 따님이 이누치요 님께 시집갈 생각도 없을뿐더러 저와 약속까지 하였으니 포기하는 수밖에 없을 것이라고 말씀드렸습니다."

도키치로는 마타에몬의 의아한 표정도 개의치 않고 계속 말을 이었다.

"그렇지만 이누치요 님도 네네 님한테 미련이 있는 듯 만약 다른 남자에게 시집을 간다면 허락하지 않지만 저라면 어쩔 수 없다고 하셨습니다. 그리고 일찍이 저와 따님이 약속한 대로 혼례를 올린다면 유감스럽지만 남자답게 포기하고 축복한다고 했습니다. 하지만 만에 하나라도 마타에몬 님이 따님을 다른 남자에게 시집보낸다면 결코 용납할 수 없다고 말씀하셨습니다."

"기노시타 님, 잠, 잠깐. 왠지 그대의 말을 듣고 있자니, 이누치요 님이 네네를 그대에게 주는 것은 괜찮지만 다른 남자에게 시집보내는 것은 용납할 수 없다고 말씀하셨다는 것처럼 들리는데…….”

“그렇습니다.”

“이해할 수가 없군. 대체 언제 내가 그대에게 네네를 주겠다고 했소이까?”

“면목이 없습니다.”

“무슨 당치도 않은 말씀이오? 그런 식으로 이누치요 님을 속이라고 부탁한 적은 없소이다.”

“맞는 말씀입니다.”

“그런데 어찌 이누치요 님께 그런 말도 되지 않는 얘기를 했소이까? 하물며 네네와 약속을 했다니 장난이 지나치시오. 어불성설이오!”

성격이 온후한 마타에몬이 다소 노기를 띠며 말했다.

“그대와 같은 자가 그렇게 말하니 듣는 쪽도 농담이라고 생각할 테지만 아직 시집도 가지 않은 딸아이에겐 큰 폐가 될 뿐이오. 그렇지 않아도 난감하고 복잡한 일을 그대가 더 복잡하게 만들어놓을 셈이오?”

“당치도 않습니다.”

도키치로는 머리를 숙여 사과했다.

“일이 이렇게 된 것은 제 잘못도 큽니다.”

“그런 변명은 듣기 싫소. 그대에게 상식이 있을 거라 믿고 털어놓은 게 잘못이오.”

“죄송합니다.”

“그만 돌아가시오. 뭘 우물쭈물하고 있소. 그런 말도 되지 않는 얘길 하고 돌아다닌다면 앞으로 내 집에는 발도 들이지 마시오.”

“예, 혼례를 올리는 날까지 삼가고 있겠습니다.”

“뭐, 뭐라고?”

마침내 마타에몬이 참지 못하고 고함을 쳤다.

"대체 누가 자네 따위에게 네네를 주겠는가. 설사 내가 허락한다 해도 네네가 승낙하지 않을 것이네."

"바로 그 점입니다."

"뭐가 말인가?"

"사랑만큼 기이한 것은 없습니다. 네네 님은 저 말고 다른 사내의 아내가 되지 않겠다고 생각하고 있을 것입니다. 실례지만 마타에몬 님께서 자신이 시집가는 것으로 잘못 생각하시는 건 아닌지요? 제가 아내로 원하는 것은 네네 님이지 마타에몬 님이 아닙니다."

마타에몬은 어이가 없어서 입을 다물고 말았다. 아무리 철면피 같은 자라도 싫은 표정을 지은 채 잠자코 있으면 곧 돌아갈 거라고 생각한 것이다. 하지만 도키치로는 돌아갈 기색을 보이지 않았다. 그대로 계속 앉아 있던 도키치로가 활달하게 말했다.

"저는 거짓말을 하지 않습니다. 어디 한번 마타에몬 님이 네네 님에게 속마음을 물어보십시오."

참고 있던 마타에몬이 더 이상 용서할 수 없다는 듯 뒤를 돌아보며 아내에게 소리쳤다.

"고히, 고히!"

그의 아내는 좀처럼 큰소리를 내지 않는 남편이 아까부터 화를 내자 장지문 근처에 와 있었던 듯 바로 문을 열었다.

"네네를 불러오게!"

"예."

하지만 그의 아내는 근심스러운 듯 남편의 얼굴을 올려다보기만 할 뿐 자리에서 일어서지 않았다.

"뭘 꾸물거리는가!"

"하지만……."

그의 아내가 진정시키려고 하자 마타에몬이 소리쳤다.

"네네, 네네!"

네네가 놀란 얼굴로 와서는 어머니 뒤에 앉아 고개를 숙였다.

"들어오너라!"

마타에몬이 근엄한 목소리로 물었다.

"여기 있는 기노시타 님과 부모 몰래 앞날을 약속한 일이 있더냐?"

"……."

뜻밖의 질문에 네네는 놀란 눈으로 아버지와 그 앞에 머리를 숙이고 있는 도키치로를 번갈아 바라보았다.

"네네, 말해보거라. 가명이 달린 일이고 또 앞으로 시집을 가야 할 너의 순결과도 관련이 있는 일이니 정확하게 말하거라. 설마 그런 일은 없었을 테지?"

"……."

네네는 잠시 잠자코 있다가 이윽고 조심스럽지만 단호한 목소리로 말했다.

"없습니다."

"흠, 알았다."

마테에몬은 적잖이 안심한 듯 가슴을 폈다.

"하지만 아버님."

"뭐냐?"

"마침 어머님도 계시니 말씀드리겠습니다만."

"말해보아라."

"부탁드릴 것이 있습니다. 비록 미욱한 몸이지만 기노시타 님이 저를 아내로 원한다면 부디 기노시타 님께 시집갈 수 있게 허락해주십시오."

"뭐, 뭐라고?"

마타에몬은 혀가 꼬일 정도로 당황했다.

"네네!"

"예."

"지금 제정신으로 하는 말이냐?"

"여자에게는 일생일대의 대사이며, 제 입으로 말씀드리기 부끄럽지만 저의 대사는 곧 부모님께도 대사이니 감히 말씀드린 것입니다."

"흐음……."

마타에몬이 신음 소리를 내며 딸을 바라보았다.

'대단하다!'

도키치로는 속으로 네네의 언행을 칭찬했다. 또 온몸이 들썩들썩할 정도로 환희를 느꼈다. 하지만 한편으로는 순수하고 소박한 무가의 딸이 어떻게 자신의 가치를 알아보았는지 문득 무서운 마음이 들었다.

도산道山의 최후

황혼녘, 도키치로는 마타에몬의 집을 나와 오동나무밭에 있는 자신의 집 쪽으로 망연히 걸었다.

'부모님께서 허락하신다면 기노시타 님께 시집을 가고자 합니다.'

도키치로의 머릿속에서 네네의 말과 목소리와 모습이 맴돌았다. 걷고 있는 동안 그는 제정신이 아닐 정도로 큰 기쁨에 휩싸였다. 하지만 네네가 너무나 분명하게 말했기 때문에 조금은 불안한 마음이 들기도 했다.

'정말로 그녀는 나를 좋아하는 걸까? 그 정도로 좋아한다면 전부터 내게 호의를 보였을 텐데.'

도키치로가 남몰래 편지를 보내거나 선물을 보냈지만 아직까지 네네는 한 번도 인사를 하거나 답장을 보낸 적이 없었다. 아무런 반응이 없었던 만큼 그는 당연히 네네가 자신에게 호의를 갖고 있지 않다고 생각했다. 이누치요나 마타에몬에게 한 말도 실은 억지에 불과했다. 네네의 의사와는 상관없이, 자포자기 심정으로 자신의 바람을 이야기해서 아내로 삼겠다는 일종의 도박과도 같은 것이었다.

그런데 네네는 아버지 앞에서, 더욱이 자신의 앞에서 '기노시타 님이라면'이라고 말했다. 참으로 용감한 행동이었다. 사실 도키치로는 마타에몬보다 더 놀랐다. 그만큼 그는 기쁨과 의심에 휩싸여 마타에몬의 집을 나섰다.

마타에몬은 어이가 없어 도키치로가 돌아갈 때까지 벌레를 씹은 듯한 표정만 보일 뿐 딸의 말을 인정하지 않았다. 오히려 세상에 별난 사람도 많구나 하는 당혹감과 슬픔, 아니 경멸하는 듯한 표정으로 잠자코 있었다.

"후일에 다시 찾아뵙겠습니다."

도키치로는 계속 앉아 있는 게 거북해 자리에서 일어났다. 그때 마타에몬이 처음으로 입을 열었다.

"으음, 생각해보도록 하지. 생각해보겠네."

마타에몬이 네네와 도키치로 두 사람에게 말했다. 그 말속에는 자신은 찬성하지 않는다는 뜻이 담겨 있음은 말할 필요도 없었다. 하지만 생각해보겠다는 말은 도키치로에게 희망적인 말이었다. 적어도 지금까지는 네네의 마음이 불분명했지만, 이제 그녀의 마음만 변하지 않는다면 마타에몬의 뜻을 바꿀 자신이 있었다. 생각해보겠다는 말은 거절이 아닌 앞으로의 과제였다. 도키치로는 벌써 네네가 자신의 아내가 된 듯한 기분이 들었다.

"이제 오십니까."

도키치로는 방에 들어와 자리에 앉아서도 앞으로의 과제와 네네의 마음에 대한 생각뿐이었다. 또 혼례를 올릴 경우 시기와 준비할 것들에 대해서도 생각했다.

"나카무라에서 소식이 왔습니다."

하인이 기장을 빻은 가루 한 보따리와 편지 한 통을 가지고 왔다. 편지는 나카무라의 어머니가 보낸 것이라는 걸 한눈에 봐도 알 수 있었다.

별일은 없느냐? 늘 봉공에 성심을 다하고 있을 줄 안다. 일전에 요네

만두도 많이 보내주고, 또 오쓰미에게도 매번 옷과 선물을 보내주는데 고맙다는 말도 못 전하고 그저 눈물만 흘렸다.

얼마 전 도키치로는 어머니에게 편지를 보냈다. 그는 편지에 작은 집 한 채를 갖게 되었다는 소식을 전하면서 어머니에게 나카무라를 떠나 자신의 집으로 옮겨오라고 했다. 아직 녹미를 삼십 관밖에 받지 못해 크게 효도할 수는 없지만 이제 배를 곯을 걱정은 하지 않아도 되고, 하인이 두 명이나 있으니 이곳에 오면 힘든 일을 하지 않아도 된다고 했다. 또 누나인 오쓰미에게 어울리는 신랑도 찾아주고 술을 좋아하는 의붓아버지에게도 적으나마 좋은 술을 드릴 수 있다고 했다. 그리고 근래에는 자신도 다소 먹고살 만하니 가족이 다 모여서 예전 가난했던 생활을 이야기하며 함께 살자고 편지를 보냈던 것인데, 어머니는 답신으로 다음과 같이 적어 보냈다.

기요스로 옮겨오라는 네 말에 얼마나 기뻤는지 모른다. 끼니를 굶지 않고 이렇게 생활할 수 있는 것도 네 덕분이자 네 주군의 은혜일 것이다. 하지만 주군의 은혜를 입고 오로지 봉공에 힘써야 할 지금, 네가 우리 때문에 봉공에 소홀하는 일이 있어서는 안 될 것이다. 무사는 죽을 각오로 봉공을 해야 하는 법이다. 네가 도와준 덕분에 먹는 것도 입는 것도 부족함이 없다. 옛날을 떠올리며 이게 다 신령님과 부처님, 영주님의 은혜라고 생각하고 아침저녁으로 손을 모아 감사를 드릴 뿐이다. 그러니 부디 이 어미 걱정은 하지 말고 봉공에 힘쓰길 바란다…….

도키치로는 하인이 앞에 있는 것도 잊은 채 눈물을 뚝뚝 흘리며 몇 번이고 편지를 다시 읽었다. 주인은 자신이 부리는 하인에게 우는 얼굴을 보이지 않아야 했다. 또 무사는 다른 사람에게 눈물을 보여서는 안 된다고 교육을 받았지만 그는 그렇지 않았다. 너무나 서글피 우는 까닭에 앞에 있던 하인이 오히려 어쩔 줄 몰라 하고 있었다.

'아아, 내가 잘못 생각했구나. 어머님의 말씀이 옳다. 역시 어머니는 훌륭하시다. 그래, 아직 일신일가一身一家의 작은 욕망을 생각할 때가 아니다.'

도키치로는 어머니의 편지를 접으며 고개를 끄덕이더니 눈물이 하염없이 흐르는 눈가를 어린아이처럼 팔뚝으로 비볐다.

'그래! 요 근래에는 전쟁이 없었지만 성 아래 마을은 언제 전쟁이 일어날지 모른다. 나카무라에 계시는 편이 어머니나 누나에게 좋을 것이다. 아니지, 그런 생각 자체가 틀렸다고 말씀하시는 것이다. 오로지 성심을 다해 봉공을 해야 한다.'

도키치로는 접은 편지를 머리에 대고 절을 하면서 어머니가 앞에 있는 것처럼 되뇌었다.

"어머님의 말씀 잘 알겠습니다. 꼭 그리하겠습니다. 주군과 다른 사람들에게 인정을 받게 되면 제가 다시 맞이하러 갈 터이니 그때는 제 집으로 꼭 옮겨오십시오."

도키치로는 보따리를 젊은 하인에게 건넸다.

"부엌으로 가지고 가게."

"예."

"왜 내 얼굴을 그리 보는가? 울 때 우는 것이 뭐가 이상한가? 이것은 내 어머니가 손수 밤중에 간 기장 가루이니 부엌의 하녀에게 말해 경단으로 만들어 내가 가끔씩 먹을 수 있게 해주게. 내가 어릴 때부터 경단을 아주 좋아해서 어머니가 그것을 기억하고 보내신 것이니 말이네."

그 순간 도키치로는 네네의 일을 완전히 잊어버렸다.

"어머니는 무엇을 드시고 계실까? 내가 가끔 돈을 보내드려도 여전히 맛있는 것은 자식에게 먹이고 아버지에게는 술을 사드리고 소금이나 나물만 드시는 건 아닐까? 어머님이 오래 사셔야 할 텐데……."

도키치로는 혼자 야식을 먹으며 중얼거렸다. 그리고 잠자리에 들어서는 반성을 했다.

'그래, 어머님도 맞아들이지 못하는데 아내를 맞기에는 아직 이르다. 너무 빠르다.'

그렇다고 네네를 포기한 것은 아니었다. 다만 네네를 아내로 맞는 것을 조금 늦추는 것이 좋다고 생각한 것뿐이었다.

어느새 도키치로는 잠이 들었다. 이윽고 문밖에서 말이 달려가는 말발굽 소리가 들렸다. 한두 마리가 지나간 뒤 다시 두세 마리가 달려갔다. 그 순간 도키치로가 벌떡 일어나며 외쳤다.

"곤조權三, 곤조!"

곤조는 젊은 하인의 이름이었다. 그는 기마타木股 촌 출신이어서 기마타 곤조라고 불렸는데 도키치로는 그를 곤조라고 불렀다.

"무슨 일이십니까?"

따로 하인의 방이 없었기 때문에 곤조는 늘 주인 옆에서 잠을 잤다.

"밖을 살피고 오너라. 이 늦은 시간에 말이 화급을 다투듯 성 쪽으로 달려갔다."

"예!"

곤조는 칼을 들고 바로 밖으로 나갔다가 이내 돌아왔다. 주인인 도키치로가 덧문을 열고 툇마루 끝에서 밤하늘을 올려다보는 모습을 보고는 마당에서 무릎을 꿇고 말했다.

"보고 왔습니다."

"무슨 파발이더냐?"

"미노美濃의 사카이境에서 보낸 급사急使들인데 무슨 일이 일어난 듯합니다."

"미노지美濃路에서?"

도키치로는 밝아오는 하늘가를 다시 바라보았다.

"관리의 사자이더냐, 아니면 미노의 사이토 가문의 사자이더냐?"

"미노의 파발도 보이고 관리의 사자도 있는 듯합니다."

"그런가."

도키치로는 고개를 끄덕이고는 이내 잠옷을 벗었다.

"곤조, 무구를 넣어둔 궤를 가져오게."

"예!"

곤조는 벌떡 일어나 곧바로 주인 앞에 궤를 가져다놓았다.

얼마 뒤 도키치로는 성 쪽을 향해 밤길을 달려갔다. 볼품없는 갑옷에 칼을 차고 가죽 버선에 짚신을 신고 질풍처럼 내달렸다. 미노라는 말을 듣는 순간, 그는 짐작 가는 일이 있었다. 요 몇 년 동안 팽팽한 긴장감에 휩싸여 있던 미노의 사이토 가문에 내란이 일어났다고 생각한 것이었다.

'머지않아 반드시.'

도키치로는 그동안 아무 일이 일어나지 않은 것을 오히려 이상하게 여기며 머지않아 내란이 일어날 것이라고 믿고 있었다.

'내란이다!'

도키치로는 믿어 의심치 않았다.

기요스 성에 도착해보니 역시 성문에 군마가 모여 있었다. 성문을 지키는 병사가 평소와 다른 도키치로의 모습을 보고는 갑자기 창을 겨누며 다가왔다.

"누구냐? 멈춰라!"

도키치로가 큰 소리로 신분을 밝혔다.

"나는 마구간을 맡고 있는 기노시타 도키치로다. 한밤중에 성 근처에서 말들이 줄을 이어 달려가는 소리를 듣고 무슨 일인가 싶어 달려왔다."

"아, 기노시타 님입니까?"

"그렇네."

"큰일 났습니다."

병사가 도키치로를 알아보고는 창을 거두고 길을 열었다. 불을 빨갛게 피워놓은 성곽 넓은 장소에 무사들이 모여 있었다. 무사들은 금방 일어난 듯한 모습으로 갑옷 토시를 묶거나 신발 끈을 단단히 조여 매고 활과 철포를 손질했다. 도키치로는 한눈을 팔지 않고 곧장 마구간 쪽으로 달려갔는데, 마구간에서 자신보다 한발 앞서 노부나가의 애마를 끌고 나오는 자가 있었다. 마구간을 지키는 무사들은 그 젊은 무사의 명을 받고 일사분란하게 움직이고 있었다. 마구간지기들이 보이지 않자 도키치로가 급히 달려가서 말했다.

"저는 마구간을 맡고 있는 기노시타 도키치로입니다. 주군의 말고삐를 끄는 것은 제 소임이니 말을 제게 건네주십시오."

젊은 무사가 돌아보며 씽긋 웃더니 순순히 고삐를 건네주었다.

"원숭이 님인가? 주군께서 벌써 밖에 나와 계시니 빨리 끌고 가게."

마에다 이누치요였다. 그와 도키치로는 네네의 문제는 까맣게 잊은 채 주군의 애마를 둘러싸고 대현관 쪽으로 달려갔다.

그날 밤, 기요스 성으로 보고된 국경의 첩보는 예상대로 미노의 대란을 알리는 것이었다. 작년에 이나바稻葉 산의 사이토 요시다쓰齋藤義龍는 양부인 도산 야마시로道三山城가 자신을 폐적하고 차남인 마고시로孫四郎나 셋째인 기헤이지喜平次를 후계자로 세우려는 계획을 알아차렸다. 그는 꾀병을 가장해 도산의 두 아들을 불러 죽였고 이에 도산이 격분한 것은 말할 것도 없었다. 결국 미노는 자멸의 길로 들어선 것이다.

해를 넘긴 올해 고지^{弘治} 2년 4월, 부자지간의 싸움은 기후^{岐阜}의 마을과 나가라^{長良} 강의 기슭을 불길과 피로 물들이며 펼쳐졌다. 국경에 주둔하고 있던 오다 가문의 관리와 도산 쪽의 파발이 급변을 고해왔다.

"야마시로 뉴도 님의 군대가 싸움에서 패했고 사기^鷺 산의 성도 불길에 휩싸였습니다."

"한시라도 빨리 장인어른의 군대를 도와주시길 바랍니다."

노부나가의 아내가 도산의 딸이었으니 도산 야마시로는 노부나가의 장인이었다. 노부나가는 즉시 침실에서 군령을 내리고 성안의 장수와 병사가 무장을 하는 동안 대현관까지 나와 있었던 것이다.

도키치로와 이누치요가 말고삐를 잡고 노부나가에게 말에 오르기를 청했다. 말에 오른 노부나가는 여느 때처럼 아직 준비되지 않은 무사들을 그대로 남겨둔 채 몇몇 근신만 데리고 성 밖으로 달려 나갔다.

"장인의 복수다. 미노에 들어가면 다른 자들에겐 눈길도 주지 말고 극악무도한 요시다쓰의 목을 노려라. 오직 그의 목이 목적이다. 모두 알겠느냐!"

노부나가는 말 위에서 장수들을 돌아보며 몇 번이나 되풀이해서 말했다. 갈수록 군세가 늘더니 어느새 대군이 되었고 무장들은 노부나가의 주위를 몇 겹으로 에워싸며 진형을 이루었다. 이윽고 국경인 기소^{木曾} 강 동쪽 기슭에 이르렀다. 이누치요와 도키치로도 직속 무사들 속에 뒤섞여 앞서거니 뒤서거니 하며 달려가고 있었다.

"원숭이!"

이누치요가 도키치로를 돌아보며 외쳤다.

"체구에 어울리지 않게 의외로 걸음이 빠르군."

"걸음뿐 아니라 싸움이 벌어지면 이누치요 님께 지지 않을 만큼 잘 싸웁니다.”

도키치로가 대꾸했다.

“제법 기개가 있군. 하하하, 제법이야.”

“저도 무사입니다. 무슨 일이든 지는 건 싫습니다.”

“그렇다면 이나바 산에 이르러서 누가 먼저 성에 쳐들어가는지 시합하지 않겠나? 나보다 먼저 성에 쳐들어간다면 네네를 주겠네.”

그 말에 도키치로가 갑자기 멈춰 서더니 입을 크게 벌리고 웃었다.

“하하하, 하하하.”

“원숭이, 뭐가 우스운가?”

“이누치요 님, 이대로 이나바 산으로 쳐들어갈 생각이십니까?”

“당연하지 않은가. 다른 자에게 빼앗길 수는 없는 법.”

“싸움은 눈을 잘 뜨고 해야 합니다. 주군께서 어찌 이대로 미노로 쳐들어가시겠습니까. 미노와의 싸움은 몇 년 뒤에 일어날 일입니다. 이번에는 기소 강까지 가실 겁니다.”

도키치로의 말에 이누치요는 바보 같은 소리라며 귀를 기울이지 않았다. 마침내 기소 강에 도착한 노부나가는 군대를 향해 휴식을 명했다. 그러고는 다음 전황에 대한 보고를 받을 때까지 반나절 동안 기다리기만 했다. 날이 저물고 미노 쪽 하늘을 향해 새빨간 비구름이 흘러갔지만 기소 강 서쪽 기슭에 주둔한 노부나가의 군대는 움직이지 않았다.

초저녁 무렵 기소 강을 헤엄쳐서 건너오는 자를 사로잡고 보니 도산 쪽 패잔병이었다. 노부나가가 앞으로 끌려온 패잔병이 말했다.

“야마시로 님은 사기 산에 있는 성에서 나오신 뒤 나가에나카세長柄中瀨 기슭에서 요시다쓰 군을 맞아 그제부터 격전을 치르다 끝내 요시다쓰의 부하인 고마키 미치이에小牧道家의 손에 죽임을 당했습니다. 요시다쓰는 야마시로 님의 수급을 보자 ‘당신 스스로 자초한 운명이니 나를 원망하지 말라'며 그 목을 나가라 강에 던져버렸습니다. 자식 된 자가 부모인 도산 님의 수급을……."

패잔병이 몸을 떨며 도산 야마시로노가미의 최후를 말하자 노부나가가 암울한 표정으로 되물었다.

"장인인 도산 님이 그리 빨리 최후를 맞이했단 말이냐. 비슈尾州의 급보가 너무 늦어 내가 이곳까지 달려왔으면서도 최후의 일전에 참전하지 못한 것이 너무나 안타깝구나."

노부나가는 자리에서 일어서더니 한동안 밤하늘의 새빨간 난운을 올려다보았다. 주위 사람들은 그런 노부나가를 보며 눈물을 참는 것이라고 생각했다. 그 순간 노부나가는 갑자기 맹세라도 하듯 부하들에게 큰 소리로 말했다.

"너무 늦었다! 이렇게 된 이상, 지금 달려간다고 해도 소용이 없다. 일단 철수하고 후일 요시다쓰의 목을 베어 장인어른의 한을 풀자꾸나."

노부나가는 철수를 알리는 나팔을 불게 했다. 이누치요는 의외라고 생각했다. 아니, 그뿐만 아니라 전쟁에 이골이 난 중신들도 노부나가의 명령에 한동안 멍하니 서 있었다. 기소 강을 철수한 뒤 오와리尾張 방향으로 어두운 밤길을 몇 리나 돌아갈 때쯤 지각이 있는 신하들은 자연스레 노부나가의 속내를 깨닫기 시작했다.

'지금은 미노로 쳐들어갈 때가 아니다. 절호의 기회인 듯하지만 필승을 기할 대계大計가 없고서야……'

이누치요는 노부나가의 깊은 뜻보다 처음부터 그것을 예상한 도키치로라는 인간에 대해 더 깊이 생각했다.

'다른 사람들이 원숭이라며 비웃을 때 나도 그자를 대수롭지 않게 여겼는데 대체 어떻게 그것을 알았을까?'

이누치요는 옆에 있는 도키치로를 달리 쳐다보며 묵묵히 걸었다.

밤이 샐 무렵, 두 사람은 서로의 얼굴을 바라보았다.

"이누치요, 그대는 어떻게 생각하시오? 사이토 도산 님은 자신의 주군을 죽였고 그의 아들인 요시다쓰는 부모를 죽였소. 그렇게 인륜이 없는 미노라면 그냥 내버려두어도 멸망할 텐데 그것이 언제일 것 같소? 이번에는 요시다쓰 차례인데, 언제쯤이 될 것 같소?"

이누치요는 이제 도키치로 앞에서 섣불리 말할 수 없을 정도로 주눅이 들어 있었다. 그리고 도키치로가 자신을 부를 때, 예전처럼 '이누치요 님'이라고 부르지 않고 말을 놓아도 뭐라고 할 수 없었다.

아케치^{明智} 함락

북쪽은 에나^{惠那}, 서쪽은 히다^{飛驒}와 미노 산에 둘러싸여 있었다. 가니고^{可兒鄉}의 아케치^{明智} 성은 이전 시대의 형태로 이루어진 아케치노쇼^{明智之庄}의 산간에 있는 산성이었다. 아케치 성은 도기^{土岐}의 겐지^{源氏59)} 이래로 오래된 가계^{家系}와 시류에서 벗어나 있어 그동안 산간의 평화를 유지해왔다. 하지만 어제부터 연기를 내뿜더니 오늘 새벽녘에는 맹렬한 불길에 휩싸이고 말았다. 바깥 성곽과 요새라고 불리는 안쪽 본성의 건물도 불길에 휩싸여 당장이라도 무너질 듯 위태롭게 보였다.

아케치 성을 공격하는 군사는 이나바 산의 사이토 요시다쓰의 군세였다. 도산 히데다쓰^{道三秀龍}의 거성인 사기 산을 함락시키고 그의 목을 베어 나가라 강에 던진 여세를 몰아 이곳을 공격한 것이다. 아케치 미쓰야스 뉴도^{明智光安入道}는 본래 도산 히데타쓰 아래 속해 있었기 때문에 난이 일어나자마자 조카인 주베 미쓰히데^{十兵衛光秀}와 아들인 야헤이지 미쓰하루^{弥平治光春}와 함께 이나바 산의 군대와 싸웠다. 하지만 곳곳에서 패하고 말았다. 그

---

59) 일본 성씨의 하나로, '미나모토^源'라는 성을 가진 씨족을 통틀어 일컬을 때 사용한다.

리고 주군인 도산이 죽자 고향인 아케치노쇼로 철수한 뒤 작은 아케치 성을 사지로 삼아 적의 맹렬한 공격을 막아내고 있었던 것이다.

"배신이다!"

"배신자가 있다!"

불길 속에서 외치는 아군의 목소리를 들으며 미쓰야스는 최후를 예감했다. 성안을 둘러보자 불길이 일지 않은 곳은 뒷산 숲밖에 없었다. 그곳에 있는 곡식 창고와 '미즈노데水の手'라고 부르는 저수지 연못만이 아직 불에 타지 않았다.

"주베는 어디 있느냐? 주베를 찾아오너라."

미쓰야스는 아군의 시체들 사이로 내달리며 적을 막고 있는 병사나 장수를 향해 물었다. 하지만 그는 정작 아들인 미쓰하루에 대해서는 한 번도 묻지 않았다.

"아버님, 아버님."

미쓰하루가 난전 속에서 부친의 모습을 발견하고는 신변을 걱정하며 달려왔다. 그러자 미쓰야스가 아들을 보며 물었다.

"주베는, 주베는 어떻게 됐느냐?"

"이누이구치乾口 문에서 적들과 싸우고 있습니다. 아무리 말을 해도 물러서지 않습니다."

"절대 죽게 내버려두면 안 된다!"

미쓰야스는 갈라진 목소리로 아들을 꾸짖으며 이누이구치 언덕길을 달려 내려갔다.

"앗, 아버님! 제가 가겠습니다. 적군이 있는 곳에 직접 가시지 않아도……."

뒤쫓아 간 미쓰하루가 미쓰야스를 강제로 후방으로 데리고 왔다.

"아버님, 뒷산 곡식 창고와 미즈노데는 아직 불이 나지 않았습니다. 저곳에서 잠시 기다리십시오."

"빨리 가거라! 주베가 죽으면 안 된다."

미쓰야스는 그렇게 말하면서 뒷산의 숲으로 기어 올라갔다. 그는 자신이나 아들인 미쓰하루는 여기서 죽어도 어쩔 수 없다고 각오하고 있었다. 하지만 주베 미쓰히데는 형의 아들이었다. 주베는 형인 시모쓰케노가미 미쓰쓰나下野守光網가 자신에게 맡기고 세상을 뜬 아케치 가문의 후손이었다. 미쓰야스는 그런 주베를 죽게 하면 죽은 형을 볼 면목이 없다고 생각했다. 그는 시시각각 다가오는 성의 운명과 함께 오직 그것만을 근심하고 있었다.

"아아⋯⋯."

미쓰야스는 망연히 서서 신음 소리를 냈다. 미즈노데에 있는 망을 보는 초소를 들여다보니 성안의 여자들과 어린아이들이 칼에 맞아 마치 들꽃 위로 폭풍이 지나간 듯 피를 흘리며 쓰러져 있었다.

"주베 님! 제발 이곳에서 일단 물러나십시오."

미쓰하루는 이나바 산의 군사들에 맞서 전력을 다해 싸우는 주베를 온몸으로 막아섰다. 그러고는 그의 손목을 잡고 강제로 끌었다.

"이곳에서 물러서면 어떻게 적을 막겠는가!"

주베는 절규하며 말했다. 평소에 과묵하고 진중한 그의 모습과는 전혀 달랐다.

"미즈노데까지, 일단 미즈노데까지."

주베는 미쓰하루의 손을 뿌리치며 소리쳤다.

"미즈노데로 물러서면 어떻게 되겠는가. 이미 적은 외곽의 성곽을 뚫었고 본성의 아군 중에 배신자가 나온 마당에."

"아버님이, 아버님이 그곳에서 기다리고 계십니다."

"숙부님이?"

"찾아서 데려오라고 아까부터 걱정하고 계십니다."

"어찌 나 따위를 걱정하신단 말인가. 내 목숨 따윈 아무것도 아니네. 설령 패한다고 해도 이나바 산의 역당들을……."

주베는 이를 갈며 꼼짝도 하지 않았다. 그는 자신의 패배보다 인륜을 저버린 적에 대해 인간으로서 분노를 느꼈다. 그는 그동안 문무에 뜻을 두고 스스로 학자라 자임하고 있었다. 물론 무도도 다른 사람에게 뒤지지 않으려고 노력해왔고 학자 중에서는 어느 누구에게도 지지 않을 만큼 책을 많이 읽었다. 그런 그의 사상과 신념은 성현의 길을 통해 갈고닦은 것이기도 했다. 지금 자신의 성을 불길에 휩싸이게 한 적은 단순히 자신만의 적이 아니었다. 부모인 도산을 공격해 멸망시킨 천하의 패륜아 요시다쓰의 부하들이었다. 인륜의 적이자 성현의 길에 대한 적이었다. 그러다 보니 주베는 자신의 목숨을 돌보지 않을 만큼 분노에 휩싸이고 말았다. 오직 대역大逆의 무리를 한 명이라도 더 죽이고 자신도 죽고자 하는 생각뿐이었다.

"저런 잡병들을 상대하다가 개죽음을 당할 순 없습니다."

"개죽음? 야헤이지, 뭐가 개죽음인가? 대역죄를 지은 요시다쓰가 이대로 순탄하게 번영을 구가한다면 세상은 지옥이 되고 인간은 짐승만도 못한 존재가 될 것이네."

"알고 있습니다. 저도 그것을 잘 알고 있습니다. 하지만."

"아무리 맞서 싸운들 나 혼자 저들을 어떻게 할 방법도 없고 저들에게 죽임을 당하신 야마시로노가미 님이 살아 돌아오시는 것도 아니지만, 아귀와 같은 미노의 내란 속에서도 참된 인간이 있었다는 증거는 될 것이네. 나는 그것을 위해 죽을 것이네. 나는 죽어도 후회는 없네. 그런데 자네는 그것을 개죽음이라고 하다니!"

"알고 있습니다. 하지만 죽기 전에 부디 아버님을 만나보십시오. 그러고 나서도 신념대로 목숨을 걸고 싸울 수 있을 것입니다. 죽는다고 해도 주베 님 혼자 죽게 내버려둘 수는 없습니다."

"좋다! 숙부님은 어디 계신가, 어디에 계시는가 말이네. 죽기 전에 뵙도록 하지."

주베는 야헤이지의 뒤를 따라 뒷산의 미즈노데로 달려 올라갔다. 숙부인 미쓰야스는 초소 앞에 서서 두 사람을 기다리고 있었다.

"오, 미쓰하루냐? 주베도 무사했구나."

"분합니다."

두 사람은 정적에 휩싸인 숲과 연못 근처에 서 있는 미쓰야스의 모습을 발견하고는 그만 맥이 풀렸는지 비틀거리며 쓰러졌다.

"분하게도 선조 이래 성의 운명이 이렇게……."

"으음, 그렇구나!"

"하지만!"

주베가 멀리 불길과 신음 소리가 들리는 쪽을 보며 힘주어 말했다.

"저희 일족, 주군인 야마시로노가미 님의 뒤를 좇아 여기서 목숨을 다하는 한이 있더라도 싸우겠습니다. 도기 겐지 이래로 수백 년이 지나 저에 이르기까지 불충대역의 패륜아는 나오지 않았습니다. 그것을 자랑스럽게 생각합니다. 이는 무문으로서 인륜을 다한 것이자 영광이며, 오직 무문의 깃발만이 불에 타는 것에 불과합니다."

"그렇습니다!"

미쓰하루가 외치자 미쓰야스도 고개를 끄덕였다.

"숙부님, 저는 극악무도한 저들과 끝까지 싸우다 기꺼이 최후를 맞을 것입니다. 힘이 닿는 한 적을 베고 각자 죽을 자리를 선택하는 것이 도리입니다. 인사를 고할 틈도 없습니다. 그럼 이만……."

주베가 말을 마치고 다시 일어서려고 했다.

"주베, 잠깐."

"예?"

"너는 여기서 죽을 생각이더냐?"

"당연한 것을 어찌 물으십니까?"

"나는……."

미쓰야스는 하늘로 검게 피어오르는 연기를 바라보다가 다시 스물다섯의 약관에 불과한 조카와 그보다 어린 아들을 물끄러미 바라보았다.

"나는 너희를 죽게 하고 싶지 않구나. 너희는 아직 젊다. 도망치거라!"

"예?"

"도망치거라. 미쓰하루, 주베."

"그게 무슨 말씀입니까? 지금 이런 상황에 어찌 그런 말씀을 하십니까."

"눈앞에 벌어진 상황만 보고 세상이 끝났다고 생각하는 것은 잘못이다. 젊은 너희에게는 앞날이 있다. 성 하나 빼앗기고 불에 타더라도 거대한 시간의 흐름에서 보면……."

"이해할 수 없습니다. 숙부님께서는 저희에게 부끄러움도 모르는 무사가 되라고 말씀하시는 것입니까?"

"그래도 좋다. 너희에겐 앞으로 많은 날이 남아 있다. 다시 도기 겐지 아래에 들어가 훗날 가명을 일으켜 세워준다면."

"그럴 수 없습니다. 지금은 역적의 무리인 요시다쓰에 맞서 마지막까지 싸울 뿐입니다. 무문의 정의가 저희의 무기이자 요새입니다. 여기서 도망쳐 목숨을 부지한들 거기에 무사도는 없을 것입니다."

"아니 그렇지 않다."

"숙부님, 숙부님은 지금 이 상황이 무서우신 겁니까?"

"주베, 말조심하거라."

미쓰야스는 일갈한 뒤 아들과 조카가 보는 앞에서 단검으로 자신의 목을 그었다. 그때 천둥과 같은 굉음이 대지를 뒤흔들더니 미즈노데의 연못에는 잔물결이 일고 하늘에는 검은 연기가 가득 찼다.

"앗, 화약고도."

주베가 나무 사이로 달려가서 성 쪽을 살폈다. 그의 얼굴과 나무줄기들이 새빨갛게 물들어 보였다. 성은 순식간에 불바다로 변했고 그가 있는 산의 나무들까지 불타기 시작했다. 벽지의 작은 성에는 어울리지 않게 성 뒤쪽 성곽 건물에 많은 화약이 저장되어 있었다. 미노에서 철포라는 신무기에 가장 먼저 관심을 가진 사람은 주베였다. 그는 철포를 만들기 위해 규슈九州와 사카이를 몇 번이나 왕래했다. 그리고 누구보다 빨리 기후에 철포를 만드는 대장간을 양성한 뒤 자신의 거성에 은밀히 화약을 비축하고 있었다.

주베는 시대를 내다보는 선견지명이 있었고 명민했으며 철포의 구조처럼 과학적이었다. 하지만 그의 치밀한 계산도 자신의 운명을 예측하지는 못했다. 그는 지금 자신이 직접 연구하고 지도해서 만든 철포로 공격을 당하고 있었던 것이다. 또 먼 훗날, 이 성에서 출전하여 중원에 도기 겐지의 깃발을 휘날릴 생각으로 비축해놓았던 화약은 지금 대대로 내려온 성을 초토화시키고 사람들과 산천초목을 불태우고 있었다.

"……."

주베는 처참한 심경이었다. 그렇게 나무 뒤편에서 불길을 내려다보던 주베가 소리쳤다.

"그렇다! 숙부님의 말씀대로 도망치자. 살아남자. 살아남아서 이 원한을 풀자!"

갑자기 생각을 바꾼 것이다. 그때 저편에서 미쓰하루가 비통한 목소리로 그를 불렀다.

"주베 님! 아버님이 고통스러워하시며 무슨 말씀을 하십니다. 주베 님! 아버님의 마지막 유언을 들어주십시오. 곧 숨이 넘어가시려 합니다."

조금 전까지만 해도 주베는 자신을 부르는 미쓰하루도 자결한 숙부의 모습도 돌아보지 않고 혼자 불속으로 뛰어들어 적과 싸우다 죽을 생각이었다.

"앗, 숙부님!"

주베는 달려가서 미쓰하루와 함께 쓰러져 있는 미쓰야스의 몸을 안아 일으켰다.

"미쓰하루, 거기 있느냐?"

미쓰야스의 눈은 더 이상 아무것도 보이지 않는 듯했다.

"아버님, 여기 있습니다. 옆에 있습니다."

"주베는?"

"숙부님, 저도 여기 있습니다."

"두 사람 모두 죽어서는 안 된다. 내 죽음을 헛되이 하지 말거라. 주군을 따라 이 성과 운명을 함께하는 것은 나 혼자만으로도 족하다. 무문의 이름을 세우거라. 나는 상관 말고 너희는 어서 도망치거라."

"……예."

"주베, 미쓰하루를 부탁한다."

미쓰야스는 말을 마치자마자 목을 그은 뒤 손에 쥐고 있던 단검으로 갑옷 틈새의 옆구리를 찌르며 자결했다.

"미쓰하루, 숙부님의 수급을!"

"아……."

미쓰하루는 눈물을 글썽인 채 어찌할 바를 몰라 했다. 죽은 미쓰야스의 등 위로 불꽃과 재가 날아왔다. 주베는 그런 사촌 동생의 모습을 보다 못해 미안하다는 말을 하며 미쓰야스의 목을 베었다. 그러고는 수급을 자신의 소매로 감싼 뒤 앞서 달려가며 외쳤다.

"미쓰하루, 빨리 와라."

그 뒤 두 사람은 짐승처럼 낮에는 숨어 있다 밤이 되면 걸었다. 다행히 가니고가 영지 안이라 지리를 잘 알고 있었고 민가의 문을 두드리면 숨겨 주었다. 하지만 히다 가도까지 가니 적들밖에 보이지 않자 그들은 몇 번이나 도망치는 것을 포기하려고 했다. 히다 강 강가에서 패잔병들을 추적하는 적병에게 발각되어 쫓길 때, 미쓰하루는 아직 땅에 묻지 못한 아버지의 수급을 내려놓으며 말했다.

"이젠 틀렸다! 주베 님, 자결하는 것이 좋을 듯싶습니다."

주베는 고개를 저었다.

"바보 같은 소리! 여기서 서로 칼로 찔러 죽을 생각이었다면 조상의 땅에서 죽었을 것이네. 이렇게 된 이상, 무슨 수를 써서라도 살아남아야 하네."

주베는 미쓰하루가 땅에 내려놓았던 수급을 품에 안고 내달렸다. 한밤중에 서쪽을 향해 길도 없는 산속을 기어올랐고 새벽녘에 길가로 나왔다. 그렇게 해서 미노에서 에치젠越前으로 이어지는 험준한 고개인 다이니치고에大日越 도착했다. 이곳은 행인의 왕래도 드물었고 사이토 일족의 세력권에서도 벗어난 곳이었다. 그들은 작은 새를 잡아먹거나 산미나리와 토란 뿌리를 먹으며 걸었다.

쿵쿵, 도끼 소리가 편백나무 숲에서 은은하게 울렸다. 주베는 깃발로 감싼 숙부의 수급을 미쓰하루의 손에 건네며 잠깐 기다리라고 말하고는 어딘가로 사라졌다. 잠시 뒤 주베가 편백나무 숲에서 괭이 한 자루와 천민들이 입는 옷가지들을 손에 들고 돌아왔다.

"예상대로 저 앞에 나무꾼들의 움막이 있어서 말을 하고 가져왔네."

주베가 미쓰하루에게 괭이를 건네자 미쓰하루가 잠자코 그것을 받아 들고는 주위를 둘러보며 물었다.

"어디로?"

"가능한 샛길에서도 멀리 떨어진 곳이 좋네."

주베는 숲 속으로 들어가서 나무 그늘이 진 어두침침한 땅을 손으로 가리켰다. 미쓰하루는 괭이를 들고 땅을 파기 시작했다.

"더, 좀 더 깊이."

주베가 미쓰하루가 파는 구덩이를 보며 말했다. 미쓰하루는 수급을 묻을 수 있을 만큼 파고 있었지만 주베는 사람이 들어갈 만큼 파야 한다며 재촉했다. 마침내 구덩이를 다 파자 주베가 미쓰야스 뉴도의 수급을 땅속 깊이 놓더니 몸에 걸치고 있던 갑옷을 다 벗었다.

"미쓰하루, 자네도 갑옷을 벗어서 묻게."

두 사람은 칼만 남기고 갑옷과 함께 지니고 있던 물건을 모두 미쓰야스의 무덤 속에 묻었다. 그러고는 천민의 옷으로 갈아입었다. 그러자 겉모습과는 어울리지 않게 유독 칼만 두드러져 보였다. 그들은 칼집을 천으로 감싸고 칼자루의 쇠장식을 벗겨내 일부러 산적처럼 보이게 했다.

"물은 없나?"

"냇물이 있는데 물을 담을 통이 없습니다."

"아니, 있네."

주베는 숲 밖으로 걸어 나갔다. 이윽고 대나무를 베어 넘어뜨리는 소리가 들리더니, 주베가 대나무 토막을 들고 돌아왔다. 두 사람은 대나무 토막에 물을 담아와 미쓰야스의 수급을 묻은 땅에 뿌리고는 한동안 합장을 했다. 새들의 울음소리가 편백나무 숲을 가득 채웠다. 두 사람은 머리가 맑아졌고 아케치노쇼에서 도망쳐온 뒤 처음으로 본연의 모습으로 돌아가 있었다.

"……."

미쓰하루가 팔뚝으로 눈물을 닦았다. 전쟁터에서 부친이 죽고, 그 수급을 안고 이틀 밤을 걸어온 뒤 처음 흘리는 눈물이었다.

"미쓰하루."

"예."

"울지 말거라. 네가 슬퍼하면 나도 견딜 수가 없다. 숙부님은 나를 위해 목숨을 버린 것이나 마찬가지니 말이다."

"그렇지 않습니다. 무장으로 어찌……."

"내 아버님께서 임종하실 때, 숙부님께 어린 나를 부탁한다고 당부하셨다. 그 책임감이 너무나 크셨던 것이다. 잊지 않으셨던 것이다."

"아버님께서도 늘 그리 말씀하셨습니다."

"성이 함락되고 불길 속에서도 그것만 걱정하고 계셨다. 그리고 우리를 도망치게 하기 위해 자결을 하셨다. 너무나 애석하구나."

주베는 다시 한 번 땅에 손을 짚고 절을 했다.

"미쓰하루! 여기서 우리 둘이 맹세를 하자."

"예."

"살아남은 내 목숨은 내 것이지만 더 이상 내 것이 아니다. 나를 대신해 돌아가신 것이나 마찬가지인 숙부님의 혼도 들어 있다. 또한 도기 겐지의 조상님들의 혼도 들어 있다. 나는 앞으로 하루하루를 절대 헛되이 쓸 수가 없다."

"저도 같은 심정입니다."

"그럴 것이다. 아니 그래야만 한다. 큰 뜻을 품고 반드시 가명을 일으켜야 한다. 미쓰하루, 알겠느냐."

"명심하겠습니다. 성과 가신들 모두 잃고 혈혈단신이 된 것이 오히려 하늘의 은혜일지도 모릅니다. 하늘이 우리 두 사람에게 고난 속에서도 한층 정진하라고 내린 계시일지도 모릅니다."

"그런 마음으로 정진해야 한다. 나도 더욱 문무를 수행하고 정진할 것이다."

미쓰하루가 고개를 들어 새가 울고 있는 나뭇가지를 올려다보았다.

"왠지 가슴이 뻥 뚫린 듯합니다. 주베 님, 돌아가신 아버님도 흐뭇해하실 겁니다."

"그래, 우리 서로 잊지 말도록 하자!"

두 사람은 그렇게 맹세하고는 험준한 다이니치고에를 넘어 다른 지역으로 들어갔다. 그리고 한동안 에치젠의 아나마자이^{穴馬在}에 숨어 있었다. 그다음 미노의 난과 인접국의 형세를 알아본 뒤 에치젠의 쓰루가^{敦賀}를 벗어나 배를 타고 북쪽의 미쿠니^{三國} 나루에서 내렸다. 미쿠니 나루에 있는 나가사키^{長崎}의 칭염사^{稱念寺}에 예전부터 알고 지내던 엔아 쇼닌^{圓阿上人}이 있었는데, 그를 찾아간 것이었다.

그로부터 몇 년 동안 두 사람은 절 앞에 있는 마을에서 집 한 채를 빌려 서당을 하며 지냈다. 주베가 아이들에게 글공부를 가르칠 때에는 미쓰하루가 여행을 떠났고 미쓰하루가 집을 지킬 때에는 주베가 여행을 떠났다. 여행은 물론 수련을 하면서 다른 나라의 군비나 문화를 돌아보는 것이었는데, 세상 사람들은 그것을 무사수행이라고 했다.

〈2권에 계속〉

❖ 오다 노부나가 시대의 세력 지형도(1549~1582)

노부나가가 멸망시킨 전국시대 다이묘

노부나가 군의 사령관

유력 전국시대 무장

노부나가의 유력 무장

오다 노부나가의 최대 세력 범위

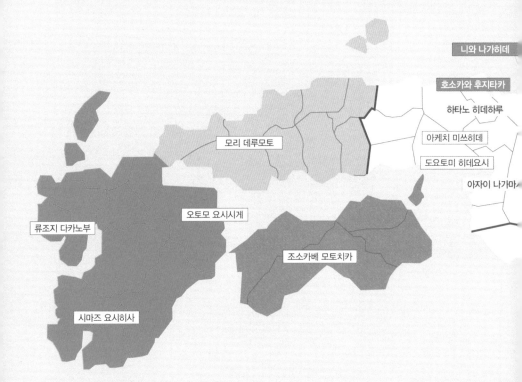

니와 나가히데

호소카와 후지타카

하타노 히데하루

아케치 미쓰히데

도요토미 히데요시

아자이 나가마

모리 데루모토

오토모 요시시게

류조지 다카노부

조소카베 모토치카

시마즈 요시히사

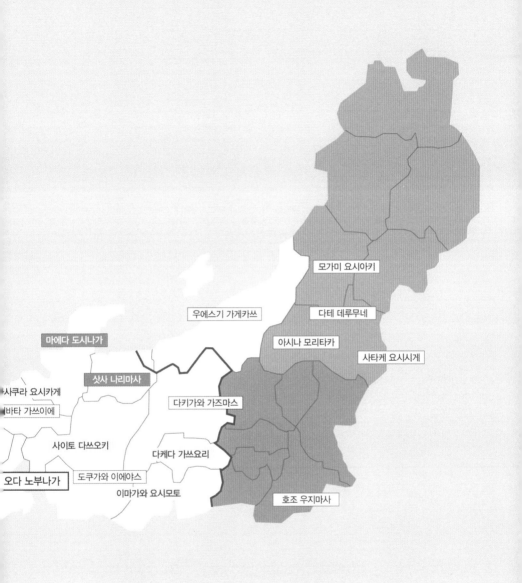

모가미 요시아키

우에스기 가게카쓰

다테 데루무네

마에다 도시나가

아시나 모리타카

삿사 나리마사

사타케 요시시게

사쿠라 요시카게

다키가와 가즈마스

바타 가쓰이에

사이토 다쓰오키

다케다 가쓰요리

오다 노부나가

도쿠가와 이에야스

이마가와 요시모토

호조 우지마사